## FRANZ KAFKA

Introducción y edición de
LUIS BENITEZ

Ilustración de tapa:
Martina Matteucci

El castillo
es editado por
EDICIONES LEA S.A.
Av. Dorrego 330 C1414CJQ
Ciudad de Buenos Aires, Argentina.
E–mail: info@edicioneslea.com
Web: www.edicioneslea.com

ISBN: 978-987-718-545-4

Queda hecho el depósito que establece la Ley 11.723.


Primera edición. Impreso en Argentina.
Enero de 2018. Talleres Gráficos Elías Porter.

Kafka, Franz
El castillo / Franz Kafka. - 1a ed. - Ciudad Autónoma de Buenos Aires : Ediciones Lea, 2018.
352 p. ; 23 x 15 cm. - (Novelas clásicas ; 8)

ISBN 978-987-718-545-4

1. Narrativa Checa. 2. Novela. I. Título.
CDD 891.863

# Introducción

## La presente obra

Para el canon literario occidental, el siglo XX tuvo tres cumbres que signaron toda la producción de la centuria y que aún dejan sentir su influencia sobre los escritores contemporáneos. Son esas creaciones máximas las obras de James Joyce, las de Marcel Proust y las de Franz Kafka.

En el caso de este último, en su producción ocupa un lugar muy destacado la presente novela, *El Castillo*, pese a que se trata de un texto que no alcanzó su autor a concluir y que fue publicado cuatro años después de su fallecimiento, en 1926.

El protagonista se llama simplemente K, alguien que pugna por hacerse oír por el enigmático aristócrata que rige los destinos de un castillo y el poblado al que K arriba una nevada noche invernal, para desempeñar en el condado los funciones de agrimensor. El tema central (como en otras creaciones kafkianas) abarca la frustración, la burocracia y la alienación del individuo en su afán de formar parte de un sistema que invariablemente lo rechaza.

Nadie como Kafka, en su breve vida, logró dar a luz una obra que refiriese tan acabadamente esta situación, que forma parte fundamental de la presencia en el mundo de su época y de la actual. Desde luego que los alcances de *El Castillo* son mucho mayores, tal como sucede en la suma de los complejos trabajos del genial escritor, pero resaltamos este aspecto entre muchos otros. En *El Castillo* encontramos, a medida que nos adentramos en sus páginas, la duda cada vez más amplia respecto de si el sentido y la finalidad de aquello que busca el protagonista es algo que ciertamente se puede concretar. Ello nos conduce, en principio, a una puesta en abismo, inmersos como el mismo K en un misterio irresoluble, reforzando la incertidumbre esbozada desde el comienzo mismo de la novela. De allí a que nuestra duda se deslice por su propio peso a cuestionar la misma noción de realidad hay un solo paso y es el talento de su autor quien nos ayuda a darlo. El increíble despliegue de los múltiples significados que adquiere el texto bajo nuestra mirada lectora amplía todavía más este rizoma de sentidos, convirtiendo a *El Castillo* en un genuino clásico del siglo XX, aún insuperable.

## Sobre el autor

El hombre que generó esta obra extraordinaria, alabada por autores de la talla de Albert Camus, Jorge Luis Borges, Jean-Paul Sartre, André Breton, André Gide, Gabriel García Márquez o Maurice Blanchot, y que es el antecedente del teatro del absurdo y toda la novelística de posguerra, nació en la ciudad de Praga, entonces parte del Imperio austrohúngaro, el 3 de julio de 1883, y falleció en Kierling, Austria, el 3 de junio de 1924. Fue su hogar el de Hermann Kafka y Julie Löwy, judíos de lengua checa él y de habla alemana ella. De irregular situación económica, el padre terminó estableciéndose en Praga como comerciante textil, manejando una pequeña empresa. Hermann logró remontar la posición social de los suyos y hasta pudo formar parte de la pequeña burguesía media de la ciudad, gracias a su duro y autoritario carácter, que marcó el temprano conflicto con la sensibilidad de su genial vástago.

El pequeño Franz atravesó por la educación primaria desde 1889 hasta 1993 en la Deutsche Knabenschule, distinguiéndose su ambiente familiar por el escaso apego a las tradiciones hebreas. En cuanto a su educación media, esta la recibió en el severo establecimiento que funcionaba en el palacio Kinsky, el Altstädter Deutsches Gymnasium.

Aprobado el bachillerato en 1901, comenzó sus estudios de Química en la Universidad de Praga, pero sólo asistió a ellos durante... dos semanas. Ya a los catorce años había hecho Franz Kafka sus primeros pasos como autor, aunque la decepción que le provocó el nivel de aquellos iniciales intentos lo llevó a destruir por completo la obra correspondiente a ese período.

Sus devaneos en cuanto a seguir una carrera universitaria continuaron con su inscripción en la carrera de Historia del Arte y Filología germánica, con iguales resultados que con la de Química; finalmente, forzado a hacerlo por la férrea autoridad paterna, el joven estudió Derecho, obteniendo el doctorado jurídico en 1906. Desde un año antes tuvo que ser atendido en diversos nosocomios debido a su frágil condición física, que lo llevaría a un diagnóstico temprano de tuberculosis declarada y finalmente a una muerte prematura.

Ya recibido en Derecho se desempeñó en los tribunales civiles locales como simple administrativo y posteriormente en una firma italiana de seguros, para pasar en 1908 a tomar funciones en la empresa Arbeiter-Unfall-Versicherungs-Anstalt für Königsreich Böhmen, donde permaneció hasta que se vio obligado a jubilarse antes de la edad habitual en 1922, ya declarada la patología que lo conduciría a la muerte.

Hacia 1912 escribió una de sus primeras obras, *El Juicio,* y también un volumen de relatos titulado *La Contemplación,* con el cual comenzó a ser conocido como autor literario.

En 1913 redactó *Consideración* y dos años después una de sus obras fundamentales: *La metamorfosis.* A partir de 1917, ya diagnosticada su tuberculosis, principió a sufrir tratamientos que implicaban prolongadas etapas de convalecencia. En 1919 terminó la serie de relatos de índole fantástica que conforman otra de sus obras mayores, titulada *Un médico rural.* Su precaria salud fue el obstáculo insalvable para su reclutamiento, cuando en 1914 estalló la Primera Guerra Mundial, recién finalizada en 1918.

La contienda, en cuyo curso no solamente volaron en pedazos hombres y bienes, también significó el final de la imagen del mundo que conservaba Occidente desde el siglo XIX, dando paso a una consciencia que la obra kafkiana ya había anticipado.

Mientras tanto, el agravamiento de sus delicadísima salud iba llevando a Kafka a nuevas y sucesivas internaciones en centros asistenciales, sin que esas medidas ni otras lograran frenar o siquiera aliviar el inevitable deterioro físico que le acarreaba la tisis. Sin embargo, en los períodos en los que lo asistía una efímera recuperación, el joven tuberculoso continuaba escribiendo su magnífica obra, buena parte de la cual vería las prensas recién después de su deceso.

A partir del final de 1923 sufrió las consecuencias de una severa pulmonía que obligó a su internamiento en el sanatorio Wiener Wald, próximo a Viena, donde un recrudecimiento de su mal lo redujo a poder alimentarse exclusivamente de líquidos. Trasladado a la clínica universitaria local y luego al hospital Dr. Hoffmann de Kierling, terminó falleciendo en este último establecimiento, como queda dicho, el 3 de junio de 1924. Ocho días después fue sepultado en el sector judío del Cementerio Nuevo de Praga.

Su obra extraordinaria sobrevivió, pese al conocido episodio que indica que le pidió a Brod, su íntimo amigo, que incinerara cuanto había escrito una vez que entregase el último aliento.

Afortunadamente para su posteridad, que hoy somos nosotros, Brod no cumplió con su última voluntad.

*Luis Benítez*

# Capítulo 1

Era plenamente de noche cuando llegó K. El poblado se veía cubierto por una gruesa capa de nieve y nada podía verse del castillo, pues estaba rodeado completamente por la neblina y las tinieblas; ni el más delgado rayo luminoso posibilitaba apreciar su presencia.

K. se quedó durante largo rato sobre el puente de piedra que llevaba desde la carretera principal hasta el poblado, elevando los ojos hacia el vacío, en apariencia.

Se aplicó a la búsqueda de algún sitio donde alojarse; en la hostería todavía había gente despierta, mas el posadero no disponía de cuarto alguno sin ocupar. Sin embargo –asombrado y confundido por la demorada llegada del pasajero inesperado– le dio a K su venia para que al menos pudiese descansar en el salón, sobre una montón de paja. K se dio por satisfecho; unos labriegos se encontraban aún ocupados con sus medidas de cerveza, mas él no deseaba entablar conversación con nadie, de manera que tomó un jergón del altillo y lo acomodó en las proximidades de la estufa. Allí se sentía calor, mientras los rústicos guardaban silencio. Él los observó por un rato, con mirada fatigada, previamente a cerrar los ojos de sueño.

Empero, apenas un poco después fue despertado. Un joven, que vestía atuendo citadino, uno que tenía rasgos como de actor, con ojos estrechos y espesas cejas, se encontraba junto a él, acompañado por el posadero. Los labriegos seguían en la estancia: algunos de ellos habían vuelto sus sillas para ver mejor aquella escena y escuchar más nítidamente lo que fuera a decirse. El hombre joven pidió gentilmente disculpas por haber despabilado a K. Se presentó en su condición de hijo del alcaide del castillo y a continuación manifestó:

–Este poblado le pertenece al castillo y aquel que aquí mora o pasa la noche, de cierta manera lo está haciendo en el castillo.

Ninguna persona puede hacer eso sin gozar del permiso del conde. Sin embargo usted... no tiene permiso o todavía no lo ha hecho conocer.

Para entonces K se había incorporado un poco. Se arregló el cabello, miró a quienes lo rodeaban y exclamó:

–¿Dónde es que me hallo perdido? Es que, acaso, ¿existe un castillo en este sitio?

–Efectivamente –confirmó el joven, al tiempo que por allí y por allá, alguno sacudía la cabeza sobre K. –Se trata del castillo del conde Westwest.

–Entonces... ¿se debe contar con su permiso para pasar la noche? –inquirió K, tal como si deseara persuadirse de que no había soñado todo aquello.

–Así es –le fue contestado y él percibió el matiz burlón en la voz del joven, cuando este le preguntó al posadero y a los demás allí presentes, extendiendo su brazo:

–¿O alguno dice que no hay que tener permiso?

–De modo que tendré que conseguirlo –afirmó K, entre bostezos, e hizo a un lado las cobijas, con toda la intención de levantarse.

–En tal caso, ¿quién se lo va a otorgar? –inquirió el joven.

–El mismo señor conde –dijo K–. No me queda otra opción.

–¿Piensa pedir autorización en estos momentos, a la medianoche, al señor conde? –exclamó el joven, dando un paso hacia atrás.

–¿No se puede hacerlo? –preguntó K, indiferente–. En tal caso, ¿por qué razón me despertó?

Mas el joven tuvo un acceso de ira.

–¡Qué modales de vago! –exclamó–. ¡Le exijo que muestre respeto ante la autoridad condal! Justamente lo desperté para comunicarle que debe dejar en el acto el condado.

–¡Déjese de comedia! –replicó K, empleando un tono evidentemente bajo. Luego tornó a acostarse y cubrirse con las cobijas–. Vea, joven, ya fue excesivamente lejos. Mañana me voy a ocupar de usted. El posadero y estos caballeros son mis testigos, si es que los preciso. De momento confórmese con enterarse de que yo soy el agrimensor que pidió el conde. Mis colaboradores se presentarán mañana, en un vehículo, y vendrán con la maquinaria. No deseaba por nada del mundo la oportunidad de pasear por la nieve, mas lamentablemente me equivoqué reiteradamente de sendero y a causa de ello fue que llegué tan tarde. Que ya era demasiado tarde para apersonarme en el castillo, lo tenía muy en claro, antes de que viniese usted a darme lecciones. Por dicha causa me resigné a recogerme aquí, en este sitio que usted, y eso dicho con generosidad, vino tan impertinentemente a perturbar. Así doy término a mis explicaciones... Caballeros, tengan ustedes muy buenas noches.

A continuación K les dio la espalda, volviéndose hacia la estufa.

–¿Es un agrimensor? –oyó todavía que preguntaban con dudas detrás de él. Después todos callaron, mas el joven se recuperó del asombro que lo había embargado y dijo, dirigiéndose al posadero con un tono lo adecuadamente asordinado como para mostrar respeto hacia K, mas lo suficientemente audible como para que fuese escuchado:

–Me voy a informar por teléfono.

¡Caray! ¿Inclusive un teléfono tenía esa posada pueblerina? Estaban muy bien establecidos. Ese pormenor le causó sorpresa a K, pero ciertamente bien lo había esperado. Resultó que el teléfono estaba casi sobre su cabeza, pero se sentía tan adormecido que no lo había advertido. Si aquel joven deseaba usar el artefacto no podría obstaculizar –incluso con su mayor buena voluntad– el sueño de K. El asunto estribaba en si K se lo iba a permitir, cosa que sí hizo. Mas en tal caso ya carecía de toda razón el intentar parecer dormido, de manera que tornó a colocarse boca arriba. Observó cómo se acercaban a él los labriegos, muy apocados y conversando entre sí. En verdad, no era cosa insignificante que hubiese venido al pueblo un agrimensor. La puerta de la cocina se mostraba abierta y la potente estampa de la mujer del posadero ocupaba todo el umbral. Su marido se le aproximó de puntas de pie, para ponerla al tanto de cuanto había tenido lugar allí.

En aquel momento dio comienzo la charla telefónica: el alcaide ya dormía, mas uno de sus subordinados, un subalcaide de nombre Fritz, se encontraba allí. El joven, que dijo llamarse Schwarzer, manifestó que había dado con un tal K, como de treinta años, bastante harapiento y que se encontraba descansando sobre un jergón, empleando su pequeña mochila a modo de almohada, con un retorcido bastón al alcance de su mano. Era claro por qué le había resultado sospechoso, y dado que el dueño de la posada, con toda evidencia, no había cumplido con su deber, el de Schwarzer era investigar aquel asunto. El haberlo despertado, haberlo sometido a un interrogatorio, haberlo amenazado con expulsarlo de la propiedad condal, motivó la respuesta airada de K; como corolario, finalmente, era razonable, dado que aseveraba ser un agrimensor llamado por el señor conde.

Desde luego que era, como mínimo, un formal deber comprobar la veracidad de sus manifestaciones y por dicha causa le solicitaba Schwarzer a ese señor Fritz que confirmara en la secretaría principal si ciertamente era aguardada la llegada de un agrimensor y que volviese a comunicarse enseguida mediante la línea telefónica.

Se estableció un silencio: Fritz llevaba adelante sus diligencias y era aguardada su respuesta. K se manejó en la circunstancia como lo había hecho hasta aquel momento: ni siquiera se volvió ni manifestó el menor interés; simplemente miraba. La narración de Schwarzer, en su mixtura de malignidad con prudencia, le permitió hacerse alguna idea respecto de la educación en cuanto a diplomacia que poseían las personas de menor rango en terrenos del castillo, como aquel Schwarzer. Tampoco era factible achacarles falta de diligencia y la secretaría principal disponía de atención en horas de la noche. Sumado a ello, era capaz de veloces respuestas, pues ya se dejaba oír el llamado de Fritz. Aquel reporte sonó como muy breve, dado que, encolerizado, Schwarzer colgó en seguida.

–Pues... ¡Ya lo decía yo! –bramó–. Ni rastros de un agrimensor... ¡Se trata de un ordinario, de un farsante vago, y tal vez de alguien peor todavía!

Por un instante K supuso que todos, Schwarzer, los labriegos, el posadero y su esposa, se iban a lanzar sobre él y, como mínimo para evitar el ataque inicial, se hizo un ovillo bajo las cobijas; desde esa posición asomó con lentitud su cabeza y escuchó sonar nuevamente el teléfono, llamada que le pareció sorprendentemente potente. Aunque resultaba poco factible que ese llamado se relacionara con K, todos siguieron expectantes; Schwarzer volvió a ocuparse de la llamada. El joven atendió por largo rato al receptor y después manifestó en tono muy bajo:

–¿Un... error? ¿Me dice que fue un error? ¡Qué desagradable! ¿El mismísimo jefe de la oficina fue quien telefoneó? ¡Qué raro...! Y ahora, ¿qué explicaciones le voy a dar al señor agrimensor?

K escuchó atentamente. Conque el castillo lo había llamado agrimensor: aquello, por un lado, resultaba cosa muy desfavorable, dado que demostraba que en el castillo se sabía todo lo necesario sobre él, que había equilibrado las fuerzas y que arrostraba la puja con una sonrisa. Por otro lado, eso era asimismo positivo, en tanto y en cuanto demostraba, de acuerdo con su punto de vista, que lo menospreciaban y que paralelamente disfrutaría de mayor libertad de lo que había supuesto en un comienzo. Si estimaban que podrían mantenerlo en un estado de permanente pánico empleando como recurso tal reconocimiento de su estatus como agrimensor, que, definitivamente, les aseguraba determinada superioridad moral, estaban en un yerro. Apenas le originaba aquello un superficial escalofrío... simplemente eso. K le dirigió un gesto negativo a Schwarzer cuando este probó de aproximarse sumisamente a él. Luego K se negó a mudarse al cuarto del posadero, propuesta sobre la que le insistieron. K se limitó a aceptar una bebida favorable al sueño, una palangana, jabón y toalla que le ofreció la mujer del posadero. En verdad ni siquiera tuvo que molestarse en pedir que abandonaran aquel sitio: todos los presentes se fueron apresuradamente y tapándose la cara, de manera que él no pudiese identificarlos a la jornada siguiente. Las lámparas fueron apagadas y, por fin, K disfrutó de tranquilidad. Se durmió pesadamente y apenas fue un par de veces molestado por los roedores que atravesaban la estancia. Así arribó la mañana.

Tras desayunar –atención que, según le notificó el dueño del lugar, corría por cuenta del castillo, así como cualquier otra necesidad que él tuviese– deseó conocer el poblado sin mayor dilación. Mas el posadero, con quien apenas había conversado lo estrictamente preciso, habida cuenta de su comportamiento anterior, no cesaba de moverse en torno de él con aires de mudo ruego, por lo que se apiadó y hasta le convidó a tomar asiento a su vera.

–Todavía no fui presentado al conde –le dijo K–, quien según parece paga generosamente un trabajo bien hecho, ¿no es verdad? Cuando uno como yo viene desde tan lejos, ausente de su familia, siempre quiere llevarse algo para su casa.

–Sobre eso el señor no tiene de qué preocuparse. Ninguno de por aquí se queja por ganar poco.

–Está bien –repuso K–. Yo no soy tímido y también le puedo decir a un conde qué opino, mas siempre es mejor solucionar los problemas por las buenas.

El posadero había tomado asiento frente a K, en el borde de la repisa de la ventana; no se animaba a sentarse más cómodamente, y miraba a K sin interrupción, con unos grandes y asustados ojos castaños. Al comienzo había hecho grandes esfuerzos por aproximarse a K, pero entonces se mostraba como si intentara alejarse de él. Acaso, ¿tenía miedo el posadero de que K inquiriera acerca del conde? ¿Se asustaba de poder despertar la desconfianza de aquel al que se dirigía entonces llamándolo "señor"? K se vio obligado a mudar el rumbo de la charla. Observó qué hora era y afirmó:

–Enseguida van a presentarse mis colaboradores. Tú, ¿podrás alojarlos aquí?

–Desde luego, señor –repuso el aludido–. Mas, ¿no se alojarán con usted en el castillo?

¿Era que renunciaba tan fácilmente a sus pasajeros que los quería a toda costa en el castillo?

–Todavía no es eso cosa segura –comenzó a decir K–. Previamente debo conocer qué clase de labor desean que concrete. Si por ejemplo debo trabajar aquí abajo, sería razonable también vivir aquí abajo. Asimismo temo no poder adaptarme a la vida en el castillo. Siempre deseo disfrutar de mi libertad.

–No conoce el castillo –le dijo el posadero en voz baja.

–Es verdad–dijo K–. Uno nunca tiene que anticiparse. Momentáneamente no conozco otra cosa acerca del castillo que el hecho de que saben optar por el agrimensor más conveniente. Quizás estén disponibles otras ventajas.

Una vez manifestado aquello, K se incorporó a fin de librarse de aquel sujeto, quien con desasosiego no paraba de mordisquearse los labios. Era cosa evidente: no resultaba fácil que ese hombre brindara su confianza. Al tiempo que K se iba alejando, atrajo su atención cierto oscuro retrato que tenía un marco asimismo oscuro. Antes se había sentido atraído por él mientras se encontraba en su cama, mas no le había sido posible justipreciar sus pormenores a esa distancia; suponía que esa imagen había sido quitada, permaneciendo en su sitio una mera mancha oscura.

Empero –en ese momento era posible confirmarlo– era aquello una pintura, representando a un hombre de unos cincuenta años de edad. Su cabeza se veía tan inclinada sobre su pecho que a duras penas era posible apreciar sus ojos. Dicha inclinación –así lo parecía– se originaba en lo elevada y pesada que era su frente, así como por su nariz grande y de tipo aguileño. Su barba, a causa de la posición que adoptaba el cráneo, se veía comprimida contra la mandíbula, mas tornaba a recuperar su volumen más abajo. La mano izquierda, abierta, sepultada en su cabellera, tal como si ansiara levantar la cabeza inútilmente.

–¿De quién se trata? –inquirió K–. ¿Es este el conde?

K permanecía frente al retrato y habló sin siquiera volverse hacia el posadero.

–No es el conde –informó el posadero–. Se trata del alcalde.

–Buen aspecto tiene –retrucó K–. Qué penoso resulta que su hijo no le llegue ni a los talones.

–No es tan así –afirmó el posadero, quien atrajo un poco a K hacia sí y le murmuró al oído–: Ayer Schwarzer se mostró exagerado. Su padre apenas es subalcaide, y uno de los últimos de ese rango.

Entonces el posadero le pareció a K un chico.

–¡Qué gran malandra! –manifestó K sonriendo, mas el posadero no sonrió por su parte. Apenas se limitó a decirle:

–Asimismo su padre tiene poder...

–¡Vete de aquí! –le dijo K–. Tú crees que son todos poderosos. ¿Acaso yo también?

–Usted no –dijo el aludido, con tanta timidez como seriedad–. Usted no es poderoso.

–Confirmo con eso que posees una notable capacidad de observación –concluyó K–. Entre nosotros, es cierto: carezco de poder.

Por ende, no siento menos respeto que tú ante los poderosos. Sucede que no soy tan sincero como lo eres tú, a la vez que no siempre deseo reconocerlo.

K dio unas palmadas en la mejilla del posadero para consolarle y ganarse su favor. Entonces sonrió ligeramente.

En verdad el posadero parecía un adolescente con aquel semblante suave, casi desprovisto de barba. ¿Cómo se había casado con esa mujer, aquella tan gruesa y mayor? En ese momento se podía verla a través de una ventana, trabajando en las cocinas, con sus codos bien separados del cuerpo. K, empero, no quería continuar indagando a ese sujeto, para culminar haciendo que se esfumara su sonrisa, esa que tanto empeño le había costado hacer surgir. De modo que le hizo señas de que abriera la puerta y por ella salió K, enfrentando la bella mañana de invierno.

Entonces logró apreciar la figura del castillo, fielmente recortado en la atmósfera luminosa, con su silueta todavía más nítida gracias al manto de nieve que lo abarcaba todo, y que todas las formas imitaba. Asimismo, en la montaña donde se levantaba el castillo, al parecer, se había depositado menor cantidad de nieve que en el poblado. Por éste, K se movía con menos trabajo que durante la jornada anterior, por la carretera mayor. La nieve llegaba hasta los ventanales de las viviendas y se amontonaba pesadamente sobre los techos bajos; sin embargo, arriba, en la montaña, todo se alzaba ligero y en libertad, o eso parecía mirado desde abajo.

En líneas generales el castillo –tal como se lo veía desde lejos– se hallaba en correspondencia con lo que había K aguardado. No se trataba de una añeja fortaleza medieval; tampoco de un novedoso edificio de lujo: consistía en una amplia edificación de escasos cuerpos, todos ellos de dos plantas y ubicados muy cerca los unos de los otros. De no conocer que era aquello un castillo, se lo tomaría por una reducida ciudadela. K alcanzaba a divisar apenas un torreón, y si correspondía a una casa o a una iglesia era cosa que ignoraba. Bandadas de cornejas volaban en torno.

Con la mirada fija en el castillo, K siguió su derrotero, sin que ninguna otra cuestión lo desasosegara; mas al acercarse, aquel castillo le produjo una decepción, pues ciertamente consistía en un mísero poblado, conformado por viviendas pueblerinas. Solamente se diferenciaba porque quizá todo había sido realizado en piedra. Sin embargo la pintura llevaba mucho de desvanecida y la piedra semejaba estar a punto de pulverizarse. Efímeramente, K recordó su aldea natal, la que apenas tenía algún detalle que envidiarle a ese pretendido castillo.

De haber K venido simplemente de visita, la prolongada marcha no habría merecido tanto esfuerzo y habría sido en mayor medida lógico haber tornado a visitar otra vez su sitio de nacimiento, de donde llevaba tanto tiempo ausente. K comparó mentalmente el campanario de su aldea natal con la torre superior. El campanario, ciertamente, se levantaba recto, recuperada la juventud en su porción superior, coronado por un tejado ancho, de tejas coloradas, una edificación muy terrena –¿qué otra cosa podíamos haber logrado levantar?–, mas con un fin muy superior al propio del chato poblado, una expresión más luminosa que la brindada por la umbrosa jornada laboral. La torre de arriba –único detalle que resultaba visible– era la de una vivienda, como se mostraba, tal vez la propia del castillo principal, redondo y uniforme, en una de sus porciones cubierto compasivamente por la hiedra, con diminutas ventanas que fulguraban bajo la luz solar. Por su aspecto tenía bastante de absurdo y culminaba en una suerte de terraza, cuyas almenas, inseguras, de forma irregular, quebrantadas, asestaban dentelladas al azul del firmamento. Parecía su diseño realizado por un niño asustado o con gran descuido, tal como si cierto morador, uno que debería haber sido recluido en la estancia más lejana de la estructura, hubiera destrozado el tejado, levantándose para exhibirse ante el orbe.

Nuevamente se detuvo K, tal como si el quedarse inmóvil le otorgase un mayor poder de criterio. Sin embargo algo alteró su ánimo. En la parte trasera de la iglesia pueblerina, junto a la que se había detenido (en verdad apenas era esa una capilla, ampliada para que pudiese recibir un mayor número de asistentes) se hallaba una escuela, un edificio alargado y de planta baja, donde de un modo extraño se conjugaban lo provisorio y lo añejo. Se hallaba ubicado pasando un jardín rodeado por una cerca, entonces cubierto por la nieve. En ese mismo instante emergían de la edificación los párvulos, acompañados por su maestro. Los niños se apretaban en torno del docente, en quien confluían todas las miradas, sin cesar de conversar entre ellos (para K era imposible comprender lo que tan velozmente decían). El maestro –joven, bajito y angosto de hombros aunque sin parecer de figura risible, extremadamente recto– ya había divisado a K desde la distancia, aunque K era, además de aquellos niños, la exclusiva persona que podía verse en aquel sitio, en su condición de extraño en aquel pueblo, fue quien saludó en primer lugar a ese hombrecito de aires autoritarios.

–Tenga usted buen día, señor maestro –dijo K.

Los alumnos enmudecieron súbitamente y aquel brusco mutismo que anticipó sus palabras debe de haber sido grato para el docente.

–¿Está admirando el castillo? –inquirió con mayor amabilidad de lo que K podía haber aguardado, mas con un matiz en su voz que delataba que no estaba de acuerdo con lo que K llevaba a cabo.

–Así es –respondió K–. Soy un extraño aquí. Llegué aquí anoche.

–¿No le agrada el castillo? –preguntó velozmente el maestro.

–¿Cómo dice usted? –respondió K, algo confundido; entonces volvió a preguntar pero con mayor suavidad–: ¿Que si me desagrada el castillo? ¿Por qué causa se imagina usted que no me agrada?

–A ningún extraño le agrada–repuso el maestro.

Para no correr el riesgo de aventurar algo fuera de lugar, K probó de desviar la charla y así agregó:

–¿Conoce usted al conde?

–No lo conozco –replicó el maestro, e intentó alejarse, mas K no se echó atrás y tornó a preguntarle:

–¿Cómo dice? ¿Que no conoce al conde?

–¿Por qué habría de conocerlo? –preguntó el maestro en tono bajo y agregó en voz más alta y en francés–: Tenga en cuenta que nos rodean estos pequeños inocentes.

K se creyó dueño de un derecho a preguntarle:

–¿Podría hacerle una visita, señor maestro? Estaré por aquí prolongadamente y ya mismo me siento algo aislado. Yo no me identifico con los labriegos, ni con los que viven en el castillo.

–Entre los rústicos y el castillo no existe diferencia alguna –le dijo el maestro.

–Bien puede ser así –dijo K–. Mas ello no modifica mi situación. ¿Podré alguna vez hacerle a usted una visita?

–Vivo en la calle Schwannen, en lo del carnicero.

Aquello consistía más en la información de una dirección que en una invitación. Empero K dijo:

–De acuerdo, allí iré.

El maestro asintió con un gesto de la cabeza y prosiguió su marcha, mientras los pequeños apretados en torno de él recomenzaban su alborotada actividad. Enseguida se perdieron de vista por una callecita que subía bruscamente por el terreno.

K se sentía preocupado y la conversación lo había irritado. Por vez primera, desde que había llegado al pueblo, se sentía francamente agotado. La prolongada marcha hasta aquel sitio parecía no haberlo afectado en absoluto –¡cuánto había caminado día a día, un paso tras otro!– y empero, entonces, se evidenciaban las consecuencias de aquel esfuerzo mayúsculo, fuera de tiempo. Sufría de un impulso desorbitado a dar con nuevos conocidos, más cada uno de ellos incrementaba su cansancio. Si esa jornada, tal como se hallaba, se forzaba a extender su marcha como mínimo hasta arribar a la entrada del castillo, habría concretado más de lo suficiente; de manera que siguió andando, aunque la senda era tan larga. Asimismo esa calle, la principal del poblado, apenas pasaba por las cercanías del castillo y más adelante, tal como animada por una segunda intención, torcía su rumbo y, pese a que no tomaba distancia del castillo, de ninguna manera se aproximaba a él.

K invariablemente esperaba que la calle, en definitiva, se dirigiera hacia el castillo y solamente apoyándose en esa esperanza proseguía su avance. Aparentemente sentía dudas en cuanto a dejar esa calle en razón de su agotamiento; asimismo se asombró de lo largo que era el poblado, cuyo final no conocía. Una vez y otra se veían en sucesión los ventanales cubiertos de hielo, nieve y aislamiento. Finalmente abandonó la calle aquella y tomó una calleja angosta, cubierta más hondamente de nieve y por la que apenas era capaz de avanzar realizando un esfuerzo extremo, pues su pies se sepultaban en esa profunda blancura.

Principió la transpiración a recorrer sus sienes, mas de pronto detuvo su andar y no fue ya capaz de seguir adelante. Bien, no se encontraba aislado, pues a ambos lados del sendero se veían las viviendas de los labriegos. Entonces moldeó una bola de nieve y la lanzó contra uno de los ventanales. Súbitamente una puerta fue abierta –la primera que lo hizo desde que había comenzado su marcha a través del poblado– y un anciano rústico, uno que vestía una chaqueta de cordero, con la cabeza gacha, surgió en aquel umbral. Se lo veía tan débilitado como cortés.

–¿Puedo entrar por un momento en su casa? –preguntó K–. Me hallo muy fatigado.

No alcanzó a escuchar la respuesta del viejo, y luego le agradeció que colocara una tabla para cruzar sobre la nieve. Tras unos pasos se encontró en una sala amplia y penumbrosa. Aquel que ingresaba en ella, en un comienzo, nada podía ver. K se llevó un balde por delante y una mano de mujer lo contuvo. Desde un rincón se dejaban oír unos lloriqueos, los de un niño de corta edad, mientras que desde otro rincón surgía una humareda, la que transformaba la penumbra en cerrada oscuridad.

A K le parecía que estaba flotando entre las nubes.

–Pero... si está ebrio –dijo alguno.

–¿Usted quién es? ¿Por qué causa le permitiste entrar aquí? –se oyó decir a una voz dominante, que se dirigía al viejo–. Acaso, ¿se tiene que dejar entrar a cualquiera que ande por la calle?

–Yo soy el agrimensor del condado –dijo K, intentando de tal modo justificarse frente a la persona, todavía invisible, que antes había hablado.

–¡Oh!, se trata del agrimensor –dijo una voz de mujer, y luego se hizo un cerrado silencio.

–¿Me conocen ustedes? –inquirió K.

–Por supuesto que sí –dijo cortamente aquella misma voz.

Que lo conocieran no le pareció que era de ninguna manera una recomendación.

Finalmente esa humareda se adelgazó un tanto y K fue capaz de orientarse con lentitud. Aquel parecía ser el día de la limpieza doméstica; en las proximidades de la puerta estaban lavando ropa. Empero el humo venía del rincón de la izquierda, allí donde en una cuba de madera de tales dimensiones como nunca antes había visto K –aquello era del tamaño de dos camas– dos hombres estaban tomando un baño con agua bien caliente. Sin embargo más asombroso resultaba el rincón de la derecha, sin que fuese posible definir qué motivaba aquel sentimiento. De un formidable tragaluz, el exclusivo que había en la pared del fondo, venía del patio un débil luz blanca, nívea, que le otorgaba a las ropas de la mujer que yacía con aire fatigado sobre un sillón en las honduras del rincón, un aspecto sedoso. Sobre el pecho tenía un bebé y en torno de ella jugaban dos niños, los hijos de unos campesinos, como resultaba evidente. Empero ella no parecía corresponder a la misma clase social, aunque la enfermedad y el agotamiento le brindan a los labriegos cierto grado de delicadeza.

–¡Tome asiento! –bramó uno de los hombres, uno que gastaba barba y bigote. Indicó de modo hilarante, con su mano sobre el borde de la cuba, un baúl, y al hacerlo salpicó el rostro de K con el agua caliente. En el baúl se sentaba ya adormecido el viejito que le había permitido ingresar a la vivienda.

K se sentía agradecido al poder sentarse al fin. Entonces nadie se preocupó de él. La mujer que hacía el lavado era rubia, y se hallaba en plena juventud. Ella cantaba en tono bajo al tiempo que laboraba, mientras los hombres que tomaban el baño daban pataletas y vueltas. Las criaturas deseaban aproximarse a ellos, mas eran reiteradamente rechazados mediante salpicaduras que tampoco respetaron a K. Por otro lado, la mujer que estaba en el sillón yacía como desmayada: ni siquiera miraba al bebé que tenía al pecho. Sus ojos estaban fijos en un sitio indeterminado del techo.

K contempló esa inmutable imagen, simultáneamente triste y bella, mas posteriormente se debe de haber adormecido, porque cuando alguien lo llamó con voz elevada se intimidó y halló que tenía la cabeza apoyada en el hombro del viejo que se encontraba junto a él. Los hombres, que mientras tanto habían terminado con su baño –en aquel momento era el turno de los niños, quienes se movían dentro de la cuba siendo atentamente vigilados por la mujer rubia– se encontraban ya vestidos ante K. Resultó que el barbado gritón era el más vulgar de ambos. El otro, quien no era más alto que el barbudo, aunque su barba resultaba menos tupida, era silencioso y pensativo, de ancha estampa y amplio rostro; conservaba su cabeza inclinada hacia abajo.

–Señor agrimensor –le dijo–, aquí no puede permanecer. Disculpe la impertinencia...

–De todas maneras, yo no quería quedarme –replicó K–. Solamente quería descansar un momento. Bien, ya me repuse y ahora los dejo.

–Tal vez se asombre de nuestra escasa hospitalidad –agregó aquel hombre–. Sucede que para nosotros la hospitalidad no es cosa habitual. Nosotros no tenemos necesidad de aceptar huéspedes.

Renovado tras haber dormido un poco y más perceptivo que anteriormente, sintió alegría K al escuchar esas sinceras palabras. Se movió con mayor libertad, apoyó su bastón en un punto y el otro y se aproximó a la mujer que yacía en el sillón. De todas formas él era el de mayor altura entre los presentes.

–Ciertamente –concluyó K–, por qué razón iban ustedes a necesitar huéspedes. Pero en un momento o el otro se necesita uno... como ejemplo, a mí, al agrimensor.

–Eso lo ignoro –dijo el hombre, con lentitud–. Si fue llamado, es posible que precisen de usted. Ello es cosa excepcional. Empero nosotros somos gente modesta y nos mantenemos dentro de las normas. Eso es algo que no nos pueden echar en cara.

–De ninguna manera –le dijo K–. Yo no puedo más que agradecerles a ustedes.

Sin que ninguno de los presentes lo esperara, súbitamente K dio la vuelta y se ubicó frente a la mujer, quien lo miraba con sus azules y fatigadas pupilas. Llevada en su cabeza un pañuelo traslúcido, de seda, que cubría su frente hasta la mitad. El bebé se había dormido sobre su pecho.

–¿Quién eres tú? –inquirió K.

Con desprecio, aunque no quedaba en claro si su desdén estaba dirigido a K o a su misma respuesta, ella refirió:

–Soy una mujer del castillo.

La escena completa apenas duró un efímero momento, mas los hombres ya se habían ubicado cada uno a un lado de K y, tal como si no restara otra manera de relacionarse, lo condujeron hacia la salida de la estancia sin decir palabra, mas empleando todas sus energías. El viejo campesino de alguna cosa se alegró y dejó oír un aplauso, y asimismo la mujer que estaba lavando se rió cuando los pequeños súbitamente se alborotaron como si estuviesen dementes.

K se hallaba ya en la callecita y aquellos sujetos lo vigilaban desde el umbral de la vivienda. Nuevamente se dejó caer la nevada, aunque parecía la atmósfera más clara. El barbudo le gritó sin mayor paciencia:

–¿Hacia dónde quiere ir? Por allí se llega al castillo, y por allá, al pueblo.

K no le contestó, mas al otro, que pese su superioridad le parecía el más tratable, le manifestó:

–¿Usted quién es? ¿A quién le tengo que agradecer tanta hospitalidad?

–Soy el maestro curtidor Lasemann, pero no tiene que agradecerle nada a ninguno.

–Bueno–replicó K–. Tal vez volvamos a reunirnos.

–No lo creo posible –dijo el sujeto.

Entonces exclamó el de la barba, con la mano levantada:

–¡Buen día, Arthur! ¡Buen día, Jeremías!

K se volvió. ¡Así que en ese pueblo la gente sí salía a la calle! De la dirección del castillo venía un par de jóvenes de mediana estatura, ambos muy delgados, con ropa estrecha, muy semejantes sus semblantes, de piel muy morena, pero con unas perillas tan oscuras que incluso así se destacaban. Para la condición en que se veía la calle avanzaban asombrosamente a prisa, dando enormes zancadas rítmicas con sus piernas flacas.

–¿Adónde van? –preguntó el de la gran barba.

Sólo era posible hablar con ellos dando gritos, tan velozmente avanzaban, sin detenerse.

–¡Negocios! –exclamaron entre risas.

–¿Dónde?

–¡Allá en la posada!

–¡Hacia allí voy también! –les gritó K.

De pronto y de manera dominante, tuvo una profunda necesidad de ir con aquellos jóvenes. Entrar en contacto con ellos no le resultó excesivamente productivo, aunque se los veía como divertidos compañeros de ruta.

Los jóvenes escucharon lo referido por K y siemplemente asintieron con un gesto, cuando ya habían seguido de largo.

K seguía en la nieve y muy pocas intenciones albergaba de levantar el pie para tornar a hundirlo nuevamente algo más lejos. El oficial curtidor y su acompañante, contentos de habérselo sacado de encima, se fueron despacio, sin cesar de observarlo desde la vivienda por el intersticio de la puerta. Así K terminó a solas, rodeado por la nieve.

–Una excelente ocasión para desesperarse en cierta medida –pensó K–. Si me encontrase casualmente en este lugar, en vez de por mi misma voluntad.

En la vivienda ubicada a la izquierda se abrió intempestivamente una ventanita –mientras estuvo cerrada había parecido de color azul oscuro, quizá por el reflejo de la nieve–, y era tan diminuta que al alba, entonces, parecía estar abierta; no era posible avizorar plenamente el semblante de quien espiaba a través de ella. Solamente se veía un par de ojos castaños y viejos.

–Allí, allí está –oyó K que decía una temblona voz de mujer.

–Se trata del agrimensor –dijo un hombre. Fue entonces aquel sujeto quien miró a través de la ventana y preguntó (no de manera irrespetuosa, mas como si se hallara preocupado por que todo estuviese correctamente frente a donde él vivía).

–¿A quién espera?

–Aguardo que un trineo me lleve –replicó K.

–Por aquí no pasará ningún trineo –le informó el sujeto–. Por esta calle no pasan vehículos.

–Mas... si se trata de la calle que lleva al castillo –cuestionó K.

–De todas maneras –dijo el sujeto, con cierto tono inflexible– por aquí no pasa vehículo alguno.

Ambos guardaron silencio. Sin embargo aquel hombre estaba sopesando alguna cosa, porque todavía conservaba abierta aquella ventana, por la que salía humo.

–Es un sendero muy malo –dijo K, por decir algo.

El otro sujeto se limitó a decir:

–Sí, eso es cierto.

Tras un rato agregó:

–Si así lo quiere, puedo llevarlo en mi trineo.

–Por favor, sí, hágalo –dijo K, con gran regocijo–. ¿Cuánto me costará eso?

–Nada tendrá que pagarme –le dijo el hombre.

K se quedó pasmado al oír aquello.

–Usted es el agrimensor –le dijo el sujeto, explicándose– y pertenece al castillo. ¿Adónde desea ir?

–Quiero ir al castillo –dijo apresuradamente K.

–Yo al castillo no voy –se apresuró a decir el hombre.

–Pero... si yo pertenezco al castillo –le dijo K, repitiendo las propias palabras de aquel hombre.

–Eso puede ser así –repuso el hombre, con alguna reserva.

–Entonces, condúzcame hasta la posada –solicitó K.

–Esta bien –dijo el sujeto–. Ya salgo con el trineo.

Aquella conversación no le dio la menor impresión de gentileza, más bien la de un empecinamiento egoísta, asustado y prácticamente pedante de hacer que K se apartara de la entrada de la vivienda.

Se abrió la puerta del patio y de ella surgió un trineo con capacidad para carga liviana, totalmente plano y carente de asientos. Tiraba del vehículo un caballejo debilucho y tras él apareció el sujeto de la ventana, quien no era un viejo sino un individuo de pocas fuerzas, encorvado, rengo, con semblante angosto, enrojecido y con aires de resfriado; daba la impresión de ser muy bajo, a causa de la bufanda de lana que cubría su cuello. El sujeto estaba evidentemente enfermo y sólo había salido para alcanzar a sacarse a K de encima. Éste aludió a aquel asunto, mas su interlocutor negó todo. Apenas logró K saber que aquél era el cochero Gerstäcker y que había tomado ese trineo tan poco confortable a causa de que ya se encontraba listo y para poner otro en condiciones de marcha iba a necesitar demasiado tiempo.

–Tome asiento –le dijo, y señaló empleando el látigo la parte de atrás del trineo.

–Voy a sentarme a su lado –replicó K.

–En ese caso, me iré –le dijo Gerstäcker.

–Pero ¿por qué razón? –preguntó K.

–Me iré –volvió a decirle Gerstäcker y sufrió un golpe de tos que lo sacudió en tal medida que lo forzó a afirmar vigorosamente sus piernas en la nieve y aferrar con ambas manos el borde del trineo. K no dijo una sola palabra más: tomó asiento en la porción de atrás del vehículo y la tos del conductor fue amenguando paulatinamente. Entonces partieron.

En las alturas se veía el castillo, asombrosamente oscuro para esas horas. K abrigaba antes esperanzas de llegar hasta él aquel mismo día, pero a medida que transcurría el tiempo lo veía como más y más difícil. Tal como si provisoriamente quisiese despedirse, desde el castillo llegó el repique de una campana, dotado de un matiz risueño y alado, repique que por un momento hizo temblequear el corazón de K, tal como si se viese amenazado –tan doloroso era aquel sonido– por el deber de cumplir con aquello que él, con tanta falta de seguridad, deseaba.

Mas poco tiempo transcurrió antes de que esa campana se llamara a silencio, su sonido reemplazado por una debilucha y monótona campanita, sonido proveniente quizá de las alturas o del pueblo, abajo. Aquel repicar era más adecuado para la lentitud del avance y lo lastimoso del asimismo impiadoso conductor del trineo.

–A ver, tú –exclamó súbitamente K (ya estaban en las proximidades de la iglesia, el sendero que llevaba hasta la posada no se encontraba lejano, de modo que K podía atreverse a algo)–, me asombra en gran medida que te animes a conducirme cerca por tu propia voluntad... ¿Es que estás en condiciones de así hacerlo?

Gerstäcker no le prestó ninguna atención y continuó el camino con su caballejo.

–¡Ey! –exclamó K; luego tomó algo de nieve del trineo, formó una bola, la arrojó y le acertó en la oreja a Gerstäcker, quien detuvo el trineo y se volvió hacia él. Mas cuando K lo vio tan cercano a él (aquella figura encorvada y de cierta manera maltratada, con ese semblante enrojecido, flaco y fatigado, con sus mejillas irregulares, la una aplanada y la otra como caída; con esa boca abierta y de tan pocos dientes) se vio llevado a repetir con piedad aquello que anteriormente había mencionado con malignidad: si Gerstäcker iba a recibir un castigo por llevarlo consigo.

–¿Qué esperas tú de mí? –inquirió Gerstäcker, sin entender qué era todo aquello. No esperó a que le contestaran: azuzó al caballejo y tornó a andar.

Estaban ya próximos a la posada cuando K lo comprendió al tomar una curva aquel trineo y se sorprendió al comprobar que había descendido la oscuridad. ¿Tanto había permanecido fuera? De acuerdo con sus suposiciones, habían transcurrido un par de horas, y él había partido durante la mañana. De igual manera no lo había asaltado el hambre y estimaba que hacía poco que había apreciado la claridad diurna, mas ya anochecía...

–Se trata de jornadas cortas, muy cortas–dijo para sí. Entonces se apeó del trineo e ingresó en la posada.

Arriba, en la corta escalera del recibidor, le gustó encontrar al posadero alumbrándose con una farola. Recordando súbitamente al conductor, K se quedó inmóvil. Escuchó que alguien tosía en las tinieblas y confirmó así que se encontraba detrás de él. Bueno... ya se encontraría con él después. Recién cuando llegó a la planta superior, donde aguardaba el posadero –quien lo saludaba con toda modestia– corroboró que a cada costado de la puerta se encontraba un sujeto. Se apropió del farol que tenía el dueño de la posada para iluminar a esos hombres. Se trataba de los dos jóvenes que había encontrado antes, aquellos a los que habían nombrado como Arthur y Jeremías. Entonces le dirigieron sus saludos y K se sonrió al rememorar su servicio en la milicia, esas épocas dichosas.

–¿Quiénes son ustedes? –preguntó, y miró al uno y al otro.

–Sus colaboradores –le respondieron.

–Son los colaboradores –confirmó en tono bajo el posadero.

–¿Cómo es esto? –preguntó K–. ¿Son mis antiguos colaboradores, aquellos a los que les dije que vinieran después de mí? ¿Son mis colaboradores, aquellos a los que estuve aguardando?

Los jóvenes lo confirmaron.

–De acuerdo –dijo K transcurrido un rato–. Es correcto que se hallan presentado aquí.

–Por todo lo demás –agregó K después de pasado más tiempo–, le digo que son descuidos, por haber llegado tan demoradamente.

–Se trata de un sendero extremadamente largo –replicó uno de ellos.

–Muy largo es el camino –repitió K–, pero me encontré con ustedes cuando volvían del castillo.

–Así fue –dijeron sin aclarar nada más.

–¿Dónde están los aparatos? –preguntó K.

–No tenemos –dijeron.

–Los aparatos que les había confiado –insistió K.

–No tenemos ningún aparato con nosotros –ellos repitieron.

–Mas, ¿qué tipo de personas son ustedes dos? –inquirió K–. Acaso, ¿comprenden alguna cosa acerca de agrimensura?

–Nada, en absoluto –fue lo que los jóvenes le respondieron.

–Si son mis antiguos colaboradores, algo tienen que entender –les dijo K.

Ellos siguieron en silencio.

–Conque así están las cosas –concluyó K, y los empujó hacia el interior de la vivienda.

# Capítulo 2

Aquel trío se hallaba reunido y sentado frente a una pequeña mesa, allí, en la posada, bebiendo cerveza en el más completo silencio. K ocupaba el centro y sus colaboradores a sus costados. Como la noche anterior, unos labriegos ocupaban una segunda mesa.

–Es cosa bien difícil tratándose de ustedes –refirió K, y comparó sus semblantes, tal como ya lo había hecho antes–. ¿De qué manera lograré distinguirlos? La única diferencia entre ustedes son sus nombres. En cuanto a todo lo otro, son tan iguales como... –allí se interrumpió, mas luego continuó diciendo mecánicamente –. Tan similares como serpientes.

Los jóvenes rieron.

–Se nos puede diferenciar muy bien –dijeron a modo de justificación.

–Ya lo creo –replicó K–. Yo mismo fui testigo de eso, mas yo veo exclusivamente mediante mis ojos y con ellos no distingo diferencia alguna entre ustedes. Por esa causa voy a tratarlos como si fuesen solamente un individuo. Los voy a llamar Arthur a ambos, porque así se llama uno de ustedes... ¿ese eres tú? –le preguntó a uno de sus colaboradores.

–No –replicó el aludido–. Yo soy Jeremías.

–Da lo mismo –le contestó K–. Voy a llamar Arthur a los dos. Si mando a Arthur a cierta parte, se van los dos al mismo sitio; si le ordeno a Arthur hacer tal o cual labor, la efectúan ambos. Pese a que esto tiene una importante desventaja para mí: no puedo hacer uso de sus servicios para diferentes trabajos. Empero, esto posee como ventaja que ambos tengan una responsabilidad imposible de dividir acerca de cuanto les ordene yo hacer. De qué modo se distribuyan lo encargado es cosa que no me importa, mas no deben hablarme el uno luego del otro, porque en mi concepto ustedes son un solo individuo.

Los jóvenes sopesaron aquello un rato y después refirieron:

–Hacerlo así nos va a resultar muy poco grato.

–Desde luego que sí –admitió K–. Es evidente que no les va a gustar, pero de todas maneras lo vamos a hacer como yo digo.

Desde unos momentos antes, K había percibido que uno de los labriegos daba vueltas cerca de la mesa; finalmente aquel sujeto se aproximó a uno de los colaboradores e intentó murmurar algo en su oído.

–Va usted a disculparme –expresó K, golpeando la mesa e incorporándose–. Son estos mis colaboradores y ahora mismo estamos reunidos. Nadie tiene ningún derecho a molestarnos.

–¡Ah!, disculpe–se excusó asustado el labriego y de inmediato volvió a donde se encontraban los demás.

–Este asunto lo tienen que tener siempre muy presente –advirtió K, tornando a su asiento–: ustedes no pueden hablar con ninguno sin que yo les haya dado mi venia para hacerlo. Soy en este sitio un extraño y si ustedes son mis anteriores colaboradores, ustedes también son extraños aquí. Nosotros tres, los foráneos, debemos en consecuencia estar siempre juntos. Vamos, tomen mis manos.

Con excesiva sumisión esos jóvenes tomaron las manos de K.

–Me dieron su palabra –les dijo este–. A partir de ahora tienen que acatar mis órdenes. Voy a retirarme a descansar y mi mejor consejo es que ustedes hagan lo propio. Hoy perdimos toda una jornada laboral, y mañana comenzaremos bien temprano. Deben hacerse de un trineo para llegar hasta el castillo y presentarse aquí, en la casa, con el trineo, a las seis de la mañana, listos ya para partir.

–De acuerdo–respondió uno de ellos, más el otro se inmiscuyó diciendo:

–Tú afirmas "de acuerdo", aun sabiendo que eso es imposible de cumplir.

–Guarden silencio –les ordenó K–, ya se empeñan en empezar a diferenciarse.

Entonces también el primero hizo uso de la palabra:

–Él está en lo cierto: sin contar con un permiso, un extraño no puede acceder al castillo.

–En tal caso, ¿dónde se puede obtener tal permiso?

–Lo ignoro, quizá lo otorgue el alcalde.

–En ese caso, vamos a probar de comunicarnos con él por la vía telefónica. Vamos, llamen de inmediato al alcalde, vamos, los dos juntos.

Ambos se apresuraron a tomar el artefacto, pidieron la comunicación (según se esforzaban, parecían más absurdamente obedientes) y preguntaron si era posible que fuese en compañía de ellos al castillo, a la jornada siguiente.

La negativa pudo ser escuchada por K desde la mesa donde se hallaba, mas la respuesta completa fue aun más pormenorizada: "ni mañana ni ningún otro día".

–Voy a llamar yo en persona –aseveró K, y se incorporó. Mientras que hasta entonces, excepto por lo sucedido con el labriego, los que se encontraban en la estancia en un grado mínimo se habían percatado de la presencia de K y sus colaboradores, sus palabras finales engendraron un generalizado interés. El conjunto de los presentes se incorporó simultáneamente, como el mismo K, y a pesar de que el dueño del establecimiento probó de empujarlos hacia atrás, aquellos sujetos se congregaron en torno del teléfono en semicírculo. En su grupo se impuso el criterio de que K no iba a obtener respuesta alguna. Este se vio forzado a solicitar que guardaran silencio, pues su opinión no le interesaba.

En el receptor se escuchó un zumbido, como jamás antes lo había oído al hacer uso del aparato; era tal como si aquel zumbido estuviera conformado por incontables voces de niños, aunque en verdad tampoco se trataba de un zumbido: era un cantar de voces remotas, muy lejanas, como si a partir de ese zumbido se estableciera una exclusiva voz, alta y vigorosa, que golpeara el oído para irrumpir en mayor medida en el mísero sistema de audición. K escuchaba sin decir palabra, apoyando su brazo izquierdo en la base del aparato y escuchando en dicha posición.

No supo determinar cuánto tiempo estuvo así escuchando, pero luego el posadero sacudió su chaqueta, diciéndole que terminaba de llegar un mensaje que le estaba destinado.

–¡Afuera! –aulló perdiendo el autocontrol, tal vez en el micrófono del artefacto, porque en ese instante alguien se anunció. Tuvo lugar la siguiente comunicación:

–Aquí habla Oswald, ¿quién es usted? –gritó una voz rigurosa y soberbia, que le pareció a K que adolecía de un leve defecto articular, uno que intentaba alivianar con una dosis extra de severidad. K tuvo dudas respecto de si era pertinente identificarse, así indefenso ante el teléfono: el otro bien podía fulminarlo, cortando la comunicación, y de tal modo K se habría clausurado una senda que tal vez no carecía de importancia. La vacilación de K terminó con la paciencia del sujeto.

–¿Quién es usted? –repitió, y agregó–: Me gustaría que no se efectúen tantas llamadas desde allí: Hace apenas un momento que llamaron.

K no tomó en cuenta esa indicación y manifestó con súbita determinación:

–Habla el colaborador del señor agrimensor.

–¿Qué colaborador? ¿Qué señor? ¿De qué agrimensor me está hablando?

K recordó la conversación telefónica del día anterior.

–Pregúntele eso a Fritz –dijo cortamente.

Su sorpresa tuvo su efecto, más en razón de que lo tuvo, se asombró de la centralización del servicio.

La contestación fue:

–Ya lo sé, el eterno agrimensor, je, je. ¿Qué más? ¿De qué colaborador me está hablando?

–Soy Josef –replicó K.

Le molestaba en cierta medida el susurrar de los labriegos detrás de él, que aparentemente no acordaban en cuanto a ese asunto de no haberse presentado genuinamente. Mas K no tenía el tiempo necesario como para ocuparse de ellos, puesto que la conversación hacía preciso disponer de la suma de su capacidad de concentración.

–¿Josef? –preguntaron ellos–. Los colaboradores se llaman... –una breve pausa, según parecía, estaba reclamando los nombres a otro– Arthur y Jeremías.

–Esos son los nombres de mis nuevos colaboradores –dijo K.

–No. Corresponden a los de antes.

–Le digo que son los nuevos. Empero yo soy el anterior, aquel que llegó hoy, después de que vino el agrimensor.

–¡No es así! –gritaron.

–En ese caso, ¿quién soy yo? –inquirió K con igual serenidad.

Tras una pausa la misma voz, con la misma defectuosa articulación, mas con un matiz más hondo y respetable, dijo:

–Tú eres el anterior colaborador.

K escuchó el tono de la voz y estuvo a punto de obviar la interrogación aquella: "¿Qué cosa quieres?".

Le hubiera gustado colgar; de esa comunicación nada más esperaba. Solamente obligándose pudo inquirir apresuradamente:

–¿Cuándo puede ir mi amo al castillo?

–Jamás –la respondieron.

–Está bien –repuso K, y colgó el aparato.

Detrás de él los labriegos se le habían acercado mucho. Los colaboradores intentaban detenerlos lanzándole a K miradas al sesgo. Mas aquello exclusivamente semejaba ser un tipo de comedia. Asimismo, los campesinos, que estaban satisfechos con el producto de aquella comunicación telefónica, empezaban a ceder paulatinamente posiciones. En aquel momento, el grupo fue segmentado desde atrás por un sujeto que se movía rápidamente. Este le hizo una ligera reverencia a K y le entregó una misiva. K la conservó en su mano y miró al sujeto, quien entonces le resultaba más importante que ese mensaje. El hombre tenía un marcado parecido con los colaboradores: era tan flaco como ellos, gastaba igual traje apretado, era asimismo tan ágil y liviano como ellos... pero era alguien diferente. ¡Ojalá K hubiera podido servirse de él como colaborador! Le hacía acordar en cierta medida a la dama que daba de mamar, en la casa del curtidor. Vestía casi por completo de blanco, un traje que no era de seda sino corriente y de invierno, mas resultaba ser tan suave y solemne como uno de seda. Su semblante era diáfano y honesto, sus ojos excesivamente grandes. Su manera de sonreír era extremadamente estimulante. El sujeto pasó su mano sobre su cara, tal como si intentase así borrar aquella sonrisa, mas no pudo concretarlo.

–¿Quién eres tú? –le preguntó K.

–Mi nombre es Barnabás –dijo el sujeto–. Yo soy un mensajero.

Mientras hablaba, tan masculinamente, sus labios se abrían y tornaban a cerrarse, sin embargo, muy suavemente.

–¿Te agrada este sitio? –le preguntó K, y señaló a los labriegos, que seguían interesados en él y lo miraban con expresión atribulada. Sus cabezas parecían aplanadas desde arriba; sus facciones, grabadas por el dolor del golpe. Sus gruesos labios, esas bocas abiertas... Simultáneamente tampoco miraban, porque en ocasiones sus ojos vagaban y en otras su mirada permanecía fija en cierto objeto, previamente a volver. Después K señaló a sus colaboradores: ellos seguían abrazados, mejilla contra mejilla y sonreían –sin que fuese factible conocer si por humildad o por mofa–. K los señaló como si le fuese presentado un séquito impuesto por la necesidad de una situación particular, aguardando (en eso consistía la confianza y aquello era lo que resultaba importante para K) a que Barnabás discriminara de modo razonable entre él y sus colaboradores. Mas Barnabás –aunque totalmente inocente, ello era evidente– no aceptó la pregunta, se desentendió de ella tal como un sirviente correcto deja que lleguen a él las palabras que aparentemente le dirige su amo, y se redujo su actitud a escrutar en torno de sí en el sentido de la interrogación, saludando a los labriegos que conocía y cruzando algunas palabras con los colaboradores. Todo aquello con plena libertad y espontaneidad, sin por ello mezclarse con esos sujetos. Ante el desaire, K no se sintió abochornado, y tornó a la misiva que tenía en su poder para abrirla. La carta así decía:

*"Señor mío: Como usted conoce, fue aceptado en el servicio condal. Su superior más cercano es el alcalde, quien le comunicará los pormenores referidos a sus labores y cuál será su sueldo. A él deberá rendir cuentas de su trabajo. Sin embargo, no voy a perderlo a usted de vista. Barnabás, quien le llevó este mensaje, de tanto en tanto le va a preguntar cuáles son sus anhelos para trasmitírmelos. Invariablemente estaré predispuesto, en la medida de lo factible , a complacer sus necesidades. Quiero tener operadores bien conformes." No se podía leer la firma, mas sí, impresa, la inscripción: "Director de la oficina X".*

–¡Aguarda! –le dijo K a Barnabás, quien lo obedeció con una corta inclinación.

Luego K llamó al posadero para que le mostrase su cuarto, pues quería permanecer un tiempo a solas con ese mensaje. Al efectuarlo rememoró que Barnabás, pese a la simpatía que sentía hacia él, era apenas un mensajero, y pidió que le fuese ofrecida una cerveza. Prestó atención a la manera que tuvo Barnabás de aceptarla, según parecía, encantado, ya que la apuró rápidamente. En la casa sólo habían podido poner a disposición de K una estancia en el altillo; incluso eso había resultado ser fuente de dificultades, porque había un par de sirvientas que habían dormido hasta hacía poco en aquel cuarto y que debieron ser trasladadas a otro sitio.

En realidad no se había concretado más que el traslado de las criadas. En todo lo demás, nada había sido modificado: las mismas sábanas usadas seguían allí, en la exclusiva cama. Unas almohadas y una manta de establo continuaban igual que la noche pasada. En el muro se veían algunas imágenes sacras y fotos de soldados. El cuarto aquel ni siquiera había sido ventilado; todo llevaba a creer que no se aguardaba que el pasajero siguiera allí prolongadamente y, en verdad, ningún esfuerzo había sido hecho para conservarlo.

Empero K se manifestó complacido con esa situación, se abrigó con la manta, tomó asiento a la mesa y principió a releer la misiva ayudándose con una vela. La carta no poseía un estilo uniforme: había en ella secciones en las que se referían a él como si se tratara de alguien independiente, que posee una reconocida voluntad propia. Así era el encabezamiento, lo mismo que la sección atinente a sus deseos. A pesar de ello, había otras partes en que era considerado como un trabajador de índole inferior, uno que apenas se merecía la atención de aquel director. Este parecía tener que ser forzado a fin de no "perderlo de vista". Su superior era solamente el alcalde del poblado, a quien inclusive debía rendirle cuentas; era cosa probable que su exclusivo colega fuese el policía del lugar.

Se trataba indudablemente de paradojas, tan notorias que tenían que ser cosa adrede. El pensamiento absurdo, relacionado con una administración de esas características, en cuanto a que había actuado de modo indeciso, ni siquiera fue considerado por parte de K. En mayor medida avizoraba en aquello la oferta de una opción: quedaba a su elección qué deseaba hacer con las indicaciones de esa misiva. O sea: si deseaba ser un operario del poblado con un contacto, de todas maneras, distinguido, aunque aparente, con el castillo, o prefería ser en apariencia un trabajador del pueblo que en verdad hacía que dependiese el conjunto de su relación laboral de las precisiones que le brindase Barnabás.

K no dudó cuando optó y de igual manera no hubiese hesitado de no mediar cuanto ya le había acontecido. Exclusivamente en la condición de trabajador del pueblo, lo más lejano que fuese posible del amo del castillo, estaba en condiciones adecuadas para alcanzar algo en el castillo; esos pueblerinos, que todavía se mostraban tan recelosos ante él, comenzarían a hablar cuando él, aunque no se hubiese transformado en un amigo, definitivamente fuese otro ciudadano más. En cuanto no se lo pudiese diferenciar de Gerstäcker o Lasemann –y esto tenía que ocurrir a toda velocidad, de ello dependía la suma del conjunto– entonces se le abrirían intempestivamente todos los senderos que, si hubiera dependido de los amos de arriba y de su indulgencia, no sólo habrían quedado cerrados para él, sino que también serían invisibles.

Era verdad que existía un riesgo y que se había incrementado su peso en la misiva, definido con determinado júbilo, tal como si se tratara de algo insoslayable. Consistía en el rango de operario. Servicio, director, superior, labor, condiciones salariales, rendir cuentas, trabajador; todos esos términos referidos al trabajo proliferaban en el mensaje e inclusive en aquellos pasajes donde se hacía referencia a un asunto distinto, de índole personal, ello se efectuaba desde esa misma óptica.

En caso de que K desease transformarse en un trabajador, bien podía hacerlo, mas ello con tremenda seriedad, carente de cualquier otro cometido. K estaba al tanto de que no lo habían amenazado con un deber real, no sentía temor de ello y en ese trance, todavía en menor medida, pero definitivamente temía la violencia de ese medio desesperanzador, el acostumbramiento a las frustraciones, la violencia generada por las influencias no detectables que surgirían a cada instante, mas debía animarse a arrostrar tales riesgos. La misiva de ningún modo ocultaba que, en caso de llegar la instancia de una pugna, K resultaría el responsable de haberle dado inicio; ello había sido deslizado sutilmente y exclusivamente una consciencia inquieta (no maligna) era capaz de percibirlo: "como usted ya conoce" acerca de su incorporación al servicio del castillo. K se había presentado y a partir de aquel instante conocía –tal como se señalaba en la carta– que había resultado aceptado.

Entonces K quitó una fotografía del muro y colgó la misiva de un clavo. Iba a morar en esa alcoba y de una de sus paredes tenía que colgar ese mensaje. Luego descendió hasta el salón de la posada; allí dio con Barnabás, quien se hallaba a la mesa, con los colaboradores.

–¡Oh!, allí te encuentras –dijo K sin mayor motivo, exclusivamente porque le causó alegría encontrarse con Barnabás. Éste se incorporó de inmediato. Apenas ingresó K, los labriegos se levantaron para aproximarse a él; se había convertido en un hábito aquello de ubicarse invariablemente detrás de él.

–¿Qué quieren de mí, todo el tiempo? –exclamó K.

No tomaron a mal aquello y tornaron con lentitud a sus sillas. Uno de los campesinos, al tiempo que se marchaba, adujo a modo de explicación y mientras sonreía de manera imposible de clasificar, gesto que los demás imitaron:

–Uno siempre averigua una cosa nueva –dijo y se relamió como si esa "novedad" aludida consistiera en algún tipo de alimento.

K no replicó con intención de conciliar. Era correcto que recibiese algo de respeto, mas en cuanto terminaba de tomar asiento junto a Barnabás percibió el aliento de uno de los labriegos en su nuca, uno que, explicó, deseaba tomar el salero. K dio un puntapié contra el piso y el rústico se alejó de inmediato, sin llevarse consigo el salero.

Resultaba cosa sencilla hacer enojar a K: apenas se debía azuzar a los labriegos en su contra. Su empecinado concurso le resultaba más perverso que la reserva mantenida por otros y, asimismo, también consistía en reserva, porque si K se hubiera sentado a su mesa, seguramente no hubiesen permanecido sentados.

Solamente la presencia de Barnabás le vedó montar un alboroto. Mas se volvió hacia donde se encontraban ellos con aire intimidatorio y ellos también lo observaron. Al hallarlos de tal manera sentados, cada uno en su sitio, sin decir palabra, sin algún nexo perceptible entre sí, teniendo sólo en común que todos lo miraban con fijeza, supuso que eso no consistía en malignidad, eso que los lleva a su persecución. Quizá ciertamente deseaban alguna cosa de su parte y eran incapaces de expresarlo. De no ser así, tal vez se tratara de mera puerilidad, una que al parecer abundaba en aquel sitio. Acaso, ¿no resultaba asimismo pueril el dueño de la posada, sosteniendo una jarra de cerveza para un parroquiano empleando para ello ambas manos, en silencio, mirando a K y sin prestarle la más mínima atención al llamado de su mujer, asomada a través de la ventana de las cocinas?

Ya más sereno, K tornó a mirar a Barnabás; le hubiera agradado poder hacer que se alejaran los colaboradores, mas no dio con ninguna excusa y ellos, en sí, se circunscribían a contemplar sin decir una palabra sus jarras de cerveza.

–Leí la carta –comenzó a decir K–. ¿Estás al tanto de lo que dice?

–Lo ignoro –respondió Barnabás. Su mirar pareció explicitar más que sus dichos. Quizá K cometía un yerro para bien, como en el caso de los labriegos para mal; empero continuó sintiéndose cómodo ante él.

–La carta asimismo se refiere a ti: de tanto en tanto debes llevar informaciones entre la dirección y yo. Por esa causa fue que supuse que sabías cuál era su contenido.

–Solamente me ordenaron entregar esa misiva –dijo Barnabás–. Tenía que esperar a que fuese leída y, si lo estimabas pertinente, llevar una contestación, fuese oral o por escrito.

–Bueno –le dijo K–, no precisa ser escrita. Dile de mi parte al señor director, ¿cuál es su nombre? No pude leer su nombre.

–Se llama Klamm –informó Barnabás.

–Comunícale al señor Klamm mi gratitud por haber sido admitido y asimismo por su gentileza, aspectos que, como uno todavía no habituado a esta comarca, estimo en su justa medida. Voy a obrar según él lo indicó. De momento nada deseo en particular.

Barnabás, que había estado muy atento, le pidió a K repetir el mensaje. K así lo permitió y Barnabás lo repitió de cabo a rabo. Luego se incorporó para despedirse.

Durante todo ese período, K había examinado su semblante y entonces lo hizo por última vez. Barnabás era tan alto como K, mas parecía como si inclinase la mirada hacia K; lo que sucedía casi con modestia, pero era imposible que ese sujeto pudiese abochornar a alguien. Efectivamente, él no era más que un mensajero y desconocía cuanto la carta decía, mas asimismo su mirar, su sonreír y su andar semejaban constituir un mensaje, aunque no desease saber algo de ellos. K le alargó la mano, lo que en apariencia lo asombró, dado que él solamente hubiese deseado hacer una reverencia ligera. Apenas se marchó –previamente a abrir la puerta por un momento se había apoyado en ella y abarcado el salón con un vistazo que no se detuvo en ninguno en particular– K les habló a sus colaboradores:

–Iré a mi cuarto en busca de los planos; luego vamos a conversar acerca de nuestra próxima labor.

Ellos deseaban ir con él.

–¡Ustedes se quedan acá! –les mandó K.

Sin embargo, ellos no abandonaron su cometido. K se vio forzado a repedir más severamente aquella orden. Barnabás ya no se encontraba en el corredor, terminaba de marcharse. Tampoco dio con él frente a la casa y había tornado a caer la nevada. K bramó:

–¡Barnabás!

Pero no obtuvo respuesta. ¿Acaso se encontraba todavía en la vivienda? No parecía haber más chance que aquella. Pero K tornó a gritar su nombre con la mayor energía de la que disponía y aquel nombre resonó en la noche. Desde lejos alcanzó a oír una debilitada contestación, tan distante se hallaba Barnabás ya en ese momento.

K respondió y fue a su encuentro; allí donde se encontraron ya no podían ser avistados desde la posada.

–Barnabás –le dijo K, y no pudo evitar que temblara su voz–, quería decirte otra cosa más. Me percaté de que no funcionaría correctamente si me viese obligado a depender de tus ocasionales visitas, si preciso alguna cosa del castillo. De no haberte alcanzado en este instante y por mera casualidad, pues todavía suponía que te hallabas en casa, quién podrá decir cuánto debería aguardar para una segunda reunión contigo.

–Puedes solicitarle al director –repuso Barnabás– que me envíe de modo regular y a las horas que señales como adecuadas.

–Eso no sirve –negó K–. Quizá no tenga nada que informar en el curso de un año entero, mas quince minutos después de que te vayas surja algo urgente.

–En ese caso, ¿le tengo que decir a la dirección –sumó Barnabás– que debe establecer otro nexo contigo, además de mi participación?

–No es eso –le dijo K–. En absoluto. Digo esto de paso. En esta oportunidad fui afortunado y pude darte alcance.

–¿Deseas que volvamos a la posada –dijo Barnabás– para que me des allá otro mensaje?

Barnabás ya había avanzado algo rumbo a la posada.

–Barnabás –dijo K–, no es preciso hacer eso. Voy a hacerte un poco de compañía...

–¿Por qué razón no deseas retornar allá? –le preguntó Barnabás.

–La gente me molesta en la posada–dijo K–. Ya viste cuán impertinentes resultan ser los labriegos.

–Bien podemos ir a tu alcoba –dijo Barnabás.

–Es el cuarto de las sirvientas –dijo K–. Sucio, sin ventilación. A fin de no permanecer en esa estancia, deseo acompañarte un rato –agregó K, a fin de despejar toda duda al respecto–. Simplemente permíteme que me apoye en ti. Tú andas con mayor seguridad.

Fue así que K se tomó del brazo de Barnabás. La oscuridad era densa y no podía ver su cara, su figura era difusa y con autoridad, ya había probado de palpar su brazo. Barnabás accedió y así fueron hacia la posada. Sin embargo K percibió que él, pese a tamaño esfuerzo, era incapaz de marcar el mismo ritmo de marcha que Barnabás. Él bloqueaba su libertad de movimiento e inclusive en circunstancias habituales el conjunto iba a ser un fracaso por dicha razón. Era una de esas callecitas, justamente como aquella en la que K se había hundido en la nieve durante la mañana y de la que sólo podría salir apoyándose en Barnabás. Pese a esto intentó alejar de su mente esas preocupaciones y buscó un bálsamo en el mutismo que observaba Barnabás. Si seguían andando sin decir palabra, continuar andando posiblemente significaría para Barnabás el sentido de su andar en compañía.

Avanzaron un trecho, pero K no sabía con qué rumbo. Él era incapaz de reconocer algo de aquel paraje; hasta ignoraba si ya habían dejado atrás la iglesia. A causa del esfuerzo que le demandaba el mero hecho de andar, sucedió que no era capaz de ejercer un adecuado control de su mente. En lugar de estar fijado en su meta, su pensamiento se tornaba confuso: repetidamente surgió su sitio de origen y los recuerdos repletaron su mente. Asimismo en ese sitio había una inglesia que se levantaba en la plaza principal, una porción de ella circunvalada por un antiguo osario, cercado este por un alto muro, al que escaso número de niños habían alcanzado a trepar (tampoco K lo había logrado). No los empujaba para ello la curiosidad, pues ese cementerio carecía ya de secretos escondidos para los niños. Innumerables veces habían ingresado en él atravesando las rejas de su portón; era simplemente ese alto murallón lo que deseaban superar. Cierta mañana (la plaza, muda y vacía, se hallaba cubierta de luz, K jamás la había contemplado de ese modo y nunca más la volvería ver) le resultó asombrosamente sencillo. En un sitio donde en otras oportunidades su fracaso había sido constante, ascendió por el murallón al primer intento, apretando un banderín entre los dientes. Todavía se dejaban caer piedras sueltas debajo de él cuando ya se encontraba en la cima; allí desenrolló el banderín, la brisa hizo que la tela se desplegara. Él miró hacia abajo y en torno, así como sobre el hombro hacia las lápidas sepultadas en la tierra. Ninguno se dejaba ver entonces, allí, ubicado a una altura mayor que él. Por mera casualidad pasó por allí el maestro, quien forzó a K a descender, muy encolerizado, y cuando brincó K se dañó la rodilla. Con mucho esfuerzo alcanzó a retornar a su hogar, mas él había estado en el murallón, el sentimiento de aquel triunfo le brindó seguridad para una prolongada existencia, cosa no completamente descabellada; entonces, ya pasados tantos años, aquello vino a auxiliarlo en mitad de la noche nevada, andando apoyado en el brazo de Barnabás. Se sujetó K más fuertemente de él: Barnabás prácticamente lo estaba remolcando y el silencio no se cortó. De aquel sendero K simplemente conocía que, según estaba la calle, no se había desviado hacia una vía lateral. Lo halagó no detenerse por causa de lo dificultoso que era aquel sendero o por estar preocupado por tener que volver. Para ser arrastrado, finalmente, todavía sus energías resultarían suficientes.

¿Podía ser el sendero aquel algo infinito? Durante la jornada el castillo se había manifestado frente a él como una meta fácil y seguramente el mensajero estaba al tanto de cuál era la senda más breve. Entonces Barnabás detuvo su marcha. ¿Dónde se encontraban? ¿No era posible continuar? ¿Iba Barnabás a despedirse de él? Eso no iba a ser factible: K se sujetaba con tanta energía del brazo de Barnabás que casi lo dañaba. ¿O podía haber tenido lugar algo inconcebible y ya habían llegado alcastillo, o como mínimo, ante sus portones?

Empero, según lo que K sabía, no habían subido en ningún momento. O la cosa era que, tal vez, ¿Barnabás lo había llevado por un sendero que, efectivamente, subía sin que ello pudiese ser percibido?

–¿Dónde es que nos hallamos? –inquirió K en tono bajo, como dirigiéndose en mayor medida a sí mismo que a su acompañante.

–Estamos en casa –respondió Barnabás de igual modo.

–¿Estamos en casa, dices?

–Ahora avanza con cuidado, no sea que te vayas a resbalar. La senda es en bajada...

–¿Dices que en bajada?

–Apenas un breve trecho –añadió Barnabás, y ya estaba tocando a una puerta.

Les abrió una joven. Estaban en el umbral de un gran salón, prácticamente en la oscuridad, porque solamente fulguraba una lamparita de aceite, depositada sobre una mesa en la parte posterior de la izquierda.

–¿Quién viene en tu compañía, Barnabás? –preguntó la joven.

–Es el agrimensor –repuso el aludido.

–El agrimensor... –repitió la chica, en voz alta y mirando hacia la mesa. Luego se levantaron de allí un par de viejos (un hombre y una anciana) y una mujer joven. Ellos saludaron a K, Barnabás realizó las presentaciones. Se trataba de sus padres y sus hermanas, llamadas Olga y Amalia. K apenas se fijó en esas personas. Le hicieron sacarse la chaqueta –empapada y que precisaba ser secada– y él se dejó hacer.

De tal modo que no eran ellos, sino Barnabás, quien se hallaba en su hogar. Mas, ¿que hacían esos allí? K llevó a Barnabás a un sitio aparte y le dijo:

–¿Por qué viniste a tu casa? Acaso, ¿vives en los terrenos del castillo?

–¿En el castillo? –repitió Barnabás, como sin comprenderlo.

–Barnabás –le dijo K–, querías ir de la posada al castillo.

–No, señor, no es así –repuso Barnabás–, yo deseaba volver a casa. Al castillo me voy a dirigir mañana temprano. Yo jamás pernocto en él.

–De modo que –agregó K– no querías dirigirte al castillo, sólo venir aquí –su sonrisa le pareció lánguida, su apariencia sin lucimiento–. Y entonces, ¿por qué causa nada me dijiste?

–No me preguntaste –respondió Barnabás–. Querías darme un mensaje, mas ni en la posada ni en tu cuarto. De tal modo, concluí que bien podrías confiármelo en la casa de mis padres, sin que nadie pudiese perturbarte. Si tú lo mandas, ellos se irán en el acto. Asimismo, podrías pasar la noche en este sitio, en caso de que te guste. Acaso, ¿no procedí correctamente?

K fue incapaz de contestarle. Todo había sido un error, un ordinario e insignificante malentendido, al que K se había entregado. Tal vez, ¿se había permitido subyugar por la chaqueta sedosa, brillosa y ajustada de Barnabás, que el mensajero entonces procedía a desabotonar? ¿Debajo de ella gastaba una camisa de grosera factura, de color gris sucio, cubierta de remiendos sobre el potente y anguloso pectoral de un sirviente? Cuanto se veía allí no solamente era coherente con eso, incluso alcanzaba a sobrepasarlo: como el anciano padre afectado de gota, que se movía en mayor medida merced a sus manos que a la rigidez que demostraban sufrir sus piernas; la madre tenía las manos dobladas sobre el pecho, la que a causa de sus dimensiones apenas podía dar cortos pasos. Ambos progenitores habían dejado su rincón a partir del ingreso de K y todavía no habían llegado hasta donde él estaba. Las hermanas, rubias, muy semejantes entre sí y también a Barnabás, mas con rasgos más duros que él, eran altas y vigorosas. Ellas rodeaban a los recién llegados y esperaban de parte de K unas palabras de salutación. K, pese a todo, era incapaz de musitar algo siquiera; había supuesto que en ese poblado todos los habitantes poseían importancia para él y efectivamente así era. Exclusivamente aquellas personas carecían de toda importancia para él. Si hubiese sido capaz de retornar por las suyas a la posada, habría partido de inmediato.

La chance de irse al castillo en compañía de Barnabás a la mañana siguiente, bien temprano, no le agradaba en lo más mínimo. Entonces, en medio de la noche, inadvertido, habría deseado ingresar en el castillo, guiado por Barnabás, mas eso con el Barnabás que se le había aparecido al comienzo, un individuo que le resultaba más cercano que cualquier otro de los que había conocido allí hasta ese momento mismo, y del que había creído, simultáneamente, que tenía fuertes nexos con el castillo, relaciones que iban allende su rango. Sin embargo, con el hijo de dicha familia, a la que pertenecía por completo y con la que ya se había sentado a la mesa, con un hombre que claramente ni siquiera era capaz de dormir en el castillo, era cosa imposible concurrir al castillo en pleno día y tomado de su brazo. Se trataba de una intentona absurda, risible, fruto de la falta de mayores esperanzas.

K tomó asiento en un banco ubicado debajo de una ventana, persuadido de la conveniencia de dejar pasar allí la noche y no requerir de aquella familia otro servicio. Los pueblerinos, aquellos que lo habían expulsado y le temían, le resultaban gente menos peligrosa, porque lo llevaban a estar en dependencia de sí mismo, contribuyendo a conservar concentradas sus energías. Aquellos que en apariencia eran sus colaboradores, empero, que en lugar de al castillo lo llevaban –merced a una reducida mascarada– al seno de su familia, lo que hacían era desviarlo de su senda. Desearan eso o no, contribuían al diezmo de sus energías. No le brindó atención a un convite venido de la mesa de la familia y se limitó a seguir en aquel banco, sentado y con el cráneo hundido.

En ese momento se levantó la joven llamada Olga, la más simpática de las hermanas, quien demostrando tener todavía algún resabio de confusión juvenil, se acercó a K y le pidió que fuese con ella a la mesa, donde habían dispuesto ya pan y tocino y estaban a punto de servir cerveza.

–¿De dónde traerán cerveza? –de preguntó K.

–Desde la posada –le dijo ella.

Eso era cosa conveniente para K. Le pidió que no trajera cerveza pero que lo acompañara hasta la posada, dado que todavía debía entregarse a unas urgentes labores. Pero vino aquello a resultar en que la joven no deseaba ir tan lejos, sino a una posada más cercana, a la hostería señorial. Pese a eso, K le solicitó que ella le permitiese acompañarla. Quizá, fue ese el pensamiento de K, encontraría allí una chance para pasar la noche y en todo caso hubiese preferido aquello antes que el mejor lecho de esa vivienda.

La joven Olga no le contestó de inmediato, sino que se redujo a observar lo que sucedía a la mesa. Su hermano se había incorporado; dio su visto bueno con un gesto de la cabeza y agregó:

–Siendo que el señor así lo quiere...

Frente a tal aval, K estuvo al borde mismo de dar marcha atrás con su pedido, porque exclusivamente podría asentir Barnabás a algo carente de mayor valor, mas cuando después se habló sobre la probabilidad de que en la posada fuera admitido K y todas esas personas lo pusieron en franca duda, él volvió a la carga con aquello de ir, sin tomarse siquiera el trabajo de argumentar lógicamente en favor de lo que deseaba. Esa gente debía aceptarlo así, como él era. De alguna manera no se sentía embarazado ante ellos.

Lo que únicamente le causaba estupor era la presencia de Amalia, de mirar tan serio, directo e imperturbable, posiblemente un poco pusilánime.

Durante el corto trayecto hasta la posada, K se tomó del brazo de Olga y ella lo remolcó. Él no era capaz de auxiliarse de otra manera, tal como sí lo hizo con Barnabás. Así se enteró de que aquel albergue estaba reservado para los señores del castillo, quienes allí podían comer o hasta pasar la noche si debían hacer algo en el poblado. Olga se dirigió a K empleando un tono bajo, como de confidencia, y era grato marchar en su compañía, casi tanto como en la de su hermano. Sin embargo, K le opuso resistencia a esa sensación de confort, al menos cuanto pudo, para terminar rindiéndose a ella.

Por fuera, la posada señorial resultaba ser muy parecida a aquella donde K ocupaba un cuarto. En aquel poblado las diferencias exteriores de las viviendas no eran nada notables, mas prestando atención podían advertirse algunas muy sutiles: a modo de ejemplo, la escalera de la entrada poseía una baranda y había un farolito sobre el portón; cuando flameó un paño sobre sus cabezas, al ingresar, se trataba de un banderín con los colores condales. En el corredor vino a su encuentro el dueño del establecimiento, quien al parecer estaba dando curso a una inspección exterior. Sus pequeños ojos, inquisidores o adormecidos –era difícil determinarlo– examinaron velozmente a K y el hombre le dijo:

–El señor agrimensor sólo puede avanzar hasta el despacho de vituallas.

–Por supuesto –señaló Olga, intercediendo en el acto–. Simplemente vino en mi compañía.

Sín embargo K, carente de toda gratitud, se libró de Olga y buscó un aparte con el posadero. Olga, en tanto, aguardó con toda paciencia donde culminaba el corredor.

–Deseo pasar aquí la noche –declaró K.

–Lo siento: eso no es posible –sentenció el posadero–. Al parecer, usted ignora que la propiedad tiene por único destino servir a los amos del castillo.

–Eso lo puede señalar el reglamento –repuso K–, pero tiene que ser factible que me permita descansar en un rincón.

–Yo estaría encantado de complacerlo –aseguró el posadero–. Sin embargo, además de lo rigurosas que son las leyes, a las que se refiere usted como todo un extraño, su voluntad es una cosa a la que es imposible darle cumplimiento. Los señores son muy susceptibles y resultan ser incapaces, si están desprevenidos, de aguantar ser vistos por un forastero. Si yo le permito dormir aquí y por casualidad, las casualidades (siempre se producen del lado de los señores), lo descubrieran, estaría yo perdido y usted también.

Aquello sonaba absurdo, mas era verdad: aquel señorón –que lucía abotonado hasta el cuello y que apoyaba una mano en el muro y la otra en su cintura, cruzadas las piernas y algo inclinado hacia K– le estaba hablando en confianza, pareciendo no ser parte del pueblo, aunque su ropa oscura le diera aquel aire solemne y tan pueblerino.

–Así lo creo –dijo K– y tampoco tengo en menos la importancia del reglamento. Seguramente no me expresé adecuadamente. Solamente deseo llamar su atención acerca de un aspecto, pues en el castillo poseo valiosos contactos y los tendré todavía de más valor. Esos contactos míos lo resguardan a usted de todo riesgo que pudiese temer a causa de mi permanencia en este sitio. Estoy en condiciones de garantizarle que puedo ser muy agradecido a cambio de un pequeño favor.

–Eso lo sé –aseveró el posadero, y repitió–: yo lo sé muy bien.

Entonces K debería haber manifestado más enérgicamente cuál era su anhelo, mas justamente esa contención del posadero le produjo confusión. Por ello se redujo su actitud a inquirir:

–¿Duermen esta noche muchos señores del castillo?

–En cuanto a ese asunto, ésta es una noche plena de ventajas –refirió el dueño de la posada, mostrándose de cierto modo tentado–. Hoy se queda uno solo.

K no podía seguir insistiendo, mas albergaba la esperanza de ser admitido, por lo que preguntó de quién se trataba.

–Klamm –aclaró el posadero como al pasar, al tiempo que le prestaba atención a su mujer, quien en esa instancia se dejó ver; usaba un vestido raramente envejecido, arrugado y lleno de pliegues, aunque de fina hechura, ciudadano. La intención de aquella mujer era llevarse consigo a su esposo, dado que el director deseaba cierto servicio. Pese a esto, antes de marcharse, el dueño de la posada se dirigió a K, tal como si no se tratase de él sino de K quien debía decidir si este podría o no pasar la noche en su establecimiento. Pero K nada pudo responderle al posadero, pues el hecho de que estuviera presente su superior jerárquico le había ocasionado un gran desconcierto. Sin alcanzar a aclararse las circunstancias a sí mismo, no tenía la misma sensación de libertad frente al señor Klamm que frente al castillo. Que fuese descubierto por Klamm no implicaría un susto tal como lo entendía el posadero, mas definitivamente sí iba a ser esa escena muy poco grata, tal como si resultase el responsable de originar un dolor a uno por quien solamente sentía gratitud. Simultáneamente se sintió oprimido en gran medida al percatarse de que esa falta de decisión evidenciaba los temibles resultados de ser un subordinado, un operario, amén de que no tenía la capacidad –ni siguiera en aquel punto, donde se ponían de manifiesto– de oponerse a ellos hasta conseguir que se desvanecieran.

K siguió allí donde estaba, mordiéndose los labios y sin decir palabra. Nuevamente, antes de que el dueño de la posada se esfumara, este le dedicó otra mirada y K se la devolvió, aunque no dejó su lugar hasta que Olga apareció y lo llevó consigo.

–¿Qué cosa querías obtener del posadero? –inquirió Olga.

–Deseaba pasar aquí esta noche –repuso K.

–¿Cómo...? Si vas a pasarla en nuestro hogar –le dijo Olga, muy asombrada.

–Por supuesto, sí –dijo K, y le confió la interpretación de tales palabras.

# Capítulo 3

Allí donde eran servidas las bebidas, en una amplia estancia cuyo centro estaba vacío, se sentaban próximos a las paredes, junto a las barricas, sobre ellas, un cierto número de labriegos. Estos, empero, ofrecían una apariencia distinta de aquella que era la propia de los de la posada donde K se alojaba. Lucían más pulcros y similares entre sí; vestían ropas de un amarillo agrisado y sus chaquetas eran amplias, mientras que sus pantalones eran ajustados. Se trataba de individuos de baja estatura, muy semejantes al primer vistazo, con semblantes angulosos y planos, aunque sus mejillas sí se veían redondeadas. Se los veía serenos y casi inmóviles; apenas seguían con sus ojos a los que estaban ingresando, mas despacio y demostrando indiferencia. Sin embargo, como eran varios y había allí tanto mutismo, tuvo aquello alguna influencia sobre K, quien tornó a aferrarse a Olga del brazo, mostrándoles a esos individuos que estaba allí presente.

De un rincón uno de aquellos sujetos se incorporó –cierta persona a quien Olga conocía– y trató de acercarse a ella, mas K la forzó a volverse hacia otro sitio, haciendo uso del brazo en el que se estaba apoyando. Ninguno, excepto Olga, fue capaz de percibirlo, y la mujer soportó aquello sonriendo de costado.

Una joven, llamada Frieda, sirvió la cerveza; era una rubia bajita y carente de significado, de expresión entristecida y con las mejillas sumidas, mas que pese a todo llamaba la atención por su manera de mirar, dotada de una partricular superioridad. Cuando Frieda miró a K, él creyó percibir que esos ojos ya habían resuelto situaciones que lo involucraban y cuya existencia ni alcanzaba a suponer, aunque aquella forma de mirar lo persuadió. K no cesó de mirar a Frieda al sesgo y no dejó de hacerlo siquiera cuando le dirigió a Olga la palabra. Al parecer, no las unían lazos amistosos y se limitaron a cambiar algunas frases llenas de indiferencia mutua.

K deseó aportar algo a la comunicación e inquirió, cuando eso era lo menos aguardado:

–¿Usted conoce a Klemm?

Al escuchar aquello, Olga se rió.

–¿Por qué razón ríes? –preguntó K, encolerizado.

–Si yo no me estoy riendo–dijo, y continuó riéndose.

–Olga es todavía muy pueril –dijo K, y se inclinó sobre el mostrador para atraer nuevamente la mirada fija de Frieda.

Pero ello continuó con los ojos bajos y refirió alzando la voz:

–¿Es que usted desea ver al señor Klamm?

K así se lo solicitó. Ella señaló cierta puerta situada a la izquierda, próxima de donde se hallaban, diciendo:

–Allá dará con un agujero muy chico, y podrá observar a través de él.

–¿Y la gente que está acá? –preguntó K.

Ella levantó su labio inferior y condujo a K hacia la puerta con una mano asombrosamente suave. A través de esa perforación, que con toda evidencia se realizó a fin de poder mirar, K fue capaz de dominar prácticamente toda la otra estancia. Klamm se hallaba instalado en el centro de esa habitación, ocupando un sillón redondo y confortable. Una lamparilla brindaba una intensa iluminación, colgando sobre su cabeza. Era un sujeto de mediana estatura, obeso y torpe. El semblante todavía se veía terso, aunque por la edad sus mejillas se mostraban ya caídas. Unos anteojos torcidos, que reflejaban la iluminación de la estancia, escondían sus ojos. En caso de que Klamm se hallara sentado ante la mesa, apenas Klamm hubiese alcanzado a vislumbrar su perfil, mas dado que su posición era oblicua, K estaba en condiciones de ver su cara completa.

Klamm mantenía apoyado su codo izquierdo sobre la mesa; con la diestra sostenía un cigarro y esta reposaba sobre su rodilla. Depositado sobre la mesa, se veía un jarro de cerveza. Dado que el borde del mueble estaba elevado, K no alcanzó a ver correctamente si allí tenía Klamm algunos documentos y suponía entonces que la mesa estaba vacía.

A fin de sentirse más seguro, solicitó a Frieda que mirara por el agujero y lo corroborara. Puesto que ella había entrado hacía un rato en esa estancia, estuvo en condiciones de decirle de inmediato que allí no había ningún documento.

Entonces K preguntó a Frieda si ya debía marcharse, mas ella le respondió que podía muy bien permanecer mirando cuanto quisiese. K estaba a solas con la joven. Olga, lo corroboró fugazmente, había sabido cómo volver a donde se encontraba aquel a quien ya conocía y se hallaba sentada sobre una barrica, sonriendo y dando pataditas.

–Frieda –le dijo K con un susurro a la muchacha–, ¿conoce usted en buena medida al señor Klamm?

–Oh, sí. Efectivamente: lo conozco muy bien –dijo.

Se inclinó entonces hacia K y arregló con aire juguetón su blusa color crema que, como pudo comprobar en ese instante K, lucía un regular escote y pendía de su mísero cuerpo como si de algo ajeno se tratara.

Entonces ella dijo:

–¿Se acuerda de la risa de Olga?

–Sí, es una malcriada –acotó K.

–Bueno –dijo ella con aire conciliador–, la asistían razones para reírse. Es que usted preguntó si yo conocía a Klamm. Yo soy... –y en aquel punto se irguió, sin quererlo, y tornó a dirigirle a K una mirada triunfadora, pese a que no guardaba relación alguna con aquello que estaba refiriendo–. Es que soy la amante del señor Klamm.

–Es la amante de Klamm –repitió K.

Ella asintió moviendo la cabeza.

–En ese caso, usted es para mí alguien muy digno de respeto –dijo K sonriendo para que no se impusiera un exceso de seriedad entre ellos.

–No exclusivamente para usted –dijo Frieda con tono amistoso, mas sin sonreír como él lo estaba haciendo.

K disponía de un medio adecuado para enfrentar su soberbia e hizo uso de este, inquiriendo:

–¿Estuvo usted alguna vez en el castillo?

Pero no obtuvo con esa medida ningún efecto. Ella replicó:

–No estuve nunca allí, pero... acaso, ¿no alcanza con estar en este sitio, en el despacho de bebidas?

Resultaba notorio que su soberbia rebalsaba y justamente deseaba ensañarse con K.

–Definitivamente –afirmó este–. En la posada usted ejerce las funciones del dueño de la posada.

–Justamente así es –dijo ella–. Empecé a trabajar como sirvienta en la posada que está en el puente.

–Con esas manos de tanta suavidad –dijo K, empleando un matiz a medias inquisitivo. No supo entonces si se estaba reduciendo a lisonjear o ciertamente había sido forzado por Frieda a efectuarlo de esa forma. Pero sus manos eran ciertamente reducidas y de gran suavidad, aunque de la misma manera podría haber afirmado que eran flacas e indiferentes.

–Ninguno antes les prestó atención –dijo ella–, ni siquiera ahora...

K la miró con expresión interrogante.

Ella sacudió su cabeza y ya no deseó continuar conversando.

–Usted posee, por supuesto, sus secretos –dijo K–. No va a referirse a ellos frente a uno al que apenas conoce hace una hora; alguien que hasta el presente no halló propicio el momento para referirle cuál es su situación.

Aquella resultó ser –eso se hizo claro casi en el acto– una indicación fuera de lugar; era como si la hubiesen despertado a Frieda mientras disfrutaba de un grato ensueño. Ella extrajo de su cartera de cuero, la que llevaba colgando de su cinturón, un trozo de madera y rellenó con él ese agujero en el muro. A fin de esconder la modificación de su ánimo, ella le dijo, definitivamente obligada:

–En lo que a usted se refiere, yo lo conozco todo. Usted es el agrimensor.

Frieda hizo una pausa y después agregó:

–Tengo ahora que seguir trabajando.

Y se ubicó en su lugar, detrás del mostrador, al tiempo que de entre los parroquianos, de cuando en cuando, alguno se incorporaba para que la joven colmara su jarro.

Deseaba K tornar a conversar con ella de modo discreto, de manera que aferró un jarro de los que estaban sobre una repisa y se le acercó.

–Señorita, solamente algo más –le refirió–. Es cosa llamativa y se precisa mucha energía para ascender de sirvienta a camarera, mas... ¿está bien afirmar que alguien, de esa manera, llegó a su objetivo? Es una interrogación descabellada. En su mirada, y por favor no vaya a reírse de lo que digo, no se percibe en tanta medida la pugna que ya pasó como la lucha futura. Sin embargo, la resistencia que opone el mundo es intensa, y se incrementa cuando mayores se vuelven las metas. No implica bochorno de ninguna especie agenciarse el apoyo de alguien carente de poder de influencia, pero dotado de igual temperamento luchador. Quizás existe la posibilidad de poder hablar entre nosotros serenamente, no digo en este lugar, donde tantos nos están mirando.

–Ignoro yo qué cosa busca usted –replicó ella, y en el matiz que evidenció al decirlo, en esa ocasión, no parecían tener voz los logros de su existencia, sino sus incontables frustraciones–. ¿Es que anhela que Klamm y yo nos separemos?

–¡Por los Cielos! Me leyó la mente –respondió K, ya harto de tanta desconfianza–. Justamente esa era mi intención guardada. Tendría usted que dejar a Klamm y convertirse en mi amante. Ahora, ya estoy en condiciones de marcharme. A ver, ¡Olga! –exclamó–. Nos estamos yendo a casa...

Sumisa, la aludida abandonó su barrica, aunque no pudo librarse en el acto de cuantos se encontraban a su alrededor. En ese momento, en tono bajo y amenazante, le dijo Frieda a K:

–¿Cuándo podemos hablar?

–¿Puedo dormir esta noche aquí? –preguntó K.

–Así es –dijo Frieda.

–¿Puedo permanecer en este sitio?

–Váyase con Olga, así puedo deshacerme de los presentes. Espere un rato y luego retorne aquí.

–De acuerdo –le dijo K, y aguardó impacientemente por Olga.

Pero los labriegos no dejaban que ella se marchara. Habían inventado de repente una danza cuya protagonista resultaba ser Olga y bailaban en torno de ella, aferrando sus caderas. Aquel grupo daba vueltas cada vez más velozmente. Los gritos, a la manera de resuellos famélicos, se volvieron uno y Olga, que al comienzo deseaba romper aquel círculo risueño, iba de brazo en brazo con su cabello suelto.

–Tal es la canalla que me mandan –manifestó Frieda, mordiéndose enérgicamente los labios delgados.

–¿Quiénes son esos? –preguntó K.

–Los servidores de Klamm –dijo Frieda–. Cada vez lo acompañan y que estén aquí me enloquece. Apenas estoy en condiciones de recordar lo que hoy hablamos usted y yo, señor agrimensor. En caso de que haya consistido nuestra charla en algo inferior, debe disculparme. Esa gente tiene la culpa. Gentuza digna del mayor desprecio, la más repugnante que se pueda hallar... Es a ellos a quienes estoy obligada a servirles bebidas. No sabe en cuántas ocasiones debí rogarle a Klamm que los hiciese volver a sus moradas. Si se debe aguardar la presencia de la servidumbre de algún otro señor, como mínimo tendrían que respetarme un poco. Pero todo fue inútil: previamente a que usted arribara aquí se habían lanzado como las vacas al establo. Mas en este momento ciertamente deben irse al establo, al lugar que les corresponde. En caso de que usted no se encontrase en este sitio, yo abriría con violencia esa puerta y el mismísimo Klamm debería arrojarlos de aquí.

–Sin embargo... ¿no los escucha? –preguntó K.

–De ninguna manera –dijo Frieda–. Klamm está durmiendo.

–¿Cómo dice usted? –exclamó K–. ¿Que Klamm está durmiendo? Si cuando miré por el agujero seguía despierto, sentado a la mesa.

–Él se sienta siempre de esa forma –dijo Frieda–. Cuando usted lo miró, dormía. Acaso, siendo las cosas de otro modo... ¿hubiese permitido Klamm que usted lo mirase? Ese es su modo de dormir. Los señores duermen mucho... Es cosa ardua de entender. Además, si no durmiese tanto, ¿de qué modo alcanzaría a aguantar a esa gentuza? Mas ahora voy a tener que arrojarlos de este lugar arreglándomelas yo misma.

Dicho esto, tomó de un rincón un látigo y dando un solo brinco, de buena altura y con cierta inseguridad, se aproximó a los bailarines. Estos, inicialmente, se dieron vuelta hacia ella, tal como si se tratase de otra bailarina. Ciertamente parecía que Frieda deseaba dejar de lado su látigo, mas lo tornó a levantar.

–¡En el nombre de Klamm –aulló–, a las caballerizas, todos ahora a las caballerizas!

En esas circunstancias, los labriegos corroboraron que aquello era cosa seria y con un terror que no se podía comprender se apiñaron en la porción de atrás de esa estancia. Cuando el primero dio el golpe inicial, una puerta se abrió y la atmósfera nocturna irrumpió en aquel sitio. Todos se esfumaron con Frieda, que pareció conducirlos a través de los patios hasta el establo. Mas, en el silencio súbito que se adueñó del ámbito, K escuchó claramente cómo resonaban unos pasos por el corredor. A fin de resguardarse brincó detrás del mostrador, el exclusivo sitio donde podría hallar cierto refugio. Pese a que no tenía vedado estar allí, deseaba pasar la noche en ese sitio, de manera que debía hacer cuanto estuviese a su alcance para que no lo viesen. Apenas la puerta se entreabrió, K se arrojó a su interior. Que lo fueran a descubrir allí no dejaba de representar un riesgo, mas en definitiva la coartada de que se hallaba escondido en ese lugar para precaverse de la violencia de los labriegos no era algo imposible de admitir.

Se trataba del posadero.

–¡Frieda! –gritó, y se paseó repetidamente por la estancia. Por suerte Frieda retornó a ese sitio y no dijo cosa alguna acerca de K: simplemente se quejó de los labriegos y se dirigió al mostrador tratando de dar con K. En ese punto él logró rozar su pie y desde ese momento se sintió seguro. Puesto que Frieda no hizo mención de K, llegada la oportunidad lo tuvo que hacer el dueño de la posada.

–En cuanto al agrimensor... ¿dónde está? –preguntó.

Era gentil y tenía una buena educación, merced al trato prolongado y en cierta forma liberal con gentes superiores a él, mas cuando se dirigía a Frieda echaba mano de un trato singularmente respetuoso. Ese detalle era llamativo, pues, pese a ello, en el curso de la conversación no dejaba de constituir el patrón que está ante su empleada, amén de que estaba frente a una empleada notablemente dotada de audacia.

–Me olvidé totalmente del agrimensor –le dijo Frieda, y colocó su diminuto pie sobre el pecho de K–. Debe de haber partido hace ya rato.

–Sin embargo, yo no lo vi –retrucó el posadero– . Y eso que permanecí todo este tiempo en el corredor.

–Como sea, que aquí no está el agrimensor –repuso Frieda, indiferente.

–Quizás está escondido –infirió el posadero–. Tras la impresión que me dejó, estimo que es capaz de eso y más.

–No creo que se anime a hacer algo así –dijo Frieda, y presionó con más fuerza su pie sobre el pecho de K.

En su ánimo se encontraba algún factor que era jubiloso y libre; algo que no había podido apreciar K momentos antes; aquella característica se adueñó asombrosamente de ella. Súbitamente, riendo, Frieda manifestó:

–Tal vez está escondido aquí debajo –dijo.

Y Frieda se agachó hacia K y lo besó fugazmente para levantarse enseguida y decir con tono entristecido:

–No. El agrimensor no está aquí.

Sin embargo el posadero dio también pie a la sorpresa al decir:

–Me resulta muy poco grato no poder afirmar con plena seguridad que se marchó el agrimensor. Es que... no solamente se trata del señor Klamm; también tiene que ver con las reglas. Mas las reglas, señorita Frieda, me incumben tanto a mí como a usted. Suya es la responsabilidad en lo que hace a este salón, mientras que yo voy a revisar el resto de la vivienda. Que tenga usted buenas noches. Que duerma bien.

No había terminado el dueño de la posada de salir de la estancia, cuando Frieda cegó la iluminación y ya se encontraba junto a K. debajo del mostrador.

–¡Ah, mi amor! ¡Mi dulce amor! –murmuró, mas ni siquiera rozó a K, que sin mayor conciencia amorosa estaba apoyado sobre su espalda y con los brazos abiertos. El tiempo resultaba sin límites para su afortunado amor y suspiró, en mayor medida que entonó, una canción.

Después se alarmó, porque K estaba obnubilado por sus pensamientos y principió a gatear, como si fuese una niña:

–¡Vamos, ven aquí! Esto es asfixiante...

Ambos se abrazaron y su breve cuerpo abrasaba entre los brazos de K. Así rodaron, inmersos en una falta de conciencia de la que K probó inútilmente zafarse. Apenas recorridos unos metros dieron contra la puerta de Klamm. Generando un sordo ruido, permanecieron allí, sobre un charco de bebida, rodeados de cuantos desechos se habían acumulado en el piso. De ese modo pasaron las horas, signadas por el aliento compartido, los latidos comunes... Instancia en la que K sintió que se extraviaba o bien que se hallaba muy lejos, en algún país remoto, como nunca lo había estado otro hombre antes, un suelo en el que la atmófera en nada se parecía a la natal. Era ese un sitio donde uno bien podía asfixiarse por causa de la nostalgia; uno frente a cuyas descabelladas tentaciones nada se podía hacer salvo continuar perdiéndose.

En su caso, como mínimo al comienzo, eso no implicó temor alguno; sí un amanecer signado por el consuelo, cuando alguno llamó a Frieda desde el cuarto de Klamm. Empleó una voz honda, a medias indiferente, a medias prepotente.

–Frieda –repitió K en el oído de la joven, transmitiendo aquel requerimiento.

Frieda intentó incorporarse merced a una sumisión innata, mas en ese instante rememoró dónde se encontraba, estiró sus miembros, se rió silenciosamente y manifestó:

–Nunca más me iré con él.

K deseó contradecirla e impulsarla a que se dirigiese al sitio donde estaba Klamm. K principió a buscar con ella lo que quedaba de su blusa, mas nada atinó a decir: se sentía demasiado dichoso de tener a la joven en sus brazos, excesivamente dichoso y simultáneamente temoroso, porque suponía que en caso de ser abandonado por Frieda estaría siendo abandonado por cuanto poseía.

Tal como si Frieda se hubiese vigorizado con la anuencia de K, le pegó un puñetazo a la puerta y aulló:

–¡Estoy aquí con el agrimensor! ¡Estoy con el agrimensor!

Entonces Klamm se quedó mudo, mas se incorporó K, se arrodilló al lado de Frieda y observó en torno, bajo la penumbra que brindaba el alba... ¿Qué había tenido lugar, dónde habían terminado sus esperanzas? ¿Qué podía aguardar de Frieda, quien había traicionado todo?

En lugar de avanzar con máxima cautela, como lo reclamaba la medida del antagonista y la meta, se había divertido en aquel sitio durante todo el curso de la noche, entre los restos de cerveza, cuyo hedor alcanzaba a producir aturdimiento.

–¿Qué hiciste...? –dijo ante sí–. ¡Estamos perdidos!

–No –replicó Frieda–. Solamente yo me he perdido, mas te gané a ti. Serénate, mas oye, oye como ríen ambos.

–¿Quién...? –preguntó K, volviéndose.

En el mostrador se hallaban sentados sus colaboradores, algo adormecidos, mas contentos. Se trataba del júbilo que brinda el leal cumplimiento del deber.

–¿Qué quieren ustedes aquí? –aulló K, como si fuesen culpables de toda esa situación, y buscó el látigo que Frieda había tomado aquella la noche.

–Debíamos buscarte –dijeron los colaboradores–. Puesto que no volviste a la posada, fuimos por ti al hogar de Barnabás. Finalmente dimos contigo en este sitio. Estuvimos sentados aquí durante toda la noche. La labor no es cosa fácil.

–Los preciso solamente de día. No los necesito de noche –repuso K–. ¡ya, váyanse de aquí!

–Es de día –dijeron, y no se movieron de su sitio.

Ciertamente era de día y las puertas del patio se abrieron, los labriegos irrumpieron en la sala con Olga, a la que K había olvidado completamente. Olga se hallaba impulsada como antes, durante la noche, aunque su cabello y sus ropas se encontraban desaliñados. Su mirada buscó a K desde el mismo instante en que penetró en la estancia.

–¿Por qué no viniste a casa en mi compañía? –preguntó ella, al borde mismo de las lágrimas–. ¡Por causa de una sirvienta! –y lo repitió varias veces.

Por su parte Frieda, quien momentáneamente se había esfumado de la escena, retornó entonces llevando consigo un paquete. Entristecida, Olga se apartó.

–Ya estamos en condiciones de irnos –sentenció Frieda.

Evidentemente estaba hablando de la posada del puente, ya que ese era el sitio a donde deseaba dirigirse. K iba con ella y lo seguían sus colaboradores. Los labriegos desdeñaban a Frieda ostensiblemente y eso era cosa comprensible: hasta entonces ella los había sojuzgado severamente y hasta aconteció que uno de aquellos rústicos aferró un bastón y simuló no permitirle partir hasta que no hubiese la joven brincado sobre aquel bastón. Finalmente, su sola mirada alcanzó para que el labriego se retirara.

Puertas afuera, en medio de la nieve, K logró respirar un poco y el júbilo de hallarse al aire libre era tal que en esa ocasión le resultó aceptable lo dificultoso del sendero. Empero, de hallarse K a solas, todo le hubiese resultado mejor. Cuando arribó a la posada fue directamente a su cuarto y se arrojó sobre el lecho. Frieda se preparó una cama donde yacer en el piso y los colaboradores ingresaron en la alcoba, mas fueron echados de allí. Los jóvenes tornaron a entrar, esa vez por la ventana, mas K se sentía tan exhausto que no tuvo la energía suficiente como para volver a expulsarlos del cuarto.

Acudió la mujer del posadero para darle sus saludos a Frieda, quien la llamó "madrecita"; ambas se fundieron en una salutación tan efusiva como imposible de entender, entre besos y prolongados abrazos. Casi no había tranquilidad posible en esa estancia: ingresaron también las sirvientas, haciendo gran barullo con sus botas de hombre, para traer o llevarse algunas cosas. Si precisaban algo que estaba en la cama –colmada como se encontraba de los objetos más disímiles– no hesitaban en tomarlo sin la más mínima consideración en lo referente a K. Las mucamas saludaron a Frieda como si fuese una igual.

Pese a todos esos incordios, K siguió tendido en la cama por todo aquel día y también por la noche. Cuando finalmente abandonó el lecho, a la jornada que siguió y, ya recuperado de sus fatigas, se cumplió su cuarto día de permanencia en aquel poblado.

# Capítulo 4

K hubiese preferido tener la ocasión de charlar en privado con Frieda, mas sus colaboradores –quienes, además, reían y bromeaban con ella de tanto en tanto–con total impertinencia se lo vedaban. Por supuesto que era imposible afirmar que resultaran exigentes: ellos se habían sentado en el piso, sobre unas ropas viejas, y su objetivo, como le aseveraron a Frieda, consistía en no perturbar a K y ocupar el menor sitio que fuera factible. Sobre ello, aunque era verdad que sin cesar de murmurar y reírse sordamente, doblaban sus brazos y sus piernas, se apiñaban el uno junto al otro y con la poca luz que había en esa estancia apenas se percibía de ellos algo como un gran bulto. Sin embargo era notorio que bajo la iluminación diurna se transformaban en atentos observadores, invariablemente escrutando a K con fijeza, fuera usando sus manos como catalejos, puerilmente, y llevando a cabo otros actos descabellados o bien parpadeando mientras semejaban hallarse entregados a cuidar de sus barbas. A estas les adjudicaban una importancia capital, comparándolas incontablemente en cuanto a dimensiones y densidad y permitiendo que Frieda hiciera sus juicios sobre ello.

Muy seguidamente K, desde su lecho, observaba con total indiferencia lo que hacía aquel trío. Cuando se sintió lo adecuadamente recuperado como para dejar su cama, aquellos tres se apuraron para darle sus servicios. Pero K todavía no se sentía tan vigorizado como para poder hacerle frente a ese cometido y apreció que a causa de eso era sometido a determinada dependencia, la que podía acarrearle perniciosas consecuencias, aunque no le quedaba mayor opción que dejarlos hacer.

De igual modo, no le fue poco grato acceder a tomarse un buen café, traído por Frieda, sentado a una mesa bien dispuesta, ni calentarse junto a la estufa que ella había encendido o hacer que sus colaboradores –llevados por su empeño y falta de aptitudes– bajaran y ascendieran por las escaleras una decena de veces para traerle agua, jabón, peine y espejo. Volvieron a recorrer las escaleras nuevamente a causa de que K había referido que anhelaba un vasito de licor. En la mitad de todo ese ordenar y servir, él, como resultado de su sensación de bienestar y de la esperanza de éxito que lo asistía, manifestó:

–Ahora salgan de aquí ambos, pues ya no necesito otra cosa y deseo hablar privadamente con esta señorita.

Al no apreciar en sus semblantes ninguna señal de resistencia, todavía agregó, a fin de beneficiarlos en algo:

–Más tarde nos iremos los tres a entrevistarnos con el alcalde. Esperen por mí abajo, en el despacho de bebidas.

Fue cosa rara, mas sus colaboradores lo obedecieron; pero antes de dejar la estancia expresaron:

–De igual modo, podríamos esperar aquí.

–Así es, pero no es ese mi deseo –replicó K.

Le resultó enojoso aunque asimismo cosa positiva, que Frieda –quien, cuando se fueron los colaboradores, había tomado asiento sobre las piernas de K– le dijera:

–¿Qué te sucede, amor, qué te pasa con tus colaboradores? No precisamos mantener ningún secreto frente a ellos. Son leales a ti.

–¡Leales! –retrucó K–. Si me están espiando todo el tiempo. Se comportan de modo descabellado y asqueroso.

Me parece comprenderte –sumó ella, y se aferró a su cuello. Después quiso decirle algo más pero no pudo, y dado que el sillón estaba próximo al lecho, se balancearon sobre él y cayeron. Se estuvieron allí, mas no tan entregados el uno al otro como la noche pasada.

Ella busca alguna cosa y él también, enfurecidos, haciendo raras muecas mientras revolvían sus cabezas cada uno en el pecho del otro y sus cuerpos unidos con violencia no les permitían olvidarse, sino que contrariamente les recordaban su deber de búsqueda. Tal como perros que desesperadamente rebuscan en el suelo, de ese modo escarbaban sus cuerpos; sin remedio, deilusionados, a fin de extraer un resto más de dicha, pasaban sus lenguas por el semblante del otro. Fue la fatiga lo que alcanzó a serenarlos y a que se mostraran recíprocamente agradecidos.

En ese instante llegaron las sirvientas.

–Míralos, de qué manera están yaciendo allí –musitó una de las criadas y por piedad tendió un trapo sobre ellos.

Cuando posteriormente K se libró de aquel trapo y miró en torno, se percató sin asombro de que sus colaboradores habían retornado a su rincón, recriminándose el uno al otro muy seriamente, al tiempo que lo señalaban a K con el dedo y lo saludaban. Asimismo la posadera se hallaba sentada junto a la cama remendando una media, pequeño trabajito que no se condecía con la enormidad de su silueta, la que prácticamente sumía la estancia en la penumbra.

–Llevo largo rato aguardando –dijo, y levantó su cara ancha y llena de arrugas, pese a que por lo habitual producía la rara sensación de ser lisa y tal vez, otrora, hasta bella. Sus palabras sonaron como una recriminación fuera de todo lugar, porque K no le había pedido que viniese. Se redujo a confirmar con un gesto de su cabeza esas palabras y se levantó de donde estaba. Asimismo Frieda hizo lo propio, mas abandonó a K para apoyarse en el sillón que ocupaba la mujer del posadero.

–Mi señora posadera –refirió K, con distracción– ¿sería posible que esperara para manifestarme aquello que me quiere trasmitir hasta que yo retorne de entrevistarme con el alcalde? Tengo una cita importante con ese caballero.

–Pues esto es de mayor importancia y debe creerme, señor agrimensor –respondió la posadera–. En su entrevista se tratará meramente de un trabajo y en lo que aquí compete, de un ser humano. Me refiero a Frieda, mi amada sirvienta.

–¡Oh, sí, lo comprendo! –repuso K–. En ese caso no alcanzo a entender por qué razón no permite que de ello nos ocupemos nosotros mismos.

–Por amor y por inquietud –retrucó la posadera, atrayendo hacia sí la cabeza de Frieda. De pie, esta no alcanzaba ni el hombro de aquella mujer.

–Dado que Frieda depositó tanta confianza en usted –afirmó K–, nada más puedo hacer. Y puesto que Frieda se refirió recientemente a mis colaboradores en condición de leales, nos hallamos entre amigos. De modo que estoy en condiciones de decirle que me parece lo más adecuado que Frieda y yo nos casemos. Ello, además, cuanto antes sea factible. Lamentablemente no podré recompensar a Frieda por su pérdida. Me refiero a su cargo en esta posada y su relación con Klamm.

Frieda elevó su cara, sus ojos estaban repletos de lágrimas, sin viso alguno de un sentimiento triunfal.

–¿Por qué causa... yo? ¿Por qué fui elegida?

–¿Cómo dices? –al unísono preguntaron K y la posadera.

–Está tan confundida... ¡pobrecita! –dijo la posadera–. Tanta dicha y a la vez, tantas desgracias.

Como corroborando lo dicho, Frieda se arrojó sobre K, besándolo apasionadamente, tal como si se hallaran a solas en aquel sitio, para caer luego arrodillada, sollozando y aferrando sus piernas. Al tiempo que acariciaba la cabeza de la joven, K le preguntó a la posadera:

–¿Cree usted que me asiste razón?

–Es hombre de honor –dijo la posadera, dejando manifestar la emoción que la embargaba. Se la veía un poco agotada, respiraba dificultosamente. Empero todavía encontró energías suficientes para agregar:

–Debemos pensar en ciertas garantías que le debe dar a Frieda, porque por grande que sea mi respeto por ella, usted no deja de ser un extraño. No posee recomendación alguna, su situación es cosa ignorada... De manera que darle garantías es imprescindible. ¿Entiende eso, verdad? Señor agrimensor: fue usted quien subrayó todo lo que va a perder Frieda si se casan.

–¡Desde luego! Garantías, claro está –dijo K–, lo mejor es que todo se formalice con el concurso de un escribano. Pensándolo bien, puede que otros sistemas administrativos condales exijan tomar parte en el asunto. En cuanto a lo demás, previamente a los esponsales debo solucionar cierto asunto. Yo debo hablar con Klamm...

–Lo que pides es cosa imposible... ¡cómo se te ocurre algo así! –afirmó Frieda, incorporándose un tanto y estrechando su cuerpo contra K.

–Así debe ser hecho –replicó K–. Si es imposible para mí, tú misma deberás lograrlo.

–No podré, K –dijo Frieda–. Jamás Klamm se entrevistará contigo. Pero... ¿de dónde sacas que él hablará contigo?

–¿Y contigo? –preguntó K.

–Tampoco lo hará –dijo Frieda–. Con ninguno de los dos. ¡Es imposible eso!

Entonces Frieda se volvió hacia donde se hallaba la posadera, extendiendo sus brazos.

–Vea, señora posadera, lo que pide.

–Usted es alguien singular, señor agrimensor –dijo la posadera, y K se aterró al observar cómo estaba sentada: rectamente, con sus piernas abiertas, las potentes rodillas marcándose en la delgadez de su pollera–. Usted pide algo que no es posible.

–¿Por qué razón? –preguntó K.

–Se lo voy a explicar –dijo la posadera, como si esa aclaración no constituyera un postrero favor, sino la primera pena que se le imponía–. Estaré encantada de hacerlo. Es verdad: no soy del castillo, soy apenas una mujer, una posadera, en esta posada de tan bajo rango, casi del último. Es factible que no le otorge demasiada importancia a mi dichos, mas durante mi vida entera tuve los ojos bien abiertos... Yo conocí a muchas personas y he llevado sobre mis hombros el peso completo de la economía; mi marido es un hombre bueno, pero no es un posadero; nunca va a comprender qué quiere decir tomar la responsabilidad... Por ejemplo, usted, le debe a su desatino, pues esa noche yo estaba absolutamente fatigada, el hecho de seguir aquí, tan confortablemente instalado en esa cama.

–¿Cómo dice usted? –dijo K, tornando de su falta de atención, más excitado a causa de la curiosidad que de su cólera.

–Se lo debe solamente a su desatino –exclamó otra vez la posadera, mientras apuntaba a K con su índice.

Frieda probó de serenarla.

–Y en cuanto a ti... ¿Qué cosa quieres? –le dijo la posadera con un rápido giro de su cuerpo–. El señor agrimensor me preguntó y tengo yo que contestarle. No existe otro medio para lograr que entienda aquello que resulta para nosotros cosa tan notoria como que nunca el señor Klamm le dirigirá la palabra. Mas... ¡qué estoy diciendo! Nunca le va a hablar. Escúcheme, señor agrimensor, el señor Klamm es uno de los señores del castillo, eso ya significa, en sí mismo, fuera de su otro rango, un nivel muy elevado. Pero, ¿qué es usted, cuyo consentimiento para el casamiento estamos rebuscando con tanta modestia? No es gente del castillo ni del poblado. Usted es... ¡un Don Nadie! Pero lamentablemente, usted sí es alguien: un extraño, alguien que siempre resulta superfluo y que siempre está en camino, uno por quien invariablemente se producen líos, alguien por cuya causa se deben esconder las criadas, cuyas intenciones son ignotas. Alguien que sedujo a nuestra pequeña y amada Frieda. Alguien a quien la debemos entregar, lamentablemente, en condición de esposa. En verdad, no lo reconvengo por todo esto. Usted es justamente lo que es; ya he visto mucho a lo largo de mis años como para no aguantar la presente situación. Mas imagínese aquello que está solicitando: alguien como el señor Klamm, obligado a dirigirle la palabra. Con mucho pesar me enteré de que Frieda le permitió espiar por el agujero de la pared, pero cuando hizo lo que hizo, ya había sido seducida por usted. Explíqueme, ¿cómo se las arregló para aguantar la mirada de Klamm? No tiene por qué razón contestarme esto. Yo sé que lo soportó y muy bien. Usted carece de la capacidad para ver en realidad a alguien como Klamm. No es pretensión esto de mi lado: yo tampoco puedo hacerlo. Klamm debería hablar con usted, pero él ni siquiera habla con los del poblado, nunca ha hablado con uno del poblado. La fundamental distinción de Frieda, aquello que va a constituir mi orgullo hasta que me muera, será que al menos acostumbraba pronunciar su nombre, que ella podía dirigirle la palabra cada vez que así lo deseaba y tenía su venia para observar por el agujero en el muro... Sin embargo, él no hablaba con ella. Si reclamaba por Frieda cada tanto no implica eso que nos gustaría... Klamm se limitaba a pronunciar su nombre, el de Frieda. Mas, ¿quién está al tanto de cuáles son sus intenciones? Que Frieda, por supuesto, fuera a ptesentarse ante él enseguida, era cosa suya. Que le permitiesen reunirse con él sin presentar oposición, debe atribuirse a la benovolencia de Klamm, mas no es factible manifestar que él la hubiese solicitado. Actualmente, eso ya no existe. Quizá Klamm torne a pronunciar el nombre de Frieda, eso es cosa posible, mas a partir de ahora no le permitirán ingresar a ella, su prometida. Existe un asunto que mi pobre cabeza no alcanza a entender: que una joven, de la que se decía que era la amante de Klamm, cosa que, ya que estamos, estimo que es una exageración, le permitiera a usted que la rozara...

–Verdad, es cosa rara –admitió K, y colocó a Frieda, que se sometió a él con la cabeza inclinada, sobre sus rodillas–. Y confirma, estimo yo, que no todo este asunto es tal cual usted lo refiere. Por ejemplo, tiene razón cuando manifiesta que ante Klamm soy un Don Nadie, y si ahora exijo hablar con él, sin permitir que me afecten sus razonamientos, no por ello queda dicho que sea capaz de resistir su mirada sin que medie una puerta entre Klamm y yo. Tampoco que no huiré cuando él se presente. Mas dicho miedo, pese a tener una base sólida, no implica en mi caso que no vaya a arrostrarlo. Si puedo soportarlo, entonces es preciso que hable conmigo. Me alcanza con confirmar cómo lo afectan mis palabras y si estas no le producen impresión alguna o si ni siquiera me presta la menor atención, me habré beneficiado igualmente al haber podido conversar con uno que tiene poder, con toda libertad. Empero usted, posadera, a pesar de la suma de lo que sabe y su experiencia, y Frieda, que todavía ayer era la amante de Klamm, y no veo por qué cambiar de expresión al respecto, bien podrían hacerme más viable hablar con Klamm, de no ser factible proceder de otro modo, en la misma posada señorial. Posiblemente continúe estando allí.

–Es cosa inviable –negó la posadera–. Observo que no puede usted entenderlo. Mas explíquese: ¿acerca de qué desea conversar con Klamm?

–Por supuesto que al respecto de Frieda –aclaró K.

–¿Acerca de Frieda? –dijo la posadera, sin entender, y se volvió hacia la aludida–. ¿Escuchaste lo que dijo, Frieda? Sobre ti desea hablar con Klamm, ¡con Klamm!

–¡Ay! –dijo K–. Usted es, señora posadera, una mujer tan despierta y respetable. Pero teme a causa de cualquier fruslería. Es verdad: quiero hablar con Klamm sobre Frieda. No me parece nada tremendo; por el contrario, algo obvio. Yerra si supone que

Frieda, desde mi aparición aquí, se transformó en alguien insignificante para Klamm. La desdeña si así lo estima. Entiendo como presuntuoso de mi lado informarla sobre ello, mas debo hacerlo. No es posible que algo se haya modificado en la relación entre ambos por mi culpa. O bien no había ninguna relación de importancia entre Frieda y Klamm, como refieren los que se niegan a atribuirle el rango honorífico de amante a Frieda, a consecuencia de lo cual actualmente tampoco existiría una o bien, si era que existía, de tal modo, ¿de qué manera podría afectar esa relación alguien como yo? ¿Uno que, como se refirió con plena certeza, es un Don Nadie para los conceptos de Klamm? Eso se supone en un primer momento, por miedo, mas la menor meditación pone enseguida las cosas en su lugar. Asimismo, vamos a permitir que Frieda opine sobre esto.

Con sus ojos perdidos en la lejanía y la mejilla apoyada sobre el pecho de K, Frieda expresó:

–Es como la madre dice: Klamm no quiere volver a saber de mí. Pero, la verdad sea dicha, no porque aparecieras tú, amor. Algo así no lo afectaría. Estimo que fue cosa de él que nos hayamos encontrado debajo del mostrador. Esa hora fue bendita, no maldita.

–Exactamente así –dijo K con parsimonia, porque los dichos de Frieda contenían dulzura y él había cerrado los ojos por unos instantes a fin de permitir que esas expresiones invadiesen su ánimo–. Siendo así, todavía existen menores razones para abrigar resquemores en cuanto a una cita con Klamm.

–Es cierto –dijo la posadera, observándolo desde su altura–. En ocasiones me hace acordar a mi marido, porque usted es tan cabeza dura y tan iluso como él. Apenas lleva cuarenta y ocho horas en el poblado y ya supone conocerlo todo en mayor medida que aquellos que moramos en él; en mayor medida que yo, una mujer ya de edad, y que la misma Frieda, quien tanto vio y escuchó en la posada señorial. No estoy afirmando que de cuando en cuanto sea factible obtener alguna cosa reñida con las reglas o los hábitos, aunque jamás vi algo así. Pero citan cosas semejantes. Tal vez sea verdad. Mas en tal caso eso no acontece como usted quiere llevarlo a cabo. Así, diciendo invariablemente que no, llevado solamente por su obsecación, sin atender a las recomendaciones que contienen las mejores intenciones. Acaso, ¿supone usted que constituye la razón de mi desasosiego? ¿Aunque hubiera sido inapropiado y fuera posible evitar alguna cosa? Lo que exclusivamente le manifesté a mi marido fue: "te debes conservar lejos de él". Mis dichos tendrían que haber seguido siendo valorados hoy, de no estar involucrado ya el sino de Frieda. Usted le adeuda a Frieda, le agrade o no, que yo le preste atención. En verdad es así, inclusive en lo que respecta a mi consideración. Y no puede meramente rechazarme, porque es su responsabilidad, frente a mí, que soy la única que cuida de la pequeña Frieda, como lo haría una madre. Tal vez Frieda está en lo cierto, en lo que hace a que esto haya sido enteramente fruto de la voluntad de Klamm, mas acerca de Klamm todo lo ignoro. Nunca voy a hablar con Klamm, quien para mí es alguien completamente fuera de mi alcance. Empero usted viene, se sienta aquí, toma entre sus brazos a mi Frieda y, no tengo por qué razón callármelo, asimismo se encuentra en mi poder. Así es: si no lo cree así, en caso de que yo lo arroje a la calle, intente conseguir resguardo en el poblado. Ni una casilla para perros obtendrá aquí.

–Le doy las gracias –sentenció K–. Usted es honesta conmigo y le creo cuanto me dice. Es tan inestable entonces mi situación y, por ende, la de Frieda...

–¡De ninguna manera! –aulló encolerizada la posadera–. En nada se parece la posición de Frieda a la suya. Ella pertenece a mi casa. Ninguno tiene derecho a decir que su situación aquí carece de seguridad.

–Bien, entonces –dijo K–. Asimismo admito que usted está en lo cierto a ese respecto. En particular, porque Frieda, por causas que no conozco, al parecer le tiene demasiado miedo como para involucrarse. De momento, vamos a seguir tomando en consideración exclusivamente mi asunto. Mi situación es tan insegura... eso no lo está refutando, en mayor medida contribuye a afirmarlo. Así como sucede con cuanto usted refiere, en su mayor proporción es verdad, aunque no por completo. De tal manera que estoy al tanto de un adecuado albergue, disponible para mi persona.

–¿Dónde está? –exclamaron Frieda y la posadera al unísono, con tanto interés como si las asistieran iguales razones para preguntarlo.

–En lo de Barnabás –dijo K.

–¡Esas malandras! –exclamó la posadera–. ¡Esas fementidas malandras! ¡En lo de Barnabás! ¿Lo escuchaste? –y se volvió hacia el rincón donde estaban los colaboradores de K. Pero ellos ya llevaban mucho rato de haberse incorporado y se encontraban detrás de la posadera y tomados del brazo. En ese momento la posadera, tal como si tuviese necesidad de apoyarse en algo, tomó a uno de ellos de la mano.

–¿Ya oyeron cómo la juega el caballero? ¡En lo de Barnabás! Ciertamente allí lo alojarán, pero hubiese sido cosa más adecuada que lo hubieran alojado allí, en vez de en la posada señorial. En cuanto a ustedes... ¿dónde pasaron la noche?

–Señora posadera –manifestó K, adelantándose a la respuesta de sus colaboradores–, ellos son mis ayudantes y así los tratamos, tal como si fuesen mis colaboradores y también mis vigiladores. En lo referente a cualquier otra cuestión estoy bien predispuesto, como mínimo, a discutir gentilmente acerca de sus criterios, mas ello no reza en el caso de mis colaboradores. En ese aspecto, las cosas están bien definidas y por ello le solicito que no se dirija a ellos. En caso de que mi pedido no alcance para el caso, además les prohíbo a ellos responderle.

–De manera que me está vedado dirigirles la palabra –dijo la posadera, y los tres rieron.

Empero la posadera, mofándose y con una suavidad mayor de aquella que K podría haber esperado, y sus colaboradores del modo acostumbrado, lejos de toda responsabilidad.

–No te vayas a enojar –le dijo Frieda–. Es que debes tú comprender exactamente a qué se debe nuestro estado de tanta excitación. Si se quiere, en verdad le debemos nuestro encuentro a Barnabás. Cuando te vi por primera vez en el mostrador, tú del brazo de Olga, ya sabía un poco acerca de ti, pero en general me producías la mayor indiferencia. Aunque no solamente tú me generabas esa indiferencia. Prácticamente el conjunto de las cosas me resultaba indiferente.

Me sentía insatisfecha a raíz de muchas cosas y algo me enojaba... Mas, ¿qué tipo de insatisfacción, qué clase de enojo? Como ejemplo, uno de los huéspedes me molestó cuando estaba ante el mostrador. Invariablemente se hallaban detrás de mí, ya los viste, pero venían más sujetos irritantes y el servicio de Klamm no era la cosa peor... De manera que uno de esos sujetos me molestó... ¿Y qué significaba aquello para mí? En mi caso, era como si hubiera sucedido hace un tiempo infinito o tal como si le hubiera sucedido a otra persona; como si hubiese escuchado eso mientras lo narraban o como si ya lo hubiese arrojado al olvido. Sin embargo, no alcanzo a poder describirlo o siquiera a imaginarlo en mayor medida. Tanto se transformó todo, a partir de que dejé a Klamm.

En aquel punto Frieda dejó de hablar, con pesar inclinó la cabeza y conservó sus manos recogidas sobre su regazo.

–Ya lo ve usted –dijo la posadera, como si no estuviese hablando ella y en cambio le estuviese prestando su voz a Frieda. Después se acercó en mayor medida y tomó asiento al lado de la joven–. Comprende en este momento, señor agrimensor, cuáles resultan ser los frutos de su conducta. Incluso sus colaboradores, aquellos con los que me está vedado hablar, podrán aprender algo de este asunto. Usted arrancó a Frieda del estadio más dichoso al que podía ella acceder. Así sucedió en razón de que Frieda, con su exceso de piedad, no pudo aguantar que usted llegase del brazo de Olga, como rendido ante la familia de Barnabás. Ella lo salvó y para ello tuvo que sacrificarse. Ahora, cuando ya todo tuvo lugar, cuando Frieda trocó cuanto poseía por la felicidad de poder sentarse sobre sus rodillas, aparece usted y muestra en calidad de su gran victoria que en cierta ocasión tuvo la chance de dormir en lo de Barnabás. Así intenta demostrar su independencia de mí. Es verdad: si realmente hubiera pasado la noche en lo de Barnabás, sería tan independiente de mí que debería dejar esta casa en el acto, del modo más veloz posible.

–Ignoro cuáles sean los pecados de la familia de Barnabás –afirmó K, al tiempo que Frieda, que se mostraba como carente de ánimo alguno, se incorporaba con el mayor cuidado, se sentaba sobre la cama y terminaba por levantarse–. Tal vez la asista la verdad en cuanto refiere, mas definitivamente yo estaba en lo cierto en la ocasión en la que solicité que nos dejase a Frieda y a mí la tarea de solucionar nuestros dilemas. Usted hizo referencia a algo relacionado con el amor y las preocupaciones y de eso no volví a percibir otra cosa. Sí en lo que hace al aborrecimiento, el aprobio y el ser arrojado de su casa. Si hubiera querido distanciarnos a Frieda y a mí, lo habría intentado muy diestramente, mas estimo que no va a poder hacerlo. Tiene que permitirme aquí agregar una oscura amenaza: le digo que va a lamentarlo mucho. En lo que hace al refugio que me dio, si es que así alude a este asqueroso hueco, no es cosa segura que me lo haya brindado por su propia voluntad. En mayor medida me parece que fue aleccionada para hacerlo por la administración del condado. Voy a informar allí que fui desalojado de esta posada y en caso de que me asignen otro sitio estaré en condiciones de respirar libre y más hondamente. Voy a ver ahora al alcalde para plantearle este asunto y otros más. Usted ocúpese de Frieda, por favor, se lo estoy pidiendo y es lo mínimo que puede hacer. A Frieda ya la maltrató usted de sobra con sus sermones de tipo maternal.

Luego K se dirigió a sus colaboradores:

–Vengan –les dijo.

Entonces arrancó la misiva del clavo y se preparó para retirarse.

La posadera no había dicho una palabra mientras tanto, mas apenas K aferró el picaporte, le manifestó:

–Señor agrimensor, antes de que se vaya tengo que decirle algo más. Dígame lo que se le dé la gana e insúlteme si así lo desea, a mí, que soy una anciana; de todos modos, usted continúa siendo el futuro marido de Frieda. Exclusivamente por esa razón le digo que sigue sin conocer la situación real. Escucharlo hace zumbar la cabeza de una, así como cuando compara lo que piensa y manifiesta con la realidad. Esa falta de conocimiento no puede ser resuelta de una sola vez. Quizás eso nunca se logre, mas hay gran cantidad de cosas que pueden ser mejoradas si cree siquiera en parte en aquello que le digo y tiene presente la existencia de esa falta de conocimiento. En tal caso, es un ejemplo, usted será más justo conmigo y principiará a intuir las dimensiones del susto que padecí y todavía sufro, al percatarme de que mi amada niña abandonó, de alguna forma, a un águila para unirse a una serpiente ciega, pese a que la relación real resulte ser todavía peor y deba olvidarla todo el tiempo. De otro modo, me sería imposible dirigirle a usted la palabra serenamente. Mas... nuevamente usted se encolerizó. No, todavía no se vaya. Se lo pido por favor, escuche: a donde sea que vaya debe saber que continúa siendo el mayor ignorante de todos y debe cuidarse de ello en nuestra morada, en este sitio. Aquí, donde Frieda lo protege, usted puede manifestar cuanto le plazca. En este lugar, como ejemplo, nos puede hacer una demostración de cómo supone que va a dirigirse a Klamm... Mas, yo le ruego, no vaya a convertir eso en realidad.

La vieja se incorporó temblando algo por lo excitada que se hallaba y se aproximó a K, tomando luego su mano y mirándolo con aire de rogativa.

–Señora posadera –le dijo K–, no entiendo por qué causa se rebaja usted suplicando algo por el estilo. En caso de que, tal como usted lo expresa, sea imposible conversar con Klamm, yo no podré lograrlo, me lo rueguen o no. Pero, si resulta ser factible, ¿por qué razón yo debería dejar de lado el efectuarlo, en particular cuando, merced a la refutación de su reproche fundamental, el resto de sus miedos son materia de cuestión? Es verdad: yo soy un ignorante. Empero, lo cierto se impone y ello resulta muy pesaroso para mí, mas asimismo posee como ventaja que aquel que ignora se atreve a mayores cosas; de manera que prefiero yo llevar conmigo la ignorancia un rato más, junto con sus frutos negativos, como mínimo mientras me den las fuerzas. Dichos frutos, esencialmente, me van a alcanzar solamente a mí y por ello, fundamentalmente, no entiendo por qué causa tiene usted que rogarme nada. Invariablemente Frieda estará a su cuidado y, en caso de que yo deje de pertenecer a su entorno, ello implicará, así lo cree usted, lo mejor que pueda sucederle a Frieda. ¿A qué le tiene miedo, en tal caso? Tal vez... ¿la asusta que al que ignora todo le resulte posible de concretar?

En ese momento fue que K entreabrió la puerta y luego agregó:

–Usted, acaso... ¿no le tendrá miedo a Klamm?

La posadera, muda, miró salir a K, quien bajó apurado por las escaleras, seguido por sus colaboradores.

# Capítulo 5

A K, casi para su estupor, el encuentro con el alcalde le originaba escasas preocupaciones. Probó de explicárselo merced al hecho de que, según su experiencia, la relación oficial con las autoridades del condado había resultado notablemente fácil para él. Por un lado ello se debía a que, acerca del tratamiento de sus asuntos, era notorio que se había emitido de una buena vez cierto principio de actuación, teóricamente muy positivo para él, y por otro lado, provenía de la admirable unidad del servicio, que justamente allí donde aparentemente no existía se podía suponer como perfecta.

K, cuando de tanto en tanto meditaba sobre estos temas, no se hallaba demasiado lejos de entender su estado como beneficioso, aunque, después de los accesos de confort que lo asaltaban, se dijera a sí mismo que justamente en aquel punto estaba el mayor riesgo.

El trato de modo directo con la administración no era excesivamente arduo; por mejor organizada que se hallase, invariablemente deberían defender asuntos no visibles y remotos, en el nombre de amos asimismo no visibles y remotos. En tanto, K bregaba por algo que tenía vida y estaba cerca: él mismo. Particularmente (como mínimo, en los últimos tiempos) gracias a su propia voluntad, puesto que era él quien atacaba y no pugnaba solamente por sí mismo; lo hacía seguramente por el accionar de otras potencias que le eran desconocidas, mas se trataba de energías en las que podía cabalmente creer, de acuerdo con las medidas instrumentadas por la administración. Mas como la administración (y ello, desde un comienzo) le había expresado su positiva voluntad en lo referente a asuntos carentes de toda esencia y hasta entonces nada más se había puesto sobre el tapete, ello le había negado el logro de reducidos y livianos triunfos. Con dicha posibilidad, asimismo, la esperable satisfacción, amén de la fundada seguridad derivada de ella para otras contiendas de mayor envergadura. En lugar de algo así le permitían pulular por cualquier sitio, en tanto y en cuanto no se fuera del poblado. Merced a esta estrategia, lo mimaban y lo iban debilitando, obviando todo enfrentamiento y ubicándolo en un tipo de existencia anormal, fuera de lo oficial, absolutamente enturbiada. De tal modo era dable que sucediera, en caso de dejar de estar alerta, que alguna vez, a pesar de las atenciones de la administración y más allá de que se cumplimentara la suma de los deberes oficiales (tan excesivamente fáciles), fuera engañado por el favor supuestamente hecho y que dirigiera su existencia con tan escasa cautela que se derrumbara. Paralelamente, que el sistema de competencia en el área, todavía dotado de suavidad y fraterno (vamos a expresarlo de esta forma), en contra de su voluntad mas invocando un orden público ignoto para él, acudiera para desprenderse definitivamente de él. Además, ¿qué cosa era su existencia extraoficial en ese sitio? Nunca antes él había comprobado la presencia una amalgama mayor entre vida y cargo público, tan mezcladas ambas esferas que en ocasiones se podía suponer que la existencia y el cargo habían trocado sus áreas. A modo de ejemplo: ¿qué quería decir el poderío formal que Klamm había ejercido hasta entonces sobre el cargo oficial de K, comparado con el poderío genuino que detentaba Klamm sobre su alcoba? De tal manera, dictaminó que exclusivamente había espacio para una conducta relajada ante la administración. En tanto que en lo demás iba a ser imprescindible manejarse con notable prudencia, mirando en todas direcciones previamente a avanzar un solo paso. En concreto, K corroboró su noción de la administración del lugar con el alcalde. Era este un hombre cortés, gordo y correctamente afeitado, que se hallaba enfermo de gota. El funcionario le dio audiencia a K y lo atendió desde su lecho, recibiéndolo con estas palabras:

–Así que aquí tenemos al agrimensor...

El alcalde probó de incorporarse a fin de saludarlo, más su intento fue infructuoso y se dejó caer, entre excusas y señalando su pierna, otra vez sobre las cobijas. Una mujer silenciosa, semejante a una sombra que transitara por la alcoba que oscurecían las diminutas ventanas y el corrimiento de los cortinados, le proporcionó a K una silla, ubicándola junto al lecho del enfermo.

–Tome asiento, señor agrimensor –lo invitó el alcalde–. Por favor, dígame qué cosa desea.

K leyó en voz alta la carta de Klamm y le agregó sus propias impresiones. Nuevamente se percató de la singular liviandad del trato con la administración. Aceptaban de manera literal la suma de la carga; todo se les podía endilgar y uno terminaba inmaculado y en libertad. Tal como si el alcalde hubiese percibido algo igual, a su modo, se revolvió incomodado en su lecho. Al final, manifestó:

–Como habrá entendido, señor agrimensor, ya estaba al tanto de este asunto. Que no haya tomado medida alguna se debe a dos causas. La primera es mi afección, mientras que la segunda consiste en que, dado que usted no acudía, supuse que había dejado de lado su cargo. Mas ahora, cuando tuvo la gentileza de visitarme, tengo que comunicarle la poco grata verdad. Usted fue aceptado en calidad de agrimensor, como señala, mas lamentablemente no tenemos necesidad de uno. No existe ningún encargo laboral para usted. Las fronteras de nuestras reducidas propiedades ya fueron señaladas y el conjunto fue registrado en regla. Son rarísimas las cesiones propietarias y las diminutas cuestiones referentes a límites son resueltas entre nosotros mismos. En consecuencia, ¿qué necesidad tenemos nosotros de contar con los servicios de un agrimensor?

Por su parte K –que no había anteriormente meditado sobre algo así– interiormente estaba persuadido de haber aguardado que le comunicaran algo semejante. Por esa razón alcanzó a replicar en el acto:

–Esto que me dice me asombra y además derrumba todo lo que había yo supuesto. Simplemente espero que se trate de un malentendido.

–No es así y lo lamento –le informó el alcalde–. Es verdad.

–Mas, ¿cómo puede ser? –protestó K–. Yo no vine desde tan lejos para tener que dar la vuelta.

–Ese, ya es otro asunto–refirió el alcalde–. Pero sobre tal cosa no decido... mas puedo darle una explicación acerca de lo que pasó. Siendo tan grande la administración condal, es factible que una sección, de cuando en cuando, establezca una cosa y otra una diferente. Nadie conoce algo del otro sector. Es verdad que la dirección máxima se maneja con extraordinaria exactitud, mas, por su propia índole, actúa excesivamente tarde y ello puede derivar en ciertas confusiones... Invariablemente la escala es reducida, como por el caso, en lo suyo. En lo que hace a temas de importancia cabal todavía no se ha registrado un solo yerro, pese a que frecuentemente los asuntos de poca monta resultan ser muy poco gratos. En lo que a usted se refiere, le diré libremente cuáles son los detalles, omitiendo toda censura oficial. Para esta cuestión no alcanzo a tener la adecuada posición jerárquica. Yo soy simplemente un labriego. Hace mucho, cuando tenía escasa antigüedad en el rango, surgió una disposición, ignoro de qué sección provenía, que informaba, siguiendo el estilo autoritario tan característico de los amos, que era necesario contratar a un agrimensor. En la disposición de referencia se ordenaba a la comunidad preparar los planos y los registros necesarios para su desempeño profesional. Dicha disposición, desde luego, no alcanzaba a a afectarlo a usted, porque eso sucedió hace varios años y no hubiese vuelto esto a mi mente de no estar tan enfermo, ya que no tendría el tiempo adecuado para meditar convenientemente sobre los temas más disparatados. Mizzi –dijo súbitamente, interrumpiendo su monólogo, refiriéndose a la mujer que todavía deambulaba por la alcoba, haciendo labores inclasificables–, te lo ruego, busca en el ropero. Tal vez halles esa disposición. Es de mi primera etapa –le explicó a K–. Por esos tiempos yo archivaba toda la documentación.

La aludida abrió enseguida el mueble, mientras K y el funcionario la veían hacer. El ropero estaba repleto de papeles y al abrir sus puertas rodaron por el piso un par de abultados expedientes, enrollados como troncos. La mujer brincó, aterrada, de costado.

–En la porción inferior... ¡debe estar allí! –indicó el alcalde, dirigiéndolo todo desde su lecho. Con un proceder sumiso, la mujer, aferrando la documentación con ambos brazos, arrojó al piso el total contenido del mueble a fin de alcanzar los papeles ubicados en la porción de abajo. La documentación, para entonces, ya tapizaba media alcoba.

–Se trabajó muchísimo –refirió el alcalde, al tiempo que asentía con un gesto de su cabeza–. Y eso, hablando exclusivamente de una breve porción. La masa fundamental la archivé en el establo, pese a que, en su mayor proporción, se ha extraviado. ¿Quién puede atesorar todo eso...? En el establo, sin embargo, queda mucho material.

–¿Vas a dar alguna vez con esa documentación? –dijo el alcalde, volviéndose otra vez hacia donde estaba la mujer–. Vamos, debes ir detrás de un expediente que reza "agrimensor", subrayado esto en azul.

–Está muy oscuro –dijo la mujer–. Voy a buscar una candela.

Luego abandonó la alcoba, saltando por sobre los papeles derramados.

–Mi esposa resulta ser de gran ayuda para mí –informó el alcalde–. Particularmente en estas pesadas tareas, las que, empero, hay que llevar a cabo durante el tiempo libre. Es verdad que para lo tocante a los textos cuento con un colaborador, el maestro, mas a pesar de eso es imposible terminar con todo. Siempre resta algo por hacer, todo está colocado en esas cajas de allá –y señaló hacia otro ropero–. Particularmente ahora, cuando yazgo enfermo, se amontona la documentación en proceso.

Luego, fatigado aunque envanecido, se recostó nuevamente.

–¿No podría ayudar a su mujer en su búsqueda? –refirió K, en momentos en los que la mujer volvía con la candela y tornaba a rebuscar lo pedido, de rodillas ante las cajas.

El alcalde sacudió la cabeza, sonriendo:

–Como le dije antes, no tengo secretos de tipo oficial para usted, pero no puedo ir tan lejos como para permitir que usted sea quien busque en los expedientes.

El silencio se adueñó de aquel cuarto, donde apenas se dejaba oír el rozarse de los papeles. El alcalde, por su lado, dormitaba algo.

Un liviano golpe en la puerta hizo que K se volviera en aquella dirección; por supuesto que se trataba de sus colaboradores. Como mínimo se comportaron con cierta cortesía: no irrumpieron en la estancia, prefiriendo inicialmente murmurar a través de la ranura de la puerta:

–¡Tenemos mucho frío!

–¿De quiénes se trata? –preguntó el alcalde, asustado.

–Meramente de mis colaboradores –aclaró K–. Ignoro dónde conviene que me aguarden. Afuera hace un frío extremo y si entran nos molestarán.

–A mí no –dijo gentilmente el alcalde–. Vamos, deje que ingresen. Por otra parte, son gente que yo conozco. Y ello, desde hace tiempo.

–Es que a mí sí que me perturban –dijo abiertamente K, dejando que sus ojos vagabundearan desde sus colaboradores hasta el alcalde y volviera del funcionario a sus colaboradores. Observó que sus sonrisas eran todas semejantes. Continuó diciendo K:

–Pero ya que están aquí –mencionó a modo de prueba–. Quédense y colaboren con la señora para dar con un expediente. Es uno donde se lee "agrimensor", subrayado en azul.

El alcalde no cuestionó a K. Aquello que K no pudiese efectuar, bien podían hacerlo sus colaboradores. Estos se lanzaron enseguida sobre la documentación, mas revisaban revolviéndolos en mayor medida que buscando en ellos. Al tiempo que uno deletreaba lo que estaba escrito en una cubierta, el otro le quitaba ese documento y así continuadamente.

De modo inverso, la mujer se hallaba de rodillas frente a las cajas vaciadas y según parecía había cesado de buscar; de todas maneras, la candela se encontraba ubicada muy lejos de ella.

–Así que sus colaboradores lo molestan –dijo el alcalde con una sonrisa satisfecha, como si todo sucediera de acuerdo con sus órdenes, pese a que ninguno supondría algo semejante–. Sin embargo, ellos son sus colaboradores.

–No –dijo K con frialdad–. Ellos se reunieron conmigo en este lugar.

–¿Cómo que se reunieron con usted? –dijo el alcalde–. Usted quiere decir que le fueron asignados sus servicios.

–Está bien: entonces me fueron ellos asignados –dijo K–. De alguna forma, igualmente podrían ellos caer de las alturas. Tan poco meditada fue esa asignación.

–En este sitio nada sucede de esa manera –aclaró el alcalde, quien hasta se olvidó del dolor de su pierna y se sentó en la cama.

–¿Nada, eh? –dijo K–; y ¿qué me dice de mi contrato?

–De igual manera fue resultado de un acto reflexivo –aseveró el alcalde–. Simplemente sucede que existen ciertos hechos de índole secundaria que generaron confusión. Se lo podré probar con ayuda de la documentación pertinente.

–Que no va a ser hallada –concluyó K.

–¿No, eh? –exclamó el alcalde–. Mizzi, por favor, debes buscar con mayor rapidez. Pero, señor agrimensor, de todos modos y mientras tanto, estoy en condiciones de referirme a esa cuestión sin contar con la documentación. El edicto al que antes aludí fue contestado con gratitud, refiriendo que no teníamos necesidad alguna de un agrimensor. Nuestra contestación, según parece, no arribó a la sección administrativa que correspondía; la voy a llamar "A". Nuestra respuesta negativa fue recibida en otra sección, la vamos a nombrar como "B". Así, el departamento A se quedó sin contestación, mas lamentablemente la sección B tampoco accedió a toda nuestra contestación. Habrá sucedido así a causa de que lo que contenía el expediente haya permanecido aquí o bien porque se haya extraviado por el camino... En la sección no, imposible, puede estar usted bien seguro. El hecho es que la sección administrativa B exclusivamente recibió una porción del expediente en la que nada había indicado, excepto que se trataba del expediente incluido, mas por cierto y lamentablemente extraviado, acerca del contrato de un agrimensor. En tanto la sección A esperaba por nuestra contestación. En verdad poseía notas referidas a la cuestión, mas como es cosa acostumbrada y puede efectivamente suceder a causa de la exactitud con la que se cursa cada caso, el responsable depositó su confianza en que íbamos a contestar en tiempo y forma y que luego él iba a contratar a un agrimensor o bien, seguiría comunicándose con nosotros de acuerdo a como fue preciso hacerlo. Correspondientemente a dicha situación, no puso mayor cuidado con lo de las anotaciones y se olvidó del tema. A la sección B, sin embargo, arribó el expediente: más exactamente fue recibido por un funcionario célebre por su celo, llamado Sordini. Era un italiano y para mí todo un iniciado. Es imposible de entender que un sujeto de sus cualidades reviste en un cargo tan bajo.

Este señor Sordini, por supuesto, nos devolvió la carpeta vacía, a fin de que sumásemos la documentación. Ahora que, a partir del primer informe de la sección A, ya habían transcurrido varios meses, incluso años. Ello es comprensible: cuando, como está reglamentado, una documentación realiza el camino correcto, arriba a su sección como máximo en un día y su asunto es resuelto en esa misma jornada; mas cuando equivoca el rumbo y tiene que buscar celosamente su norte, merced a lo óptima que es la administración general, en ese caso el asunto demora y mucho. Al recibir la nota de Sordini, solamente estábamos en condiciones de refrendar confusamente ese tema. Por entonces apenas dos agentes desempeñábamos dichas labores, Mizzi y quien le habla. Todavía no contaba con los servicios del maestro y solamente archivábamos copias de aquellas cuestiones de la mayor importancia. En definitiva, que solamente logramos contestar vagamente, refiriendo que nada estaba en nuestro conocimiento acerca de ese contrato, amén de que no teníamos necesidad de algún agrimensor.

–Sin embargo –se interrumpió a sí mismo el alcalde, tal como si hubiera llegado excesivamente lejos en su empeño narrativo o tal vez como si, mínimamente, existiese una probabilidad de haber ido muy lejos con el tema que estaba tratando–, ¿lo estoy hastiando con todo esto?

–No, para nada –replicó K–. Me estoy divirtiendo.

Ante esa réplica, le contestó el alcalde:

–No lo refiero para que usted se divierta con ello.

–Simplemente me divierte –le dijo K– pues me permite ver la absurda confusión que, en ciertas circunstancias, puede tener en sus manos la decisión definitiva acerca de la existencia de una persona.

–Todavía nada pudo entender cabalmente –replicó severamente el alcalde–. Estoy en condiciones de proseguir. Ante nuestra contestación, con toda evidencia, aquel Sordini no podía darse por satisfecho. Siento admiración por ese sujeto pese a que, desde mi lado, es toda una tortura. No confía Sordini en ninguno. Incluso cuando, le doy simplemente un ejemplo, ha tratado a alguien en incontables oportunidades y es entendido como un hombre de confianza, invariablemente no se fía de éste cuando llega la próxima instancia. Además, actúa como si fuera esa persona desconocida para él o peor, como si se tratara de un tremendo malandra. Estimo que su modo de actuar es acertado. Un funcionario debe manejarse de esa forma. Yo, lamentablemente, no puedo seguir sus pasos a causa de mi naturaleza. Como puede apreciar, me muestro entero ante un desconocido y soy incapaz de actuar de otra manera. Sin embargo Sordini examinó con toda desconfianza nuestra contestación y, a continuación, tuvo lugar un extensa comunicación: Sordini inquiría por qué causa había tenido yo la idea repentina de que no había necesidad de contratar a un agrimensor. Repliqué, ayudado por la magnífica memoria de Mizzi, que la iniciativa había surgido desde la administración misma; nos habíamos olvidado mucho tiempo antes de que se trataba de una sección diferente. De modo opuesto, Sordini objetó: *"¿entonces, ¿por qué razón hace referencia ahora a este documento de índole oficial?"*. Yo repliqué: *"a causa de que acabo de acordarme"*. Sordini: *"es cosa demasiado rara, dado que el documento que recordé no existe"*. Yo: *"Por supuesto que no existe, habiéndose extraviado su expediente"*. Réplica de Sordini: *"mas tiene que existir alguna nota referida a ese primer documento"*. Yo: *"que no la hay"*. En este punto me detuve, debido a que no me animé a afirmar ni a suponer que en la sección de Sordini habían incurrido en un error. Tal vez mentalmente usted, señor agrimensor, le eche en cara a Sordini que estimar lo afirmado por mí tendría que haberlo conducido a una investigación de la cuestión en otras secciones. Mas justamente eso hubiese sido un error; yo no deseo que ni en su mente resulte manchado este señor Sordini. Es parte de la base misma de la administración que no sea tomada en cuenta la posibilidad de un yerro. Eso está refrendado por la sublime organización general y es preciso cuando se aspira a lograr una gran rapidez en la resolución de trámites. De tal manera que Sordini no pidió hacer una investigación en otras áreas. Asimismo esas secciones no le habrían contestado, porque habrían comprendido rápidamente que se estaba pesquisando la probabilidad de que hubiese surgido un error.

–Con su venia, señor alcalde, voy a interrumpirlo con una pregunta –manifestó K–. Usted, ¿no mencionó previamente la existencia de un mecanismo de control? El funcionamiento de la administración es de tales características, de acuerdo con su narración, que me mareo de solamente imaginar que tal control pudiese no ser efectivo.

–Usted es alguien extremadamente riguroso –dijo el alcalde–. Sin embargo, vea, multiplique su rigor mil veces y seguirá siendo insignificante en comparación con el rigor que la administración se exige a sí misma. Solamente un absoluto extraño, alguien como usted, es capaz de dudar de algo así. ¿Si hay procedimientos de control? Solamente hay organismos de control. Es verdad que no tienen por cometido identificar yerros según la acepción más amplia de la palabra, porque ciertamente no tienen lugar y en lo que hace a la posibilidad de que surja uno, tal es su caso, ¿quién sería capaz de afirmar rotundamente que estamos ante un error?

–Tal cosa sería... ¡algo absolutamente novedoso! –exclamó K.

–En mi concepto, sería más bien algo muy añejo –precisó el alcalde–. No estoy persuadido de un modo tan distinto al de usted acerca de que estemos ante un yerro. El señor Sordini, por la exasperación que ha sufrido con esto, se enfermó severamente. Los fundamentales sistemas de control, a los que les adeudamos el hallazgo del origen de la deficiencia, asimismo lo reconocen. Mas... ¿quién puede afirmar que los sistemas de control de segundo orden lo estimarán de igual manera, y que otro tanto harán los de tercer orden, amén de los demás que también existen?

–Bien puede ser así –dijo K–. Elijo no involucrarme en esos cálculos. Asimismo es la primera ocasión esta en la que oigo hablar de esos sistemas de control y, por supuesto, no alcanzo a comprenderlos. Sin embargo, tengo para mí que se debe discriminar entre dos temas. El primero de ellos se refiere a qué acontece dentro de la administración y aquello que se puede comprender de un modo o de otro como de naturaleza oficial. En segundo término, la persona real que yo soy, que estoy por fuera del medio administrativo, tan amenazado por un perjuicio disparatado por parte de la administración, que todavía no estoy en condiciones de admitir lo serio de este riesgo. En cuanto a lo primero, seguramente tenga validez, señor alcalde, lo que refirió con un conocimiento pasmoso y tan fuera de lo común, mas me agradaría escuchar siquiera una palabra referida a mí en particular.

–Ahora iba a tocar ese aspecto –aclaró el alcalde–. No iba usted a comprendar algo sin enterarse primero de todo lo que antes referí. Hablando de los sistemas de control, me anticipé. De manera que vuelvo al tema de mis diferencias de criterio con el señor Sordini. Como antes dije, mi defensa fue cediendo terreno paulatinamente, mas si Sordini tiene a mano cualquier tipo de ventaja, así sea meramente menor, se puede considerar que ya ha triunfado. Ello, porque en esa circunstancia precisa se magnifica su atención, su potencia y su fuerza de ánimo. Es una visión tremenda para quien recibe su ataque, algo fabuloso para quien sea un antagonista del que es atacado. Puesto que he pasado por algo así es que estoy en condiciones de referirlo. Por todo lo demás... todavía no pude ver a Sordini. Sordini no puede bajar por su exceso de labores: Me dijo cómo es su oficina: una estancia cuyos muros se hallan tapizados por pilas de expedientes, mas esos son meramente aquellos en los que actualmente está trabajando. Como esa documentación es requerida una y otra vez, todo acontece a gran velocidad y esas columnas se vienen abajo; justamente el estruendo es una característica de las oficinas que ocupa Sordini. Así es la cosa: Sordini es un trabajador que le consagra al asunto más pequeño igual empeño que al más importante.

Señor alcalde, siempre habla de mi asunto como algo insignificante, pero de él se han ocupado ya varios funcionarios. Si era cosa pequeña antes, por la preocupación de tantos directivos, tal el caso de Sordini, se convirtió en algo de importancia. Lamentablemente contra mis deseos, dado que su empeño no alcanza a producir columnas de documentos en referencia a mi asunto y luego hacer que se derrumben, sino a laborar modestamente en mi escritorio de diseño como un simple agrimensor.

–De ninguna manera –le retrucó el alcalde–, no es nada grande. Y en ese sentido no tienen de qué quejarse: es uno de los más pequeños de todos los pequeños asuntos que nos ocupan. El volumen de trabajo no determina el nivel del caso. Usted continúa sin entender a la administración, si es eso lo que supone. Mas hasta si dependiera de la cantidad de trabajo, su asunto seguiría siendo algo sin importancia. Los casos habituales, o sea, los que no acarrean los pretendidos yerros, dan mucho menos dolores de cabeza y resultan ser más satisfactorios. Por lo que resta, usted lo ignora todo acerca del trabajo que originó su asunto, y de eso le hablaré a continuación. En un comienzo, Sordini me apartó, pero sus subordinados acudieron a mí. Tuvieron lugar día tras día interrogatorios a miembros prominentes de la comunidad, concretados en la posada señorial y que se asentaron en sus respectivas actas. La mayor parte me dio la razón y solamente una minoría se manifestó extrañada; el asunto del agrimensor afecta a los labriegos. Ellos barruntaban que existía algún tipo de pacto escondido, cierta forma de inequidad... Dieron con un líder y Sordini concluyó que en caso de someter el dilema al consejo municipal no todos se opondrían a contratar un agrimensor. Fue de tal manera que algo concreto, que no precisábamos los servicios de un agrimensor, se volvió cosa como mínimo dudosa. En particular sobresalió cierto Brunswick, a quien usted no conoce... Puede que sea buen sujeto, pero ciertamente también es bobo e imaginativo y el cuñado de Lasemann.

–¿El maestro curtidor? –inquirió K, y describió al individuo barbado que había visto en la morada de Lasemann.

–Sí, ese es –confirmó el alcalde.

–Asimismo conocí a su esposa –refirió K, de cierta forma sin mucha conciencia de ello..

–Puede ser –aventuró el alcalde, y luego calló.

–Es bella mujer–dijo K–, mas demasiado pálida se la ve, y frágil de salud. Al parecer, es del castillo –agregó lo último casi como una pregunta.

El alcalde confirmó la hora, tomó un poco de medicamento empleando una cuchara y lo ingirió con prisa.

–Del castillo usted conoce apenas el área administrativa, ¿no es así? –preguntó K con tosquedad.

–Así es –aseguró el alcalde, con un sonreír sarcástico, aunque también con gratitud –. El área más importante es esa. En lo que hace a Brunswick, si lo pudiésemos expulsar del poblado la mayoría seríamos dichosos. No en menor medida Lasemann. Por aquel entonces Lasemann adquirió un poco de prédica. Por supuesto, él no es todo un orador, pero sí grita mucho y a varios con ello les alcanza. De modo que me vi forzado a presentar el tema en el consejo municipal. En lo que hace a lo restante, fue el exclusivo logro de Brunswick, porque la mayor parte del consejo no quería contratar a ningún agrimensor. Ello sucedió asimismo hace tiempo, mas la cosa no se serenó jamás en un ciento por ciento, en lo que tiene su responsabilidad el celo puesto por Sordini. Él quiso desentrañar cuáles eran las causas que impulsaban tanto a la mayoría como a la minoría. Para ello llevó adelante las pesquisas más minuciosas, parcialmente por la tontería y el empecinamiento de ese Brunswick, que conserva relaciones personales con la administración y que ponía en acción con renovadas creaciones de su imaginación. Pero no se pudo engañar a Sordini... ¿Cómo podría hacerlo ese Brunswick? Mas para no ser embaucado era preciso darle curso a renovadas investigaciones sumarias; antes de su término Brunswick ya tenía una nueva ocurrencia. El dinamismo es parte de su imbecilidad. En esta instancia me debo referir a un pormenor singular de nuestro sistema administrativo. A causa de su exactitud, se une a ella su alta sensibilidad: una vez que un caso es contemplado dilatadamente puede suceder que, sin haberse cerrado las evaluaciones, que aparezca de súbito, tal como un relámpago, una decisión acerca del problema imposible de anticipar y de localizar. Una decisión que acaba con el asunto de modo atrabilario pese a que, generalmente, sucede de manera correcta. Tal como si el sistema administrativo no hubiera podido aguntar por más tiempo la tensión generada por el enojo tan añejo, a causa de esa misma cosa baladí. Ello se hubiera producido por sí mismo, sin ninguna participación de los funcionarios. Desde luego, no se concretó ningún prodigio y con seguridad fue cierto funcionario quien redactó la resolución o tomó una decisión sin firmarla. De todas maneras, como mínimo por nuestro lado o por el lado de la administración, no se puede barruntar quién fue el funcionario que decidió en este punto y cuáles fueron sus razones para ello. Los mecanismos de control pueden confirmarlo pasado mucho tiempo de eso, pese a que jamás nos vamos a enterar; de todas maneras, para entonces nadie estaría interesado en saberlo. Como dije antes, sin embargo, generalmente tales decisiones resultan adecuadísimas, y apenas irrita de ellas que, como suele suceder, de tales decisiones solamente se sabe mucho más tarde de ser tomadas y, consecuentemente, mientras tanto se continúa argumentando acaloradamente sobre temas hace rato ya cerrados. Ignoro si en lo que le atañe sucedió algo parecido. Hay instancias favorables para ello y otras que no, mas si tal fuera lo cierto, en ese caso le hubiesen enviado su contrato y hubiese usted concretado su larga travesía hasta aquí. Simultáneamente hubiese pasado mucho tiempo y Sordini hubiese continuado trabajando en lo mismo hasta extenuarse; Brunswick habría seguido con sus artimañas y yo habría sido torturado por ambos con sus cuestiones. Solamente estoy señalando esa probabilidad. Yo solamente estoy seguro de que un sistema de control develó que de la sección A partió hace un gran número de años una consulta a la comunidad acerca de contratar a un agrimensor sin que, hasta ese instante, hubiese recibido algún tipo de respuesta. Tornaron a preguntar y se volvió a aclarar la cuestión. La división A se satisfizo con esa respuesta, la de que no se necesitaba un agrimensor, y Sordini debió de reconocer que entonces no había entrado en su área de competencias y que, concretamente sin culpa, había implementado una labor infructuosa y extenuante. En caso de que se hubiese vuelto a sumar en todo sitio tanto trabajo, como de costumbre, y si su asunto no hubiera resultado ser bien baladí... prácticamente se puede afirmar que es el más insignificante de todos, el conjunto de nosotros podríamos haber respirado con alivio. Hasta Sordini. Solamente Brunswick se mostró resentido, pero era eso cosa absurda, sin pies ni cabeza. Entonces imagínese, señor agrimensor, mi frustración tras el final dichoso de ese dilema, ya pasado tanto tiempo y súbitamente usted que irrumpe y hace parecer que todo el asunto retornará. Usted entenderá acabadamente que estoy férreamente decidido, en lo que a mí me atañe, a no permitir que tenga lugar algo semejante.

–Desde luego –le contestó K–. Ahora entiendo en mayor medida que aquí tuvo lugar un tremendo abuso del que yo fui la víctima y también, probablemente, las mismas leyes. Voy a defenderme, por mi lado.

–¿Qué cosa hará? –preguntó el alcalde.

–Eso no se lo diré –dijo K.

–No quiero entrometerme si no me convocan –dijo el alcalde–. Mas debo recordarle que puede contar conmigo, no en la condición de amigo, pero definitivamente como socio de negocios, de alguna manera. Solamente me oponga a que lo hayan contratado como agrimensor, pero en todo lo restante invariablemente puede usted acudir a mí. Desde luego que dentro de ciertos límites, los de mi poder. Que, por cierto, no es tan grande.

–Usted repite incanzablemente –le dijo K– que tengo que ser contratado en calidad de agrimensor; sin embargo ya fui así contratado... Vea, esta es la carta de Klamm.

–La carta de Klamm –dijo el alcalde– es cosa de valor y la honra la rública de Klamm. Parece genuina... Mas, no me atrevo a afirmarlo. ¡Mizzi! –exclamó–. ¿Qué haces?

Era notorio que ni los colaboradores de K, a quienes habían dejado de vigilar hacía rato, ni Mizzi, habían dado con el expediente, mas luego habían deseado devolver toda la documentación al ropero. Fue imposible: lo impedía el inmenso desorden originado por su búsqueda. De todas formas los colaboradores habían tenido una ocurrencia y la estaban poniendo en acción. Habían volcado el mueble contra el piso, repletándolo de documentos, y se habían sentado posteriormente en compañía de la señora Mizzi sobre su puerta. En ese instante probaban de cerrarla presionándola.

–De modo que no dieron con el expediente –concluyó el alcalde–. Qué pena. Pero ya saben de esa historia... en verdad, ya no tenemos necesidad del legajo, pero de todas maneras debemos dar con él. Quizá se encuentre en lo del maestro. Allí todavía hay una gran cantidad. Mizzi, ven con la vela y leéme esta misiva.

Se aproximó Mizzi, quien parecía todavía más grisácea y sin importancia que en los momentos en que estaba sentada a orilla de la cama y se aferraba al voluminoso individuo que la rodeaba con su brazo. Su diminuto semblante llamaba la atención con la luz de la candela; sus arrugas severas apenas estaban suavizadas por el debilitamiento que le imponía la edad. Solamente miró la carta y dobló sus manos.

–Es una de Klamm –sentenció Mizzi.

A continuación leyeron al unísono aquella misiva, susurraron entre ellos y finalmente, al tiempo que los colaboradores daban las hurras porque habían alcanzado a cerrar el ropero y Mizzi los observaba llena de gratitud, el alcalde manifestó:

–Mizzi opina como yo. Estoy ahora en condiciones de afirmarlo. Esta carta no constituye un documento oficial. Es una carta privada. Se aprecia claramente desde el mismo encabezado, que dice: "Muy señor mío". Asimismo, en esta carta no se menciona que lo hayan contratado a usted en calidad de agrimensor. En tono muy generalizado, se dice aquí algo sobre servicios a lo señores y ni siquiera de manera vinculante. Se dice que fue contratado "como usted ya lo sabe". O sea, la aseveración de que fue contratado corre por su mera cuenta. Finalmente se le asigna en cuanto a temas de índole oficiales a mi persona en calidad de su superior. Se dice que le voy a comunicar los pormenores, cosa que en su mayor parte ya hice. Alguien que sepa cómo se deben leer los textos oficiales lo tendrá muy claro ante sí. Nada tiene de raro que usted, un extraño, no pueda entenderlo. Desde lo general, esta comunicación tiene un sentido bien diferente: que Klamm, en lo personal, va a ocuparse de usted si es que usted resulta contratado para brindar servicios a los amos.

–Señor alcalde –dijo K–, interpreta tan adecuadamente la carta que finalmente no queda otra cosa que un papel en blanco ornado con una firma. ¿Es que no percibe que de tal modo rebaja el nombre del señor Klamm, a quien pretende respetar?

–Se trata de un error, de un malentendido –aseguró el alcalde–. No paso por alto cuán importante es este mensaje, y tampoco desmerezco la misiva con mi modo de entenderla, por el contrario. Una misiva privada de Klamm posee, obviamente, mayor peso que un documento oficial, mas justamente no el que usted le asigna.

–¿Conoce usted a Schwarzer? –preguntó K.

–No lo conozco –repuso el alcalde–. ¿Lo conoces, Mizzi? No, ella tampoco lo conoce. No lo conocemos.

–¡Qué cosa tan rara! –se intrigó K–. Se trata del hijo de un subalcalde.

–Mi querido señor agrimensor –dijo el alcalde–, pero, ¿cómo yo podría conocer a todos los hijos de todos los subalcaldes?

–De acuerdo–dijo K–. En tal caso, deberá aceptar que sí lo es. Con ese sujeto, Schwarzer, yo sostuve al llegar una pugna que me encolerizó. Él mismo se comunicó telefónicamente con un subalcalde de apellido Fritz y recibió la información de que ciertamente yo había sido contratado en calidad de agrimensor. ¿Cómo explica algo de ese calibre, señor alcalde?

–Con toda facilidad –repuso el alcalde–. Ciertamente todavía no tuvo contacto con la administración. La suma de sus contactos hasta el presente fueron meramente aparentes. Pero usted, ello es fruto de su ignorancia, los supone reales y concretos. En lo que hace al contacto telefónico... Escuche: en mi casa y le aseguro que ciertamente yo sí poseo concretos contactos con la administración, no hallará un solo teléfono. En posadas y establecimientos similares tal vez se pueda gozar de servicios relativamente buenos, por ejemplo un gramáfono, pero ninguna otra cosa más. Ha llamado aquí por teléfono en cierta ocasión, ¿no es cierto? Puede que viendo ese caso me entienda. En el castillo, el teléfono funciona perfectamente; me han referido que allí se emplea el servicio telefónico sin pausa y ello es cosa comprensible, pues hace el trabajo más veloz. Dicho servicio empleado sin pausa se escucha en nuestros aparatos como un rumor o un canto de fondo. Seguramente usted también lo oyó. Empero, ese sonido es lo único correcto y confiable que nos comunican las líneas del poblado, y todo el resto es un engaño. No existe ningún nexo telefónico, específico, con el castillo. No hay una central que trasmita nuestros llamados. Si uno llama al castillo desde este punto, en el castillo suena el conjunto de los receptores de las áreas de rango más inferior o, mejor expresado, sonaría eso en todos los aparatos, eso bien lo sé yo, de no estar los receptores sin conexión en prácticamente todas las áreas. De tanto en tanto, es cierto, algún funcionario siente la necesidad de encontrar alguna distracción, fundamentalmente en horas de la tarde o por la noche. Restablece en ese momento las conexiones y nosotros recibimos una respuesta. Pero no es otra cosa que un chiste. Y ello se puede entender muy bien: ¿quién puede creer que fue legitimado como para generar alboroto, en función de sus nimios dilemas privados, durante el curso de las gestiones más importantes de los que se ocupan a una velocidad asombrosa? Tampoco entiendo de qué modo un extraño alcanza a suponer que si él, como ejemplo, llama por teléfono a Sordini, aquel que contesta no es otro que el mismísimo Sordini. Seguramente será quien lo haga un ínfimo empleado de otra sección. De modo opuesto, en cierto momento particular, puede suceder que si es llamado el ínfimo empleado, Sordini conteste. En ese caso, por cierto, lo más adecuado será salir a todo escape, abandonando el aparato antes de escuchar una mera palabra inicial.

–Nunca lo imaginé de ese modo –repuso K–. Era imposible para mí estar al tanto de dichos pormenores y, de igual modo, tampoco tenía depositada excesiva fe en esas comunicaciones telefónicas. Siempre fui consciente de que sólo posee una importancia concreta lo que se conoce o se alcanza en el mismo castillo.

–No es así –dijo el alcalde, subrayando que estaba negando eso–. Dichas contestaciones telefónicas tienen una importancia real... ¿Cómo suponer que fuera posible que resultara de otra manera? ¿Cómo podría ser factible que una información brindada por un funcionario del castillo no posea la importancia que efectivamente sí le corresponde? Antes yo se lo referí, cuando me ocupé de la misiva de Klamm: la suma de esas expresiones no posee validez oficial. Empero se halla errado en cuanto a su importancia de tipo privado: si posee en sentido amigable o bien hostil, su valor es muy grande. En general mayor de lo que podría alcanzar la importancia en la esfera de lo oficial.

–De acuerdo –dijo K–. Suponiendo que todo sea como usted afirma, yo tendría una buena cantidad de amistades en el castillo. Ya hace muchos años la idea de aquella sección en cuanto a contratar a un agrimensor fue un acto amistoso hacia mí; luego se fueron sumando los hechos hasta que, a modo de pésimo final, me hicieron venir hasta acá. Actualmente, me amenazan con una expulsión.

–Hay algo de cierto en su óptica –dijo el alcalde–. Acierta cuando dice que no se pueden tomar de modo literal las declaraciones del castillo. Mas siempre es necesaria la cautela y no sólo aquí. Será todavía más imprescindible en la medida en que resulte ser más importante la declaración. En lo que atañe a lo que ha dicho, en cuanto a haber sido atraído hasta aquí, no puedo entender eso.

Si hubiera seguido en mejor forma el aporte de mis informaciones, debería comprender que la cuestión de su contrato aquí resulta extremadamente difícil como para poder recibir una contestación en el curso de una simple charla.

–De manera que como corolario –concluyó K–, queda meramente admitir que todo resulta ser excesivamente turbio e imposible de resolver, excepto mi expulsión.

–¿Quién se animaría a expulsarle, señor agrimensor? –dijo el alcalde–. Igual opacidad de las cuestiones que le atañen le garantizan el trato más atento. El asunto es que, con toda evidencia, usted es una persona excesivamente sensible. Cosa alguna lo retiene en este sitio, mas eso no puede ser entendido como una forma de expulsión.

–Ah, señor alcalde –dijo K–, ahora es usted nuevamente el que percibe algo con excesiva nitidez. Ya le hice una lista de las instancias que me retienen en este sitio: todo lo que dejé de lado a fin de abandonar mi hogar, el prolongado y arduo trayecto, las esperanzas que tuve a partir del contrato, mi absoluta carencia de capitales; lo imposible que es para mí dar con un trabajo en mi lugar de residencia... Finalmente, y no digo que sea un asunto menor, mi novia, quien es nativa de estas tierras...

–¡Oh, Frieda! –dijo el alcalde, que no se vio sorprendido–. Ya estoy al tanto de eso. Mas ella, Frieda, está dispuesta a ir con usted a donde sea. En cuanto está relacionado con todo lo demás, en ese punto es preciso establecer ciertas precisiones; voy a elevar un informe al castillo. En caso de que se tome una decisión o sea necesario un nuevo interrogatorio, lo pondré al tanto. ¿Le parece bien?

–De ninguna manera –le retrucó K–. No deseo recibir ningún piadoso obsequio por parte del castillo. Quiero mis derechos.

–Mizzi –le dijo el alcalde a su esposa, que seguía sentada en la cama, apretada a él, jugando con ensoñación con la carta entre sus manos, y con la que había hecho un barquito.

Aterrado, K se apresuró a quitarle la misiva.

–Mizzi –insistió el alcalde–, me duele la pierna. Hay que renovar la compresa.

K se incorporó.

–Debo irme –dijo K.

–Así es –dijo Mizzi, comenzando a aplicar un ungüento–. La corriente de aire es muy fuerte.

Entonces K se dio la vuelta. Sus colaboradores, tan serviciales como ineptos, ya habían abierto completamente las puertas cuando K les dio a entender que había que marcharse de allí.

Éste apenas se inclinó ante el alcalde, queriendo conservar la estancia libre del tremendo frío que podía ingresar en ella. Después dejó aquel cuarto, seguido por sus colaboradores y cerrando la puerta tras de sí.

# Capítulo 6

El posadero lo aguardaba frente a su establecimiento; sin que le preguntara nunca se habría atrevido aquel sujeto a abrir la boca, por ello fue que K le dijo qué cosa quería.

–¿Tienes ya otro sitio donde alojarse? –preguntó el posadero, mirando al piso.

–¿Preguntas por pedido de tu mujer? –le dijo K–. Dependes extremadamente de ella, ¿no es así?

–No, no es así –dijo el posadero–. No me dijo ella que preguntase esto, mas se halla muy alterada y se siente muy infeliz por tu culpa. No tiene ganas de hacer sus tareas ni de salir de la cama. No para de suspirar y quejarse sin tregua.

–¿Qué supones tú? ¿Que debo visitarla? –preguntó K.

–Te lo ruego –le dijo el posadero–. Quise pasar por ti en lo del alcalde. Escuché detrás de la puerta... Mas estaban en medio de la conversación. Asimismo, me preocupaba mi mujer, de modo que que volví aquí a la carrera; empero, ella no me permitió ingresar a la alcoba. No pude menos que estarme aquí, esperándote.

–En ese caso, vamos rápido –dijo K–. Enseguida la voy a serenar.

–Ojalá –dijo el posadero.

Cruzaron la luminosidad de las cocinas, allí donde se afanaban algunas sirvientas, separadas cada una en su sitio. Las criadas se quedaron inmóviles al divisar a K. En las cocinas era posible escuchar cómo suspiraba la mujer del posadero. Estaba en un cuarto pequeño, carente de ventanas, aislado de las cocinas apenas por un tabique. Sólo había sitio allí para una voluminosa cama matrimonial y un armario. El lecho estaba situada de tal manera que desde él resultaba visible el conjunto de las cocinas y, por ende, vigilar las labores que se efectuaban en ese ámbito. De manera opuesta, desde las cocinas apenas era posible avizorar parcialmente esa estancia diminuta. Dentro de ella estaba muy oscuro y apenas la colcha, colorada, poseía algún fulgor. Ya dentro, con los ojos acostumbrados a las tinieblas, se lograba apreciar algunos pormenores de aquel sitio.

–Por fin vino –dijo la posadera. Su voz sonaba debilitada. Estaba tendida sobre su espalda, con sus extremidades extendidas, y resultaba notorio que respirar era para ella cosa muy dificultosa, porque había arrojado de lado las frazadas. Allí, tendida en su cama, se la veía con un aire más joven que cuando se hallaba vestida, mas el gorro de dormir, hecho de encaje fino, aunque pequeño y sin ajustar a causa de su peinado, producía piedad al subrayar lo demacrado de su semblante.

–¿Cómo podría yo acudir? –dijo K, muy suavemente–. No me llamó usted.

–No tendría que haberme hecho aguardarlo tanto –dijo la posadera, con esa testarudez tan propia de los enfermos–. Tomo asiento. Los otros, se van.

Los colaboradores de K aguardaban con las sirvientas, todos a las puertas de esa estancia.

–¿También yo me tengo que ir, Gardena? –inquirió el posadero.

K escuchó así por primera vez el nombre de aquella mujer.

–Desde luego –dijo lentamente ella, y después, tal como si se hallara concentrada en otra cosa, añadió–: ¿Por qué causa ibas a quedarte aquí?

Pero, cuando todos se habían ido a las cocinas, hasta los colaboradores de K, que entonces se habían apurado a hacerle caso (tal vez, interesados en las sirvientas), Gardena dio muestras de encontrarse adecuadamente atenta como para poder confirmar que desde las cocinas anejas era posible escuchar cuanto allí se mencionara, dado que la habitación no tenía puerta. Entonces mandó que todos abandonaran también las cocinas, cosa que obedecieron los aludidos de inmediato.

–Si es usted tan gentil, señor agrimensor–dijo Gardena–, en el frente del armario está colgado un chal, ¿puede dármelo? Deseo cubrirme con él, no soporto las frazadas, apenas puedo respirar.

Cuando K le alcanzó la prenda solicitada, ella agregó:

–Ya lo ve usted, es lindo, ¿no es cierto?

A K le resultó que ese era un chal de lana ordinario, lo tocó nuevamente por mera cortesía y no dijo palabra al respecto.

–Sí, es un lindo chal –repitió Gardena, y se cubrió con él.

Yacía pacíficamente: la suma de sus pesares al parecer la había abandonado; hasta recordó su cabello desordenado por su posición en la cama, de modo que se sentó un rato y arregló su cabello en torno del gorro de dormir. Su cabello era abundante.

K se impacientó y dijo:

–Pidió usted que me preguntaran, señora posadera, si yo tenía otro alojamiento.

–¿Solicité que le preguntaran algo así? –dijo la posadera–. No es cierto.

–Su marido me lo preguntó recién.

–No me extraña oír eso –dijo la posadera–, estoy peleada con él. Cuando yo no quería albergarlo a usted aquí, él lo permitió. Ahora, cuando me alegro de tenerlo entre nosotros, sigue jugando conmigo. ¡Siempre hace lo mismo!

–En ese caso –repuso K–, ¿tanto mudó de opinión acerca de mí? ¿En apenas un par de horas?

–No. Sigo pensando lo mismo–dijo con tono débil la posadera–. Permítame tomar su mano... así está muy bien. Ahora me debe prometer ser absolutamente honesto conmigo, como yo deseo serlo con usted.

–De acuerdo –repuso K–. Mas, entonces, ¿quién empieza?

–Yo lo haré –le dijo la posadera, sin con ello parecer haberle hecho alguna concesión a K. Pero parecía que estaba ansiosa por tomar en primer lugar la palabra.

Extrajo una fotografía de debajo del colchón y se la pasó a K.

–Observe esto –solicitó la posadera.

Para ver la fotografía de mejor modo, K ingresó un tanto en las cocinas, mas ni estando allí pudo reconocer primeramente algo de la imagen, a causa de lo vieja que era la toma. Los matices se habían esfumado y estaba sucia y arrugada.

–No se encuentra en buen estado –dijo K.

–Así es, lamentablemente –asintió la posadera–, cuando se las lleva con uno durante tanto tiempo, se deterioran así. Mas si presta atención podrá identificar todo, eso es cosa segura. Además yo puedo auxiliarlo. Exprese cuanto ve en la fotografía, me encanta oír comentarios sobre ella. ¿Qué ve usted en esa fotografía?

–Veo a un joven –refirió K.

–Exacto –dijo la posadera–. Pero, ¿qué está haciendo ese hombre joven?

–Al parecer, reposa sobre una tabla, se estira y bosteza.

La posadera rió.

–No, eso no es cierto –dijo ella.

–Sin embargo yo veo una tabla y que él está sobre ella –insistió K.

–Fíjese más atentamente–dijo la mujer, encolerizándose–. Ciertamente, ¿cree que está tendido?

–No lo está–repuso K–. El joven está flotando... ¡Ya entiendo! No se trata de una tabla. Es una cuerda y tal vez el joven está brincando.

–Justamente eso –dijo la posadera, con alegría–. Brinca, está brincando. De ese modo es que hacen ejercicio los mensajeros oficiales. Lo sabía: usted terminaría por comprender la imagen. ¿Percibe cómo es su cara?

–Escasamente –dijo K–. Me parece que hace un gran esfuerzo. Su boca se halla abierta, sus párpados bajos y su cabello flameando.

–Excelente–lo elogió la posadera–. Ninguno que no lo haya conocido antes podría agregar más. Era un joven bello... lo vi efímeramente, en una sola ocasión, pero jamás me voy a olvidar de él.

–¿Quién era este joven? –preguntó K.

–El mensajero –dijo la posadera–. El que empleó Klamm para hacerme llamar, la primera vez.

K no lograba escucharla muy bien; lo distraía el sonido de algo de cristal. Rápidamente pudo identificar el origen de su distracción. Sus colaboradores estaban en un patio, afuera, brincando sobre un pie y luego sobre el otro, pisando la nieve. Simularon sentir júbilo al ver a K, señalándolo y golpeando la ventana. El gesto de amenaza de K hizo que cesaran de hacerlo y que probasen de alejarse de allí, mas uno molestaba al otro y enseguida se encontraron ambos en el mismo lugar. K se apuró por volver al dormitorio. Allí no podían los colaboradores divisarlo desde afuera y él lograría dejar de verlos. Mas el sonido suave y rogativo en la ventana siguió detrás de él prolongadamente.

–Nuevamente los colaboradores –le dijo a la posadera a modo de disculpa, y señaló hacia el exterior. La mujer, sin embargo, no le brindó atención. Había tomado la fotografía, alisándola y volviendo a esconderla bajo el colchón. Su modo de moverse se había tornado más demorado, mas por fatiga no, sino bajo el peso de la evocación. Había querido contarle la historia a K, pero esa historia la había llevado a olvidarse por completo de él. La mujer jugueteaba con el ribete del chal y solamente tras un rato levantó sus ojos, pasó la mano sobre ellos y musitó:

–También este chal proviene de Klamm, y de igual modo el gorro de dormir. La fotografía, el chal y el gorro, los únicos recuerdos que me restan de él. No soy joven como Frieda, ni tan ambiciosa, ni delicada. Frieda es delicada, en gran medida lo es. En definitiva, conozco cómo resignarme con la vida que me tocó en suerte, mas debo reconocer que sin este trío de objetos no habría podido aguantar el permanecer tanto en este lugar. Tal vez no hubiese aguantado este sitio ni un día entero. Estos recuerdos quizá le resulten cosas muy pobres... Mas ya lo puede ver: Frieda, que está relacionada con Klamm desde hace tanto, carece de recuerdos. Se lo pregunté. Ella es excesivamente entusiasta, difícil de satisfacer. Yo, en cambio, estuve solamente en tres ocasiones con Klamm. Ignoro por qué razón no tornó a interesarse en mí. Intuyendo lo efímero de mi trato con Klamm, me adueñé de estos recuerdos. En verdad, una debe ocuparse en persona de ello, pues él nada da, mas cuando estamos frente a algo adecuado es posible pedirlo.

K no se sentía cómodo escuchando aquello, aunque lo involucrara.

–¿Cuánto pasó desde entonces? –inquirió K, con un suspiro.

–Más de dos décadas –dijo ella–. Mucho más de veinte años.

–Así que tanto tiempo dura la lealtad a Klamm –reflexionó K–. ¿Comprende usted que estas confidencias originan en mí un profundo malestar, si lo asocio a mi próxima unión matrimonial?

A la posadera aquello de que K se entrometiese en sus asuntos le resultó improcedente y, en consecuencia, le dirigió una mirada de costado y enojada.

–No se encolerice –le dijo K–. No estoy hablando mal de Klamm, mas según los hechos conservo ciertos contactos con él. Eso, ni el mayor de sus admiradores lo puede poner en duda. Por ende, si es nombrado Klamm, invariablemente voy a pensar en mí. Es cosa inevitable.

En ese momento, K la tomó de la mano y le dijo:

–Debe recordar cómo terminó nuestro último encuentro y que en este deseamos separarnos pacíficamente.

–Está en lo cierto –dijo ella, inclinando su cabeza–. Mas debe usted respetarme. Mi sensibilidad no es mayor que la de los demás, por lo contrario: todas las personas poseen áreas sensibles y yo exclusivamente tengo esta.

–Lamentablemente, la mía es la misma –agregó K–. Aunque creo que podré conservar el control de mí mismo. Ahora acláreme cómo podré aguantar en mi matrimonio esa tremenda lealtad a Klamm, en caso de que Frieda asimismo la sienta.

–¿Tremenda lealtad? –repitió la mujer, ya irritada–. ¿Habla de lealtad? Yo soy fiel a mi marido. Mas, ¿a Klamm? Fui cierta vez su amante... ¿puedo alguna vez perder esa categoría? Y... ¿cómo lo podrá aguantar con Frieda? ¿Quién es usted para animarse a preguntarme algo así?

–¡Señora posadera! –le dijo K con aire admonitorio.

–Ya lo sé –dijo esta, aplacándose–. Sin embargo mi esposo nunca hizo ese tipo de preguntas. No entiendo a quién hay que suponer más infeliz, a mí por esa época o a Frieda en esta, cuando deja a Klamm por soberbia, o a mí, a quien Klamm no volvió a mandar llamar. Tal vez sea Frieda la más desgraciada, aunque no parece comprenderlo aún en toda su extensión. Sin embargo, en esa época, mi infelicidad se adueñaba totalmente de mi mente, porque repetidamente debía preguntarme y ahora no dejo de hacerlo también... ¿por qué pasó eso? ¡En tres ocasiones fui requerida por Klamm y no hubo una cuarta! ¿Qué cosa me ocupaba más en aquellos tiempos? ¿De qué otro asunto iba a hablar con mi marido, aquel con el que poco más tarde me casé? De día no nos alcanzaba el tiempo, habíamos comprado este establecimiento casi en ruinas y debíamos trabajar muchísimo para ponerlo en condiciones. En cuanto a la noche... Por mucho tiempo nuestros pensamientos cada noche se referían a Klamm y a las causas de su cambio de actitud. Cuando mi marido se dormía en medio de tales conversaciones, yo lo despertaba para que siguiésemos hablando.

–Entonces, con su venia –manifestó K–, voy a hacerle otra pregunta, quizá un poco violenta.

La mujer guardó silencio.

–De modo que no puedo preguntarle –advirtió K–. Bien, eso también me alcanza.

–Es verdad –admitió la posadera–. Incluso eso le alcanza. En particular, eso. Usted invariablemente entiende todo mal, hasta que uno guarde silencio. No puede hacer algo diferente, comprendo: tiene mi permiso, entonces, para preguntar.

–Si es cierto que interpreto todo erróneamente –deslizó K –, tal vez entienda mal los alcances de mi pregunta y ella no sea tan violenta. Simplemente deseo saber cómo se conocieron usted y su esposo y de qué modo se hicieron de este establecimiento.

La posadera arrugó el entrecejo y luego digo, con aire indiferente:

–Eso es cosa bien sencilla. Mi padre era herrero y Hans, mi marido, que era mozo de caballerizas de un señor, acudía muy seguidamente a la herrería. Pasado mi postrer encuentro con Klamm, me sentía muy infeliz. En verdad, no debería haberme sentido así, porque todo se había concretado correctamente; que yo no pudiera tornar a encontrarme con Klamm era cosa decidida por Klamm, o sea, era correcto. Solamente las causas de ello eran asuntos oscuros. Yo podría haberlos averiguado, mas no debía sentirme tan desdichada. Empero, eso sentía y ni siquiera era capaz de desempeñar mis labores. Solamente permanecía en los jardines, sin hacer cosa alguna. Fue en los jardines que me vio Hans. Tomó asiento junto a mí y no me quejé, aunque Hans bien sabía lo que yo sentía. Como es buen hombre, comenzó a llorar conmigo. Cuando el dueño de la posada, en aquellos tiempos ya viudo, quiso dejar su trabajo a cargo del establecimiento, siendo un anciano, se paseaba frente a los jardines y nos descubrió allí sentados, detuvo su andar y nos ofreció hacernos cargo de la posada. Dado que tenía confianza en nosotros, no pidió adelanto alguno y fijó valores muy accesibles. No deseaba ser una carga para mi padre y todo el resto me provocaba la mayor de las indiferencias; de manera que pensando en la posada y en las labores, que tal vez me brindarían alguna clase de bálsamo, le otorgué mi mano a Hans. Tal fue el desarrollo de los hechos.

Por un rato ninguno dijo palabra, mas luego K rompió el silencio:

–Fue magnífico el desempeño del antiguo posadero, mas también una imprudencia. O acaso, ¿poseía alguna razón para confiar en ustedes?

–Él conocía hondamente a Hans –informó la posadera–. Era Hans su sobrino.

–En ese caso, es cosa evidente –afirmó K –que los familiares de su esposo estaban interesados en relacionarse con usted.

–Quizá –admitió la mujer–. Lo ignoro. Entonces, no me preocupó esa posibilidad.

–Sin embargo –sumó K–, cuando la familia se dispuso a concretar tamaño sacrificio y dejar en sus manos el establecimiento, sin exigir garantías...

–No fue algo imprudente –aseveró la posadera–. Eso se demostró muy bien después. Tomé cartas en el asunto, y dado que era una mujer robusta, como buena hija de un herrero, no tenía necesidad de sirvienta ni de criados. Yo estaba en todos los sitios donde fuera necesaria: en el salón, las cocinas, las caballerizas, los patios... Tan bien guisaba, que hasta le pude arrebatar parroquianos a la posada señorial. Usted todavía no visitó el salón de comidas al mediodía... no conoce a nuestros clientes de ese horario. Antes eran todavía más numerosos, pues desde esos tiempos perdimos bastantes. Y, como consecuencia, no solamente alcanzamos a pagar sin mayores obstáculos lo acordado como alquiler, sino que pasados algunos años pudimos adquirir la posada. Hoy prácticamente no debemos un centavo a nadie. El otro resultado, empero, fue que me hice pedazos, enfermé del corazón y actualmente soy ya mayor. Tal vez usted suponga que soy mucho mayor que mi marido; en verdad, Hans es apenas un par de años más joven. Asimismo, Hans nunca va a envejecer, dado que sus labores: fumar su pipa, prestarle oídos a cuanto le dicen los clientes, vaciar su pipa y, de tanto en tanto, hacerse de una cerveza, no envejecen a ninguno.

–Es admirable su capacidad de trabajo –admitió K–. No tengo dudas al respecto. Mas... nos estábamos refiriendo a la época anterior a su matrimonio. Por entonces, debe de haber sido bien raro eso de que la familia de Hans, poniendo en riesgo sus capitales o, como mínimo, arriesgando parte de ellos con la entrega del establecimiento, hubiesen favorecido la celebración de su boda, sin esperar nada más que fuera notable su capacidad para trabajar... Eso era desconocido por los familiares de Hans; asimismo, por las características de su esposo... su debilidad ya tendría que serles cosa revelada.

–Ya sé hacia dónde se dirige usted –afirmó la posadera, fatigada–. También sé en qué radica su yerro. Ni señas de Klamm en todo este asunto... ¿por qué razón debería haberse cuidado de mí o, en mejor medida, de qué modo hubiese alcanzado a cuidarse de mí? Nada sabía él ya de mí y el hecho de que no me hubiese llamado nuevamente era una señal de que ya me había olvidado. Cuando ya no requiere a alguien, él lo olvida completamente. No deseaba referirme a esto ante Frieda. Tampoco consiste en olvido, es más que eso, porque a quien fue olvidado se lo puede tornar a conocer... En lo tocante a Klamm, eso es cosa imposible, pues si no ordena llamar a alguien no solamente significa que lo ha olvidado en cuanto se refiere al pasado, sino también en todo lo que corresponde al porvenir. Si me esfuerzo lo suficiente, alcanzo a ponerme en su sitio y comprender cuáles son sus pensamientos, unos pensamientos que en este punto no tienen sentido y que tal vez en el sitio de donde provienen tengan cierta validez. Hasta puede ser que tenga la temeridad de suponer que Klamm me había agenciado a Hans como marido a fin de que yo no tuviese obstáculo alguno para verlo si en el futuro se le ocurría mandarme comparecer ante él. En verdad, más lejos no puede uno ir, en su temeridad. ¿Quién sería el hombre capaz de impedirme acudir ante Klamm, a su más mínima señal? Descabellado, completamente... Una misma se confunde al momento de jugar con tales desvaríos.

–No –repuso K–, no deseamos la confusión. Yo no había alcanzado algo tan remoto con mi mente como usted lo cree. Pero, ciertamente, iba por esa senda... En un comienzo sentí estupor cuando me refirió que los familiares de Hans aguardaban su matrimonio con tanto entusiasmo y que sus esperanzas se trocaran efectivamente en realidades. Aunque es verdad que al precio de su salud, señora posadera. La reflexión acerca de un nexo posible entre esa situación y Klamm asomó en mi mente, mas no de un modo tan rústico como usted supuso. Fue exclusivamente para poder regañarme, porque hacerlo le da placer. Bien, en ese caso, ¡que lo disfrute! Mi mente, sin embargo, seguía otro rumbo. En un comienzo, es Klamm el origen de su unión matrimonial. En ausencia de Klamm usted no se hubiese sentido desgraciada ni hubiese seguido allí, en los jardines, tan aislada. Sin Klamm, Hans la hubiera visto a usted. Sin sus pesares, el apocado Hans nunca se hubiese animado siquiera a decirle media palabra. Sin Klamm, jamás hubiesen llorado juntos. Sin Klamm, el bondadoso tío dueño de la posada nunca los hubiese descubierto en ese sitio, tan pacíficamente sentados. Sin Klamm, usted no se hubiese mostrado tan indiferente ante a la existencia, o sea, no se hubiese unido a Hans. Bien, en todo este asunto ya tenemos más que suficiente de Klamm, eso podríamos suponer, mas todavía continúa la serie. Si no hubiese buscado afanosamente el olvido, no habría usted trabajado en su propia contra con tanta falta de consideración, ni habría mejorado tanto la posada. De manera que también en este punto damos otra vez con Klamm. Mas Klamm, además de eso, también fue la razón de su afección, dado que su corazón ya estaba fatigado previamente a su boda por la infeliz circunstancia que atravesó. Solamente resta preguntarse en qué consistió aquello que en tan alta medida indujo a la parentela de Hans a anhelar su matrimonio. Fue usted quien cierta vez dijo que ser amante de Klamm eleva a un nivel que ya no es posible perder; de manera que muy cabalmente puede haber sido este factor el que los inclinó por esa preferencia. Sin embargo, asimismo barrunto que contribuyó a ello la esperanza de que la buena estrella que la había llevado hasta Klamm, suponiendo que fuera esa una buena estrella, mas usted misma es quien lo afirma, la seguiría favoreciendo... que su buena suerte la continuaría amparando, y no la dejaría súbitamente de lado a usted, como Klamm lo había efectuado.

–¿Ciertamente usted cree que todo eso es verdad? –le preguntó a K la posadera.

–Así es –se apresuró a afirmar K–. Solamente estimo que la esperanza de la familia de Hans no era ni inconsistente ni consistente. Asimismo creo entender cuál fue el yerro cometido por usted. En apariencia todo concluyó exitosamente: Hans tiene una buena posición, una magnífica mujer, respeto, una posada sin deudas. Mas en verdad no todo fue un éxito y Hans hubiera sido mucho más dichoso uniéndose a una simple joven, de la que hubiera resultado ser el primer amor. Siendo que Hans, como le enrostran, en ocasiones permanece en el despacho de bebidas como perdido, eso se debe a que efectivamente se siente así, sin que por dicha razón sea un desventurado, por supuesto, yo ya lo conozco lo suficiente como para afirmarlo. Sin embargo, también es cierto que ese joven apuesto y amable habría sido más dichoso con otra mujer. Y al decir esto, también estoy afirmando que resultaría Hans ser más independiente, más trabajador y más hombre... Y en cuanto a usted, seguramente no es dichosa y, tal como afirmó, sin esos tres recuerdos vivir le resultaría imposible y asimismo sufre del corazón. De manera que, ¿no tenían base alguna las esperanzas familiares? Yo no creo eso. Las bendiciones se dejaban caer sobre usted, pero no supieron cómo emplearlas.

–¿Qué fue soslayado? –preguntó la posadera. Yacía boca arriba, atenta al techo, con sus extremidades extendidas.

–Preguntarle a Klamm–resumió K.

–En ese caso, volveríamos a ocuparnos de su asunto.

–O tal vez del suyo –agregó K–, nuestros asuntos, según parece, tienen nexos entre sí.

–¿Qué desea usted de Klamm? –preguntó la posadera, quien estaba sentada y erguida. Había sacudido la almohada para poder encontrar en ella apoyo. En ese momento miraba directamente a los ojos de K, y le dijo:

–Le narré honestamente mi historia y podría usted sacar de ella alguna enseñanza. A continuación, sea usted también honesto conmigo y dígame qué quiere preguntarle a Klamm. Sólo con muchos trabajos logré persuadir a Frieda a fin de que siga en su alcoba, pues tenía miedo de que, estando ella presente, usted se viera inhibido de manifestarse con adecuada probidad.

–Nada tengo que esconder –dijo K–. Sin embargo, en principio, debo resaltar un aspecto ante usted. Klamm olvida en seguida, dijo usted. Eso, en primer término, me parece cosa muy improbable y en segundo término, resulta imposible de comprobar. Es claro que apenas consiste en una suposición, un mito creado por la fantasía de las jovencitas cuando gozaban de la atención de Klamm. Me causa estupor que crea en algo tan pueril...

–No es un mito –aseveró la posadera–. Más bien, se trata del fruto de mi experiencia.

–Entonces asimismo es posible rechazar su existencia a través de una nueva experiencia –dijo K–. Y de modo semejante, existe una diferencia entre su caso y el de Frieda. Todavía no se produjo el hecho de que Klamm no llame a Frieda. En mejor medida se puede afirmar que efectivamente la ha convocado y ella no acató esa orden. Hasta es factible que todavía la esté aguardando.

La posadera se llamó a silencio y miró de modo penetrante a K. A continuación señaló:

–Voy a escuchar serenamente cuanto tenga que mencionarme. Exprese lo suyo con plena honestidad, sin prurito alguno. Exclusivamente le pido que no nombre a Klamm. Puede denominarlo como "él" o de cualquier otro modo que prefiera, mas no haciendo uso de su verdadero nombre.

–Con todo gusto –repuso K–. Aunque lo que espero de él es cosa ardua de mencionar. Para empezar, deseo verlo frente a frente y escuchar su voz. También anhelo conocer su opinión acerca de mi futuro matrimonio y lo demás se halla en dependencia de cómo se desarrolle la charla. Es factible que se pongan de relieve varias cosas durante la conversación; sin embargo, lo fundamental para mí es poder estar ante él. Todavía no tuve ocasión de conversar en forma directa con un funcionario cierto. Al parecer, es más complejo de obtener esto de lo que yo había supuesto. Empero mi deber es conversar con él en grado de particular y ello es, según estimo, algo más fácil de obtener. Quizá como funcionario apenas pudiese hablar con él en su inaccesible oficina, dentro del castillo, o, lo que es más dudoso, en la posada señorial. Como particular, sin embargo, en cualquier sector de la morada, en la calle, donde logre dar con él. Que cuando lo logre también estaré ante el funcionario es cosa que voy a aceptar con gusto, aunque no se trata de mi meta principal.

–De acuerdo –admitió la posadera, apretando la cara contra la almohada, tal como si estuviese mencionando algo embarazoso–. Si obtengo, gracias a mis contactos, que llegue su pedido a Klamm, debe prometerme que cosa alguna iniciará por su propia cuenta hasta que su propuesta sea contestada.

–Eso no es asunto que pueda prometerle –le retrucó K–. Sin embargo, me agradaría complacerla. El asunto es de extrema urgencia, singularmente tras mi negativo encuentro con el alcalde.

–Eso carece de toda importancia –dijo la posadera–. El alcalde es alguien que también carece de ella. ¿No se dio cuenta de ello? No duraría un día entero en su cargo de no mediar su mujer, quien se encarga de todo.

–Usted habla de... ¿Mizzi? –preguntó K.

La posadera asintió.

–Se hallaba ella presente–dijo K.

–¿Dijo alguna cosa? –preguntó la posadera.

–En absoluto–dijo K–. Mas tampoco me pareció que fuese capaz de hacerlo.

–Bien –dijo la posadera–. Es evidente: usted entiende todo mal. En definitiva, aquello que el alcalde dispuso acerca de usted, carece de la más mínima importancia. Con su mujer voy a conversar cuando sea oportuno. Si en este instante le prometo que la contestación de Klamm demorará a lo sumo una semana, ya no tiene razón alguna para no aceptar mi propuesta.

–Nada de eso es una cuestión decisiva –dijo K–. Mi decisión es cosa hecha y voy a concretarla así reciba una contestación de índole negativa. Mas si estoy decidido desde un principio, no puedo pedir antes una audiencia. Aquello que sin el pedido previo continúa siendo una intentona tal vez temeraria, mas fundada en la buena fe, tras una contestación negativa se transformaría en una expresa rebelión y ello sería mucho más grave.

–¿Más grave, dice usted? –inquirió la posadera–. De todas formas será una rebelión. A continuación haga lo que le plazca. Páseme esa pollera.

La posadera vistió la pollera sin la menor consideración hacia K y se apuró a ingresar en las cocinas. Desde un buen rato antes se dejaba escuchar barullo proveniente del salón comedor. Alguien había golpeado la ventana, llamando. Los colaboradores de K habían abierto esa ventana, gritando que estaban famélicos. Asimismo se habían asomado a ella otras caras y se escuchaba un cántico que venía de cierto número de voces.

La conversación de K con la posadera había demorado la comida, que todavía no había sido preparada. Los parroquianos se habían reunido, aunque ninguno se había animado a transgredir la orden de la posadera en cuanto a no poner un pie en las cocinas. En ese instante, sin embargo, los que miraban manifestaron que ya venía la posadera; las sirvientas ingresaron en las cocinas y al entrar K en el salón comedor, el nutrido grupo de parroquianos, de ambos sexos y vestidos al uso de las provincias mas no al estilo campesino, se arrojaron hacia las mesas en su afán de agenciarse un sitio a ella. Solamente en una mesita, una que estaba en un rincón, ya estaba en su sitio un matrimonio con sus niños. El hombre era gentil, sus ojos se veían azules y sus cabellos grises y despeinados; tenía barba y se inclinaba el sujeto hacia sus hijos, marcando el ritmo de una canción, la que intentaba sostener en voz baja (tal vez lo que él deseaba era que sus hijos olvidaran el hambre entonando esa canción).

La posadera se excusó ante los parroquianos con bastante indiferencia, mas ninguno le hizo un reproche por la demora. Ella buscó con la mirada a su marido, quien hacía rato, ante los hechos, se había simplemente dado a la fuga. Fue en ese instante cuando la posadera se dirigió, con lentitud, hacia las cocinas, sin mirar nuevamente a K, que se apuró a ir un busca de Frieda, a su alcoba.

# Capítulo 7

K dio en la planta superior con el maestro. Para su mayor júbilo, el cuarto apenas resultaba reconocible, de tan diligente que había resultado Frieda. Ella había ventilado la estancia, encendido la calefacción, fregado los pisos, compuesto el lecho. Las pertenencias de las sirvientas, esa infame porquería, no se veían por ningún sitio, incluso las fotografías. La mesa, tan llamativa para todas las miradas gracias a la cubierta de roña que tapizaba su tabla, estaba cubierta por un limpio mantel blanco. Ya se podía acoger allí a los pasajeros. El reducido vestuario de K había sido lavado por Frieda y colgado frente a la estufa para su secado y molestaba escasamente. El maestro y Frieda se hallaban sentados a la mesa, mas se pusieron de pie al ingresar a la estancia K; al saludarlo, Frieda lo besó y el maestro le dirigió una corta reverencia. K, distraído y todavía embargado por el desasosiego generado por su encuentro con la posadera, principió a excusarse por no haberle podido hacer una visita al maestro. Al parecer, tal como si le señalara a este, impacientado por la demora de K, se hubiese inclinado por hacerle él mismo esa visita. Empero, el maestro, con su aire de templanza, solamente pareció rememorar paulatinamente que entre K y él jamás se había concertado un encuentro.

–Por ende resulta ser usted, señor agrimensor –dijo el maestro, muy despacio–, el extraño con el que hablé hace cierto tiempo en la plaza, frente a la iglesia.

–Así es –asintió cortamente K; lo que había tolerado en su abandono, no lo iba a permitir en sus aposentos. Se volvió hacia donde se hallaba Frieda y le habló acerca de una visita importante, refiriendo que debía efectuarla en el acto, agregando que debía presentarse lo más adecuadamente ataviado que resultara factible. Sin decir una palabra, Frieda llamó en ese mismo instante a los colaboradores de K, quienes estaban abstraídos revisando el nuevo mantel, mandándoles limpiar el traje y los zapatos de K. Este se había comenzado a descalzar y Frieda insistió en que los colaboradores los higienizaran a conciencia en los patios. Frieda misma tomó una camisa y se apresuró a plancharla.

Entonces se encontraba K a solas con el maestro, quien seguía en su silla y sin decir palabra. K permitió que el maestro aguardara un rato más y, despojándose de su camisa, principió a lavarse, empleando una palangana. Dándole la espalda al maestro, inquirió por qué lo había visitado.

–Vine por pedido del alcalde –dijo el aludido.

K se mostró propicio a recibir el mensaje, mas como sus expresiones apenas eran audibles merced al ruido que hacía con sus abluciones, el maestro se vio obligado a aproximarse, apoyándose en el muro, junto a K. Este pidió disculpas por estar ocupado en aquellos menesteres y mostrarse tan poco sereno, con la excusa de lo urgente que era su cita.

–Fue muy poco gentil con el señor alcalde, un señor ya mayor, digno de todo respeto y dotado de la más vasta experiencia.

–Ignoro si resulté escasamente amable –le aseguró K, secándose–. Ciertamente, mi mente estaba ocupada por algo bien diferente que un asunto como ese, el mostrarme gentil, eso es verdad. La causa es que se estaba tratando de mi vida, amenazada por el infame mecanismo de funcionamiento de una administración cuyas particularidades no debo señalar, porque usted mismo es parte de sus componentes. Es que, ¿se queja de mí el alcalde?

–¿De quién más podría hacerlo? –confirmó el maestro–. Además, en caso de que sí lo hubiese hecho, ¿supone usted que se quejaría de él alguna vez? Me reduje a levantar un acta, según me fue dictada, acerca de su conversación. Mediante ese documento tuve información adecuada respecto de lo bondadoso que se mostró el alcalde y cuáles fueron sus respuestas.

Al tiempo que K buscaba el peine que Frieda debía de haber colocado en algún sitio, refirió:

–¿Qué me está usted diciendo? ¿Un acta? ¿Un acta levantada cuando yo no me encontraba allí, por uno que ni siquiera se hallaba presente durante mi encuentro con el alcalde? Vaya, si no está mal. Pero, ¿por qué razón se levantó un acta? Tal vez, ¿se trató de un acto administrativo?

–No fue así –dijo el maestro–. Su carácter resultó casi oficial. Asimismo el acta es apenas un documento semioficial, redactado porque en nuestros asuntos debe imperar un ordenamiento riguroso. En definitiva, el acta ya se encuentra redactada y no resulta excesivamente favorable para usted.

K, quien ya había dado con el peine, dijo con mayor serenidad:

–En tal caso, ¿vino usted hasta aquí exclusivamente a anunciarme ese asunto?

–No es ese el caso –aclaró el maestro–. Empero, no soy un mecanismo y tenía que hacerle saber cuál era mi criterio al respecto. Lo que me fue encargado es otra demostración de lo bondadoso que es el señor alcalde. Deseo remarcar que, para mí, dicha bondad resulta imposible de explicar, así como que cumplo con lo mandado por ser un deber de mi cargo y porque siento genuina veneración por el señor alcalde.

K, ya lavado y peinado, se hallaba entonces sentado a la mesa, aguardando por su atuendo. Su curiosidad acerca de lo que tuviese el maestro que informarle era bien poca. Asimismo había tenido influencia en su ánimo la tan poca estima que sentía la posadera por el alcalde.

¿Pasaron ya las doce? –preguntó, pensando en el camino que le restaba recorrer, mas luego lo pensó mejor–. Bien, usted quería cumplir con lo encomendado por el alcalde, ¿cierto?

–De acuerdo –le contestó el maestro encogiéndose de hombros, tal como si anhelara quitarse de ellos cualquier clase de responsabilidad–. El señor alcalde teme que usted, si la decisión sobre su caso demora largo tiempo, acometa algo no reflexivo. Yo, por mi lado, no sé por qué causa él siente temor de que suceda algo de tal tenor. Entiendo que usted puede hacer lo que le venga en ganas. Nosotros no resultamos ser sus ángeles de la guarda. Tampoco tenemos deber alguno de seguirlo por la senda que se le ocurra tomar... Pero, en definitiva, lo que opina el alcalde es cosa diferente. Es cosa cierta que no está entre sus atribuciones tornar más rápida ninguna decisión respecto del área de competencia de la administración. Sin embargo, quiere el señor alcalde tomar una decisión, momentánea aunque bien generosa, en su campo de acción, que podrá usted aceptar o no. El señor alcalde, concretamente, le está ofreciendo el puesto de conserje escolar. Ello, de momento.

En un comienzo K apenas le brindó atención a lo que le era ofrecido, mas que alguna cosa le fuese propuesta no carecía para él de cierta importancia. Ello señalaba que, de acuerdo con el criterio del alcalde, era capaz de defenderse y que en función de ello estaban justificados ciertos sacrificios comunitarios. ¡Y qué grado de importancia se le daba al caso! El maestro, quien ya había aguardado largo rato y previamente se había ocupado de labrar el acta, sin duda fue enviado de urgencia por la alcaldía. Cuando el maestro se cercioró de que con su comunicación apenas había obtenido que K meditara sobre ello, siguió diciendo:

–Yo objeté el procedimiento, manifestando que hasta el presente ningún conserje fue necesario contratar en la escuela; la mujer del sacristán hace de tanto en tanto la limpieza y la señorita maestra, Gisa, se encarga de las inspecciones. Por mi lado, ya tengo suficientes deberes con los alumnos como para montar en cólera actualmente con lo de tomar un conserje. Argumentó entonces el señor alcalde que, empero, la escuela se ve sucia y yo le referí, como es probado, que tal cosa no es genuina y agregué mis dudas acerca de que la situación del establecimiento mejorase con el contrato de un conserje. Aventuré que con toda seguridad eso no sería así, amén de que él no entiende acerca de tales trabajos. La escuela consiste en apenas dos amplias salas de clases sin otro ámbito; el conserje debe, por ende, residir con los suyos en uno de los salones. Dormir allí, hasta cocinar, y ello no va a incrementar ciertamente la higiene del lugar. Mas el señor alcalde siguió en sus trece, afirmando que ello lo salvaría a usted y que por lo tanto haría cuanto esté a su alcance para concretarlo. Asimismo, el señor alcalde agregó que con usted sumábamos también el aporte de su esposa y de sus colaboradores, de modo que no solamente la escuela, asimismo los jardines podrían beneficiarse con un orden y una higiene de tipo ejemplar. Yo logré refutar toda esa argumentación muy fácilmente. En definitiva, el señor alcalde no alcanzó a argüir otra cosa a favor de usted; rió y manifestó que usted es el agrimensor y que, por ello, estaría en condiciones de delinear acabadamente los canteros florales de los jardines escolares. Bien, a los chistes no se les puede contrariar, de manera que concurrí hasta aquí para comunicarle esta propuesta.

–Se preocupa usted de balde, señor maestro –repuso K–. Nunca voy a aceptar algo como eso.

–¡Excelente! –dijo el maestro–, lo rechaza de plano, entonces.

Luego, el maestro se caló el sombrero y partió de esa estancia.

A poco ingresó Frieda en el cuarto, visiblemente alterada; traía con ella la camisa de K sin planchar y no contestó pregunta alguna. A fin de distraerla, K le refirió lo dicho por el maestro y apenas terminó de informarse, ella tiró sobre la cama la camisa y se retiró. Volvió enseguida, mas en compañía del maestro, quien tenía un aire enfurruñado y ni siquiera se dignó saludar. Frieda le solicitó que se mostrara paciente (era cosa evidente que no era el primer pedido, a ese respecto, que le hacía hasta su reingreso) y luego llevó consigo a K atravesando una de las puertas del costado, cuya función K ignoraba. Llegaron a un cuarto anejo; una vez allí ella, con plena excitación y apenas capaz de seguir respirando, le narró lo sucedido.

Encolerizada la mujer del posadero a causa de que se había humillado ante K con sus confidencias y lo que era peor para ella, con anuencia en cuanto a una cita de K con Klamm, sin haber logrado alcanzar, así lo manifestó la posadera, más que un gélido rechazo y, encima, insincero, había tomado la decisión de no soportar más la presencia de K en su propiedad. Le había dicho a Frieda que si era cierto que K tenía contactos en el castillo debía hacer uso de esas influencias sin más pérdida de tiempo y abandonar de inmediato la posada. Exclusivamente por orden impartida directamente por la administración y forzada a ello tornaría a recibirlo, mas ella abrigaba la esperanza de no verse en ese trance, porque ella, la posadera, asimismo tenía sus contactos en el castillo y no ignoraba cómo aprovecharlos.

En definitiva, K solamente había sido aceptado en aquel sitio gracias al descuido del posadero; ni en una instancia de necesidad, dado que esa misma mañana K había hecho gala de contar con otro alojamiento a su plena disposición. Frieda, por supuesto, podía permanecer bajo ese techo, mas si su anhelo era instalarse con K, la posadera se sentiría muy infeliz y apenas con tal posibilidad se había dejado caer, sollozando, frente al horno de las cocinas. Aquella desdichada mujer, afectada en su corazón... cómo podría actuar de otra manera tratándose (al menos así lo imaginaba ella) del honor propio. Así opinaba la posadera y Frieda definitivamente iba a seguir a K a donde él fuera a parar, atravesando la nieve o los hielos, acerca de ello el criterio de la posadera era indudable, mas en todo caso su situación era pésima y por dicha razón acogió con júbilo lo ofrecido por el maestro. Así no consistiera aquel en un cargo muy afín a K era cosa de momento, serviría para ganar un tiempo precioso y con extrema facilidad se podrían alcanzar otras opciones, así la resolución final terminara siendo muy poco favorable.

–¡De ser necesario, emigramos! –exclamó postreramente Frieda, aferrada al cuello de K–. ¿Qué causa nos obliga a permanecer en este sitio? De momento, de momento... ¿no es así, amor mío? Vamos a aceptar lo ofrecido, vamos a hacerlo. Volví con el maestro; tú sencillamente le dices: "es un trato", no hace falta más, y nos mudamos de inmediato a la escuela.

–Es algo pésimo –afirmó K, sin tomárselo demasiado en serio, dado que el alojamiento muy poco le importaba. Asimismo, sentía mucho frío estando allí, en el altillo, apenas vestido con ropa íntima, mientras una gélida corriente de aire cruzaba la estancia–. ¿Justamente ahora, cuando arreglaste tan bien el cuarto, nos tenemos que ir de aquí? Exclusivamente aceptaría ese ofrecimiento de muy mal talante, me molestaría muchísimo verme llevado a ello. Ya humillarme ante este maestro me perturba, y he aquí que viene y se transforma en mi jefe. De poder seguir algo más en este sitio, tal vez esta tarde misma se vería distinta mi situación. Si, como mínimo, siguieras aquí, nos sería posible aguardar y darle al maestro una ambigua respuesta... Para mí siempre estará disponible un techo, así sea el de Barna...

En ese punto ella cubrió sus labios con su mano:

–Eso, ¡ni pensarlo! –manifestó angustiada–. No lo vayas a repetir, por favor... En lo que hace a cualquier otra posibilidad, te seguiré sin chistar. Si así lo deseas, seguiré en este sitio a solas, por muy triste que eso me resulte. Si deseas eso, vamos a rechazar lo ofertado, así me parezca una locura. Bien, escucha: si dieras con otra chance, inclusive hoy mismo, por la tarde, en ese caso es claro que dejaríamos de lado en el acto lo de la conserjería escolar, nada ni nadie nos lo va a impedir. En lo referente a humillarte frente al maestro, permite que yo me haga cargo de eso y comprenderás que no es tal. Yo hablaré con el maestro. Tú debes cerrar tus labios, no deberás dirigirle la palabra si no lo deseas hacer. Yo voy a ser quien resulte su subordinada; en verdad, ni siquiera voy a serlo, porque bien sé cuáles son sus puntos flacos... Nada vamos a perder aceptando el cargo y mucho si lo dejamos pasar. En principio, no darías con un albergue ni siquiera solamente para ti, en caso de que hoy no te llegues hasta el castillo. Como mínimo, no lograrías conseguir un alojamiento en el que yo, tu futura esposa, no me sintiese abochornada. Y en caso de que no dé con un albergue, me pedirás que duerma en esta habitación, tan templada, mientras tú rondas fuera, en mitad de la noche y congelado.

K, quien por todo aquel rato había seguido de brazos cruzados y golpeándose rítmicamente la espalda con sus manos a fin de darse algo de calor, expresó:

–En ese caso nada nos queda como no sea dar nuestra anuencia a lo ofrecido... ¡apurémonos a efectuarlo!

Ya en el cuarto anejo se apresuró a aproximarse a la estufa, sin mayores miramientos en cuanto a la presencia allí del maestro. Este se hallaba sentado a la mesa y examinando su reloj, dijo:

–Es tarde ya.

–Mas... si estamos de acuerdo, señor maestro, en cuanto a aceptar lo ofrecido.

–Bueno –refirió el aludido–. Mas el cargo le fue ofrecido exclusivamente al señor agrimensor y es él quien debe corroborarlo.

Frieda fue en auxilio de K:

–Él lo acepta, ¿no es verdad, K?

De tal manera K pudo limitarse a dar un mero "sí", ni siquiera dirigiéndose al maestro, sino a Frieda.

–En este caso –dijo el maestro–, sólo me resta informarle de sus obligaciones, para ponernos definitivamente de acuerdo en todos los puntos. Señor agrimensor: usted debe limpiar y calentar cada día ambos salones de clase y ocuparse de las reparaciones de la edificación, los muebles y la infraestructura del curso de gimnasia. También es su obligación quitar la nieve del camino que recorre los jardines; hacer de mensajero a mis órdenes y las de la señorita maestra y en temporada calurosa efectuar las labores de jardinería. Entre sus atribuciones se cuentan las siguientes: podrá morar en uno de los salones de clase, el que usted elija. Empero, ello si no se dictan clases en ambas estancias al mismo tiempo. Cuando eso suceda en un salón, usted deberá mudarse al otro. No podrá cocinar en el ámbito de la escuela, y por esa razón usted y su gente recibirán sus viandas aquí, pagadas por la comunidad. Menciono solo al pasar, ya que como es hombre educado debe de saberlo, que su conducta debe ser en un todo adecuada para el medio escolar y ello particularmente durante los horarios de clase. Los alumnos jamás, por razón alguna, deben ser testigos de escenas domésticas incompatibles con el establecimiento. En esta tesitura hago propicia la ocasión para recordarle que debe legitimar cuanto antes su relación con la señorita Frieda. Sobre estos y otros pormenores se redactará un contrato que deberá firmar apenas se mude a la escuela.

A K le parecía que todo aquello era insignificante, ajeno a él, y solamente la soberbia del maestro lo enojaba. Por ello, sin pensarlo dos veces, le dijo:

–De acuerdo, son los deberes acostumbrados...

A fin de disolver un poco el peso de esa declaración de K, Frieda quiso conocer cuál iba a ser el salario.

–Si se va a pagar por esos trabajos, eso se verá pasado un mes de prueba.

–Será muy arduo para nosotros –aseguró Frieda–. Nos veremos obligados a contraer enlace casi sin un centavo, a establecer nuestro hogar a partir de la nada. Usted, ¿aconsejaría hacer algo así?

–De ninguna manera –replicó el maestro, hablándole a K–. Un pedido como ese debería ser refrendado por mi recomendación para alcanzar a tener éxito y le aseguro que no la daré. El ofrecimiento del cargo es una mera gentileza hacia su persona. Cuando se es consciente de la propia responsabilidad, no se debe ir muy lejos en materia de gentilezas recibidas.

En ese momento se sumó K a la conversación, prácticamente en contra de sus mismos deseos:

–En lo referido a la gentileza, estimo que usted está equivocado. La gentileza, en mayor medida, salió de mi parte.

–No es así –retrucó el maestro, con una sonrisa, pues había logrado que K tomara la palabra–. Acerca de ello yo estoy muy al tanto de todo. Precisamos un conserje en la escuela, tan urgentemente como necesitamos un agrimensor. Unos y otros, conserjes y agrimensores, son simplemente una carga. Implicará grandes dolores de cabeza justificar ese gasto frente a la comunidad. Lo más adecuado sería tirar el nombramiento sobre la mesa y ni siquiera ocuparse de su justificación.

–Justamente de eso es que estoy hablando –aclaró K–. Debe contratarme aunque no lo quiera, pese a que le va a traer problemas. Cuando alguno se ve forzado a contratar a otra persona y esta se deja contratar, es ella quien está haciendo el favor.

–¡Qué cosa tan rara! –se extrañó el maestro– ¿Qué nos podría forzar a darle un contrato a usted? La generosidad del señor alcalde, su gran corazón, eso es lo que nos lleva a hacerlo. Usted debería dejar de lado señor agrimensor, de eso me percato perfectamente, ciertas fantasías que usted tiene, previamente a transformarse en conserje escolar. En cuanto a recibir un salario, dichas precisiones, por supuesto, no establecen la instancia más adecuada. Lamentablemente, también percibo que su conducta todavía me va a dar un gran trabajo. Todo este tiempo estuvo negociando conmigo, continúa con la misma actitud y, ¡apenas me lo puedo creer! Lo hace en camisa y ropa interior.

–¡Exactamente! –exclamó K sonriendo y dando palmadas–. ¿Dónde están esos tremendos colaboradores míos?

Frieda corrió hacia la puerta. El maestro, que confirmó que K ya no estaba de acuerdo en seguir dialogando con él, le preguntó a Frieda cuándo deseaban mudarse a la escuela.

–Hoy mismo queremos hacerlo –aseguró Frieda.

–En ese caso, mañana por la mañana realizaré mi visita de inspección –dijo el maestro, quien a continuación saludó con la mano e intentó salir por la puerta, que Frieda mantenía abierta para ello, mas se llevó el maestro por delante a las sirvientas que acudían con sus cosas a fin de ocupar nuevamente la estancia aquella. De manera que el maestro se vio llevado a escurrirse por entre las criadas, seguido por Frieda.

–Están muy apuradas –observó K, que entonces se mostró muy satisfecho con ellas–, todavía estamos aquí y ya quieren retornar.

Las aludidas no le respondieron y se limitaron muy confundidas a retorcer sus líos de ropa, de los que se dejaban entrever los ya bien conocidos harapos mugrientos.

–Ni siquiera se tomaron el trabajo de higienizar sus pertenencias –dijo K, no con maldad, sino con alguna simpatía hacia ellas. Al percibirlo, las sirvientas abrieron simultáneamente sus rústicas bocas, exhibiendo sus bellas y vigorosas dentaduras, similares a las de las bestias, dejando oír una resonante carcajada.

–¡Vamos, ya! –dijo K–. Se pueden instalar ahora mismo, la alcoba es de ustedes.

Dado que las sirvientas todavía hesitaban, pues la estancia les resultaba excesivamente transformada. K aferró a una de las criadas del brazo, a fin de llevarla hacia dentro del cuarto. Sin embargo la soltó enseguida, tanto fue el estupor que apreció en los ojos de ambas. Las sirvientas se miraron recíprocamente, entendiéndose, y luego observaron fijamente a K.

–Ya me miraron bastante –aseguró K, como defensa frente a una situación que le resultaba poco grata. Tomó el traje y sus zapatos, los que Frieda acababa de traer consigo, seguida por los colaboradores de K, y se vistió. Nuevamente no pudo comprender la paciencia que Frieda tenía para con sus colaboradores. Había dado con ellos, pasada una extensa búsqueda, y no los halló limpiando la ropa en los patios (como debían estar haciendo) sino en el salón comedor, tranquilamente sentados y comiendo, con el traje sucio y arrugado sobre sus rodillas. Frieda se vio obligada a limpiar el traje por sus propios medios. Pero ella, que tan bien conocía cómo lidiar con la gente inferior, ni siquiera se encolerizó y ante ellos se refirió a su grosero entendimiento como si estuviese hablando en chiste y hasta acarició las mejillas de uno de los colaboradores de K.

K deseaba expresarle sus motivos de queja sobre aquello más adelante; en ese momento ya era tiempo de partir de allí.

–Mis colaboradores permanecerán aquí, para contribuir contigo a la mudanza –refirió K.

Ellos demostraron su desacuerdo, pues como estaban contentos y satisfechos tras haber comido, se inclinaban por algo de ejercicio. Recién cuando Frieda les dijo: "por supuesto, seguirán aquí", ellos se conformaron.

–¿Conoces tú a dónde me dirijo? –le preguntó K a la joven.

–Así es –repuso Frieda.

–Acaso, ¿no vas a intentar evitarlo? –preguntó K.

–Vas a toparte con tantos obstáculos –repuso ella–, ¡qué podría importar cuanto yo te dijera!

Se despidió entonces de K con un beso y le entregó, ya que él no había podido almorzar, un envoltorio que contenía pan y salchichas, tomado por ella de las cocinas, recordándole que ya no debía volver allí, sino dirigirse directamente a la escuela. Tras ello, Frieda fue con él hasta la puerta.

# Capítulo 8

Al comienzo, K se sentía dichoso a causa de haber podido alejarse del bullicio de las sirvientas y de sus colaboradores en aquella alcoba tibia. Afuera hacía bastante frío y la nieve se mostraba más sólida, lo que permitía andar fácilmente sobre ella. Mas principiaba a caer la noche, de modo que K apresuró su marcha.

El castillo, cuya silueta estaba empezando a desvanecerse, seguía como era lo habitual muy tranquilo. De hecho, nunca K había observado en la edificación aquella alguna señal de vida; tal vez no era posible avizorar algo desde tan lejos; sin embargo su mirara reclamaba algo y se negaba a seguir soportando tanta inmovilidad.

Cuando K contemplaba el castillo, en ocasiones le parecía ver a alguien serenamente sentado allí, que miraba hacia adelante. Aquel personaje no parecía absorto en sus pensamientos, sino libre y sin preocupaciones, como si se hallara a solas y sin ser observado por nadie en particular. Aunque debía sentir que alguno lo miraba, no por ello se alteraba. En verdad (ignorando si era esa una razón o un resultado) la mirada de quien observaba no podía seguir fija y así resbalaba; en esa ocasión tal sensación fue robustecida gracias al adelantado anochecer. Más era contemplado, mayormente se sumía en la penumbra. Justamente cuando arribó K a la posada señorial, todavía sin que se encendieran sus luces, una ventana se abrió en la primera planta alta, para que se dejara ver en ella un individuo joven, gordo y bien rasurado, que vestía una pelliza. El sujeto siguió allí y no correspondió a los saludos de K con el más mínimo gesto. K no dio con nadie en el corredor ni en el despacho de bebidas. El hedor a cerveza era más denso que en la pasada ocasión, como no acontecía en la posada del puente.

K se aproximó en el acto a la puerta desde donde había visto a Klamm, donde tomó con cautela el picaporte para comprobar que la puerta estaba cerrada. Entonces palpó esa superficie hasta dar con el sitio donde estaba el agujero; sin embargo, alguno lo había seguramente cegado con un tapón muy ajustado, porque le fue imposible localizarlo mediante tal método. A causa de aquel impensado obstáculo, K se decidió por encender un fósforo y en ese momento un grito lo atemorizó. En un rincón, ubicado entre la puerta y el mostrador, junto a la estufa, se hallaba sentada y hecha un ovillo una jovencita que lo miraba fijamente, bajo la luz de aquel fósforo. Sus ojos estaban semicerrados por el adormecimiento. Con toda evidencia, esa muchacha era la reemplazante de Frieda; muy velozmente se repuso de su sorpresa inicial, para encender la iluminación. Con su semblante aún cruzado por la ira, en el acto identificó a K.

–Oh, es usted, señor agrimensor... –le dijo y acompañó sus palabras con una sonrisa. Luego le extendió la diestra, presentándose:

–Mi nombre es Pepi.

La joven era pequeña, de cutis colorado, lucía muy sana y su cabellera roja y densa la llevaba trenzada; unos mechones rizados colgaban enmarcando su cara. Gastaba un vestido liso y de caída vertical que definitivamente no le sentaba. Había sido confeccionado con un género de color gris brillante y en su porción inferior lucía angostado de una guisa burda y pueril, merced a una cinta de seda. Mostró la chica interés por Frieda, inquiriendo acerca de si tornaría pronto. Una pregunta casi maligna era esa...

–Fui llamada de urgencia –aseguró–. Tras la ida de Frieda... Es que en este lugar no puede ser empleada una cualquiera. Hasta entonces yo era una sirvienta, aunque creo que no fue este un cambio demasiado positivo para mí. Aquí el trabajo de noche es intenso, fatigoso. No creo poder aguantarlo. No me asombra que Frieda lo haya dejado de lado.

–Frieda estaba muy satisfecha –le aseguró K para, finalmente, llamar su atención acerca de la diferencia entre Frieda y ella, factor que Pepi no había tomado en cuenta.

–No le crea–aventuró Pepi–. Frieda puede enmascarar sus emociones como nadie más es capaz de lograrlo. Aquello que no desea dejar entrever se queda oculto. Hace varios años que trabajamos juntas. Dormimos en el mismo lecho mas no desarrollamos una confianza mutua. Seguramente ella ya no piensa en mí. Su exclusiva amistad será tal vez la anciana dueña de la posada del puente; eso también está hablando de algo.

–Resulta que Frieda es mi novia –dijo K, y siguió buscando el agujero.

–Ya estoy al tanto de eso –le informó Pepi–. Por esa causa es que le cuento esto. De otro modo, carecería de todo sentido para usted.

–Le entiendo –confirmó K–. Quiere decirme que puedo estar muy contento de haberme agenciado una novia tan... reservada.

–En efecto –dijo Pepi, y rió con mucha satisfacción, tal como si hubiera obtenido de K un secreto pacto que involucrara a Frieda. Mas no eran ciertamente sus dichos los que preocupaban a K y lo distraían de su búsqueda. El genuino factor de ello radicaba en su aparición y presencia allí.

Definitivamente aquella Pepi, casi una niña, era mucho más joven que Frieda; su atuendo era cosa risible y denotaba que ella se había vestido de tal guisa para estar a tono con las excesivas nociones que consideraba en referencia a una joven asignada a servir en el mostrador. Ni siquiera podía remotamente existir tal correspondencia, porque el cargo no le sentaba en lo más mínimo. Su designación había resultado imprevisible e inmerecida. Asimismo, fue asignada en ese puesto de modo temporal; ni siquiera le había sido confiado el cuidado de la cartera de cuero que llevaba Frieda invariablemente ceñida a su cinturón. En cuanto a su pretendido regocijo con el puesto obtenido, eso se reducía a mera soberbia. Empero, y pese a su falta pueril de razonamiento, era cosa posible que mantuviese relaciones con el castillo. Ello, en caso de que no faltara a la verdad, dado que había sido una sirvienta. Sin conocer cuáles eran sus bienes, dejaba pasar las horas en aquel sitio cabeceando de sueño, mas un abrazo a ese diminuto y redondeado cuerpecito tal vez no fuera útil para hacerse de sus posesiones, mas definitivamente la impulsaría para el fatigoso sendero que se abría frente a él. De tal modo, ¿quizá no fuese muy distinta de Frieda? Ah, definitivamente: lo era. Alcanzaba con evocar el modo de mirar que tenía Frieda para entenderlo. K nunca habría siquiera rozado a Pepi, mas se vio forzado a taparse un rato los ojos, dada la codicia con la que la observaba.

–No hay razón para que siga la luz encendida –afirmó Pepi y la apagó–. La encendí exclusivamente por el susto. ¿Qué cosa está buscando? Acaso, ¿Frieda se olvidó alguna cosa aquí?

–Así es –aseguró K, señalando hacia la puerta–. En la habitación aneja dejó un mantel blanco, con bordados.

–Efectivamente, ese es su mantel –aseveró Pepi–. Me acuerdo muy bien de él: muy lindo, yo la ayudé a confeccionarlo. Pero no creo que esté allí.

–Frieda está bien segura de eso... ¿Quién vive en ese cuarto? –inquirió K.

–Nadie vive allí –negó Pepi–. Es la estancia de los amos, que allí beben y comen. Mas la mayor parte de ellos se queda arriba, en sus aposentos.

–En caso de que yo estuviese seguro de que allí no hay nadie, estaría encantado de poder ingresar y dar con esa prenda. Pero no es asunto seguro. Klamm acostumbra reposar allí.

–Klamm no está en ese cuarto ahora –aseguró Pepi–. Estoy segura de eso. Se halla a punto de salir y en los patios espera por él un trineo.

Súbitamente, sin mediar una sola palabra de aclaración, K dejó el despacho de bebidas, dobló en el corredor no hacia la salida sino hacia los interiores del establecimiento y en dos pasos se halló en los patios. ¡Cuán mudo y hermoso era ese sitio! Unos patios de planta cuadrada, enmarcados en tres de sus costados por la edificación y separados de la calle, una vía lateral que no era conocida por K, merced a una pared blanca con una inmensa y pesada puerta, entonces abierta.

En la porción de los patios la vivienda parecía más elevada que al contemplarla desde el frente. El primer piso, al mínimo, había sido terminado de levantar y resultaba imponente, rodeado como estaba por una galería de madera, cerrada, que apenas dejaba un intersticio a la altura de los ojos. Todavía en el área central, mas ya en el ángulo, en la confluencia de ambas alas del establecimiento, existía un ingreso abierto, carente de puerta. Ante esa entrada había un trineo cerrado, con un tiro de dos caballos. Excepto el conductor, más intuida su presencia que entrevista por K desde tan lejos y con tanta penumbra, no se apreciaba a ninguno más en aquel sitio. Con las manos dentro de sus bolsillos y observando precavidamente en torno, K dio la vuelta a los muros de los patios hasta aproximarse al vehículo. El cochero, que era uno de esos labriegos antes presentes en el despacho de bebidas, lo había observado aproximarse en su abrigo de pieles, con aire indiferente, tal como uno sigue el andar de un gato. A pesar de que K arribó al sitio donde él se hallaba, saludó al cochero y hasta los caballos se mostraron algo desasosegados por culpa de aquel extraño venido de la oscuridad, el hombre aquel siguió sin sentir la menor inquietud. Aquello era conveniente para lo que se proponía hacer K.

Apoyado en la pared extrajo sus viandas, tuvo un agradecido pensamiento para Frieda y espió hacia los interiores de la edificación. Una escalera rectangular bajaba desde allí, atravesada por un corredor en apariencia hondo. Todo se veía limpio, bien pintado de blanco y delimitado.

K aguardó algo más de lo que antes había calculado; hacía un buen rato que había liquidado sus viandas, el frío era apreciable, la penumbra se había tornado profundas tinieblas y Klamm seguía sin dejarse ver.

–Todavía puede demorarse bastante –señaló súbitamente una voz ruda, tan cercana a K que éste tembló de solo oírla. Se trataba del cochero: como si hubiese despertado, se estaba estirando y bostezaba sonoramente.

–¿Que puede aún demorar, me dice? –preguntó K, de alguna forma agradecido por sus palabras, porque el continuado silencio y la tensión principiaban a resultarle muy poco gratos.

–Hasta que usted se vaya de aquí–afirmó el cochero.

K no comprendió lo que este le refería, pero no siguió con sus preguntas; suponía que así le resultaría factible que aquel soberbio sujeto continuara hablando. No contestar, en esa cerrada oscuridad, era prácticamente una provocación. Correctamente eso. Al rato inquirió el cochero:

–¿Quiere un poco de brandy?

–Definitivamente –dijo K sin reflexionar al respecto, excesivamente impulsado por la baja temperatura, que lo hacía temblar.

–En ese caso, fíjese el trineo –indicó el cochero–. Al costado verá varias botellas. Después páseme la que tome. Se me complica hacerlo, por las pieles.

A K le molestó aquello de verse forzado a pasarle la botella, mas dado que ya había arrancado una conversación, le hizo caso al cochero, obviando el riesgo de ser descubierto por Klamm dentro del vehículo. Abrió aquella ancha portezuela y hubiese podido tomar enseguida una botella; sin embargo, lo atrajo en tal medida el interior del trineo, que no pudo aguantarse. Él solamente deseaba tomar asiento dentro por un momento. Entró velozmente al vehículo y le resultó fuera de lo común la caldeada atmósfera de adentro, tanto que siguió allí, pese a que no se animaba a cerrar la puerta, que siguió abierta. Ignoraba K si estaba sentado en una banca, tantas eran las pieles, las cobijas y los almohadones que había allí. Era posible estirar las extremidades y girar en todas direcciones, hundiéndose invariablemente con toda suavidad y tibieza. Con sus brazos extendidos y la cabeza apoyada en aquellos almohadones, siempre al alcance de la mano, K miró desde el interior del trineo hacia la casa a oscuras. ¿Por qué Klamm demoraba en bajar? Como embriagado por el calor después de la prolongada espera sobre la nieve, K deseó que Klamm llegase de una buena vez. El recuerdo de que no debía ser descubierto por Klamm en esa situación apenas se tornó asunto consciente de modo difuso, como una silente molestia. Para tanto olvido como sintió K fue apoyado por el proceder del conductor del trineo, quien tenía que estar al tanto de dónde se había metido K y le permitía continuar allí sin pedirle siquiera la botella de licor.

Se trataba de un gesto de consideración, mas K deseaba hacerle ese favor de alcanzarle el brandy. Desmañadamente, sin modificar su postura, alcanzó el costado del vehículo, pero no así la puerta abierta, que permanecía remota, sino aquella ubicada detrás de K, la que seguía cerrada. De todas maneras en la cartera de esta dio con más botellas y extrajo una, la abrió y olfateó lo que contenía. Sin quererlo se vio impulsado a reír: el aroma era tan dulce, tan parecido a una caricia, tal como si escuchara que alguien a quien él amaba le dirigiese elogios y palabras cariñosas. Sin saber qué cosa es, sin querer saberlo, sintiendo la emoción de la dicha merced a que es alguien querido quien nos halaga.

*"¿Será brandy?"*, se preguntó K a sí mismo y lo paladeó embargado por la curiosidad. Definitivamente se trataba de brandy y aunque era raro, su sabor quemaba y simultáneamente calentaba. ¿Cómo podía ser posible que al ingerirlo, aquello que dejaba emanar un dulce perfume se transformara en el bebedizo de un cochero?

*"¿Cómo es esto factible?"*, se preguntó K, como si se lo estuviese echando en cara a sí mismo, y tornó a pegar un trago más.

En aquel instante, cuando estaba bebiendo, se hizo la luz en lo hondo de la escalera, en el corredor y en la entrada. Se dejaron escuchar pasos que recorrían la escalera, la botella de brandy resbaló de las manos de K y su contenido empapó las pieles del interior del trineo. Apurado, K brincó saliendo del vehículo y terminaba de cerrar la portezuela con un sonido inocultable, cuando un individuo emergió paulatinamente del edificio. El exclusivo bálsamo de esas circunstancia resultó ser que no se trataba de Klamm... o bien, ¿K debía lamentarlo?

Aquel era el señor que K ya había entrevisto en la ventana del primer piso. Un caballero todavía joven y buen mozo, de cutis rosado y blanco, aunque entonces lucía muy serio.

Asimismo K lo miró con expresión sombría, pero con ello estaba hablando de sí mismo. Hubiese preferido arreglárselas para que sus colaboradores se hubieran conducido igual que él, y de tal manera lo habrían entendido. El sujeto aún permanecía sin hablar, como careciendo de hálito adecuado para expresar algo.

–Esto es algo tremendo –dijo en ese instante, y alzó ligeramente el sombrero sobre su frente.

¿Cómo era aquello? ¿El señor nada sabía seguramente acerca de la estancia de K en el interior del trineo y ya encontraba aquello tremendo? Tal vez, ¿le resultaba tremendo que K estuviese dentro del trineo?

–¿Cómo llegó hasta aquí? –inquirió el señor en tono más quedo, pero alcanzando ya a respirar, abandonándose a lo inevitable.

¡Vaya, qué pregunta era esa! ¿Qué podía responderle? Acaso, ¿debía confirmar expresamente K que el sendero emprendido con tanta esperanza era cosa infructuosa? En lugar de contestar, K se volvió en dirección al trineo, abrió su puerta y recuperó el gorro que había abandonado en su interior. Con reprobación apreció que el brandy fluía sobre los estribos. Después se dirigió nuevamente hacia aquel señor; pues ya carecía de todo prurito en cuanto a admitir que efectivamente había ingresado al trineo. De todas formas, aquello no resultaba ser lo peor. Si era interrogado, exclusivamente si llegaban hasta ese punto, no iba a callarse que había sido el mismísimo cochero quien lo había invitado a hacerlo. Ciertamente, lo nefasto era que el señor lo había descubierto, que no había tenido tiempo suficiente para esconderse de él, a fin de poder aguardar la aparición de Klamm sin problemas o que había carecido de la adecuada presencia de ánimo como para seguir dentro del vehículo, cerrar la portezuela y allí aguardar la llegada de Klamm entre pieles y cobijas; otro tal vez, como mínimo, seguir allí al tiempo que ese señor andaba cerca.

Definitivamente, K no tenía manera de conocer si se trataba de Klamm, que venía hacia donde él estaba; en tal caso hubiera resultado por supuesto mucho más adecuado presentarse ante Klamm fuera del vehículo. Ciertamente había mucho acerca de lo que reflexionar; aunque no, ya no quedaba más tiempo para hacerlo.

–Acompáñeme –le dijo el señor, pero sin que eso representara una orden en sentido riguroso; se trataba de un mandato que no se encontraba en las palabras, sí en un breve gesto manual, buscadamente indiferente, en algo que iba acompañando sus dichos.

–Aguardo a alguien –contestó K, totalmente desesperanzado y apenas por una cuestión de principios.

–Ya venga –repitió el señor sin hesitar, tal como si deseara demostrarle que nunca había dudado de lo aseverado por K.

–En ese caso, no daré con quien aguardo –arguyó K, temblando. A pesar de todo lo que había tenido lugar, sentía que lo que había logrado hasta entonces era una suerte de posesión, una que exclusivamente conservaba en apariencia, aunque no debía de ninguna manera renunciar a ella.

–Si se queda o se va es indiferente. No lo va a hallar –repuso el señor con brusquedad, aunque manteniendo una cierta referencia en cuanto al razonamiento de K.

–En tal caso, elijo no dar con él mientras lo espero –se empecinó K. Era comprobado que no iba a permitirle al señor joven sacarlo de allí empleando meras palabras.

Entonces el señor entrecerró momentáneamente sus párpados con aire de superioridad, inclinado hacia arriba con soberbia, tal como si deseara que K entendiese. Luego paseó su lengua por su boca entreabierta y le ordenó al cochero:

–¡Ya, desenganche los caballos!

El cochero lo obedeció, mas arrojó una mirada al sesgo a K, con furia. Se vio obligado a bajar y quitarse las pieles, como si no aguardara una contraorden de parte del señor aunque sí un cambio de conducta de K. Luego empujó el cochero a los caballos hacia atrás, acercándose a un costado del establecimiento, allí donde tenían que encontrarse las caballerizas.

K apreció de qué modo se quedaba a solas: por un lado se iba el trineo y por el otro, siguiendo el camino que antes había recorrido K, se distanciaba el joven caballero, aunque ambos realizaban aquello muy lentamente. Parecían estar diciéndole a K que todavía podía hacer que volviesen.

Tal vez tenía esa potestad, pero le hubiese resultado absolutamente inútil. Hacer que retornara el trineo habría implicado la obligación de alejarse. De manera que siguió sin decir media palabra, resultando el único que allí conservaba su sitio, un triunfo que no le brindaba alegría de ninguna clase. Miró sucesivamente al vehículo y luego al señor joven, quien ya había llegado hasta la puerta por la que había K ingresado a los patios. El caballero miró hacia atrás y supuso K que sacudía la cabeza ante tamaña tozudez. Posteriormente se dio la vuelta con un movimiento breve y pleno de decisión, desapareciendo por el corredor. En cuanto al cochero, siguió durante un rato más en los patios, habida cuenta de que le restaba mucho por hacer con el trineo: debía abrir el gran portón de las caballerizas, volver atrás y ubicar el vehículo en su sitio. Luego tenía que desenganchar los caballos, conducirlos a la cuadra;

todas esas tareas las concretaba con notoria seriedad, inmerso en sus pensamientos y sin esperar más la realización de algún trayecto. Ese continuado trabajo silente, sin dirigirle ninguna ojeada a K, le resultó a este una reprobación más recia que la llevaba a cabo por el joven señor. Cuando terminó sus cometidos el cochero, con andar despacioso y balanceándose, cruzó los patios, cerró el portón y volvió a las caballerizas, muy lentamente, siguiendo sus mismos pasos sobre la nieve, y se encerró en los establos. Cuando se apagó la luz (¿a quién debería haber alumbrado?) y arriba, en la galería de madera, todavía se veía cierta iluminación a través de la ranura, llamando la atención de su mirar vagabundo, K supuso rotos todos sus nexos con el cochero; tal como si resultara ser libre en mayor medida que cualquier otro y le fuese dado aguardar en ese sitio vedado cuanto le viniese en gana; tal como si merced a una fiera pugna se hubiese ganado el derecho a esa libertad, como si ninguno fuera capaz de echarlo o siquiera tocarlo o dirigirle la palabra. Mas (y tal certeza era lo menos de un vigor semejante), como si simultáneamente nada existiese más descabellado, carente de toda esperanza, que aquella libertad, esa condición de invulnerable.

# Capítulo 9

K se fue de aquel sitio y retornó a la vivienda, mas en esa ocasión no hizo el camino siguiendo al costado del muro; lo efectuó atravesando la nieve. En el corredor dio con el posadero y este lo saludó solo con el gesto y le señaló la entrada al despacho de bebidas. K obedeció a esa señal debido a que estaba casi congelado y además deseaba estar entre la gente; sin embargo se desilusionó al avistar algo deprimente: sentado a una pequeña mesa, especialmente ubicada allí para que él la ocupara, se hallaba el señor joven y de pie frente a él, la posadera del puente. Pepi, con aires de orgullo y su cabeza tirada hacia atrás, con aquella misma y eterna manera de sonreír, plenamente enterada de su incontrovertible dignidad, balanceándose sus trenzas cada vez que la joven se movía, corrió de un extremo al otro sirviendo cerveza y llevando recado de escribir, porque el señor había desplegado papeles ante sí y comparaba sumas señaladas en un documento y otro y su deseo era redactar. La posadera observaba a su amo hacer sin decir palabra y muy serena, tal como si ya hubiera expresado cuanto precisaba expresar y su declaración hubiese sido bien recibida.

–El señor agrimensor, finalmente –dijo el joven señor cuando K ingresó al salón, lanzándole una mirada rápida y concentrándose nuevamente en los documentos que tenía delante.

Asimismo la posadera miró a K, sin sorpresa y con marcada indiferencia. Al parecer, Pepi se dio cuenta de la presencia de K exclusivamente cuando él se aproximó al mostrador para solicitar una copa de brandy.

K se apoyó en el mostrador, presionó sus ojos y a nada más le prestó atención. Después le dio dos cortos tragos a su licor y lo rechazó por intragable.

–Los señores lo beben –señaló con brevedad Pepi, quien a continuación arrojó lo que restaba en la copa, la lavó y la devolvió a su lugar.

–Los señores toman uno mejor –aseveró K.

–Tal vez–dijo Pepi–. Pero no tengo ese brandy aquí.

Así terminó de ocuparse de K y volvió a servir a su amo. Este, empero, nada precisaba, de manera que la joven anduvo deslizándose una y otra vez detrás de su asiento, probando de dirigirle un vistazo respetuoso a la documentación que estaba sobre la mesa. De todas formas, ella lo hacía solamente por grosero interés y presunción, y la posadera reprobó aquello frunciendo el ceño.

Súbitamente la posadera algo escuchó y permaneció sin moverse, concentrada en lo oído y mirando a la nada.

Al volverse K nada escuchó que fuese particular y lo mismo les sucedió a otros parroquianos; sin embargo la posadera se deslizó en puntas de pie hacia la puerta que llevaba a los patios y allí miró a través de la cerradura. Después se dio la vuelta y miró a los presentes con los ojos bien abiertos y aire de sofocación; hizo un gesto hacia ellos y los del lugar observaron alternadamente por la misma cerradura. La posadera también hizo eso una y otra vez. Le llegó su momento a Pepi, mientras que el joven señor afectaba indiferencia hacia todo el asunto. Ella y el joven amo retornaron enseguida y solamente la posadera continuó mirando, esforzándose e inclinándose mucho, casi hasta arrodillarse; parecía que deseaba conjurar a la cerradura para que le permitiera pasar a través, dado que hacía un buen rato que no era posible ver algo por aquel medio.

Cuando finalmente se incorporó, pasó sus manos por su cara, arregló sus cabellos, recuperó el resuello y al parecer sus ojos volvieron a habituarse al salón y los parroquianos, aunque ello contrariaba su genuina voluntad.

K, en función de evitar un ataque al que ya temía, no para obtener una corroboración de algo sobre lo que ya tenía conocimiento, pues tan indefenso se sentía entonces, aventuró:

–¿De manera que ya partió Klamm?

La posadera pasó a su vera sin dirigirle la palabra, mas el señor, sentado nuevamente a su mesita, replicó:

–Desde luego. Como usted dejó su lugar de vigilancia, Klamm ya pudo partir. Resulta extraordinaria la sensibilidad que posee...

¿Apreció usted, posadera, con cuánta inquietud vigilaba el señor Klamm su entorno?

La aludida no dio muestras de haberlo percibido, mas el señor joven siguió diciendo:

–Por suerte ya no era factible ver algo más. El cochero fue quien borró las pisadas dejadas sobre la nieve.

–La señora posadera nada percibió –aseguró K.

Sin embargo no manifestó eso en razón de albergar cierta esperanza. Lo hizo simplemente por enojo, a causa de lo afirmado por el joven señor en cuanto a que este le imprimió a sus palabras un tono concluyente e irrefutable.

–Tal vez justamente en ese momento no estaba mirando a través de la cerradura –arguyó la posadera, inicialmente, para de tal manera resguardar al señor, aunque luego asimismo quiso concederle su derecho a Klamm y agregó:

–En cuanto a lo restante, no opino que la sensibilidad del señor Klamm sea tanta. Es verdad que sentimos miedo por él, que deseamos protegerlo y que por esa razón principiamos por una exacerbada sensibilidad. Es correcto eso y seguramente se condice con lo que quiere el señor Klamm. Mas, como sea eso en verdad, es cosa que ignoramos. Resulta evidente que Klamm nunca conversará con alguno con quien no desee comunicarse, así esa persona se empeñe y por intolerable que sea su obstinación. Mas ello solo, que Klamm nunca va a entablar conversación con esa persona, alcanza y sobra. ¿Por qué razón, ciertamente, no estaría en condiciones de aguantar la mirada de cualquier sujeto?

El joven señor asintió repetidamente.

–Definitivamente yo opino lo mismo –aseveró–. Si me referí a ello de una manera relativamente distinta, fue para que el agrimensor lograse comprenderme. Es verdad, sin embargo, que apenas salió Klamm miró repetidamente en todas direcciones.

–Tal vez estaba buscándome a mí –aventuró K.

–Quizá –dijo el joven señor–. No había tomado en cuenta esa posibilidad.

Los presentes soltaron sus risas y Pepi, que apenas podía comprender lo que se estaba dirimiendo allí, rió con mayor energía que cualquiera de los presentes.

–En esta ocasión, ya que estamos reunidos y contentos –agregó el joven señor–, le solicitaría al agrimensor que colaborase conmigo para completar mis actas merced a ciertos datos.

–En este sitio se escribe en gran medida –observó K, viendo la documentación aquella desde lejos.

–Efectivamente. Se trata de un pésimo hábito local –ironizó el joven señor, quien tornó a reír–. Mas tal vez todavía usted no me conozca. Mi nombre es Momus, secretario municipal del señor Klamm.

Tras esos dichos del señor, retornó la sobriedad a aquel sitio. Pese a que la posadera y Pepi, por supuesto, bien sabían del señor, sintieron los efectos de la mención de nombre y cargo. Hasta el mismísimo señor, tal como si hubiese mencionado algo excesivo para su capacidad de recepción y tal como si anhelara, como mínimo, escapar de cualquier grado de solemnidad impreso en su decir, tornó a enfrascarse en sus documentos y a escribir de tal manera que en aquel ámbito exclusivamente se escuchaba el rascar de su pluma contra el papel.

–¿Qué implica eso, lo de ser el secretario municipal? –inquirió pasado un instante K.

En lugar de Momus –quien entonces, tras haber hecho su presentación, no estimaba conveniente seguir brindando otras explicaciones– resultó ser la posadera quien contestó:

–El señor Momus es el secretario del señor Klamm, como lo son cualesquiera de sus otros secretarios, mas su residencia de índole oficial y si no yerro, su área de responsabilidad...

Al oír aquello Momus sacudió enérgicamente su cabeza al tiempo que escribía y la posadera intentó mejorar su discurso.

–De acuerdo: su residencia, no su área de responsabilidad, tiene por frontera el poblado. El señor Momus tiene a su cargo los escritos de Klamm relacionados con el poblado; es el que primero recibe la suma de los pedidos efectuados al señor Klamm por parte de los pobladores.

En momentos en los que K, todavía no demasiado afectado por los dichos aquellos, miró a la posadera con expresión vacía, ella agregó confundida:

–Eso es lo dispuesto. Cada señor del castillo posee sus propios secretarios municipales.

Momus, quien había escuchado con mayor atención que la puesta por K, completó lo referido por la posadera:

–La mayor parte de los secretarios municipales exclusivamente trabajan para un señor. Pero en mi caso lo hago para dos de ellos, quien son los señores Klamm y Vallabene.

–Así es –dijo la posadera, recordándolo en ese instante, y le dijo en consecuencia a K:

–El señor Momus trabaja para dos señores: Klamm y Vallabene. Por ende, su rango es el de doble secretario municipal.

–Hasta siéndolo por partida doble –dijo K asintiendo con el gesto hacia donde se hallaba Momus, como se lo hace frente a un chico del que se termina de escuchar el halago.

En tanto, inclinándose hacia adelante, el secretario municipal lo miraba de modo directo.

Si esos dichos contenían algún grado de desdén, o bien no fue ello percibido o, de manera opuesta, fue supuesto. Justamente frente a K –quien ni siquiera era digno de ser mirado por Klamm, ni por casualidad– se estaban enumerando las cualidades de un funcionario correspondiente al círculo íntimo de Klamm, con el indisimulado propósito de forzarlo a reconocer y elogiar. Empero, K no se percataba de ello. K, quien ponía todas sus fuerzas en juego a fin de obtener siquiera una mirada de Klamm, no sopesaba adecuadamente cuál era el rango de Momus, uno que tenía permitido vivir frente a Klamm. Se hallaban distante de él la admiración o la envidia, porque no estimaba su proximidad como lo más deseable... Solamente él, con sus anhelos y sin los de ninguno más que él, era aquel que debía aproximarse a Klamm, no para reposar a su vera, sino a fin de adelantarle en su rumbo hacia el castillo.

Tras consultar su reloj, afirmó:

–Es hora de volver a casa.

En aquel instante la instancia se transformó, favoreciendo a Momus.

–Es verdad –admitió este–. Las obligaciones del conserje, se les dice. Pero previamente deberá consagrarme un instante. Son preguntas cortas.

–Carezco de ganas –retrucó K e intentó dirigirse hacia la puerta.

Momus dio un golpe sobre la mesa con sus actas, incorporándose:

–En el nombre del señor Klamm, le estoy ordenando que responda a mis preguntas.

–¿En el nombre de Klamm? –repitió K–. Es que... ¿siente alguna preocupación por caso?

–Acerca de ese tema –le dijo Momus– no estoy en condiciones de establecerlo. Usted todavía en menor medida y vamos a confiarlo a su discreción. Sin embargo, le estoy exigiendo, según el cargo que ocupo por disposición del señor Klamm, que siga ante mí y se allane a responder a cuanto tengo que preguntarle.

–Señor agrimensor –intervino la posadera–. Yo voy a cuidarme de darle más consejos. Con mis pasadas recomendaciones, las más bondadosas de las que fui capaz, resulté rechazada por usted con la máxima grosería. Vine a hablar con el señor secretario. Nada tengo que callarme, en función de informar a la administración acerca de su comportamiento y de cuáles son sus propósitos. De igual manera nada obsta para impedir que, en lo porvenir usted torne a alojarse bajo este techo. De tal modo están las cosas y no pueden ser transformadas en otras. Si yo expreso mi opinión ahora no será para auxiliarlo a usted, sino a fin de colaborar en la ardua labor del señor secretario. Ello implica para él verse obligado a tener trato con alguien como usted. Sin embargo, y a causa de mi absoluta honestidad, pues con usted solamente puedo expresarme honradamente y hasta si sucede contra mi voluntad, asimismo usted puede obtener cierto beneficio de cuanto yo diga, en caso de que así lo desee. Debo advertirle que, en una instancia como esa, el exclusivo camino que lleva hasta el señor Klamm atraviesa por la documentación del señor secretario municipal. Mas no deseo ser excesiva; tal vez ese sendero no lleve hasta el señor Klamm y se corte antes de llegar hasta él. Acerca de ese asunto, la decisión corresponde al señor secretario. En definitiva, es la exclusiva senda que, como mínimo en su caso, conduce hasta el señor Klamm. ¿Usted desea dejar de lado este único sendero por ninguna otra causa que no sea su misma testarudez?

–Oh, señora posadera –repuso K–, no es el exclusivo camino hacia Klamm ni vale más que los otros. En cuanto a usted, señor secretario, es quien dictamina si lo que voy a manifestar llegará hasta Klamm o no.

–En efecto –confirmó Momus, y observó con orgullo y con los ojos sumidos al costado derecho y al izquierdo, sin que hubiese en ellos cosa alguna que observar–. De otro modo, ¿qué sentido tendría mi condición de secretario municipal?

–Ahora bien puede usted ver, señora posadera –manifestó K–, que no preciso de un camino para llegar a Klamm, sino uno para llegar hasta el señor secretario.

–Ese camino se lo pretendía franquear yo –repuso la posadera–. Acaso, esta misma mañana, ¿no le solicité que accediera a que yo llevase su pedido ante el señor Klamm? Eso se hubiese concretado por intermediación del señor secretario. Mas en vez de ello, usted rechazó toda posibilidad de hacerlo así. Ahora, ya lo ve, no le queda más chance que tomar esta senda. Definitivamente, tras su desempeño de hoy, tras su intentona de abordar al señor Klamm, sus posibilidades son más escasas. Mas esta postrera y mínima probabilidad, a punto ya de desvanecerse, es cuanto le resta.

–¿Cómo puede ser posible, señora posadera –inquirió K–, que al comienzo usted haya probado de obstaculizarme acceder a Klamm y que en este instante se tome tan en serio mi petición; que de alguna forma, estime que me he perdido tras el fracaso de cuanto yo calculé? Si en un comienzo intentó descorazonarme con plena honestidad en cuanto se refiriese a llegar a entrevistarme con Klamm, ¿cómo puede ser posible que en este momento me aliente, según se deja ver, con igual honestidad que antes, para que adelante en la senda que conduce hasta Klamm, así no sea ello cierto?

–¿Que lo estoy induciendo? –preguntó la posadera–. En verdad, eso... ¿implica alentarlo manifestarle que sus intentonas no tienen ninguna posibilidad de resultar exitosas? Ciertamente eso sería la mayor temeridad, si deseara colocar sobre mis espaldas una responsabilidad que a usted es a quien le corresponde enteramente. ¿No será que la presencia aquí del señor secretario es cuanto lo fuerza a eso? De ninguna manera, señor agrimensor, yo no lo estoy induciendo a cosa alguna. Solamente estoy en condiciones de admitir que, al conocerlo, me excedí en mi estima hacia usted. Su veloz triunfo sobre Frieda me produjo miedo. Yo ignoraba de cuánto más podría ser capaz; deseaba impedir que efectuara daños todavía de mayor envergadura y supuse lograrlo si alcanzaba a perturbarlo mediante amenazas y ruegos. En tanto, aprendí a meditar más serenamente sobre todo este asunto. Haga lo que se le antoje: quizá su comportamiento deje fuera, en la nieve, hondas huellas, pero nada más que eso.

–Estimo que todavía no pudo usted despejar la contradicción –dijo K–. Sin embargo me doy por cumplido habiendo logrado llamar su atención al respecto. A continuación le solicito, señor secretario, que me manifieste si el criterio de la señora posadera es el correcto. Me estoy refiriendo a si el acta que quiere completar con mi concurso sería capaz de llevarme ante Klamm. Siendo de tal guisa, me hallo plenamente dispuesto para contestar todas y cada una de sus cuestiones. En referencia a ello, me dispongo para cuanto sea preciso.

–No –negó Momus–. Tal nexo no existe. En este caso solamente se trata de realizar una acertada descripción de lo que aconteció en el curso de esta tarde, destinada al registro municipal de Klamm. Esa descripción ya está lista, y solo resta que complete un par de espacios en blanco por una mera cuestión de ordenamiento. No hay otra razón y asimismo, no se puede alcanzar.

K miró a la posadera sin abrir la boca.

–¿Por qué razón me está mirando así? –preguntó la posadera–. Acaso... ¿referí algo distinto? Invariablemente así son las cosas, señor secretario. Falsea las informaciones que se le brindan y luego sostiene que recibió informes falsos. Le vengo repitiendo desde el mismo inicio, ahora y siempre, que carece de toda chance para entrevistarse con el señor Klamm... Como no existe ninguna posibilidad, tampoco va a ser recibido merced a esta documentación. ¿Es posible manifestarlo con mayor nitidez? Asimismo, le agrego que estas actas son el exclusivo nexo oficial que puede establecer con el señor Klamm; eso también es adecuadamente notorio. Dado que no lo acepta, continúa actuando con la esperanza, vaya uno a saber por qué causa sucede eso, de poder arribar a un encuentro con el señor Klamm... En ese caso solamente se lo puede auxiliar, si se logra sumar a sus razonamientos que la exclusiva conexión de índole oficial que tiene con Klamm consiste en estas actas. En eso estriba cuanto me reduje a manifestar. Quien arguya otra cosa está adulterando con maligna intención mis dichos.

–Si es como afirma usted, señora posadera, en tal caso le pido que me excuse. Sin duda, yo interpreté erróneamente sus dichos. Yo suponía, equivocadamente, lo mismo que ahora, que de sus manifestaciones era posible extraer una diminuta esperanza a mi favor.

–Ciertamente –refirió la posadera–, tal es mi criterio. Usted nuevamente cambia mis dichos, solamente que ahora en un sentido opuesto. Según yo lo estimo, para usted existe una esperanza como esa y asimismo se apoya solo en estas actas, mas puede ser factible que sorprenda al señor secretario inquiriendo: "es que... ¿podré ver a Klamm si respondo a estas preguntas?". Cuando un niño pregunta algo de este tenor, provoca risas. Si lo hace un adulto consiste en una afrenta en contra de la administración, lo que el señor secretario ocultó benévolamente, merced a su elegante respuesta. La esperanza, empero, aquella de la que estoy hablando, estriba en que mediante estas actas tiene una especie de nexo, algún contacto con el señor Klamm. ¿No es esa una esperanza adecuada? ¿Si le preguntaran acerca de las virtudes que lo convierten en alguien digno de tal esperanza, estaría en condiciones de enumerar alguna? Definitivamente nada se puede agregar sobre tal esperanza. Particularmente el señor secretario, en el desempeño de su responsabilidad, nunca podrá brindarle la menor indicación al respecto. Para su criterio esto consiste, como ya le explicó, en una mera descripción de lo que tuvo lugar en la tarde de hoy, por una simple cuestión reglamentaria. Pero no va a referirle nada más, así en este preciso instante lo interrogue acerca de mis dichos.

–¿De manera, señor secretario –quiso saber K–, que va Klam a leer estas actas?

–No –negó Momus–. ¿Qué sentido tendría que así lo hiciese? El señor Klamm no podría leer todas las actas. En verdad, él no lee ninguna. "¡Déjenme en paz con esas actas!", acostumbra gritar.

–Señor agrimensor–se lamentó la posadera–. Con sus inquisiciones me fatiga al extremo. Acaso, ¿resulta preciso o cosa de desear que el señor Klamm lea esas actas y adquiera un conciencia expresa de las banalidades de su existencia? ¿No sería mejor que usted rogara humildemente que le escondieran al señor Klamm esas actas, una rogativa, por otra parte, tan irracional como la anterior, porque quién sería capaz de esconder algo del señor Klamm? Sería algo que, empero, exhibiría un aspecto de usted digno de mayor simpatía. Acaso, ¿es preciso para eso que usted insista en referirlo como su esperanza? ¿No dijo que se daría por bien cumplido meramente por tener la oportunidad de conversar con el señor Klamm, incluso aunque el señor Klamm no lo viese ni lo estuviese escuchando? De algún modo, a través de estas actas, ¿no logra algo así, tal vez más todavía?

–¿Más todavía? –preguntó K–. ¿De qué modo entender eso?

–Si no deseara usted tenerlo siempre todo previamente masticado –dijo la posadera–, como si fuera un chico... ¿Quién puede brindar respuestas a tales preguntas? El acta se archiva en el registro municipal del señor Klamm. Ya oyó eso. Pero no se puede afirmar plenamente. ¿Conoce ya la importancia de lo que redacta el señor secretario municipal para el registro oficial? ¿Conoce cuánto significa que el señor secretario lo interrogue? Quizás, o es cosa probable, ni siquiera lo sepa él mismo. Está aquí serenamente sentado, cumpliendo con su deber, por una cuestión reglamentaria, como ya se dijo. Mas piense que el señor Klamm lo ha nombrado, que se desempeña en nombre del señor Klamm, y que cuanto efectúa, así jamás llegue hasta Klamm, cuenta desde el vamos con el visto bueno del señor Klamm. Y ¿cómo puede tener algo la anuencia del señor Klamm sin estar empapado de su mismísima esencia? Lejos de mi intención el deseo de halagar groseramente al señor secretario, cosa que tampoco podría este soportar. Mas no me estoy refiriendo a su personalidad independiente; hablo de aquello que él es en la medida en que cuenta con el asentimiento del señor Klamm, como sucede en este momento. En esta instancia es una herramienta manejada por el señor Klamm... ¡Ay de quien no se avenga a ello!

A K, lo referido por la posadera lo tenía sin mayor cuidado y ya estaba harto de las esperanzas con las que intentaba hacerlo caer en la trampa. Klamm estaba bien lejos, una vez que la posadera lo había parangonado con un águila, algo disparatado para K. Entonces ya no: meditaba en su lejanía y en su invulnerable sede, su silencio sin fisuras, tal vez apenas discontinuado por unos aullidos que K nunca había escuchado. Meditaba K en sus ojos penetrantes, que jamás se dejaban contradecir ni quedar en evidencia; en sus círculos, invulnerables por la hondura de K, que trazaba según criterios inescrutables, apenas notorios en cierto momento. Todos esos rasgos tenía Klamm en común con un águila. El acta no guardaba relación alguna con todo aquello; esa documentación sobre la cual, en ese preciso instante, Momus trozaba una rosquita para que le hiciera compañía a su cerveza. Con los pedacitos de esa rosquita cubrió todo de sal y condimientos.

–Que tengan buenas noches –declaró K–. Me repugnan los interrogatorios.

Dicho eso, se dirigió hacia la puerta.

–Se marcha... –dijo Momus, prácticamente asustado, dirigiéndose a la posadera.

–No, él no se va a animar a hacerlo –repuso ella.

Mas K no logró escuchar ninguna cosa más y se hallaba ya en el corredor. El frío era grande y el viento soplaba vigorosamente. De la puerta enfrentada surgió el dueño de la posada, quien parecía haber estado vigilando el corredor. Sujetaba aquel individuo las faldas de su chaqueta, pues ciertamente la fuerza del viento era excesiva.

–¿Se marcha usted, señor agrimensor? –dijo el posadero.

–¿Le causa asombro que lo haga? –retrucó K.

–Así es–dijo el posadero–. En ese caso, ¿no lo interrogaron?

–No pudieron hacerlo –dijo K–. Yo no permito que me indaguen.

–¿Por qué razón? –preguntó el posadero.

–No sé por qué causa iría a permitir que me indagasen. ¿Por qué debo someterme a un chiste o un mero capricho administrativo? Quizá lo hubiera permitido en otro momento a fin de dejar que pasara de tal manera el tiempo, mas este no es el momento para ello.

–Por supuesto –asintió el posadero, meramente por gentileza y sin convicción alguna–. Debo permitir que ingrese el servicio –sumó. Ya pasó la hora para ello. Es que... no deseaba molestar durante el interrogatorio.

–¿Usted cree que reviste tanta importancia? –preguntó K.

–Desde luego que sí–dijo el posadero.

–En tal caso, ¿no debería haberme negado? –preguntó K.

–En absoluto–dijo el posadero–, no debería haber hecho algo así.

Dado que K callaba, fuera por proporcionarle algún tipo de consuelo o para salir de aquel trance a mayor velocidad, el posadero agregó:

–En definitiva... por esa causa no se va a desmoronar el firmamento.

–Seguramente no –sumó por su lado K–. Según el tiempo que se aprecia, no va a suceder nada parecido.

Entonces se marcharon cada uno por su lado, ambos sonriendo.

# Capítulo 10

K fue a dar a la escalera exterior, que estaba siendo golpeada por el viento vigoroso, y una vez allí, hundió su mirada en la oscuridad. El tiempo reinante era pésimo. En cierta forma y coherente con ello, recordó K de qué manera la posadera había consagrado su mayor empeño para que él aceptara tomar parte en el interrogatorio y cómo él había resistido. Aquello no había representado ninguna clase de esfuerzo exterior; disimuladamente lo había distanciado de las actas y finalmente él no terminaba de entender si ciertamente había resistido o bien se había dejado ganar por la resignación.

Una índole conspirativa, en apariencia trabajando de modo similar al viento, careciendo de sentido, obedeciendo a impulsos remotos y raros, de los que nada se sabía jamás. Solamente había dado unos pasos por la carretera cuando percibió, desde lejos, un par de luces vacilantes. Aquella señal de vida le produjo cierto júbilo y se apuró para alcanzarlo, cuando esas luces, asimismo, se estaban acercando también a él. No comprendió la razón por la que se sintió tan desilusionado al identificar a sus colaboradores; seguramente habían sido enviados a buscarle por Frieda. Los faroles que portaban eran suyos. Empero, estaba K desilusionado: había aguardado el encuentro con alguien ignoto, en vez de esos dos ya conocidos cargosos. Mas no solamente venían hacia él aquellos dos sujetos, pues de entre las sombras se dejó ver asimismo Barnabás.

–¡Barnabás! –exclamó K, ofreciéndole su mano–. ¿Viniste en mi búsqueda?

El asombro de aquel encuentro lo llevó a olvidarse, inicialmente, de la ira que lo poseyó cierta vez.

–Así es –dijo Barnabás, con el habitual tono amable –. Además, traigo una carta de Klamm.

–¡De Klamm! –se sorprendió K, levantando su cabeza y apresurándose a tomar la misiva de manos de Barnabás–. A ver, ¡den luz! –les ordenó a sus colaboradores, quienes se apiñaban a su lado, elevando sus faroles.

K se vio forzado a doblar repetidamente la gran hoja de papel en que venía escrita esa comunicación, a fin de resguardarla del poder del viento.

Entonces leyó K: *"¡Al agrimensor, en la posada del puente! Las labores de agrimensura que hasta ahora llevó a cabo merecen mi reconocimiento, de igual modo que todo lo hecho por sus colaboradores. Es indudable que sabe usted inducirlos acabadamente para que realicen sus tareas. ¡No dé marcha atrás en su aplicación laboral! ¡Lleve sus esfuerzos a una meta correcta! Que eso se interrumpiera, me haría encolerizar. Por todo lo restante, no se cuide de ello: el asunto de su sueldo rápidamente será zanjado. Me ocuparé de usted".*

K alejó sus ojos de la misiva cuando sus colaboradores, que leían más despacio, gritaron varias hurras para festejar la buena nueva, haciendo temblar sus faroles.

–Tranquilos –les dijo, y dirigiéndose a Barnabás, agregó–: Esto es solamente un malentendido.

Barnabás no entendió lo que él le había dicho.

–Un malentendido –repitió K.

La fatiga de esa tarde volvió a adueñarse de K, a quien el trayecto hasta la escuela le resultaba todavía más prolongado. Detrás de Barnabás se hallaba todo el resto de sus familiares. Sus colaboradores se apiñaban junto a él, de manera que se vio obligado a alejarlos empleando sus codos... ¿Cómo Frieda se los había mandado, cuando él había dado la orden de que siguieran con ella? El camino a casa lo había hallado él mismo, por su propia cuenta, y lo habría hecho más fácilmente sin tener que soportar a esos dos. Encima, uno de sus colaboradores se había colocado en torno del cuello un pañuelo; sus puntas flameaban por la acción del viento y fustigaban la cara de K. Por su parte, el otro colaborador se ocupaba de quitarlos de su rostro con unos dedos puntiagudos y traviesos, lo que definitivamente no mejoraba aquella circunstancia. Ambos parecían encantados con esas ocupaciones, así como les producía entusiasmo el ventarrón y lo inestable de esa noche.

–¡Ea! –les gritó K–. Si vinieron hasta mí, ¿por qué razón no me trajeron mi bastón? ¿Cómo voy ahora a conducirlos hasta la casa?

Los colaboradores de K se ocultaron detrás de Barnabás, mas tampoco estaban tan aterrados, dado que no habrían mantenido en ese caso los faroles a derecha e izquierda de su protector. Empero este se liberó de ellos dos.

–Barnabás –dijo K, y lo alteró hondamente que Barnabás no entendiera que en instancias de serenidad su chaqueta brillara, pero que cuando se presentaban problemas, no implicase auxilio alguno. En él solamente era posible hallar una silente oposición, con la que no era factible pugnar, dado que él mismo se encontraba inerme. Exclusivamente fulguraba su sonrisa, mas resultaba esa tan escasa ayuda como la que brindaban las estrellas en las alturas, para oponerse a la borrasca de allí abajo.

–Observa lo que escribe el señor –le dijo K, sosteniendo la misiva ante su cara–. El señor está mal informado, no realicé trabajo alguno de agrimensura y en cuanto al valor que poseen mis colaboradores... eso ya lo conoces. Las labores que no realizo no las debo interrumpir... ¡cuando ni siquiera logro que el señor se encolerice, de qué modo voy a hacerme de su reconocimiento! En lo que respecta a tener confianza, eso nunca va a suceder.

–Voy a intentar solucionar esa situación –afirmó Barnabás, que no había dejado de pasar sus ojos por la carta, sin alcanzar a leerla, pegada como la tenía a su cara.

–¡Oh! –repuso K–. Me prometes solucionar esto, mas... ¿acaso puedo yo creerte? ¡Es que tanta necesidad tengo de un mensajero, en este momento mucho más que en cualquier otro!

Y dicho aquello, K se mordió los labios con absoluta impaciencia.

–Señor –replicó Barnabás con una corta inclinación del cuello. K estuvo a un tris de dejarse convencer por Barnabás–. Voy a solucionarlo, incluyendo lo de tu último pedido.

–¡Cómo dices! –gritó K–. ¿Todavía no lo solucionaste? ¿No estuviste a la jornada siguiente en el castillo?

–No estuve allí –aclaró Barnabás–. Mi pobre padre es un anciano, tú lo viste. Había demasiado que hacer y me vi obligado a auxiliarlo. Mas ahora ya estoy en condiciones de dirigirme al castillo.

–Mas... ¿qué cosa haces, absurda criatura? –exclamó K, golpeándose la frente–. En definitiva, ¿no son prioritarios los asuntos de Klamm? ¿Posees el rango superior de mensajero y lo ejerces con tanta falta de vergüenza? ¿A quién le podría preocupar lo que tenga que hacer tu padre? Klamm aguarda recibir noticias y tú, en vez de correr a proporcionárselas, optas por limpiar de basura las caballerizas.

–Mi padre es de oficio zapatero –afirmó Barnabás, sin mostrarse mayormente afectado por lo anterior–. Recibía encargos de Brunswick. Yo soy su ayudante.

–¡Encargos, zapatos y Brunswick! –aulló K amargamente, tal como si cada palabra se volviese inútil al pronunciarla–. ¿Quién precisa zapatos, con los caminos invariablemente desiertos? ¿Qué podrían significar para mí todos los zapatos del planeta? Yo te confié la entrega de un mensaje y no lo hice para que fueras a dejarlo en el banco de un zapatero. Debías llevárselo a tu señor enseguida.

K alcanzó a serenarse medianamente cuando meditó en que seguramente Klamm no había estado todo ese tiempo en el castillo sino en la posada de los amos. Empero Barnabás tornó a hacerlo enojar al principiar a recitarle el primer mensaje, con el objetivo de dar pruebas de que no se lo había olvidado.

–¡Basta! ¡Nada más deseo conocer! –le dijo K.

–No te enojes conmigo, señor–suplicó Barnabás. Luego, tal como si anhelara inconscientemente castigarlo, miró a otra parte y bajó sus ojos, aunque lo hizo menos por sentirse alterado que por la gritería de K.

–No estoy encolerizado contigo –le aclaró K, y su intranquilidad se le volvió en contra–. No eres tú la causa de mi ira, mas resulta muy dañino para mí poder contar solamente con un mensajero como tú para los asuntos más importantes.

–Observa algo –le dijo Barnabás, como para defender su honra de mensajero diciendo más de aquello que estaba en sus posibilidad–.

Klamm no aguarda tener noticias acerca de ti. Hasta monta en cólera cuando llego yo. "Nuevamente, noticias", dijo cierta vez, y en la mayoría de las ocasiones se incorpora al verme arribar desde lejos. Luego se dirige al cuarto anejo, para no darme recibo. De igual modo no se estableció que deba yo hacer aparición en cada ocasión en la que deba entregar un mensaje. De ser así, obviamente que me presentaría en el acto, mas nada fue establecido acerca de ese tema. Si nunca me presentara yo, nadie me exigiría hacerlo. Si llevo algún mensaje, lo hago por mi propia voluntad.

–De acuerdo –repuso K, contemplando a Barnabás y apartando con toda intención la mirada de sus colaboradores. Estos, de modo alternado, aparecían desde detrás de Barnabás, saliendo paulatinamente de su hundimiento y con toda rapidez, tal como un silbido imitando el viento, pareciendo que se aterraran ante los ojos de K, tornaban a desaparecer... Con ello, se entretuvieron por un buen rato. K. Prosiguió diciendo:

–Ignoro cómo vienen las cosas con Klamm. Sin embargo, que tú conozcas como son allí es cosa más que dudosa. Inclusive si pudieses entender cómo funcionan, de ninguna manera podrías hacer que mejorasen. De todos modos, sí puedes llevar un mensaje. Justamente eso es lo que solicito que tú hagas. Un mensaje muy breve. ¿Podrás llevarlo mañana mismo y darme una contestación asimismo mañana o, como mínimo, decirme de qué modo fue recibido ese mensaje? ¿Puedes hacerlo, deseas tú hacerlo? Para mí es un asunto de la mayor importancia. Quizá tenga la ocasión de testimoniarte mi agradecimiento o bien, tú tienes ahora mismo un deseo que yo pueda hacer realidad.

–Desde luego que concretaré tu encargo –le aseguró Barnabás.

–¿Deseas esforzarte, hacerlo lo mejor que sea posible, transmitírselo a Klamm en persona, recibir la respuesta del mismísimo Klamm y en seguida, mañana, incluso por la mañana, deseas hacerlo?

–Lo haré como mejor pueda–aseveró Barnabás–. Eso es justamente lo que hago siempre.

–No vamos a continuar discutiendo sobre lo mismo –dijo K–. Éste es mi mensaje: "El agrimensor solicita al señor director que le dé su permiso para presentarse ante él. El agrimensor acepta anticipadamente cualquier condición vinculada a esa autorización. Se ha visto forzado a realizar esta petición, por causa de que, hasta el momento, la suma de los intermediadores ha fracasado en su misión. Como demostración de ello el agrimensor señala que hasta ahora ninguna labor de agrimensura ha concretado. Con desesperado bochorno ha leído, por ende, la última misiva enviada por el señor director. Exclusivamente un encuentro persona a persona sería capaz de contribuir a a resolver este dilema. *El agrimensor está al tanto de la serie de molestias que puede originar, de manera que va a esmerarse para disminuirlas en cuanto le resulte factible hacerlo, allanándose a cualquier límite temporal; hasta a un establecimiento previo de la cantidad de palabras (de estimarse ello preciso) que pueda utilizar en el curso de dicho encuentro. Hasta supone poder darse por satisfecho empleando una decena de palabras solamente. Con el mayor respeto y altísima ansiedad, aguardo su respuesta".*

K se había expresado concentrándose en sus afirmaciones y dejándose de lado a sí mismo al hacerlo, tal como si se hallase frente a la puerta de Klamm, manifestándole sus intenciones al portero del funcionario.

–El mensaje resultó ser más extenso de lo que yo había antes calculado –reflexionó–. Sin embargo, debes comunicarlo de modo oral. No deseo ponerlo por escrito, ya que su destino sería el sendero sin final de todos los documentos.

De manera que K trazó sus garabatos sobre un papel, apoyado sobre la espalda de uno de sus colaboradores, al tiempo que el otro se ocupaba de darles luz; K logró redactarlo siguiendo lo que Barnabás le dictaba, ya que este lo había memorizado por completo y era capaz de recitarlo tal como lo haría un alumno de escuela, sin mayores preocupaciones en cuanto al texto equivocado que los colaboradores de K intentaban susurrarle.

–¡Qué formidable memoria tienes! –se admiró K, entregándole el escrito–. Y ahora, por favor, demuestra ser alguien fuera de lo común en todo lo demás también. En cuanto a tus deseos... ¿tienes alguno? Te confío, con toda sinceridad, que me serenaría mucho, en lo que hace al destino de mi comunicación, que tuvieses algún anhelo.

Inicialmente Barnabás siguió mudo, pero después le dijo:

–Mis hermanas te mandan sus saludos.

–Tus hermanas –reflexionó K–. Esas muchachas tan altas y vigorosas.

–Ambas te envían saludos, particularmente Amalia –dijo Barnabás–. Ella me trajo hoy esta carta proveniente del castillo y dirigida a ti.

Interesado, K preguntó:

–¿No podría llevar ella también mi misiva al castillo? O tal vez, ¿podrían dirigirse juntos, ella y tú, buscando tener buena fortuna cada uno por su parte?

–Amalia no puede ingresar en las oficinas –le informó Barnabás–. Caso contrario, estaría muy contenta de hacerlo.

–Puede que mañana les haga una visita –dijo K–. Mas ven primeramente a verme con la contestación a mi mensaje. Aguardaré por ti en la escuela. Dale mis saludos a tus hermanas.

Al parecer, lo prometido por K alegró muchísimo a Barnabás, quien tras darle la mano a modo de despedida, inclusive rozó apenas el hombro de este. K percibió, sonriendo, aquel roce como si fuese algo distintivo, como si todo hubiese vuelto a ser como al comienzo, cuando por vez primera Barnabás ingresó a la posada, en su máximo esplendor, cuando se encontraban los labriegos en ella. Más sereno, K le permitió a sus colaboradores obrar a su antojo mientras recorrían el sendero de regreso.

# Capítulo 11

Arribó a la casa prácticamente congelado y todo estaba en tinieblas; velas y faroles se habían consumido y llevado por sus colaborados, conocedores de aquel sitio, K atinó a entrar en uno de los salones de clase, recorriendo los muros con el tacto.

–Es la primera acción de ustedes que resulta meritoria –les reconoció, rememorando la misiva de Klamm.

Todavía a medias adormecida, Frieda manifestó desde su rincón:

–¡Dejen dormir a K, no lo molesten!

De tal manera que K seguía ocupando su mente, incluso cuando derrotada por el sueño no había sido capaz de aguardarlo sin dormirse. En aquel instante se prendió la luz, pese a que la lámpara, escasa de combustible, apenas lograba dar una débil iluminación general. Aquel sitio carecía de varias cosas, aunque estuviese tibio. Esa gran estancia, también usada como gimnasio, por lo que los artefactos relacionados con esa práctica se dejaban ver por todas partes, y también colgando del techo, había necesitado para su calefacción toda la leña que había estado disponible.

Tal como le aseveraron a K, la temperatura había sido extremadamente grata, mas entonces, lamentablemente, el calor ambiental había menguado en sumo grado. En el depósito se conservaba una reserva de leña, pero estaba cerrado y era el maestro quien cuidaba su llave. Asimismo, solamente daba permiso para proveerse de leña en función de caldear el salón en las postreras horas de las clases. Aquello hubiera sido tolerable en caso de que hubiesen tenido a su disposición camas, de manera de combatir el frío haciendo uso de ellas, mas nada había allí como no fuera un jergón de paja. Era de apreciar que este se hallase cubierto por un manto de lana de Frieda, pero sin colchón y solamente contando con un par de cobertores, duros y toscos, que apenas sí servían para abrigarse un poco.

Hasta los colaboradores observaban codiciosamente aquel jergón, mas por supuesto ni se les ocurría soñar con la posibilidad de hacer uso de él.

Frieda contempló a K asustada; que podía tornar habitable hasta la alcoba más misérrima era algo bien corroborado en la posada del puente, pero allí no había podido lograr dar ni un paso más, careciendo de mayores medios.

–Nuestros únicos muebles son los aparatos de gimnasia –dijo lloriqueando, al tiempo que intentaba esbozar una sonrisa. Mas en lo relacionado con las severas carencias, la falta de camas y de calefacción, se le había asegurado que serían auxiliados llegada la jornada siguiente. Frieda le rogó a K que fuese paciente y aguardara a que se cumplieran esas promesas. Nada: ni una palabra, ni una señal o un gesto, era capaz de evidenciar que tenía en su corazón alguna amargura aunque él, como debía admitir, la había arrancado de la posada de los amos y posteriormente de la posada del puente. Por dicha causa, K se esmeró en sentir que todo aquello era posible aguantarlo; eso no era tan arduo para él, porque en sus pensamientos caminaba junto a Barnabás repitiendo su mensaje palabra por palabra, mas no de modo igual a como se lo había referido a Barnabás, sino tal como él suponía que iba a sonar para Klamm.

Asimismo, sintió honestamente alegría por el café que Frieda le estaba preparando en un hornito y siguió, desde la estufa ya enfriada, su modo de andar experto y liviano, aquel con el que alisaba sobre la mesa del maestro el infaltable mantel de color blanco, colocando sobre él una taza floreada, pan, tocino y hasta sardinas. Ya estaba todo preparado; Frieda no había comido antes, limitándose a esperar la llegada de K. Había a mano un par de sillas y Frieda y K se sentaron a la mesa, con los colaboradores de él a sus pies, en la tarima. Mas los jóvenes no se quedaron quietos y también fastidiaron durante la comida, aunque recibieron lo suyo abundantemente y todavía sin terminar sus raciones, no paraban de incorporarse para confirmar si restaba algo aún servido y si era dable esperar algún bocado más.

K no les prestó mayor atención, y si se fijó alguna vez en ellos, fue debido a la risa que le causaron a Frieda. Así, K acarició la mano de ella, preguntándole en tono bajo cómo hacía para aguantarlos. Así nunca lograrían librarse de ambos, en tanto que siendo severos con ellos lograrían someterlos o tal vez, lo que iba a ser preferible, sacarles las ganas de seguir en sus cargos y que finalmente partiesen por las suyas propias.

Todo indicaba que permanecer en esa escuela no iba a ser una gran perspectiva, pese a que dicha situación no fuese a prolongarse demasiado, mas la falta de cosas indispensables iba a ser menos perceptible con la partida de sus colaboradores. Acaso, ¿ella no comprendía que los colaboradores se tornaban más sinvergüenzas día a día, tal como si la presencia de Frieda y la esperanza de K no tomaran enérgica parte en su estar allí? Asimismo, tal vez podría existir alguna sencilla forma para librarse de ellos, y Frieda la conociese, dado que tan al tanto se encontraba de su situación actual. Y a los colaboradores de K seguramente solo se les hiciera un gran favor sacándolos de en medio, pues tampoco se daban la gran vida en aquel sitio y la holganza que disfrutaban hasta entonces culminaría parcialmente, dado que tendrían que trabajar, en tanto que Frieda, tras los sobresaltos de las últimas fechas, debía reposar. En cuanto a él, se hallaría muy ocupado buscando una solución a las urgentes instancias que los involucraban en aquel momento. Empero, si se marchaban los colaboradores, K se hallaría tan aliviado que con toda facilidad lograría cumplir con sus deberes en la escuela y cuantos se sumaran a ellos.

En cuanto a Frieda, quien había oído con suma atención todo aquello, acarició pausadamente su brazo y coincidió con su criterio, mas sumó a ello que K, empero, tal vez acentuaba demasiado el peso de la mala conducta de sus colaboradores, unos jóvenes alegres y un poco simplotes, por primera vez en sus vidas sirviéndole a un extraño y liberados así de la rigurosa disciplina imperante en el castillo, y por esa misma causa algo excitados y asombrados. Agregó ella que, en esas condiciones, en ocasiones hacían boberías, y que eso por supuesto llevaba a uno a montar en cólera, pese a que lo más adecuado sería soltar las carcajadas. Ella, en ciertas oportunidades, no lograba cesar de reír. Aunque estaba de acuerdo con K en referencia a que lo más conveniente iba a ser liberarse de aquel dúo y quedarse a solas.

Frieda se acercó a K escondiendo su cara en su hombro y allí musitó, de un modo tan imposible de entender que K debió inclinarse para hacerlo, que no tenía en su conocimiento forma alguna de actuar contra sus colaboradores y sentía temor de que cuanto él había planeado fuese a fracasar. Según sabía Frieda, el mismísimo K había sido quien los había reclamado y entonces, teniéndolos, debía conservarlos. Lo más adecuado iba a ser tomar aquello como un mal menor, lo que realmente eran esos jóvenes, y de tal manera se los podría aguantar en mayor medida.

A K no lo satisfizo esa contestación y a medias bromeando y a medias seriamente manifestó que suponía que Frieda sentía confianza en sus colaboradores o, como mínimo, se sentía inclinada por ellos. En definitiva, se trataba de un par de muchachos atractivos, aunque no existía ninguno de quien no pudiesen liberarse con algo de buena voluntad; eso lo iba a demostrar con sus colaboradores. Frieda le dijo que ella le iba a agradecer que lograse eso. Asimismo y a partir de aquel instante, no iba ella a reírse más de sus gracias ni les concedería media palabra si no era indispensable. Ya nada veía de gracioso en los colaboradores y, por demás, no era grato que la observaran sin cesar. Ella había aprendido a contemplarlos y ciertamente se intranquilizó en parte cuando los jóvenes tornaron a incorporarse, a medias para confirmar si los restos de los comestibles estaban disponibles, y a medias para interiorizarse respecto del sentido de sus susurros.

K aprovechó para sacarle las ganas a Frieda de continuar con los colaboradores, la atrajo hacia él y terminaron juntos de comer. Entonces deberían haberse recogido, todos se hallaban fatigados; uno de los jóvenes se había dormido mientras comía, eso divirtió en gran medida al otro y se empeñó en persuadir a K y Frieda para que miraran el tonto rostro del dormilón, mas fue inútil. La pareja se mantuvo en su sitio, evidenciando su rechazo. Con el inaguantable frío que había allí hesitaban respecto de irse a dormir; finalmente K declaró que se tenía que volver a calentar la estancia, ya que de no mediar ese cambio iba a ser cosa imposible llamar al sueño.

Buscó un hacha o una herramienta semejante, y como los colaboradores conocían dónde había una, fueron por ella. Ya en posesión del hacha, K se dirigió a la leñera. En un rato muy breve logró destrozar su puerta y fascinados, empujándose el uno al otro, los jóvenes comenzaron a transportar aquel combustible al salón de clases. Enseguida apilaron un buen montón, encendieron la estufa y se sentaron cerca. A los colaboradores les proporcionaron Frieda y K una manta y ello fue suficiente, pues concertaron que uno se ocuparía de vigilar que el fuego siguiese encendido; empero pasado un momento el calor era tan intenso que fue innecesaria la manta. Se apagó la lámpara y dichosos merced al calor y la tranquilidad, Frieda y K se entregaron al sueño.

Cuando K se despertó durante la noche, al escuchar algo y todavía adormecido palpó el sitio ocupado antes por Frieda, comprobó que estaba allí uno de sus colaboradores. Resultó, seguramente a causa del enojo que sintió al ser devuelto a la vigilia tan súbitamente, el susto de mayor envergadura sufrido por él desde su arribo al poblado. K se incorporó dando alaridos y sin reflexionar le asentó al colaborador que yacía a su lado un formidable puñetazo, lo que hizo llorar al joven agredido. El malentendido, empero, prontamente fue esclarecido: Frieda se había despertado porque, como mínimo, tal cosa había supuesto, una alimaña grande, seguramente un gato, había brincado sobre su pecho, para escaparse enseguida.

Ella se había levantado y estuvo buscando a la bestezuela por toda la estancia y ello fue aprovechado por uno de los colaboradores para gozar un rato del jergón. Entonces pagaba por ello con toda amargura. Frieda nada pudo hallar y tal vez lo había imaginado todo. Entonces regresó con K y en el trayecto hasta el jergón, como si hubiese olvidado la conversación sostenida aquella noche, acarició el cabello del golpeado muchacho a fin de consolarlo. Nada dijo K, quien meramente le mandó al joven abandonar su vigilia junto al fuego, ya que empleada casi toda la leña el calor era muy grande.

Esa mañana se despertaron cuando los primeros niños ya llegaban a la escuela y los rodeaban muy curiosos. No fue cosa grata, ya que por causa del calor, suplantado aquella mañana por un frío digno del mayor respeto, se habían quitado las camisas y justamente cuando principiaban a vestirse se dejó ver a las puertas del salón aquella maestra llamada Gisa, joven, alta, rubia y bella, aunque severa. Había sido claramente preparada para tratar con el flamante conserje, recibiendo instrucciones del maestro, porque estando todavía en el umbral dijo:

–¡Esto es intolerable! ¡Qué linda escena! El permiso que tienen es para dormir en el salón de clases, mas yo no estoy obligada a dictar mis clases en su dormitorio... Una familia que duerme hasta casi llegado el mediodía, ¡solamente algo así nos hacía falta!

"Bien, respecto de esto, en contra, se podrían decir unas cuantas cosas", pensó K para sí, al tiempo que con Frieda corrían muy apurados los artefactos de gimnasia y los cubrían con las mantas, dejando lugar para un espacio a salvo de las miradas infantiles donde podrían vestirse. En tanto los colaboradores en nada ayudaban, mirando desde el piso, confundidos, a la maestra y sus alumnos. Sin embargo K y Frieda no alcanzaron a gozar de un solo instante de tranquilidad: la docente los retó al comprobar que la palangana no contenía agua fresca. Justamente K terminaba de pensar en usar la palangana para él y Frieda. Dejó de lado enseguida esas intenciones, a fin de no enojar en mayor medida a la maestra, pese a que tal renuncia en nada contribuyó a serenarla. Enseguida se originó una buena trifulca: lamentablemente habían olvidado retirar lo que quedaba de la cena de la mesa de la maestra, de modo que ella arrojó de la mesa al piso esos desechos empleando una regla, sin que la inquietase en lo más mínimo que se derramara el aceite de las sardinas o el sobrante del café, pues el conserje se encargaría de ordenarlo todo. Sin haber terminado de vestirse, Frieda y K contemplaban aquel desastre apoyados en las barras de gimnasia, mientras que los colaboradores de K, sin ocuparse de vestirse, espiaban, para mayor deleite de los niños, desde debajo de las mantas. El mayor dolor de Frieda estribaba en haber perdido la cafetera; cuando K le preguntó por ello, a fin de darle algún consuelo, ella repuso que se dirigiría de inmediato al alcalde para exigir que se la repusieran. Frieda logró serenarse lo suficiente como para abandonar la estancia, aún vistiendo solamente ropa íntima, y recuperar la tapa de la cafetera, evitando así que se ensuciara en mayor medida de lo que ya lo estaba. Alcanzó a hacerlo pese a que la maestra, con la idea de amedrentarla, golpeaba la mesa de un modo enojoso. Cuando K y Frieda terminaron de ponerse sus ropas, debieron no solamente forzar a los colaboradores a hacer lo propio, sino que parcialmente tuvieron que contribuir a que se vistiesen, exhortándolos y empujándolos. Cuando por fin lograron eso, K distribuyó las labores: los colaboradores debían recoger madera y calefaccionar la estancia, donde todavía acechaban grandes riesgos. Es que allí, con toda probabilidad, ya se había hecho presente el maestro. Frieda debía fregar el piso, mientras que K se ocuparía de proveer agua y ordenar cuanto pudiese. De momento era impensable lo de desayunar. Mas, para saber cuál era el espíritu que animaba a la maestra, deseaba K salir en primer término, en tanto que los otros deberían continuar en el salón hasta que él los requiriera. Tomó tal decisión en previsión de que las boberías de sus colaboradores tornaran aún peor toda la situación y, asimismo, en función de que no era su deseo lastimar a Frieda, porque mientras ella abrigaba ambiciones, él no. Ella era sensible, él no lo era. Ella se obsesionaba con los pequeños terrores del presente, mientras que K pensaba en Barnabás y el porvenir. Frieda acataba con toda exactitud sus órdenes, y sólo escasamente dejaba de mirarlo. Apenas abandonó la estancia, la maestra, con las risas de sus pequeños alumnos oficiando como un coro incesante, bramó:

–¡Qué pasa aquí! ¿Se quedaron dormidos?

Cuando K ni siquiera se dignó responderle, porque no había sido una pregunta genuina, y se dirigió rectamente al lavabo, la maestra preguntó:

–¿Qué cosa hicieron con mi gato?

Un gato gordo y viejo yacía sobre la mesa y la maestra le revisaba una pata, aparentemente lastimada; así que Frieda estaba en lo cierto: aquella bestezuela no había brincado sobre ella, era evidente que no podía hacerlo, mas sí había pasado por encima de Frieda, aterrorizada porque había extraños en aquel sitio. Deseaba esconderse y cuando hizo algún movimiento no habitual se había lastimado. K probó de informárselo serenamente a la docente, mas ella solo tenía ojos para el resultado final y le espetó:

–¡Ya lo veo! Lo lastimaron. Esa fue la forma que tuvieron ustedes de presentarse. Venga, mire.

Entonces lo requirió y cuando K estuvo cerca de la mesa le mostró la pata del gato y antes de que pudiese prevenirse, ella le originó un rasguño en la mano. Pese a que las garras del gato estaban enfundadas, la maestra –sin la menor consideración– tanto las apretó que surgieron unas manchas de sangre.

–Ahora, vaya a trabajar –dijo ella impaciente y tornó a inclinarse sobre el gato.

Frieda, que había estado mirado esa escena desde atrás de las barras y acompañada por los colaboradores, al ver salir sangre no logró reprimir un grito. K les mostró la mano herida a los niños y dijo:

–Miren lo que me hizo ese gato, malo y taimado.

No lo dijo por los niños, cuyos gritos y cuyas risas eran en tanta medida incontrolables que ya no tenían necesidad alguna de algo que los excitase. Mas dado que la maestra apenas respondió con una ligera mirada al sesgo y siguió ocupándose de su mascota, habiendo satisfecho sus deseos de venganza a ese precio de sangre, K llamó a Frieda y a los colaboradores para dar comienzo a sus labores. Una vez que K se llevó la palangana y trajo agua fresca, mientras se preparaba para fregar el salón, una criatura de doce años se incorporó de su asiento, tocó la mano de K y dijo alguna cosa inentendible por el bullicio que reinaba en esa estancia. En ese instante se produjo un pesado silencio; K se dio la vuelta. Efectivamente: lo más temible estaba teniendo lugar. En el umbral se hallaba el maestro, ese hombrecito que tenía a cada uno de los colaboradores de K tomado del cuello. Los había capturado mientras estaban recogiendo la leña y con potente tono, intercalando pausas entre palabra y palabra, aulló:

–¿Quién destrozó la puerta de la leñera? ¿Quién, para que yo lo destruya?

Entonces Frieda se incorporó, porque estaba agachada e intentando limpiar a los pies de la maestra. Frieda miró hacia donde se encontraba K, como deseando acumular fuerzas. No sin algún resto de su anterior superioridad todavía presente en su voz y sus gestos, manifestó:

–Fui yo, señor maestro. No tuve una idea mejor. Si el salón de clase debía estar calefaccionado desde la mañana, era necesario abrir la leñera. No me animé a pasar por su casa a buscar las llaves, debido a que ya era de noche. Mi prometido se encontraba en la posada señorial y era muy factible que pernoctara en ella, de modo que tuve que decidir yo. Si obré erróneamente, tiene que perdonar mi poca experiencia; de todas formas, ya me retó convenientemente mi prometido, al comprobar lo que yo había hecho. En verdad, hasta me prohibió que calefaccionara el salón a hora temprana, al suponer que manteniendo bajo llave la leñera, usted no deseaba que se hiciese eso antes de su llegada. Que no se haya encendido la calefacción es culpa de K, pero de la destrucción de la puerta la culpable soy solamente yo.

–¿Quién rompió la puerta? –preguntó el maestro a colaboradores de K, quienes todavía bregaban por liberarse.

–El señor–dijeron ambos a coro, señalando a K.

Frieda rió, y esa risa pareció más persuasiva que sus dichos. Luego se puso a enjugar el trapo con el que estaba fregando en el balde, como si con su explicación hubiese concluido y el testimonio de los colaboradores de K hubiese sido un mero chiste.

Cuando se agachó para seguir fregando dijo:

–Ellos son como niños. Tendrían que concurrir a la escuela. Yo misma abrí la puerta de la leñera ayer a la noche, usando un hacha. Fue cosa fácil, no precisé la ayuda de ellos. Simplemente me hubiesen estorbado. Pero cuando mi prometido acudió a la noche y fue a revisar los daños para arreglarlos cuanto resultara factible, ellos lo siguieron. Seguramente les daba miedo estar aquí a solas. Así vieron a K afanándose con la puerta rota, y a eso se refieren en estos momentos. Lo ve usted mismo: ¡parecen chicos!

Mientras así hablaba Frieda, los colaboradores de K no cesaban de negarlo todo con la cabeza, al tiempo que continuaban señalando a K e intentaban convencer a Frieda apelando a gesticulaciones. Al no lograrlo, terminaron por allanarse a la situación: aceptaron lo dicho por Frieda como una orden y al tornar a preguntarles el maestro, no le contestaron.

–De modo que me quisieron embaucar o, como mínimo, probaron de inculpar al conserje falsamente.

Los jóvenes siguieron silenciosos, mas temblaban y miraban angustiados, como delatando su culpabilidad.

–Entonces se merecen ya mismo una buena golpiza –sentenció el maestro, y mandó a uno de los niños a buscar una palmeta. Cuando el maestro levantó la palmeta, Frieda gritó:

–¡Los muchachos dijeron la verdad!

Entonces arrojó con desesperación el trapo dentro del balde, salpicando en torno, y corrió a esconderse detrás de las barras de gimnasia.

–Son una banda de mentirosos –dictaminó la maestra, que acababa de vendar al gato y lo mantenía sobre su falda.

–De manera que solamente nos resta el conserje –dijo el maestro, empujando de sí a los colaboradores de K y liberándolos. A continuación se volvió hacia donde se hallaba K, quien durante todo el desarrollo de lo anterior había permanecido a la escucha, apoyado en una escoba.

–El conserje, que como buen cobarde permite que otros sean culpados por sus barbaridades.

–Bien –dijo K, que había percibido que Frieda había serenado bastante el frenesí primero del maestro–. Si mis colaboradores hubieran recibido algún castigo, yo no hubiese sentido mayor pesar. Ellos ya hicieron de las suyas en una decena de ocasiones y bien se lo merecen, de modo que se ganaron un buen castigo hace tiempo. De igual modo hubiese sido adecuado para mí evitar un choque con usted, señor maestro. Pero como ahora Frieda me ha sacrificado por esos jóvenes –y en este punto hizo K una pausa, que permitió escuchar el lloriqueo de Frieda– deben ser aclarados un par de puntos.

–¡Esto es... increíble! –concluyó la maestra.

–Comparto absolutamente su criterio, señorita Gisa –afirmó el maestro–. Desde luego, conserje, está despedido a causa de esta conducta desfachatada. Por el momento me reservo el castigo que sobrevendrá, mas debe irse de aquí ahora mismo, con todas sus pertenencias. Su partida nos liberará y permitirá comenzar a dictar la clase de una buena vez. ¡Apúrese ya!

–Yo no me iré –dijo K–. Usted será mi jefe inmediato, pero no es aquel que me nombró en el cargo. Esa persona es el alcalde y solamente voy a aceptar ser despedido por él. El alcalde no me nombró conserje para que venga a morir congelado a este sitio, en compañía de mi gente, sino, y eso lo dijo usted mismo, señor maestro, para evitar que yo cometa actos carentes de toda prudencia. Despedirme sin más ni más iría en contra de la voluntad del alcalde. En tanto y en cuanto no escuche lo opuesto de labios del mismo alcalde, no lo voy a creer. En cuanto a lo demás, es factible que la refutación de su desconsiderado despido resulte una ventaja para usted mismo.

–¿De manera que usted no me obedece? –inquirió el maestro.

K negó con un gesto de la cabeza.

–Medítelo a conciencia –dijo el maestro–. No se puede afirmar que aquello que usted decide sea lo más adecuado... Por ejemplo, medite acerca de lo que hizo ayer, durante la tarde, al rechazar el ser interrogado.

–¿Por qué se acuerda de eso en este preciso momento? –preguntó K.

–Porque así me viene en gana –replicó el maestro–. Y lo repito por última vez: ¡se va ya mismo de aquí!

Como esas palabras también fueron inútiles, el maestro se dirigió a la mesa y conversó en tono muy bajo con la maestra; ésta dijo algo relacionado con la policía, mas el maestro rechazó esa sugerencia. A la postre ambos acordaron algo: ordenó el maestro a los alumnos que fuesen con él a la estancia aneja, donde les sería dictada la clase junto con los chicos del otro curso. Aquella modificación de lo habitual llenó de júbilo a los niños, y enseguida, entre alaridos y carcajadas, el salón quedó desierto. El maestro y la maestra fueron los últimos en abandonarlo. La maestra llevaba el registro de clase y encima trasportaba al gato, que seguía inmutable. Le hubiese agradado al maestro que aquella mascota se quedase allí, mas eso fue invenciblemente rechazado por parte de la maestra, quien se basó en la crueldad de K. De modo que, además, K le terminó cargando el gato al maestro, lo que definitivamente pesó para que el maestro le dirigiese esas postreras palabras, antes de atravesar el umbral:

–La señorita maestra abandona este salón de clases forzada por algo de fuerza mayor: la negativa de usted, tan impertinente, a acatar mi despido y a causa de que nadie puede requerir de parte de ella, una joven mujer, que dicte clases en mitad de sus roñosas relaciones domésticas. De manera que se queda usted a solas y puede ponerse tan cómodo como lo prefiera, sin incomodarse al ser visto por gente decente. Pero esto no va a durar mucho más. Eso, es cosa que le puedo garantizar yo...

Dicho esto fue que el maestro cerró la puerta.

# Capítulo 12

Una vez que todos dejaron la estancia, K les ordenó a sus colaboradores:

–¡Ya, se van de acá!

Ganados por el estupor al escuchar esa súbita exhortación, los aludidos la acataron, mas en cuanto K aseguró con llave la puerta detrás de ellos, sollozaron y llamaron a esta.

–¡Los despido! –bramó K–. Jamás volverán a servirme, ¡nunca más!

Los colaboradores no aceptaron eso y dieron en aporrear la puerta:

–¡Deseamos seguir a tu servicio, señor! –aullaban, tal como si K fuese la tierra prometida y ellos no pudiesen arribar a ella.

Más K se mostró inflexible y aguardó con total falta de paciencia, hasta que el inaguantable barullo forzó al maestro a tomar cartas en el asunto.

–Ya, ¡déjelos pasar a sus malditos colaboradores! –le gritó a K.

–¡Están despedidos! –replicó K, mostrando lo que sucedía cuando otro era lo adecuadamente fuerte para despedir a otro y además, para hacerlo efectivo.

El maestro probó de serenar con benevolencia a los jóvenes, diciéndoles que simplemente debían aguardar tranquilos en aquel sitio, porque finalmente K volvería a admitirlos a su servicio. Tras afirmarlo, el maestro se esfumó.

Tal vez los colaboradores de K se hubiesen serenado de no mediar que este tornara a aullar que los había despedido y que no debían abrigar ni la menor esperanza de que volviese él a tomarlos a su servicio. Posteriormente los jóvenes volvieron a meter alboroto, tanto como antes. Nuevamente concurrió el maestro, pero en esa ocasión no se dirigió a ellos, sino que se limitó a dispersarlos amenazando con la temible palmeta. Enseguida se dejaron ver frente a la ventana del salón de gimnasia, golpeando los vidrios y aullando, mas cuanto decían era inentendible.

No siguieron allí por mucho tiempo, pues la gruesa cubierta de nieve que tapizaba el suelo no posibilitaba brincar demasiado, como ellos deseaban. De manera que se afanaron hasta la cerca de los jardines y treparon sobre su parte más baja. Desde allí, aunque desde lejos, gozaban de un mejor panorama de la estancia. Subidos a la cerca se hamacaban hacia un lado y hacia el otro. Sin embargo, súbitamente se inmovilizaban y doblaban las manos rogándole a K. Así hicieron durante largo rato, sin reparar en lo infructuoso de su empeño. Se diría que estaban ciegos y que ni siquiera escucharon cuando K bajó las cortinas para no verlos más.

En las penumbras del salón, K se dirigió hacia las barras para acercarse a Frieda. Ante su mirada ella se incorporó, se acicaló el cabello, secó sus mejillas y se dispuso, sin hablar, a preparar café. Pese a estar Frieda al tanto de todo, K la anotició formalmente respecto de que se había librado de sus colaboradores. Por toda reacción ella se limitó a asentir con un gesto de su cabeza. K tomó asiento sobre un pupitre y se entregó a contemplar sus fatigados quehaceres. Invariablemente la frescura y el empeño habían hermoseado lo inútil de sus formas, mas entonces se había desvanecido aquel encanto. Había sido un logro de convivir unas jornadas con K. Sus labores en la posada no habían sido fáciles, pero eran más adecuadas para Frieda. O quizá, ¿se había tratado del distanciarse de K aquello que había desatado su marchitamiento? La proximidad de Klamm la había tornado en tanta medida atractiva y subyugado por ella K la había tomado, cuando ahora ella se agostaba entre sus brazos.

–Frieda–la requirió K.

Ella abandonó enseguida sus menesteres y se aproximó a K.

–¿Estás enojado conmigo? –preguntó ella.

–No es así –dijo K–. Estimo que no pudiste hacer otra cosa. Viviste a tus anchas en la posada señorial y yo tendría que haberte permitido seguir en ese lugar.

–Así es –admitió Frieda, mirando ante sí con tristeza–. Deberías haberme permitido seguir en la posada. Mi valor no alcanza para que yo viva contigo. Libre de mí, tal vez puedas alcanzar eso que anhelas. En consideración a mí te allanas a ese despótico maestro, aceptas este miserable empleo, ruegas encontrarte con Klamm. Todo por mi causa, cuando yo te lo retribuyo tan mal.

–No es así –dijo K, y la consoló tomándola en sus brazos–. Todas esas cosas son fruslerías que no me hacen ninguna mella. En verdad a Klamm solamente deseo verlo por tu causa. ¡Tanto como hiciste tú por mí! Previamente a tratarte, me hallaba perdido, sin que ninguno me aceptase, y si los forzaba a hacerlo me despedían enseguida. Si hubiera podido encontrar serenidad con alguien... mas eran gentes de las que debía huir, como ese Barnabás.

–Escapaste de ellos, ¿no es así, mi amor? –exclamó vivazmente Frieda, quien tras escuchar un dudoso "sí" de parte de K tornó a caer en su apatía. Mas él tampoco tenía la determinación necesaria como para explicar de qué se trataba aquello que, merced a Frieda, se había vuelto positivo. Paulatinamente el abrazo de K se fue aflojando y permanecieron allí donde estaban, sentados y sin decir palabra, hasta que Frieda, tal como si hubiese recibido calor entre los brazos de K, manifestó:

–Ya no podré aguantar este tipo de vida. Si deseas que siga contigo debemos ir a cualquier parte, al sur de Francia o bien a España.

–No puedo hacerlo –replicó K–. Vine para quedarme acá y eso es lo que voy a hacer.

Luego K se contradijo, sin tomarse el trabajo de aclararlo, y agregó como para sí mismo–: ¿Qué podría haberme llevado a venir a este yermo, de no ser el anhelo de seguir aquí?

A continuación, dijo:

–Mas tú también deseas quedarte aquí, ya que esta es tu tierra. Simplemente extrañas a Klamm y eso te lleva a la desesperación.

–¿Dices que añoro a Klamm? –dijo Frieda–. Hay exceso de Klamm en este sitio, demasiado. Es para huir de él que quiero abandonar esta tierra. No extraño a Klamm, te extraño a ti. Es por tu causa que anhelo irme: no puedo tener suficiente de ti en este sitio, donde todos tironean de mí. Cuánto me agradaría sacarme esta linda máscara y con un cuerpo infame lograr vivir contigo en paz.

Por su parte, K sólo le brindó atención a un aspecto.

–¿Klamm sigue en contacto contigo? –le preguntó–. ¿Él te hace llamar?

–Nada sé de Klamm –aseguró Frieda–. Me refiero a otros... a modo de ejemplo, hablo de tus colaboradores.

–¡Oh! ¡Ellos! –repuso con sorpresa K–. Acaso, ¿ellos te están asediando?

–¿Es que tú no lo notaste? –inquirió Frieda.

–De ningún modo –dijo K, probando inútilmente rememorar algo en referencia a eso–. Se trata de muchachos desubicados y ansiosos, mas que te hayan molestado no es algo que yo haya percibido.

–¿No te percataste de nada? –dijo Frieda–. ¿No notaste que no había modo de quitarlos de nuestro cuarto allá, en la posada del puente? ¿Tampoco apreciaste con cuántos celos espiaban nuestra relación? ¿No viste cómo uno de tus colaboradores se arrojó junto a mí sobre el jergón? ¿No te percataste de cómo dieron su testimonio en tu contra, a fin de librarse de ti y así por fin quedarse a solas conmigo? ¿Nada de eso te fue revelado?

K miró a Frieda sin responderle. Esas observaciones eran ciertas, pero también podían ser interpretarse inocentemente, como resultado de la naturaleza absurda, pueril, ansiosa y carente de autocontrol de aquellos jóvenes. Acaso, ¿no hablaba contra la acusación de Frieda el hecho de que hubieran intentado acompañarlo a él en todo instante, en lugar de seguir en compañía de Frieda?

K hizo referencia a algo por el estilo.

–¡Completa y pura hipocresía! –dijo Frieda–. ¿Cómo no te diste cuenta? En tal caso, ¿por qué los despediste?

Y se dirigió a la ventana, corrió un tanto las cortinas, observó el exterior y le pidió a K que se aproximara.

Los colaboradores continuaban sobre la cerca y aunque notoriamente agotados, de tanto en tanto lograban abrir sus brazos rogando hacia la escuela. Uno de los jóvenes, a fin de no verse obligado a agarrarse sin pausa de aquel soporte, había sujetado su chaqueta a uno de los barrotes de la cerca.

–¡Pobrecitos! –suspiró Frieda.

–¿Por qué los despedí? –inquirió K–. Por ti, tú eres la causa de ello.

–¿Yo, la causa? –dijo Frieda sin sacar sus ojos de los suplicantes.

–¡Por supuesto! Te mostraste excesivamente gentil con ellos –precisó K–. Perdonaste su mala educación. Te reíste de sus boberías. Los acariciaste. Sentiste invariablemente compasión por ellos. “Pobrecitos, pobrecitos”, dices otra vez. Finalmente, lo último que sucedió... Dado que en tu concepto mi valor no era demasiado alto, quisiste sacrificarme para librar del castigo a mis colaboradores.

–Justamente –dijo Frieda–. Acerca de eso justamente quiero hablar. Es lo que me hace sentir desdichada, es lo que me aparta de ti, pese a que no conozco mayor dicha para mí que seguir contigo todo el tiempo. Sueño que no existe en todo el mundo un lugar sereno para nuestro amor, ni en este poblado ni en otro; por ello es que me imagino un sepulcro hondo y angosto, donde estamos abrazados tal como forzados por una pinza. Yo escondo mi semblante en ti, tú haces lo mismo conmigo, y así ninguno nos puede ver de nuevo. Mas en este lugar... ¡míralos! No te ruegan a ti, sino a mí.

–Yo no los miro –dijo K–. Eso es lo que tú haces.

–Desde luego, lo hago yo –dijo Frieda, al borde mismo de la ira–. Llevo un buen rato hablando sobre ello... ¿a causa de qué se podría deber que los colaboradores me acosen, así se trate de enviados de Klamm?

–¿Enviados de Klamm? –dijo K, asombrado de eso, aunque le había parecido cosa admisible en un comienzo.

–Por supuesto: enviados de Klamm –afirmó Frieda–. Así sean eso, simultáneamente son tan infantiles que precisan de la palmeta para degustar parcialmente su educación. Qué jóvenes más feos y bruscos que ellos son; qué asqueroso contraste entre sus caras adultas y su conducta tonta y pueril... ¿Supones que no me percato? Siento vergüenza de ellos, ese es el asunto. Ellos no son quienes me rechazan, yo soy quien se avergüenza de ellos. Siempre debo mirarlos. Cuando debieran producirme iracundia, debo reírme. Si debo golpearlos, acaricio sus cabellos. Y reposando a su lado de noche, no logro dormirme: debo apreciar cómo uno de esos jóvenes duerme envuelto en una cobija, mientras el restante sigue de rodillas ante la estufa, atento a que su fuego siga vivo; entonces tengo que inclinarme hasta prácticamente despertarte. No es el gato lo que me aterra. Yo conozco gatos y también sueños turbulentos e incesantemente perturbados en el despacho de bebidas... No me aterra el gato, soy yo misma lo que me asusta. No preciso el concurso de este horrible gato. Me asusta cualquier ruido. Tuve miedo de que te despertases y así todo llegase a su final. Entonces me levanté, encendí una vela para que despertaras enseguida y me protegieras.

–Nada sabía de ello –repuso K–. Exclusivamente por presentirlo fue que los eché. Ahora que se fueron todo va a estar bien.

–Así es. Finalmente se fueron –dijo Frieda, mas lucía entristecida y sufriente–. Sin embargo, ignoramos quiénes son ellos. En mi imaginación los veo como enviados por Klamm y quizá lo sean. Sus miradas, sencillas pero fulgurantes, me hacen acordar de alguna manera a los ojos de Klamm. Klamm, en ocasiones me mira a través de los ojos de esos jóvenes. Por ende fue erróneo lo que dije, cuando referí que sentía vergüenza de ellos. Simplemente, yo quería que fuera de esa forma, mas conozco que en otro sitio y en otras personas esa conducta resultaría estúpida y asquerosa. Mas con ellos no es así: miro sus boberías y las respeto y admiro. Si son enviados por Klamm, ¿quién nos va a librar de esos dos? Acaso, ¿sería cosa buena librarnos de ellos? ¿No deberías ir a buscarlos y hasta celebrar que desearan retornar?

–Tú... ¿deseas que les permita entrar? –inquirió K.

–No. Eso no –dijo Frieda–. Nada deseo menos que eso. Cuando vuelvan, sus miradas y su júbilo al tornar a verme, sus brincos pueriles, sus abrazos masculinos... No podría aguantar esa situación. Mas apenas pienso que si te muestras riguroso con ellos, tal vez el camino que lleva hasta Klamm se cierre para ti. Quise ampararte de las consecuencias que eso te depararía. Entonces, sí, yo anhelo que les permitas volver. ¡Que entren cuanto antes! No tengas mayor consideración hacia mí. Yo no tengo la menor importancia. Me voy a defender cuanto pueda y si debo perder... bien, perderé, pero tendré la conciencia justa acerca de que fue por ti.

–Con eso no haces más que vigorizar mi criterio en lo que hace a mis colaboradores –repuso K–. Nunca volverán, en lo que a mí corresponde. Echarlos demuestra que, según ciertas instancias, pueden ser domeñados y que por ende no tienen relación con Klamm. Ayer a la noche recibí una comunicación de Klamm. De ella se extrae que se halla mal informado sobre los ayudantes, por lo que también se puede suponer que le resultan por completo indiferentes. Si no fuese así, Klamm hubise alcanzado a hacerse de completa información sobre esos dos. Que tú veas en esos jóvenes a Klamm no es prueba de cosa alguna, porque lamentablemente estás bajo las influencias de la posadera y ves a Klamm por todas partes. Todavía eres la amante de Klamm y aún no te convertiste en mi esposa. En ocasiones eso me entristece hondamente y me parece como si lo hubiera perdido todo. Tengo la impresión de haber llegado a este poblado mas no pleno de esperanzas, como sí lo estaba al llegar, sino consciente de que aquí solamente me aguardan desilusiones, así como deberé probar cada una de ellas hasta las heces. Aunque... eso solamente pasa en ciertas ocasiones –agregó K, sonriendo al comprobar que Frieda se derrumbaba con sus dichos –. En definitiva, esto confirma algo positivo. Cuánto tú implicas para mí. Si ahora pides que opte entre tú y mis colaboradores, ellos ya han perdido la partida. A quién se le ocurre... ¡tener que elegir entre ellos y tú! Deseo librarme definitivamente de esos dos. Qué puede saber, por otra parte, si la flaqueza que se adueñó de nosotros no viene de que no desayunamos todavía.

–Puede ser –admitió Frieda, mientras sonreía fatigada y comenzaba a trabajar. K también tomó la escoba.

# Capítulo 13

Pasado un rato, se dejó escuchar un leve llamado a la puerta.

–¡Barnabás! –aulló K, dejando de lado la escoba y dirigiéndose a grandes pasos hasta llegar a la puerta.

Más por causa de aquel nombre que por cualquier otra causa, Frieda se quedó mirándolo hacer. Con esas manos carentes de toda seguridad, a K le resultaba imposible abrir aquel añejo cerrojo.

–Ya estoy abriendo –repetía en lugar de inquirir quién estaba llamando. Luego apreció que quien atravesaba el umbral no era Barnabás, sino un chico que ya antes había intentado comunicarse con K. Mas este ni ganas tenía de recordarlo.

–¿Qué se te ofrece? –le dijo al pequeño–. Las clases se dictan en el cuarto anejo.

–Vengo de ese salón –repuso el niño, contemplando serenamente a K con unos inmensos ojos de color castaño, muy erguido y manteniendo sus brazos contra el cuerpo.

–¿Qué cosa buscas? Dímelo enseguida –exigió K, y se inclinó algo hacia abajo, debido a que la voz del chico era muy baja.

–¿Puedo servirte de alguna ayuda? –preguntó el niño.

–Quiere ayudarnos –señaló K a Frieda, y luego al niño–: ¿Cuál es tu nombre?

–Me llamo Hans Brunswick–dijo el niño–. Soy alumno del cuarto curso. Soy hijo de Otto Brunswick, el maestro zapatero de la calle Madelein.

–Conque tú te llamas Brunswick –dijo K, y se dirigió a él más cordialmente. Resultó que Hans, debido a los arañazos sangrientos con que la maestra había castigado a K, se había enojado tanto que se había decidido por inclinarse a favor de K. Por las suyas había abandonado el salón anejo a modo de deserción, corriendo el riesgo de recibir un severo castigo. Era probable que su conducta se debiese a las pueriles ideas que lo animaban. A esa manera de sentir se debía la solemnidad que impregnaba todo su accionar. Su apocamiento solamente lo había estorbado al comienzo, mas después se acostumbró a K y Frieda; cuando le convidaron café se animó en mayor medida y sus preguntas se tornaron apasionadas y hondas, tal como si anhelara el niño conocer velozmente lo fundamental para después poder decidir por las suyas a favor de K y Frieda. Asimismo algo imperativo había en su naturaleza, mas tan mixturado con la ingenuidad propia de su edad, que –algo en broma y algo en serio– permitía que lo subyugaran. En definitiva se quedó con toda la atención: habían K y Frieda dejado de lado sus labores y el desayuno se alargaba. Pese a que se hallaba sentado sobre uno de los pupitres, K sobre la mesa del maestro y Frieda ocupaba una silla junto a él, parecía ser Hans el maestro, tal como si se encontrara examinando y sopesando las respuestas que le daban. Una leve sonrisa en su cara señalaba, al parecer, que él conocía acabadamente que aquello solamente consistía en un juego. Sin embargo, su actitud era más seria en lo referente al asunto, aunque tal vez no se trataba de una sonrisa eso que se veía en sus labios, sino la dicha tan propia de la niñez.

Con muy llamativa demora admitió que ya conocía a K, a partir de la estancia de este en la vivienda de Lasemann; K se regocijó con ello.

–¿Eras tú quien jugaba a los pies de la señora aquella? –quiso saber K.

–Así es –repuso Hans–. Ella es mi madre.

A partir de ese instante tuvo que referirse a su madre, mas lo hizo hesitando y solamente cuando tornaron a pedírselo. Resultó ser que era un chico a través de quien en ocasiones parecía que se comunicaba, fundamentalmente cuando preguntaba alguna cosa, como un presentimiento del porvenir, tal vez asimismo como resultado de la ilusión sensorial que sufren los inquietos y ansiosos oyentes, prácticamente un hombre dotado de gran energía, listo y suspicaz, mas que a poco se expresaba sin escala de grises tal como un escolar que no lograba comprender ciertas preguntas y que interpretaba otras de modo erróneo; uno que con una falta de consideración pueril hablaba en un tono excesivamente bajo, pese a que frecuentemente lo habían retado por ello. Uno que finalmente, a manera de consuelo ante determinadas preguntas de urgencia, se reducía al silencio, sin demostrar estar dominado por la confusión. Esto último era algo que resultaba imposible para una persona adulta. Era como si, de acuerdo con su criterio, solamente él tuviese permiso para preguntar y que las preguntas de los demás transgrediesen alguna norma o resultaran un derroche de tiempo. También podía permanecer durante largo rato sentado y con la espalda recta, con la cabeza gacha y el labio inferior un poco caído. Tanto le agradó a Frieda eso, que repetidamente le preguntó cosas esperando hacerlo callar de aquel modo. En ocasiones ella lo logró, mas a K aquello lo encolerizaba. En líneas generales fue poco lo que pudieron averiguar: su madre se hallaba enferma, pero no se pudieron enterar de cuál era su afección. Aquella criatura a la que la señora Brunswick conservaba contra su regazo era la hermanita de Hans, llamada Frieda –que fuera el mismo nombre que el de la mujer que lo estaba interrogando le produjo cólera–; todos moraban en el poblado, mas no en lo de Lasemann. En esa casa simplemente estaban de visita debido a que el dueño de la vivienda tenía una gran bañadera, donde podían bañarse y jugar, cosa que representaba un gran placer para los niños más pequeños, lo que no incluía a Hans. Acerca de su progenitor, el chico solo se refirió con respeto o temor, mas solamente cuando no hablaba de su madre simultáneamente.

Comparado con la madre, el valor paterno parecía reducido y, por otro lado, la suma de los interrogantes referidos a la existencia familiar, fuese cual fuese la manera de efectuarlas, terminaron sin ser respondidos. En cuanto a la ocupación del padre, se supo que era la de zapatero, el de mayor importancia de la comarca, pues ninguno se le podía parangonar; eso lo repitió varias veces y como contestación para preguntas que no estaban relacionadas con aquello; inclusive le pasaba trabajos a otros colegas, como ejemplo, al padre de Barnabás. A este anciano le pasaba trabajos Brunswick por piedad, o como mínimo eso era lo que refería con tanto orgullo el pequeño Hans. Ello llevó a Frieda a darle un beso. Ante la pregunta de si ya había estado el chico en el castillo, este contestó, tras haberle repetido aquello insistentemente, en forma negativa. En cuanto a la misma pregunta pero en referencia a su madre, no quiso contestar. Continuar interrogándolo le resultó infructuoso ya a K, quien se había fatigado de hacerlo. El chico estaba en lo cierto sobre eso y asimismo era cosa vergonzosa intentar enterarse de asuntos familiares mediante un niño cándido; doblemente vergonzoso resultaba que ni siquiera lograsen saber algo al respecto.

Cuando, para finalizar, K le preguntó de qué manera pensaba auxiliarlos, no le produjo asombro escuchar que solamente tenía intención de ayudar en las labores, a fin de que los maestros no se encolerizaran con K. Este le dijo que no precisaba su auxilio, que encolerizarse era cosa bien propia del maestro y que no lograrían evitarlo así realizaran sus labores de la mejor forma factible. En sí, los trabajos no eran arduos. En esa ocasión meramente habían demorado su realización debido a circunstancias fortuitas. Asimismo esos enojos no producían el mismo efecto en K que en un alumno; a K le generaban una gran indiferencia y abrigaba la esperanza de sacarse al maestro de encima muy rápidamente. K le agradeció vivamente su ofrecimiento de ayuda y le dijo al niño que podía volver, esperando que no le fuese impuesto algún castigo por su falta. Pese a que K no recalcó y se redujo a señalar livianamente que se trataba de ayudar con el maestro, colaboración que él no precisaba, dejaba abierta la pregunta acerca de otra índole de auxilio. Hans concluyó eso e inquirió si necesitaba K otro tipo de ayuda, agregando que estaría encantado de contribuir con él y, en caso de que él no pudiese hacerlo, se lo iba a solicitar a su madre y entonces era cosa segura conseguirlo. También cuando estaba preocupado su padre le preguntaba a su madre, y esta ya había preguntado en una ocasión por K. Ella apenas dejaba la casa y sólo por excepción estuvo esa vez en lo de Lasemann. Empero él, Hans, iba muy seguidamente a jugar con sus hijos; cierta vez le preguntó a su madre si quizás el agrimensor se había encontrado en aquel sitio. Mas a la madre, dado que se mostraba debilitada y exhausta, no era posible hablarle en exceso y él se redujo a mencionar que no había dado con el agrimensor. Ya no volvió a tocarse aquel tema. Mas al encontrarlo entonces en la escuela, le había tenido que hablar para poder contárselo después a su madre, a quien eso le encantaba, aquello de atender sus anhelos sin haber recibido una exhortación al respeto.

Ante ello refirió K –tras meditarlo un poco–que ninguna ayuda le era necesaria porque tenía cuanto le era menester, aunque era muy gentil de parte de Hans su ofrecimiento y que le agradecía su buena intención, así como era factible que posteriormente necesitase alguna cosa; en ese caso iba a dirigirse a él, puesto que ya estaba al tanto de cuál era su domicilio. De manera opuesta, tal vez K estuviese en condiciones de brindarle algún auxilio. Lamentaba notablemente que se hallara enferma la madre de Hans y que ninguno se hiciera cargo de sus padeceres. En una instancia de tan escasos cuidados es posible que se origine un severo agravamiento a partir de una liviana afección. Mas él, K, poseía habilidades médicas y lo que era todavía de mayor valor, también cierta experiencia en cuanto a tratar enfermos. Había logrado el éxito allí donde los médicos fueron derrotados. En el hogar, a causa de sus habilidades en el arte de curar, recibía el apodo de "hierba amarga". En definitiva lo que deseaba era ver a la madre del chico y conversar con ella. Tal vez pudiera aconsejarla adecuadamente y exclusivamente por Hans su placer sería efectuarlo.

En un comienzo, la mirada de Hans fulguró ante esa oferta, seduciendo a K para que se mostrara más decidido, mas el resultado no fue satisfactorio, dado que Hans respondió a las preguntas y ni siquiera se mostró abatido mientras lo hacía, al decir que su madre no podía tolerar la visita de gente extraña, necesitada como estaba de extremo reposo. Aunque K apenas conversó antes con ella, se vio obligada a permanecer varias jornadas en su lecho, circunstancia que se daba repetidamente. En esa oportunidad el padre se encolerizó mucho con K y dijo que nunca iba a permitir que este visitase a su esposa; inclusive en esa ocasión él quiso ir en busca de K a fin de castigarlo por su conducta, aunque la madre lo persuadió de no hacerlo. Fundamentalmente era su misma madre quien no deseaba hablar con ninguno; su interés por K no implicaba una excepción a esa norma, hasta todo lo contrario; los hechos no se correspondieron con su mención fortuita de que abrigaba el anhelo de verle. Con ello había evidenciado cuál era su voluntad. Solamente deseaba escuchar la mención de K, no conversar con él. En lo que respecta al resto, tampoco sufría de una afección en el sentido lato de la expresión; ella bien sabía cuál era el origen de su situación y en ocasiones permitía que ello se trasluciera. Seguramente era por el aire de la comarca, que no podía ella aguantar, aunque de ningún modo deseaba dejar aquel sitio por el padre y los hijos, también estaba mejor que anteriormente. De aquello supo K; las facultades mentales de Hans se incrementaban notoriamente, dado que brindaba protección a su madre de K, a quien teóricamente deseaba auxiliar. Inclusive con el objeto de protegerla fue que contradijo varias de sus expresiones anteriores: por ejemplo, las relacionadas con la afección. Empero K se percató asimismo de que le seguía agradando a Hans, mas cuando se trataba de la madre se le olvidaba cualquier otra cosa. Quien fuese que se ubicara ante su madre adoptaba una injusta posición; entonces se había tratado de K, aunque bien podía tratarse del padre, como ejemplo. K decidió probar esto último y mencionó que era muy lógico por el lado de su padre que tratara de resguardar a su mujer de cualquier percance y si K hubiera intuido algo en esa oportunidad ni siquiera se hubiera animado a dirigirse a ella y sumó a todo K que se excusaba por dicha causa. De modo opuesto, no era capaz de comprender plenamente por qué razón el padre, si el origen del padecimiento era tan evidente como Hans aseguraba, no permitía que la madre de este recuperara la salud cambiando de comarca. Se debía señalar que no lo permitía porque ella no deseaba distanciarse de su familia, cuando bien podía llevar consigo a los niños y asimismo no debería verse obligada a permanecer ausente por un período prolongado ni marchar a un sitio remoto. En las alturas, en la montaña donde se elevaba el castillo el aire era mucho mejor. El costo de esa excursión no debería asustar al padre, quien en definitiva era el más eximio zapatero de las inmediaciones y seguramente la madre poseía parentela o amistades en el castillo. Entonces, ¿por qué causa el padre impedía que ella se alejase? El padre no debía subvalorar su enfermedad; K apenas había visto de modo fugaz a la madre, mas su evidente palidez y decaimiento lo llevaron a hablarle. Ya en esa oportunidad se asombró de que el padre hiciera permanecer a su mujer enferma en la atmósfera dañina de ese cuarto de baños, sin siquiera morigerar sus dichos en voz alta.

El padre ignoraba de qué iba aquel asunto; aunque se produjesen mejorías en la última época, esa clase de afecciones posee humores y si no es enfrentada plenamente, llega una instancia en que ya de nada sirve cualquier auxilio. Si no podía K conversar con la madre, tal vez sería beneficioso hacerlo con el padre, remarcándole esa necesidad.

Hans había atendido a todo esto muy concentrado, comprendiéndolo en su mayor parte y sintiendo enérgicamente lo amenazante que resultaba todo lo demás. Empero le refirió a K que no era posible entrevistarse con su padre, dada la inquina que este sentía por él, que con toda probabilidad lo iba a tratar como antes lo había hecho el maestro. De todas maneras agregó que tal vez K podría hablar con la madre, aunque sin que se enterase el padre. En esa oportunidad Hans meditó con sus ojos clavados en un punto, tal como hace una mujer cuando desea hacer algo vedado y busca el modo de concretarlo sin ser castigada.

A poco refirió que en unos días tal vez fuera factible esa entrevista, ya que el padre se dirigiría en horas de la tarde a la posada señorial. Entonces Hans vendría por la tarde y llevaría a K ante su madre, en caso de que esta estuviese conforme con ello, cosa extremadamente poco esperable. Nada osaba hacer ella que contrariase la voluntad del padre del niño y se allanaba a cuanto él ordenase, inclusive en asuntos cuya sinrazón hasta Hans podía comprender.

En aquel momento Hans andaba en busca de auxilio contra el padre; como si se hubiese embaucado a sí mismo, dado que había supuesto que deseaba apoyar a K, en tanto que ciertamente lo que había anhelado era saber si, en definitiva, dado que ningún lugareño había alcanzado a ayudar, aquel extraño súbitamente aparecido y referido hasta por la madre era capaz de concretarlo. Cuánta reserva no consciente, prácticamente solapada era, tenía aquel chico; ello no había sido asunto fácil de entender partiendo de sus dichos y su mera presencia y solamente se tornó notorio tras la intencionalidad y lo fortuito de las confidencias que se habían evidenciado. Entonces se dio a la reflexión con K durante largas pláticas, acerca de qué obstáculo debían ser superados. Aunque mediaba la buena voluntad de Hans, parecían ser problemas irresolubles. Absorto en sus reflexiones, mas buscando que lo ayudasen, observaba permanentemente a K, intranquilo y parpadeando.

Nada podía mencionarle a la madre previamente a que se fuera el padre; caso contrario este sabría todo y se tornaría impracticable ese asunto. De manera que exclusivamente después podía hablar sobre aquello, aunque tomando en cuenta a su madre no podría efectuarlo con prisa y súbitamente; debía, por el contrario, hacerlo parsimoniosa y oportunamente. En esa instancia podría solicitar su venia a la madre y después pasaría por K. Mas, entonces, ¿no sería ya excesivamente tarde y no correrían el riesgo de un retorno del padre? Efectivamente, en verdad era cosa imposible de concretar. No debían sentir miedo de que el tiempo no alcanzara; sería suficiente una corta entrevista y no era preciso que Hans fuese en busca de K, ya que este podría esperar oculto en algún sitio cercano a la casa y, a una señal del chico, podría acudir de inmediato. Se negó Hans a que se escondiese cerca de la vivienda familiar, dominado otra vez por la sensibilidad a causa de su madre, mas sin que lo supiese la mujer le sería imposible a K encaminarse a su encuentro.

Hans no podía aceptar un pacto oculto con K que lo fuese asimismo para la madre; él debía recoger a K de la escuela y no previamente a que la madre lo supiera y hubiera dado su anuencia.

Admitió K que en ese caso era ciertamente cosa de riesgo, y era factible que el padre lo descubriera en la casa. Así eso no tuviese lugar, por temor, la madre no permitiría que la visitara. Todo caería por tierra y el culpable iba a ser el padre.

En contra de ello tornó a defenderse Hans y de tal guisa continuó esa pugna. Hacía rato que K había requerido al chico para que se acercara a la mesa y lo había colocado entre sus piernas, acariciándolo para que se serenara. Esa proximidad ayudó a que Hans, pese a su reticencia, aceptara llegar a un trato. Acordaron que Hans le diría a su madre la verdad, mas que a fin de lograr se asentimiento le informaría que asimismo K deseaba conversar con Brunswick; así fuera él un sujeto malvado y de temer, en definitiva había resultado ser –como mínimo, de acuerdo con lo señalado por el alcalde– el dirigente de esos que, aunque fuera por causas políticas, habían planteado la necesidad de un agrimensor. De modo que el arribo al poblado de K tendría que haber sido algo positivo para él, mas en tal caso el negativo encuentro de aquella primera ocasión y el encono que Hans había mencionado eran cosas imposibles de entender; tal vez su padre estaba encolerizado contra K porque este no había acudido a él en primer término para pedir apoyo. Tal vez había tenido lugar otro equívoco fácil de resolver dialogando. Sucedido ello, K encontraría en Brunswick un baluarte contra el maestro, evidenciando el embaucamiento administrativo, porque, ¿qué otra cosa podía ser todo eso? Tanto el maestro como el alcalde lo conservaban lejos de los sistemas de la administración presentes en el castillo, forzándolo a tomar aquel cargo de conserje. Si se concretaba una nueva pugna por causa de K entre Brunswick y el alcalde, el primero debería tener a K de su lado. K sería un huésped en la morada de Brunswick y sus órganos de poder estarían a su plena disposición, para despecho del alcalde, quien enseguida sabría hasta dónde podrían llegar las cosas y, en definitiva, K se hallaría siempre muy próximo a la mujer. De tal manera jugueteaba con sus sueños y estos con él, en tanto que Hans, meditando solamente acerca de su madre, atendía con preocupación el mutismo de K, tal como lo hace un médico absorto en sus pensamientos en busca de la solución para un caso de gravedad. Ante lo propuesto por K, que deseaba conversar con Brunswick acerca del contrato como agrimensor, Hans se mostró de acuerdo, pero solamente merced a que por ello su madre resultaba amparada de su padre y asimismo, eso consistía en una estratagema de excepción, que aguardaba no se concretara nunca. Exclusivamente inquirió de qué manera iba K a notificarle al padre esa visita tan demorada y se satisfizo en definitiva, pero con expresión sombría, cuando K le refirió que el inaguantable cargo en la escuela y el trato desdoroso propinado por el maestro lo habían hundido en una súbita depresión y así había dejado de lado cualquier otra consideración.

Cuando por fin alcanzaron a tener todo listo, al menos cuanto era previsible, y la chance de tener éxito por lo menos no era impensable, Hans, ya libre de sus meditaciones, se mostró más contento y conversó un rato de modo infantil, inicialmente con K y después con Frieda, quien llevaba un buen tiempo meditabunda y a partir de allí tornó a tomar parte en la plática.

Entre otras cuestiones, Frieda inquirió qué deseaba ser él cuando llegara a ser mayor. Hans no lo pensó en exceso y manifestó que alguien como K. Al querer saber cuáles eran sus razones para ello, no supo contestar y ante la pregunta de si quería desempeñarse como conserje en una escuela, dijo que no. Solamente cuando siguieron preguntando advirtieron a través de cuáles vías había Hans manifestado esa preferencia. El presente de K no era para nada envidiable, resultando opresivo y desdeñable; él mismo habría optado por resguardar a su madre de la presencia y los dichos de K. Empero él había llegado ante K y solicitado su auxilio y se había alegrado de que él se lo prometiese; asimismo suponía percibir algo igual en otros y, fundamentalmente, la madre se había referido a K.

De tal contradicción emanó en su espíritu la suposición de que entonces resultaba ser K todavía alguien humillado y deplorable, mas que en el porvenir, aunque imposible de vislumbrar y muy remoto, él lograría superarlos a todos. Justamente esa descabellada distancia y el soberbio trayecto que tendría que atravesar fueron una tentación para Hans. Inclusive pagando un precio tan alto como aquel deseaba tomar al K actual. Lo particularmente pueril y simultáneamente perspicaz de su anhelo era que Hans miraba desde las alturas a K, tal como si fuese un hombre joven cuyo porvenir se dilatara en mayor medida que el suyo, el propio de un chico, merced a una seriedad sombría con la que él, forzado repetidamente por el interrogatorio de Frieda, se refería a tales asuntos; mas K tornó a animarlo al mencionar que él estaba al tanto de aquello que hacía que Hans lo envidiase: su magnífico bastón nudoso, depositado sobre la mesa, aquel con el que Hans había jugado, distraído, en el curso de la charla. Bien: él, K, sabía hacer bastones como aquel y si todo llegaba a salir bien, le haría a Hans uno más lindo todavía. No quedó excesivamente claro si Hans había pensado en ese objeto, mas fue tanto su regocijo por lo que K le había prometido, que se despidió muy contento, tras sacudir enérgicamente la diestra de K y decirle:

–De manera que será hasta pasado mañana.

# Capítulo 14

Ya era tiempo de que Hans se fuera, porque no había pasado mucho cuando la puerta fue abierta con toda violencia por el maestro, quien al dar con K y Frieda serenamente sentados a la mesa, aulló:

–¡Ah! Deben perdonar mi molestia... Mas díganme cuándo piensan terminar de arreglar la estancia de una buena vez. Al lado están todos apretados, es imposible dictar las clases, mientras ustedes están aquí tan cómodos, instalados en el salón mayor... Por si fuese poco, para contar con mayor espacio, expulsaron a los colaboradores. Ahora... ¡A moverse de una vez por todas!

Luego agregó, encarándose con K:

–¡Tú, ya mismo vas por un refrigerio para mí a la posada del puente!

Gritó todo aquello muy encolerizado, aunque sus dichos, en proporción, resultaron suaves, hasta la grosería de tutear a K.

K se mostró dispuesto a acatar sus órdenes en el acto; exclusivamente a fin de saber qué se proponía el maestro, fue que le dijo:

–Estoy despedido por usted.

–Despedido o no despedido, ve ya por mi refrigerio –exigió el maestro.

–Despedido o no... Justamente lo que yo quiero saber es eso –repuso K.

–¿De qué cosa me estás hablando? No aceptaste el despido.

–¿Con eso alcanza para dejarlo sin efecto? –inquirió K.

–En mi caso, no es así –dijo el maestro–. Puedes tú estar bien seguro, pero sí lo es para el alcalde, algo que resulta inentendible. Mas ahora debes correr o salen de este sitio volando y va en serio esta vez.

K se sentía complacido: el maestro había conversado mientras tanto con el alcalde o quizá no, simplemente había hecho suyo el criterio anticipable del alcalde, que favorecía a K. Entonces este deseaba apurarse a traer el refrigerio, mas estando aún en el corredor el maestro le ordenó que volviera sobre sus pasos, fuera porque deseara comprobar dando esa orden particular cuán dispuesto a servir se hallaba K, a fin de manejarse posteriormente con él en función de dicha comprobación, o bien porque habían retornado a él las ansias de impartir órdenes; sentía un goce al ver que K, acatando lo que le acababa de ordenar, saliera a toda carrera, tal como un camarero, y que él estaba en condiciones de forzarlo a retornar con igual celeridad.

En cuanto a K, reconocía que él, merced a una conducta excesivamente sumisa, se transformaría en un esclavo y en la cabeza de turco para el maestro, mas según ciertos límites deseaba entonces acatar con toda paciencia las ocurrencias de aquel maestro; era que, si resultaba como se había demostrado, no tenía manera de despedirlo por la vía legal, bien podía torturarlo en su cargo hasta volver sus horas inaguantables.

Mas justamente entonces K precisaba ese trabajo en mucha mayor medida que antes. Lo compartido con Hans había renovado su esperanza, en definitiva imposible de corroborar, mas de igual manera imposible de dejar de lado. Hasta hacía que se olvidase de Barnabás. Si deseaba ir tras esa esperanza, y no le restaba otra posibilidad, debía conservar todas sus energías, sin preocuparse por otro asunto: comida, vivienda, la administración... ni siquiera debía preocuparse por Frieda. En definitiva, todo se resumía en Frieda, ya que todo el resto exclusivamente lo atormentaba debido a ella. Por esa razón debía probar de conservar aquel cargo, que le brindaba cierta seguridad a Frieda; no tenía que sentir remordimientos en cuanto a aguantar un poco más al maestro detrás de aquella meta, así resultase ser más de cuanto hubiese podido soportar en otras instancias. El conjunto no era excesivamente pesaroso, y correspondía a esa serie de pequeñas mortificaciones que constituyen la existencia. Nada representaba en comparación con aquello que constituía la meta de K. Asimismo, no había ido hasta allí a fin de llevar adelante una vida serena y plena de reconocimientos. De tal modo sucedió que, de igual manera que anteriormente se había dirigido a la posada, al recibir la contraorden se mostró diligente de inmediato en cuanto a poner en orden antes el salón, a fin de que la maestra se pudiera mudar a él con todo su alumnado. Mas debía apurarse, porque posteriormente debía ir por el refrigerio y el maestro ya se hallaba hambriento y con crecida sed.

K aseveró al maestro que cumpliría con todo aquello de acuerdo con sus deseos. Contempló el maestro por un rato cómo K se esmeraba en llevar adelante sus comisiones: cómo retiraba el jergón, ubicaba en sus sitios los aparatos de gimnasia y pasaba la escoba, al tiempo que Frieda lavaba y fregaba la tarima. Esa diligencia al parecer satisfizo al maestro, quien todavía apuntó que ante la puerta estaba listo un montón de leña –no deseaba permitir que K abriese la leñera– y luego se dirigió a ver qué estaban haciendo los alumnos, no sin antes amenazar con retornar y revisar qué habían hecho en su ausencia.

Tras un momento de labores silenciosas, inquirió Frieda por qué causa se subordinaban en tanta medida entonces a las órdenes del maestro. Se trataba de un interrogante piadoso e inquieto, mas K, quien meditaba acerca de cuán poco había Frieda logrado mantener su promesa de brindarle protección contra las órdenes y la violencia del maestro, manifestó cortamente que entonces era conserje escolar y debía acatar las normas del cargo.

A partir de ese momento se produjo un gran silencio, hasta que K, al recordar con esa breve charla que Frieda había estado sumida largamente en sus propias meditaciones, fundamentalmente durante lo conversado con Hans, le preguntó a boca de jarro, mientras acarreaba la leña, en qué cosa pensaba en ese mismo instante. Ella le contestó, volviendo la vista hacia él muy despacio, que en nada concreto, que solamente pensaba en la posadera y en lo ciertas que eran varias de sus expresiones. Solamente cuando K le pidió insistentemente que continuara, Frieda respondió más pormenorizadamente –tras haberse negado reiteradamente– pero sin dejar sus labores, las que no llevaba a cabo por diligencia, sino para no verse forzada a mirarlo. A partir de ese instante ella relató cómo, en un comienzo, había escuchado con toda serenidad lo que referían K y Hans, pero cómo se atemorizó después a causa de ciertas expresiones de K y principió a entender más nítidamente qué significaban estas. Agregó Frieda de qué manera, a partir de entonces, no había logrado dejar de encontrar en los dichos de K la corroboración de una advertencia que le agradecía a la posadera y cuyo sentido se había negado a admitir.

En cuanto a K, encolerizado por los giros que ella empleaba para expresarse y en mayor medida irritado antes que compadecido por su tono entristecido y sollozante –mas fundamentalmente a causa de que la posadera tornaba a inmiscuirse en su existencia, como mínimo en sus recuerdos, dado que en persona no la había acompañado el éxito– tiró al piso su carga de leña, se sentó sobre ella y le exigió severamente que se expresara con absoluta transparencia.

–Muy seguidamente –principió de decirle Frieda– y desde el comienzo, la posadera hizo grandes esfuerzos para que yo dudase de ti. Ella no decía que mentías, todo lo opuesto; manifestó que eras honesto como un chico, mas que tu modo de ser era tan distinto del nuestro que nosotros, hasta cuando te expresas con sinceridad, debíamos tomarnos ingentes trabajos a fin de poder creerte. Asimismo, si no éramos amparados por una buena amiga, debíamos acostumbrarnos a creerte mediante una ardua experiencia. Hasta a ella, que tiene un profundo conocimiento de los hombres, no le sucede ello de modo tan diferente... Mas luego de la pasada conversación que tuvimos tú y yo en la posada del puente, ella... Me estoy limitando a repetir sus malas expresiones. Ella descubrió tus estrategias y actualmente ya no puedes embaucarla. No puedes hasta si te esforzaras en ocultar tus verdaderas intenciones. "Mas nada está escondiendo él", me dijo varias veces, agregando "debes hacer los mayores esfuerzos para ciertamente atender a sus palabras en cualquier instante, no solamente de manera superficial, sino concretamente". Nada más hizo la posadera. En cuanto a mí, habría confirmado lo que sigue. Tú me abordaste –Frieda empleó esa expresión injuriosa– solamente porque de manera fortuita me crucé por tu camino, no te resulté alguien poco agradable y así te agenciaste una chica de mostrador, de modo equivocado, creyendo que era la víctima más adecuada para cualquier pasajero, con solo extender la mano. Asimismo y por alguna causa, deseabas dormir esa noche en la posada señorial. De eso se enteró la posadera gracias a su marido. Solamente podías lograrlo merced a mí. Todo eso habría alcanzado para hacerme tu amante esa noche; sin embargo, para alcanzar algo más, era preciso sumar alguna otra cosa. Ese factor extra era Klamm. No dice la posadera conocer qué cosa deseas obtener de Klamm. Ella solo refiere que, antes de conocerme, hacías todo lo posible por llegar hasta Klamm. Lo distinto era que antes no tenías esperanzas y más tarde, empero, supusiste hallar en mí una herramienta segura para entrevistarte rápidamente y hasta con ventajas con Klamm. ¡Cuánto me atemoricé! Sin embargo, fue cosa efímera y me asusté sin tener razones fundadas cuando hoy mencionaste que previamente a conocerme te sentías perdido en este sitio... Esas son las mismas expresiones que usó la posadera. También la posadera afirma que a partir de nuestro encuentro te muestras mucho más decidido. Ello se debe a que diste por sentado haberte adueñado conmigo de una amante de Klamm y, por eso, de tener una prenda que exclusivamente se puede sacar del empeño al precio más elevado. Alcanzar a negociar con Klamm sobre la base de ese valor es tu solo deseo. Dado que careces de cualquier otro interés en mi persona, solamente en mi valor, estás dispuesto a hacerme cualquier concesión, mas en lo que toca al precio te manejas como todo un cabezadura. Es por eso que nada te importa que yo pierda mi cargo en la posada de los amos o que deba dejar la posada del puente, que deba hacer las labores más pesadas en la escuela. No me tratas dulcemente ni tienes siquiera algún tiempo para dedicármelo a mí. Me entregas a tus colaboradores, desconoces qué cosa son los celos. El único valor que tengo para ti es que alguna vez fui la amante de Klamm y en tu ignorancia haces esfuerzos para evitar que me olvide de él, a fin de que no aguante demasiado cuando llegue el momento. Encima pugnas asimismo con la posadera, y la supones capaz de poder separarme de ti; por ello incrementaste tu pelea con ella, para así poder dejar en mi compañía la posada del puente. No tienes dudas de que te pertenezco sea cual sea la instancia e imaginas tu encuentro con

Klamm como un negocio: dinero en efectivo a cambio de dinero en efectivo. Tienes todas las probabilidades y para lograr alcanzar tu objetivo estás resuelto a emplear cualquier procedimiento. Si me quiere Klamm, me vas a entregar a él. Si desea Klamm que sigas conmigo, así lo harás. Si anhela que me dejes me vas a abandonar. También estarás dispuesto a montar cualquier comedia si ello representa una ventaja para ti. En tal caso vas a aparentar quererme y vas a probar de esconder tu indiferencia subrayando cuán insignificante eres, abochornándolo por ser tú quien lo sucede en relación a mí. O tal vez lo vas a anoticiar de cuanto te confidencié acerca de mi relación con Klamm, cosa que ciertamente te revelé; entonces le rogarás que torne a recibirme. Ello, desde luego, so pena de pagar el precio. Y en caso de que no reste otra alternativa, meramente rogarás invocando el "matrimonio K". Mas concluyó por las suyas la posadera que si tú comprendes que en todo te equivocaste, tanto en tus supuestos como en tus esperanzas, en tu noción respecto de Klamm y sus relaciones conmigo, en esa instancia se abrirá el infierno para mí, dado que constituiré tu única propiedad. Una exclusiva posesión de la que, encima, estarás en completa dependencia; mas simultáneamente constituiré una propiedad que terminó perdiendo todo su valor y te conducirás conmigo consecuentemente, puesto que el solo sentimiento que tienes hacia mí es el de dueño.

K escuchó tensamente todo aquello, con los labios apretados; la leña había rodado debajo de él, resbalando hasta el piso. K no lo había percibido, solo lo hizo en aquel instante. Entonces se incorporó y tomó asiento sobre la tarima. Tomó la mano de Frieda y le dijo:

–No pude diferenciar en el informe cuál era la declaración de la posadera y cuál la tuya.

–Exclusivamente fue la opinión de ella –repuso Frieda–. Escuché todo porque adoro a la posadera, mas fue esa la primera ocasión en la que rechacé enteramente sus conceptos. Cuanto manifestó me resultó en tanta medida deplorable, me pareció tan remoto su entendimiento de nuestra situación... En mayor medida creí cierto todo lo opuesto a sus afirmaciones. Evoqué la mañana penumbrosa, luego de nuestra primera noche. ¡Cómo te pusiste de rodillas, a mi vera, mirándome como si todo estuviese ya definitivamente perdido! Cuando aconteció, más tarde, que a pesar de mi empeño no solamente no logré ayudarte, sino que hasta resulté ser un obstáculo para ti. Por mi causa se volvió la posadera tu antagonista. La posadera, a quien sigues sin valorar como tanto ella se lo merece. Por mí, que era tu preocupación, debiste pugnar por este cargo. Te hallabas en desventaja ante el alcalde. Te viste obligado a acatar al maestro, así como avenirte a los caprichos de tus colaboradores. Sin embargo el colmo de lo peor fue que tal vez por culpa mía cometiste una falta en contra de Klamm. Que sigas queriendo llegar hasta él no es más que el esfuerzo inconducente de reconciliarle contigo. Y me imaginé que la posadera, que conoce todo esto mucho mejor que yo, me quería resguardar con sus consejos de las recriminaciones mucho más acerbas que yo misma me podría hacer. Un esfuerzo animado por las mejores intenciones, pero de todas formas inútil. Mi amor hacia ti me habría ayudado para superarlo todo y en definitiva te habría ayudado. Aunque no en este sitio, sí en cualquier otro lugar, ya hubo una demostración de su potencia, al haberte salvado de los familiares de Barnabás.

–Conque tal era tu opinión –repuso K–. Dime, ¿en qué se modificó tu criterio, desde entonces?

–Lo ignoro –le contestó Frieda, mirando de soslayo la mano de K que retenía la suya–. Tal vez no se ha modificado. Si tú te encuentras tan próximo a mí y me interrogas tan serenamente... estimo que no se ha modificado en absoluto. La verdad, empero... –agregó retirando su mano y luego se sentó derecha frente a K y comenzó a sollozar sin cubrirse el semblante, exhibiendo sus mejillas cubiertas de llanto, tal como si no llorase por ella y, por ende, nada tuviese que esconder. Como si su llanto tuviese por motivo la traición de K, y que este mereciera tan lamentable visión.

–En verdad todo se transformó –agregó Frieda–, a partir de tu conversación con el chico, la que yo escuché. Con cuánta inocencia le diste comienzo, inquiriendo por su situación en la casa familiar, preguntándole por esto y luego por lo otro... Parecía que recién llegabas del despacho de bebidas, honesto, cuidadoso, buscándome la cara con una pueril dedicación. No existía diferencia alguna con esa vez y me hubiese agradado que se encontrara la posadera allí. Que ella te hubiera escuchado y probara de sostener sus criterios acerca de ti. Mas súbitamente, yo no sé de qué modo aconteció, percibí por qué causa intencionada te dirigías de aquel modo al chico. Empleando palabras plenas de compasión te ganaste muy fácilmente una confianza que es arduo alcanzar. Todo para posteriormente buscar problemas, lo que es tu meta. Ese objetivo que, por mi parte, yo iba comprendiendo más y más. Esa meta era la mujer... Mediante tus expresiones en apariencia preocupadas, escondías el único interés que tienes tú: tus propios intereses. Embaucaste a la mujer antes de ganarte su favor. No solamente escuchaba de tus labios mi pasado, sino asimismo mi porvenir. Me parecía que la posadera se sentaba a mi lado y me aclaraba todo el asunto mientras que por mi parte probaba yo de distanciarme de ella con todas mis energías, mas comprendiendo que tal empresa era cosa imposible; y con eso ya no era yo la embaucada. Ni siquiera lo era yo: lo era esa extraña. Cuando hice un postrer esfuerzo y le pregunté qué quería ser y el chico me dijo que quería ser como tú, esto es, que ya te pertenecía del todo, ¿qué diferencia se podría hallar entre él, ese chico inocente del que se ha abusado en este lugar, y yo, abusada esa vez en el despacho de bebidas?

–Todo es diferente –dijo K, quien al ir habituándose a las reprimendas, paulatinamente se había tranquilizado–. Cuanto tú dices es, de alguna manera, cosa cierta. No se puede afirmar que sea mentira, meramente es hostil. Son las opiniones de mi antagonista, la posadera, inclusive si tú supones que te pertenecen, ello me brinda algún consuelo. Mas asimismo brindan aún cierta enseñanza: alguna cosa es posible aprender, sobre la base de lo dicho por la posadera. A mí no me lo ha dicho, aunque tampoco se mostró indulgente. Resulta claro: te brindó esa arma esperando que la usaras contra mí en una instancia particularmente negativa o decisoria. Si es que yo abuso de ti, ella hace lo mismo. Mas ahora, debes pensar en esto: así fuese todo precisamente igual a lo que interpreta la posadera, exclusivamente sería grave en un caso.

Eso es, si no me amases. Solamente en ese caso habría sucedido de tal modo. Yo te hubiese ganado apelando a la premeditación y la argucia, a fin de sacar ventaja de nuestra relación. Tal vez sea parte asimismo de mi planificación que en esa oportunidad me presentara ante ti acompañado por Olga; la posadera se olvidó de endilgarme eso. Mas si no se presenta esa instancia, si no fue una artera bestia de presa quien se adueñó de tu persona en aquel momento; si resultó que tú te dirigiste hacia mí, así como yo fui hacia ti, y nos hallamos en completo olvido de nosotros mismos, entonces... Dímelo, Frieda: ¿de qué se podría tratar? Desde aquel momento hago avanzar tanto mis asuntos como los tuyos, sin establecer diferencia alguna. Exclusivamente alguien que sea un antagonista sería capaz de ver en ello alguna diferencia. Y esto corresponde también en lo que hace a Hans. En cuanto a lo restante, siendo tan delicados tus sentimientos, exageras el sentido de lo conversado con el chico: los criterios de Hans y los míos no se hallan en plena coincidencia, y tampoco alcanzan a llegar tan lejos como para contradecirse. Por otra parte, la disparidad de tu opinión y la mía no ha dejado de ser percibida por Hans. Si tú creyeras en algo así, escaso valor le estarías dando a ese prudente muchacho; inclusive en caso de que se le hubiese pasado inadvertido ninguno sería lastimado. O por lo menos, espero algo así.

–Es tan arduo encontrar una dirección, K –manifestó Frieda, sollozando–. Ninguna desconfianza sentí en tu contra... Me la contagió la posadera. Yo sería dichosa si lograrse liberarme de esa desconfianza y rogar tu perdón arrodillada ante ti, cosa que ciertamente hago en todo momento, hasta cuando te digo cosas tan malignas. Pero sí es cosa probada que ocultas muchos secretos. Tú vienes y te vas, yo ignoro a dónde. Anteriormente, cuando Hans llamó a la puerta, hasta nombraste a Barnabás. Si en alguna oportunidad me hubieses llamado así, con tanto amor... como por una causa inentendible aullaste ese nombre aborrecido. Si no soy digna de tu confianza, ¿cómo podría entonces evitar que no surja similar desconfianza en mí? Estoy entregada a la posadera. Tu conducta parece corroborar cuanto ella dice. No en todos los aspectos, no estoy diciendo yo que la confirmas en todo... Acaso, ¿no fue por mi causa que echaste a tus colaboradores? ¡Oh! ¡Si solamente te dieses cuenta de con cuánto fervor busco algo que sea bueno para mí en cuanto tú realizas o manifiestas! ¡Hasta si me tortura!

–En principio, Frieda –dijo K–, nada yo te escondo. De qué modo me aborrece la posadera y cuánto se esfuerza en separarnos; con qué infames procedimientos lo realiza y cómo te allanas a ello... Dímelo, ¿qué te escondo yo? Que deseo entrevistarme con Klamm es cosa ya de tu conocimiento. Que no tienes modo de ayudarme para ello, que debo alcanzar ese fin mediante mi propio esfuerzo es asimismo algo que tú ya sabes y en cuanto a que no lo logré hasta el presente, también. ¿Debo humillarme el doble al referirte las fallidas intentonas que tuve, cuando ya en verdad me humillan en tanta medida? Acaso, ¿debo enorgullecerme de haber aguardado inútilmente, congelándome junto al trineo de Klamm toda una tarde? Dichoso, al no tener que cavilar más sobre ello, me apuro por retornar a tu lado y he aquí que me encuentro con que de ti proviene esta postura tan amenazante. En lo que hace a Barnabás... Es verdad, yo lo estoy aguardando porque se trata del heraldo de Klamm. Yo no le di ese cargo.

–¡Nuevamente con ese Barnabás! –exclamó ella–. No opino que Barnabás sea un adecuado mensajero.

–Tal vez tú estés en lo cierto –repuso K–. Sin embargo, es el único que me enviaron.

–Cosa todavía más grave –aseveró Frieda–. En tal caso, con mayor razón tendrías que precaverte respecto de Barnabás.

–Lamentablemente, hasta el presente no me dio causa alguna para tomar esa actitud hacia él –retrucó K, con una sonrisa–. Aparece muy de cuando en cuando y cuanto trae consigo es insignificante. Exclusivamente que venga de parte de Klamm le otorga valor.

–Mas... observa ahora –dijo Frieda–; ahora ni siquiera Klamm es tu meta. Tal vez ello resulte ser el mayor motivo de mi desasosiego... Era cosa mala que intentaras acercarte a Klam por mi conducto, mas que en el presente parezca que deseas distanciarte de él es cosa mucho peor; es algo que no siquiera la mismísima posadera logró entrever. Según ella, mi buena suerte se terminó.

Por otra parte, una fortuna muy dudosa aunque concreta. Sucedió cuando entendiste de una vez por todas que tu espera para entrevistarte con Klamm era absolutamente inútil. Actualmente ni siquiera aguardas que llegue ese momento; súbitamente aparece un chico y principias a pugnar el chico por su madre, tal como si bregases por obtener oxígeno para tus pulmones.

–Entendiste adecuadamente mi charla con Hans –señaló K–. Fue tal cual, mas, ¿tan sumida se halla en tu memoria tu vida pasada, salvo, por supuesto, en el caso de la posadera, que no te permite olvidarla, que ya ignoras de qué modo es preciso pelear para adelantar algo, particularmente cuando se derrumba? Acaso, ¿tú olvidaste que debe ponerse en uso cuanto sea capaz de brindar alguna posibilidad? Esa mujer proviene del castillo, ella misma me lo informó. Lo hizo cuando me extravié aquel primer día y terminé en lo de Lasemann. ¿Qué otra cosa se me podía ocurrir, como no fuese solicitar su consejo, su auxilio? En caso de que la posadera conozca exactamente la suma de los obstáculos que me alejan de Klamm, esa mujer está al tanto de cuál es la senda adecuada, dado que ella ha descendido por ella.

–¿La senda que conduce hasta Klamm, dices tú? –preguntó Frieda.

–¡Por supuesto! ¿Hacia quién más? –repuso K, incorporándose de un solo brinco–. Sin embargo, llegó la hora de que vaya a buscar el refrigerio.

Frieda insistió en que K siguiese allí apelando a una urgencia sin mayores justificativos, tal como si exclusivamente su permanencia corroborara el conjunto de sus palabras reconfortantes. Empero K le trajo a la memoria aquel maestro, señalando hacia la puerta que en cualquier instante podría abrirse intempestivamente. K le hizo la promesa de retornar velozmente; no tenía ni necesidad de encender la estufa, puesto que él mismo se iba a ocupar de ello.

Frieda lo acató, sin decir una sola palabra.

Cuando K se encontraba transitando sobre la nieve (ya hacía bastante que debía haberla quitado del sendero) le resultó rara la demora en ese trabajo. Entonces apreció cómo uno de sus colaboradores todavía estaba agarrado de la cerca, extenuado. K solamente veía a uno de ellos; en cuanto al otro, ¿dónde se encontraba? ¿Era cosa probada, entonces, que él, K, había logrado doblarle el brazo a uno de sus colaboradores?

El que se había quedado todavía conservaba algunas fuerzas, ya que al divisar a K tornó a animarse, abrió sus brazos y empezó a revolear los ojos, anhelante.

–Su empeño es tal, que serviría como modelo a seguir –se dijo K, y se vio forzado a agregar–: Uno mismo se congela con él junto a la cerca.

En lo que restaba, K solamente le dedicó al joven un gesto amenazante, sin aproximársele. Incluso el colaborador estuvo retrocediendo un buen tramo, aterrorizado. Entonces fue que abrió Frieda la ventana, para, como había acordado con K, ventilar la estancia previamente a encender la estufa. El colaborador de K cesó en el acto de mirarlo y sin poderlo evitar se deslizó hacia la ventana, tanta era la atracción que sentía.

Frieda, por su parte, con el semblante desencajado a causa de la actitud del colaborador y por la impotencia que sentía ante K, agitó cortamente su mano por encima de su cabeza. No se entendía si era aquello un ademán defensivo o si estaba saludando. Al aproximarse, el colaborador tampoco permitió que lo confundiese. En esa instancia fue que Frieda se apresuró a cerrar la ventana y siguió allí detrás, sin sacar su mano del picaporte, la cabeza ladeada, los ojos muy abiertos y sonriendo rígidamente.

¿Estaba al tanto de que de esa manera era más lo que llamaba al colaborador, en vez de alejarlo? Sin embargo K ya no miró detrás de sí, pues deseaba apurarse y volver enseguida.

# Capítulo 15

Finalmente ya había para entonces anochecido y K terminó de limpiar de nieve el sendero de los jardines. La había acumulado y apisonado a ambos flancos del camino. Se hallaba a la entrada de los jardines, sin nadie más en torno, en un vasto círculo.

Habían transcurrido varias horas desde que había echado a su colaborador, lo había perseguido por un buen tramo del terreno, mas este se había ocultado en algún sitio ubicado entre los jardines y las edificaciones. No tuvo K manera de dar con él, aunque no volvió tampoco.

Frieda se encontraba en la casa y lavaba ropa o bien continuaba bañando al gato de Gisa. Era una señal de confianza por parte de Gisa que le permitiese realizar a Frieda aquella labor, por otra parte ingrata y poco adecuada. Era un trabajo que K no hubiera aceptado, de no ser algo aconsejable tras todas las desavenencias laborales, hacer buen uso de cualquier ocasión para contentar a Gisa. Ella había comprobado, satisfecha, de qué modo K había preparado la bañera de los niños, calentando el agua, y cómo después introdujo al gato en ella.

Entonces Gisa hasta lo había dejado al solo cuidado de Frieda, porque Schwarzer, a quien K había conocido aquella primera noche en el poblado, había concurrido y luego de saludar a K con una mixtura de apocamiento, motivada en lo sucedido aquella noche, y un desdén sin límites, como era de esperar por parte de un conserje escolar, se había ido en compañía de Gisa al otro salón de clases, donde entonces permanecían ambos. Tal como le había narrado a K en la posada del puente, Schwarzer, era el hijo de un alcalde del castillo y llevaba un buen tiempo viviendo en el poblado a causa de su pasión por Gisa. Él había logrado que, merced a sus contactos, le diesen el cargo de maestro auxiliar, mas se desempeñaba en esas funciones de tal modo que prácticamente jamás se perdía una clase de Gisa, ya fuera sentado en uno de los pupitres o bien, preferiblemente, sentado sobre la tarima, a los pies de Gisa. Su presencia ya no incomodaba: hacía rato que los alumnos se habían habituado y ello muy fácilmente, puesto que Schwarzer no sentía simpatía por ellos ni demostraba comprenderlos; en verdad apenas les dirigía la palabra. Exclusivamente había tomado de Gisa las prácticas gimnásticas y en todo lo que restaba se mostraba contento de vivir cerca, en aquel ámbito, junto a la cálida presencia de Gisa.

Su goce mayor era sentarse a su vera y hacer las correcciones escolares. Entonces también se hallaban abocados a ellas. Schwarzer había traído consigo una buena cantidad de cuadernos; el maestro asimismo le entregaba los suyos y, en tanto hubo luz suficiente, K pudo verlos a ambos sentados a una mesa junto a la ventana, trabajando juntos y sin moverse. Pero entonces, solamente eran visibles un par de velas de llamear tembloroso. Era una vínculo amoroso silente y serio aquel que los unía y el tono general lo brindaba Gisa: su modo de ser, un poco lento, en ocasiones estallaba y superaba todas las fronteras, cuando nunca había aguantado algo parecido en los demás. De manera que el matiz más vivaz corría por cuenta de Schwarzer; tenía que allanarse a las circunstancias y expresarse y moverse lentamente. Debía este asimismo guardarse muchas cosas para sí, mas ello se veía muy bueno y era magníficamente recompensado por la presencia, simple y muda de Gisa. Quizás ella ni siquiera sentía amor por Schwarzer: tal vez sus ojos redondos y grisáceos, los que jamás pestañeaban y que en apariencia giraban y giraban en sus cuencas, no respondían a ese interrogante... Exclusivamente se evidenciaba que soportaba a Schwarzer sin protestar, aunque también que no valoraba aquella distinción, la de ser querida por el hijo de un alcalde. Su cuerpo imponente continuaba ayudando, como invariablemente sucedía, si él la seguía con su mirada o no lo hacía. Él, de modo opuesto, le ofertaba el permanente sacrificio de morar en el poblado. A los heraldos de su padre, que tan seguidamente venían a buscarlo, los rechazaba encolerizado, tal como si el corto recuerdo del castillo y de sus deberes filiales reverdecido en su espíritu constituyese una ponderable anomalía para su dicha. Empero, en verdad disponía de un prolongado tiempo de ocio, puesto que Gisa solamente se presentaba ante él durante el horario de las clases y de la evaluación de los cuadernos. Ello, ciertamente, no a causa de algún interés, sino porque fundamentalmente amaba la comodidad y por ende la soledad. Quizá cuando era más dichosa era cuando en su morada podía extenderse libremente en su diván, en compañía de aquel gato, quien era incapaz de causar molestia alguna dado que apenas era ya capaz de moverse.

De esa forma pasaba Schwarzer la jornada, sin ocuparse de cosa alguna; eso también le agradaba, porque siempre gozaba de la probabilidad (y muy seguidamente se aprovechaba de eso) de dirigirse a la calle Löwen, donde Gisa residía, subir a su diminuto cuarto en el altillo, escuchar junto a la puerta invariablemente cerrada y luego retirarse tras corroborar que reinaba en la estancia el silencio más denso e imposible de entender. Sin embargo en ocasiones se evidenciaban en él las secuelas de ese tipo de vida, jamás ante Gisa: sufría de absurdas erupciones de un renacido orgullo de índole oficial, un tipo de soberbia que, aunque era verdad, no se adaptaba mayormente a su circunstancia real. Si ello acontecía no era cosa grata, como bien había confirmado K. Era pasmoso que como mínimo en la posada del puente se refiriesen a Schwarzer con algo de respeto, hasta cuando se trataba de asuntos más hilarantes que serios; asimismo Gisa era incluida en esas señales de respeto. Mas no se correspondía con lo real cuando Schwarzer suponía ser superior a K en razón de su cargo como maestro auxiliar; dicha condición era cosa inexistente: un conserje es para los docentes y hasta para uno del rango de Schwarzer, alguien muy importante, uno a quien no es posible desdeñar sin consecuencias. Alguien a quien no se puede evitar despreciar por razones de clase como mínimo es uno a quien se le debe hacer soportable con la adecuada recompensa. K deseaba meditar sobre aquello cuando fuese la oportunidad adecuada; asimismo, Schwarzer ya le debía lo suyo por la primera noche. Se trataba de una deuda que no se había empequeñecido porque los días siguientes le hubieran dado la razón a la acogida de Schwarzer. Porque no se podía, de igual manera, desechar que esa recepción tal vez le había impreso el tono fundamental a todas las que siguieron. Mediante Schwarzer y descabelladamente se había concentrado en las horas iniciales el conjunto de la atención de la administración en K, cuando siendo todo un forastero en aquel poblado, sin contar con amistades ni albergue, durmiendo en un jergón, exhausto por el trayecto recorrido e inerme, estaba librado a cualquier tipo de acción de índole administrativa. Solamente una noche más y todo podría haber culminado de otra manera, con serenidad, a medias encubierto. En definitiva ninguno hubiera sabido de él, nadie hubiese abrigado una sospecha y como mínimo no hubiesen hesitado en cuanto a permitirle seguir en ese sitio en condición de joven viajero. Hubiesen comprendido cuáles eran su utilidad y su buena fe, cualidades que se habrían tornado notorias y seguramente enseguida habría encontrado como criado un albergue en algún sitio. Desde luego, no habría podido evitar la administración, mas constituía una evidente diferencia que, en mitad de la noche, por su culpa, se hubiera consultado telefónicamente a la administración o quien correspondiera, despertándola, exigiéndole, aunque humildemente, pero con extemporánea rigurosidad, y encima por Schwarzer, alguien entendido en los niveles superiores como reprobable, en lugar de que a la jornada que siguió se presentase en el horario de atención K en la residencia del alcalde, como era procedente, en condición de viajero de paso que ya se había merecido ser alojado en lo de alguien miembro de la comunidad y que un días después seguiría su rumbo con toda oportunidad, de no mediar la instancia poco esperable de ser contratado en aquel lugar, apenas por algunos días, desde luego, porque en ningún caso quería seguir durante más tiempo en aquel sitio. De tal manera o de una semejante hubiesen transcurrido las cosas si Schwarzer no se hubiese entrometido. La administración habría seguido ocupándose del caso, mas serenamente, por el camino oficial, sin ser perturbada por la ansiedad, seguramente aborrecida, de los intervinientes en él.

K resultaba ser inocente de todo ello y caía sobre Schwarzer la culpabilidad, mas Schwarzer era el hijo de un alcalde y en cuanto a todo lo externo se había manejado con absoluta corrección, de modo que solamente se podía recompensar a K. ¿Y en cuanto al ridículo origen de todo aquel embrollo? Tal vez el pésimo talante de Gisa en esa jornada, por cuya causa Schwarzer se inclinó por vagabundear durante la noche, sin lograr reposar y hacer que K terminase pagando las consecuencias. Por otro lado, asimismo se podía mencionar que K le adeudaba mucho a aquel comportamiento observado por Schwarzer. Solamente merced a eso fue posible aquello que K, a solas, nunca hubiese alcanzado y lo que por su lado la administración jamás habría admitido: que K, desde un comienzo y sin tapujos, cara a cara, había enfrentado a la administración, en todo lo posible que tal acto era. Mas se trataba de un obsequio emponzoñado: si bien le había posibilitado a K ahorrarse una importante cantidad de engaños y secretos, al tiempo lo reducía a la indefensión y en definitiva dañaba su pugna y hasta podría conducirlo a la pérdida de toda esperanza, de no haberse mencionado que la desigualdad en cuanto a poderío vigente entre la administración y K era tan tremenda que la suma de las argucias de las que K hubiera sido capaz no hubiesen sido suficientes para inclinar la balanza de su lado, sino que cualquier modificación tendría que haber sido imposible de percibir.

Sin embargo, todo eso era apenas un pensamiento consolador para K. Empero Schwarzer continuaba debiéndole lo suyo. Si en esa oportunidad le había hecho daño, tal vez en una futura instancia le resultase de ayuda, un auxilio que K continuaría precisando, así fuese apenas significativo aquel apoyo. Como ejemplo, al parecer Barnabás había fracasado nuevamente.

A causa de Frieda, durante toda la jornada había hesitado K en cuanto a dirigirse a la vivienda de Barnabás en busca de respuestas. Para evitar tener que recibirlo estando Frieda presente, K había hecho sus labores en exteriores y tras terminarlas había permanecido fuera esperando por Barnabás, sin que este acudiera. No había más opción que dirigirse a la vivienda de sus hermanas. Debía hacerlo solamente por un instante. Preguntaría sin traspasar el umbral, enseguida habría retornado.

K azotó la nieve con su pala y se alejó a toda carrera. Arribó sin resuello a lo de Barnabás, abrió la puerta tras golpearla e inquirió sin más ni más, sin siquiera prestarle atención a lo que parecía aquella estancia:

–¿Llegó Barnabás?

Entonces comprobó que Olga no se encontraba allí, nuevamente ambos viejos se hallaban sentados a una mesa alejada, en la penumbra. Los ancianos no habían entendido aún lo que sucedía y con extrema lentitud movían sus ojos hacia la puerta. Finalmente, K divisó a Amalia, envuelta en una frazada y tendida sobre un banco junto a la estufa, atemorizada por la irrupción de K y conservando su mano sobre la frente, para intentar serenarse. En caso de que Olga se hubiese hallado presente, hubiera contestado en el acto la pregunta y K hubiera estado en condiciones de marcharse, mas entonces como mínimo debió dar los pasos imprescindibles para aproximarse a Amalia, tenderle su mano (la que ella aferró sin decir palabra), solicitarle que no permitiera que los asustados padres se tomaran la molestia de acercarse a él; cuanto ella concretó con apenas unas escasas palabras.

Allí se anotició K de que Olga estaba cortando leña en el patio y de que Amalia, extenuada sin que ella aclarase por qué causa, había debido tenderse a reposar hacía un rato; también supo K que Barnabás todavía no había vuelto mas se esperaba que llegara en un rato, porque jamás pasaba la noche en el castillo. K dio las gracias por toda esa información; ya estaba en condiciones de marcharse, pero inquirió Amalia si no deseaba esperar por Olga. K no tenía el tiempo necesario; entonces preguntó Amalia si ya esa jornada había conversado con Olga. K negó eso con estupor y preguntó si Olga tenía algo que decirle en particular. Amalia hizo un gesto encolerizado con los labios y asintió así, sin hablar: era evidentemente aquello una despedida, y tornó a acostarse. Desde el banco miró a K con fijeza, como asombrándose de que él todavía no se hubiese marchado. Lo miraba fríamente, tan quieta como de costumbre: no lo observaba a él sino más allá de él, lo que incomodaba comprobar, y el origen de esa expresión no semejaba ser cierto debilitamiento o alguna clase de confusión o carencia de honestidad; más bien era un permanente deseo de soledad, uno que aventajaba a cualquier otro anhelo, uno que tal vez en ella solamente se tornaba cosa consciente por aquel medio. K supuso rememorar que esa forma de mirar ya había dado razones para ocuparse cuando la primera noche. Efectivamente, con toda probabilidad, la sensación negativa que le daba aquel grupo familiar se debía a esa mirada, no fea en sí, mas soberbia y honesta en su índole privada.

–Invariablemente te hallas tan entristecida, Amalia –afirmó K–. Acaso, ¿Te tortura alguna cosa? ¿Es que no puedes manifestarlo? Jamás vi a una labriega igual a ti. Hoy mismo llamaste mi atención: ¿tú eres del poblado? ¿Naciste en este lugar?

Amalia confirmó aquello tal como si K solamente hubiese preguntado de último. Después inquirió:

–¿Vas a esperar a Olga?

–No sé por qué preguntas siempre eso –dijo K–. No me puedo quedar aquí porque mi novia me aguarda.

Amalia se apoyó en un codo, nada sabía de una novia.

K dio su nombre, pero era una desconocida para Amalia. Preguntó si Olga sabía alguna cosa acerca de aquel noviazgo, K eso creía, Olga le había visto ya antes con Frieda, también circulaban velozmente chismes como aquel por el poblado. Empero Amalia le dio seguridades respecto de que Olga nada sabía y que aquello la iba a tornar muy infeliz, porque parecía amarlo.

No había hablado concretamente de ello, pues Olga era muy introvertida, mas se trasparentaba contra su voluntad cuáles eran sus sentimientos acerca de K, quien estaba persuadido de que Amalia se equivocaba sobre ese asunto. Amalia dejó ver una sonrisa en sus labios y esta, aunque tristona, le dio luz a su cara sombría y reconcentrada; con ello permitió que su mutismo hablase, revelando un secreto hasta entonces oculto. Aunque bien podía contradecirse nuevamente, nunca más estaría en condiciones de retractarse por completo.

Amalia aseveró que estaba segura de no equivocarse y que hasta tenía mayores datos. Asimismo conocía que K sentía alguna inclinación por Olga y que sus visitas, bajo la excusa de los mensajes de Barnabás, en verdad obedecían a su anhelo de encontrarse con Olga. Mas entonces, cuando Amalia estaba al tanto de todo, no debía ya apreciarlo con tanto rigor y estaba en condiciones de visitar la casa más seguidamente. Exclusivamente ella había querido informarle eso. K sacudió su cabeza y rememoró el asunto de su noviazgo.

Al parecer Amalia no hizo el gasto de excesivos pensamientos sobre el tema; la sensación que tenía K, entonces, solamente frente a ella, era el factor fundamental. Se redujo a inquirir que cuándo esa joven y él se habían conocido, porque hacía escasos días que K se encontraba en el paraje.

K le relató la noche en la posada señorial, por lo que Amalia dijo cortamente que ella se había opuesto a que lo llevasen a la posada de los señores. Reclamó a Olga en calidad de testigo, quien justamente en ese momento ingresaba a la estancia transportando una carga de leña, con su piel fresca y curtida por la temperatura, vivaracha y vigorosa, tal como metamorfoseada por el esfuerzo, lo que contrastaba tanto con su apariencia de la jornada anterior, en esa misma estancia, cuando se mostraba más apagada. Depositó la leña, muy despreocupada le dirigió un saludo a K y rápidamente preguntó por Frieda. K se comunicó con Amalia a través de la mirada, mas ella no estimó que aquello la contradijese.

En cierta medida enojado por eso, K conversó más pormenorizadamente acerca de Frieda –mucho más de lo que habría hecho en otras circunstancias– y entre otros temas se refirió a las condiciones arduas que se le ofrecían para manejar una especie de hogar establecido en la escuela. Con el apuro por explicarlo, K olvidó de tal forma hablar de sí mismo (deseaba marcharse enseguida) que a modo de despedida convidó a las hermanas a hacerle una visita; mas entonces se atemorizó y cerró la boca, al tiempo que Amalia (sin darle el tiempo necesario para agregar algo) aceptó de inmediato la invitación y Olga hizo lo propio. Empero K, todavía bajo la presión de aquel pensamiento acerca de que precisaba urgentemente partir e inquietado por las miradas que le dirigía Amalia, no hesitó en cuanto a admitir, sin peros posibles, que había sido anticipado el convite y que exclusivamente se había debido a sus sentimientos individuales, mas que lamentablemente no estaba en condiciones de sostener su invitación, puesto que entre su novia y los familiares de Barnabás estaba presente un encono imposible de entender.

–No existe tal cosa –negó Amalia, quien se incorporó y arrojó de lado la manta que la envolvía –. No es para tanto. Es apenas un rumor. Mas ya debes irte, vuelve con Frieda, se ve que estás apurado. De igual forma, no debes tener miedo alguno de que caigamos de visita. Al comienzo lo dije en chiste, por mala. Mas puedes venir aquí más seguidamente, no hay problema. Puedes dar como excusa lo de los mensajes de Barnabás. Te lo hago más fácil diciéndote que Barnabás, a pesar de que venga con algún mensaje para ti proveniente del castillo, no deberá dirigirse hasta la escuela para hacértelo saber. No es capaz de hacer tanto trayecto, pobrecito. Se cansa de ese oficio, y entonces tú tendrás que venir a enterarte.

No había escuchado K hablar a Amalia tanto sobre ello antes. Asimismo cuanto refería sonaba diferente y se percibía en ella una suerte de dominio. Lo percibía K y asimismo lo sentía Olga, quien tenía que encontrarse ya habituada a los usos de su hermana. Olga estaba un poco aparte, las manos sobre su regazo, en su actitud acostumbrada: las piernas un tanto abiertas, inclinada un poco hacia el frente, con sus ojos clavados en Amalia, mientras solamente observaba a K.

–Es cosa equivocada –afirmó K–. Un tremendo yerro representa suponer que no aguardo por Barnabás con total seriedad. Mi mayor anhelo y el único es resolver mi conflicto con la administración. Debe auxiliarme Barnabás. La suma de mis esperanzas está depositada en él. Ciertamente me desilusionó antes, mas fue en mayor medida por mi culpa. Sucedió en la confusión generada en las horas iniciales. Supuse en aquel momento que era capaz de solucionar todo mediante una caminata nocturna. Posteriormente le endilgué a él que lo que era imposible se mostrara como tal. Hasta sufrí la influencia de eso en cuanto a mi modo de verlas a ustedes y al resto de la familia de ustedes. Mas eso ya pasó. Me parece comprenderlo mejor. Ustedes, inclusive, son... –intentó dar inútilmente y enseguida con el término justo y se tuvo que conformar con algo de ocasión–. Quizá son ustedes las personas más bondadosas de la comarca, según lo comprobé al conocerlas y hasta este momento mismo. Mas tú, Amalia, tornas a llenarme de confusión. Ello, porque aunque no desmereces los servicios que brinda tu hermano, reduces la importancia que tienen para mí. Quizá no estés al tanto de todo lo tocante a Barnabás, y en ese caso yo podré comprenderlo... pero es factible que sí lo estés, me parece a mí. En ese caso es cosa que encoleriza, pues eso implica que fui embaucado por tu hermano.

–Debes serenarte –intervino Amalia–. Yo no estoy al tanto y ninguna cosa sería capaz de llevarme a buscar saber algo al respecto. Ninguna cosa. Ni siquiera por consideración hacia tu persona, aunque estaría atenta a hacer algo, porque ya lo dijiste tú: somos gente bondadosa. Mas los temas referidos a mi hermano le corresponden exclusivamente a él. Yo lo ignoro todo sobre ello, salvo por lo que escucho por mera casualidad, yendo de aquí para allá. Sobre eso sí puede darte información Olga, opuestamente.

Entonces Amalia se dirigió hacia donde estaban sus padres y habló en tono bajo con ellos. Después se fue a la cocina. Lo hizo sin despedirse de K, tal como si conociera que iba a quedarse largamente allí, lo que tornaba innecesario despedirse de él.

# Capítulo 16

K permaneció detrás, con expresión sorprendida. A Olga ello le provocó risa y llevó a K hasta el banco, junto a la estufa. Ella se veía dichosa de poder tomar asiento a su lado, los dos solos. Mas era aquella una dicha de tipo pacífico, no perturbada por los celos. Justamente esa falta de celos y por ende, asimismo de cualquier tipo de rigor, le agradó a K. Fascinado contempló aquellas pupilas azules, que ni tentaban ni eran imperativas: con timidez resultaban serenas y apocadamente fijas. Como si no lo hubieran convertido en alguien más receptivo, mas definitivamente sí más perspicaz ante las prevenciones de Frieda y la posadera.

K acompañó la risa de Olga cuando ella se asombró de que hubiera dicho que justamente Amalia era una persona dotada de bondad. Ciertamente Amalia podía ser entendida de varias maneras, pero no como alguien bondadoso. Se vio llevado K a explicar que dicho halago, en realidad, le estaba dirigido a ella, era para Olga, mas que resultaba Amalia alguien tan dominante que no solamente se adueñaba de cuanto era referido delante de ella, sino que uno, asimismo, se lo endilgaba por la propia voluntad.

–Es verdad –dijo Olga, ya más seria–. Es verdad en una medida mucho mayor de la que tú estimas. Es Amalia más joven que yo y que Barnabás, mas resulta ser ella la que toma decisiones entre nosotros, su familia, tanto para bien como para mal. De todas maneras, también es cosa verdadera que posee mayor resistencia que los demás, así ante lo bueno como frente a lo malo.

K estimó aquello como un exceso: terminaba Amalia de referir que, a modo de ejemplo, no se ocupaba de las cuestiones de su hermano y que Olga, por el camino opuesto, estaba al tanto de todo.

–¿Cómo podría ser explicado? –dijo Olga–. Amalia no se preocupa por Barnabás ni por mí. Ciertamente no se preocupa por ninguno, con la exclusiva excepción de nuestros padres. Amalia cuida de ellos de noche y de día. Acaba de inquirir si desean alguna cosa y se ha marchado a las cocinas a fin de hacerles de comer. Es por causa de ellos que no hizo caso de su fatiga y se ha incorporado de donde estaba. Es que a partir del mediodía comenzó a sentirse indispuesta y permaneció así, tendida sobre el banco. Mas aunque no siente preocupación por nuestra suerte, dependemos de ella como si fuera la mayor. Si nos brindara consejos en cuanto a nuestros asuntos, con plena seguridad los seguiríamos. Sin embargo no lo hace, le resultamos como extraños. Tú, que tienes tanta experiencia con los hombres, tú que vienes del exterior... ¿No la crees muy inteligente?

–Me parece muy triste –contestó K–. Empero, ¿cómo puede ser coherente con el respeto que ustedes sienten por ella, que, como ejemplo, Barnabás haga de mensajero cuando Amalia no lo aprueba o hasta lo desdeña?

–Si estuviese al tanto de qué otro oficio podría desempeñar, dejaría el de mensajero. Eso no le da satisfacción alguna.

–Acaso, ¿no es zapatero? –preguntó K.

–Desde luego –replicó Olga–. En ocasiones trabaja para Brunswick. De quererlo así, tendría trabajo de noche y de día. Ganaría mucho con eso.

–Bien –concluyó K–. En ese caso contaría con algo en lugar de ser un mensajero.

–¿El trabajo de mensajero? –preguntó Olga con el mayor asombro–. Es que acaso... ¿lo aceptó por lo que iba a ganar con él?

–Es posible–dijo K–. Mas tú dijiste que no le brinda ninguna satisfacción.

–No le procura ninguna y eso, por varias causas –intervino Olga–. Pero es un servicio que le brinda al castillo, de todas maneras. Al menos podría creer en algo así.

–¿Cómo dices? –inquirió K–. Pero entonces, ¿hasta de eso dudan?

–Bien... –dijo Olga–. En verdad, no. Barnabás concurre a las oficinas, se maneja con los sirvientes de igual a igual.... Ve desde lejos, siempre, a los funcionarios; le confían escritos en ocasiones de suma importancia, hasta de tipo oral. Eso representa mucho.

Podemos sentirnos orgullosos de la posición que ostenta, siendo tan joven.

K asintió. Había dejado de pensar en retornar a casa.

–¿También usa librea? –preguntó K.

–¿Estás hablando de la chaqueta? No, ésa se la confeccionó Amalia previamente a que le diesen el cargo de mensajero. Sin embargo, estás a punto de tocar un tema delicado. Ya hace tiempo que tendrían que haberle dado una librea, ya que no hay libreas en el castillo, mas sí un traje administrativo. Es cosa que se ha ganado, mas sobre ello se manejan muy lentamente en el castillo. Lo peor es que ninguno entiende qué significa tal demora. Puede querer decir que el caso está en trámite, que no fue empezado, que se halla en una etapa preliminar o que ya se terminó, mas que hay cierto obstáculo que llevó a dejar de lado lo acordado y que entonces Barnabás jamás va a recibir ese atuendo. Nada se puede saber sobre ese asunto con mayor precisión o tal vez sí, cuando haya pasado mucho más tiempo. Quizás hayas escuchado antes el refrán que aquí se repite, ese que dice: "Son más apocadas que una muchacha las decisiones de la administración".

–Ésa es una observación muy adecuada –manifestó K, quien la tomó con mayor seriedad que Olga–. Una muy correcta. Tal vez las decisiones tengan otras características parecidas a las de las muchachas.

–Quizá –dijo Olga–. Pero no conozco muy bien de qué cosa estás hablando. Tal vez lo dijiste como si fuera un halago. Mas en lo que se refiere al traje oficial, constituye eso una de las preocupaciones que tiene Barnabás. Como las tenemos en común, esa inquietud también es la mía. ¿Por qué razón Barnabás no recibe un traje oficial? Eso nos preguntamos y es completamente inútil. Ahora que no se trata de un asunto fácil. Los funcionarios, a modo de ejemplo, al parecer carecen de un traje de tipo oficial. Según sabemos y también de acuerdo con lo que refiere Barnabás, los funcionarios gastan trajes comunes y corrientes, aunque lindos. En cuanto a lo restante, tú ya viste a Klamm. Bien: Barnabás no es un funcionario. Desde luego que ni siquiera es él uno del rango más inferior. Tampoco tiene la temeridad de desearlo. Sin embargo, según refiere Barnabás, los servidores de tipo superior, que jamás son vistos en este poblado, tampoco poseen trajes reglamentarios. Ello sería un bálsamo, sería posible pensarlo de tal modo, mas eso es engañarse, porque... Acaso, ¿es Barnabás un servidor de tipo superior? No lo es, por mayor cariño que reciba. No es posible referir algo así. No constituye un servidor de rango superior. El simple hecho de que aparezca por el poblado, hasta que viva en este sitio, es una prueba en contrario. Los servidores superiores resultan tener una mayor reserva que los funcionarios. Eso quizá tenga una razón de ser. Tal vez son hasta superiores a ciertos funcionarios. Hay ciertas señales al respecto: trabajan menos tiempo y, de acuerdo con lo que dice Barnabás, es cosa maravillosa de ver ese grupo de sujetos vigorosos y selectos moviéndose con lentitud por los corredores. Barnabás invariablemente camina lentamente por los corredores, cerca de ellos. En definitiva, resulta imposible aseverar que sea Barnabás un servidor de rango superior. De modo que podría revistar entre los servidores de bajo rango, mas ellos poseen trajes reglamentarios, al menos cuando descienden hasta el poblado. No se trata de libreas propiamente dichas, son numerosas las diferencias que ofrecen. Mas, no obstante, invariablemente se identifica rápidamente a los servidores por el traje. Y viste a esos individuos en la posada señorial. Lo más notable es que la mayor parte de las veces resultan muy ceñidos. Tanto, que a un labriego o a un artesano le resultaría imposible vestir uno. Bien: Barnabás no posee un atuendo similar y ello no es exclusivamente bochornoso: también es una indignidad. Sería posible de aguantar, mas particularmente en los momentos sombríos, que de tanto en tanto sufrimos Barnabás y yo, ese estado de ánimo conduce a dudar de todas las cosas. ¿Le da Barnabás un servicio al castillo? En esa instancia nos preguntamos: es verdad, concurre a las oficinas, mas... ¿resultan las oficinas una sección del castillo? Así las oficinas correspondan al castillo, ¿puede ingresar Barnabás a las oficinas? Él solamente ingresa a una porción de ellas. Más adelante existen barreras y allende, otras oficinas. Nadie le impide continuar su marcha, pero sin embargo no puede continuar una vez que dio con sus superiores, le dieron sus órdenes y lo han despedido. Asimismo, en ese sitio invariablemente te están mirando o eso se supone. Hasta de seguir avanzando Barnabás, ¿para qué lo haría? No posee un trabajo de tipo administrativo. Sería una suerte de intruso. Dichos obstáculos no debes suponerlos como si fuesen un límite establecido. Siempre me refiere eso Barnabás. En las oficinas también existen barreras que él traspasa y que no se diferencian de aquellas por las que no pasó. No puede decirse previamente que tras esas postreras barreras no existan más oficinas, en definitiva similares a aquellas en las que él ya estuvo. Solamente en esas instancias deprimentes cree eso. Después, se amplía la duda. Eso no puede ser evitado. Barnabás entra en contacto con funcionarios y recepciona mensajes, mas, ¿qué clase de funcionarios, que tipo de mensajes? Actualmente, como Barnabás refiere, fue asignado a Klamm y recibe de él directamente los mensajes. Bien, ya sería eso bastante, hasta hay servidores de rango superior que no llegaron tan adelante, prácticamente configura eso un exceso, es cosa angustiante. Piénsalo: que te asignen a Klamm directamente, hablar así con él. Mas, ¿es tal cual eso? Bueno, así es la cosa, mas, ¿por qué causa duda Barnabás de que aquel funcionario al que se llama Klamm... ciertamente sea Klamm?

–Olga –dijo K–, ¿no estarás haciendo bromas? ¿Cómo puede dudarse de la apariencia de Klamm? Es conocido, lo vi yo mismo..

–Por supuesto que no –repuso Olga–. No hago ninguna broma. Estoy contando cuáles son mis mayores preocupaciones, pero no lo hago para alivianar mi ánimo y cargar el tuyo. Lo hago porque preguntaste por Barnabás y a causa de que Amalia me pidió contártelo; también porque opino que te resultará de utilidad estar más precisamente al tanto de cómo son las cosas. También lo hago por Barnabás, a fin de que no vayas a depositar excesivas esperanzas en él y posteriormente deba padecer por tu desilusión. Él es extremadamente susceptible: como ejemplo, no durmió esta noche porque ayer te sentiste insatisfecho con él. Según parece, mencionaste que era cosa negativa para ti contar exclusivamente con un mensajero como él. Eso le arrebató el reposo. Tú no notaste su ansiedad, pues los mensajeros del castillo deben aprender a controlarse. Mas para Barnabás no es asunto fácil, ni siquiera tratándose de ti. De acuerdo con tu criterio, no le exiges demasiado, mas trajiste contigo determinadas nociones acerca de lo que debe ser un servicio de mensajería y te conduces en cuanto a valorar su desempeño en función de tales concepciones. Sin embargo, en el castillo conciben de modo diferente tales servicios y difieren sus criterios de los tuyos. Incluso en el caso de que Barnabás se sacrificara completamente en aras del servicio, y eso es lamentablemente algo para lo que en varias ocasiones se halla muy decidido. Sería preciso allanarse, no decir cosa alguna, si estribase el asunto exclusivamente en cuanto a que él desempeñase un servicio de mensajería. Desde luego que ante ti él no puede dejar asomar ni una sola duda. Según Barnabás, ello implicaría sepultar su misma vida, transgredir bárbaramente las normas a las que cree estar obligado. Hasta conmigo no habla con libertad y debo arrancarle sus hesitaciones mediante besos y mimos e inclusive en tal caso ofrece resistencia en cuanto a admitir sus dudas. Posee la misma naturaleza que Amalia y es cosa segura que no me cuenta todo, aunque soy de su exclusiva confianza. Mas en ocasiones conversamos acerca de Klamm... Tú lo sabes: yo todavía no vi ni una sola vez a Klamm. No tengo el aprecio de Frieda y no me hubiese permitido mirarlo. De todas maneras su estampa es cosa conocida en el poblado. Varios lo vieron a Klamm, todos oyeron hablar de él y de esos testimonios visuales, de chismes y determinadas falsas opiniones es que se estableció cierta imagen de Klamm en coincidencia con algunos básicos pormenores. Pero solamente en cuanto a lo más elemental: en todo lo otro es cambiante y tal vez ni siquiera tan cambiante como el genuino aspecto de Klamm, que difiere cuando acude al poblado y cuando lo deja. Klamm es distinto cuando está por beber cerveza y una vez que se la bebió. Es distinto estando despierto, dormido, a solas, cuando charla... Lo que se puede entender después de todo esto, prácticamente distinto es en el castillo. Asimismo se corroboraron diversas disimilitudes en el mismo poblado, en cuanto a su altura, sus aires, su volumen, su bigote... Solamente en cuanto a los trajes las informaciones coinciden: gasta siempre uno negro, de faldones largos. Ahora que dichas diferencias no se rigen por ninguna magia: son cosa comprensible y surgen del ánimo de ese momento, de la mayor o menor excitación, de los incontables sustratos de la esperanza o la falta de ella, en los que se encuentra quien lo mira. Este, por otra parte, generalmente solo alcanza a verlo efímeramente. Te estoy refiriendo todo esto tal como repetidamente lo hizo para mí Barnabás. Habitualmente uno se puede serenar al escucharlo, si no se está involucrado en el asunto. Nosotros no estamos en condiciones de serenarnos; para Barnabás es cosa vital si conversa con Klamm o no lo hace.

–No lo es en menor medida para mí –dijo K, y se aproximaron recíprocamente.

K se sintió tocado por las negativas informaciones brindadas por Olga, mas dio con una compensación en cuanto a que había allí sujetos a quienes, de modo como mínimo aparente, las cosas les salían prácticamente como a él. Gentes a las que se podría integrar y a las que lograría comprender, no sólo parcialmente, como le sucedía con Frieda.

Aunque era verdad que fue extraviando centímetro tras centímetro toda esperanza en lo referente a obtener un triunfo con el mensaje de Barnabás, cuanto peor le resultaran las cosas a éste en el castillo, más cercano se iba a sentir K de él. Nunca hubiese pasado por su mente que viniendo del poblado surgiese un empeño tan infeliz como el de Barnabás y su hermana. Todavía no había sido esclarecido, ni por asomo, y en definitiva, las cosas podrían tomar otro cariz; no era necesario dejarse subyugar por la naturaleza cándida de Olga para admitir que Barnabás era honesto.

–Barnabás se halla bien al tanto de los informes acerca de la apariencia que ofrece Klamm –siguió diciendo Olga–. Él reunió mucha información y ha comparado los diferentes informes, tal vez excesivamente. En cierta ocasión observó o supuso ver a Klamm en el poblado, a través de la ventanilla de un vehículo, de manera que estimó estar capacitado para identificarlo... Empero, ¿de qué modo aclararlo...? Cuando se dirigió a una oficina del castillo y de entre diversos funcionarios le mostraron a uno, afirmando que ese era Klamm, no pudo reconocerlo. Incluso más tarde tuvo que habituarse a que ese tenía que ser Klamm. Mas si le preguntas en qué aspecto se distinguía aquel individuo de lo que se dice acerca de Klamm, no es capaz de referirlo. Todavía más: contesta y hace la descripción de aquel funcionario del castillo, mas esta encaja exactamente con la apariencia que nosotros reconocemos como la de Klamm. Yo le digo: "En consecuencia, Barnabás, ¿por qué razón tú dudas? ¿Por qué sufres de ese modo?". Y él me responde, sintiéndose en aprietos, enumerando las características del funcionario del castillo. Estas parecen en mayor medida el resultado de una fantasía que el fruto de una atenta observación. Asimismo, son tan diminutas esas particularidades que no es posible tomárselas en serio. Tienen que ver, como ejemplo; con cierta forma de asentir con un gesto de la cabeza o de abotonarse la ropa. Aún de mayor importancia es para mí el modo que tiene Klamm de comportarse con Barnabás. Muy seguidamente mi hermano hizo su descripción y hasta lo ha dibujado para mí. Habitualmente mi hermano es llevado hasta una vasta oficina, mas no es esa la que corresponde a Klamm y ni siquiera le pertenece a un solo funcionario. Ese despacho se halla dividido por un mostrador hecho para escribir de pie, que abarca toda su longitud. El espacio es angosto, apenas pueden pasar por allí dos sujetos simultáneamente. Es el de los funcionarios; después hay otro ámbito, destinado a los interesados, el público, los sirvientes y los mensajeros. Sobre este mostrador se encuentran voluminosos libros abiertos, y la mayor parte de ellos están siendo leídos por funcionarios. Sin embargo, ellos no se quedan todo el tiempo recorriendo las páginas de un mismo libro. Pese a que no se los prestan entre sí, modifican los funcionarios su ubicación. Aquello que mayor asombro le provoca a Barnabás es cómo en esos traslados de un sitio al otro deben apretujarse a fin de pasar, por lo angosto que es el poco espacio disponible. En el frente, junto al mostrador, están una mesas de escasa altura y a ellas se sientan los escribientes; ellos, cuando así lo quieren los funcionarios, escriben sus dictados. Seguidamente se sorprende Barnabás al contemplar cómo esto acontece. No por una orden expresada por el funcionario y tampoco se dicta empleando la voz alta. Apenas se advierte que se está dictando; en mayor medida parece que el funcionario continuara leyendo, como anteriormente, mas que simultáneamente susurra y es escuchado por el escribiente. Muy a menudo imparte su dictado el funcionario en un tono tan bajo que el escribiente, quien se halla sentado, nada puede escuchar. En ese caso debe incorporarse, comprender lo que le fue dictado y tornar a tomar asiento a fin de pasarlo por escrito. Todo muy rápidamente y repetido una y otra vez... ¡Qué cosa tan rara! Es prácticamente imposible de entender. Dispone Barnabás de tiempo suficiente para verlo todo, ya que tiene que aguardar en el sitio asignado al público y ello durante largas horas. Inclusive en ocasiones debe hacerlo durante toda la jornada, hasta que llega el momento en que los ojos de Klamm se fijan en él. E inclusive cuando Klamm lo ve y Barnabás se muestra atento, nada fue decidido y Klamm bien puede tornar a mirar el volumen y olvidarse de Barnabás, como sucede tan seguido. ¿Qué clase de servicio de mensajería es este, tan falto de importancia? Me entristezco en cada ocasión en la que Barnabás sostiene que temprano en la mañana se dirigirá al castillo. Ese trayecto, seguramente infructuoso, esa jornada, a todas vistas perdida, dicha esperanza, probablemente inútil. ¿Qué sentido tiene todo ello? Mientras tanto, aquí se amontonan los encargos de zapatería, que nadie hace, aunque insista tanto Brunswick en eso.

–Bueno –dijo K–. Barnabás debe esperar mucho antes de recibir un encargo, eso es entendible. Parece haber un número excesivo de empleados y no es posible entregarles un encargo a cada uno cada día. No se puede nadie quejar de algo así, algo que todos padecen. En definitiva, Barnabás recibe encargos, ya que a mí ya me trajo un par de cartas.

–Puede –dijo Olga– que no nos asista ningún derecho para quejarnos. En particular en mi caso, dado que conozco la situación por referencias. Yo, que siendo una joven, no estoy en condiciones de comprenderlo correctamente, como sí lo puede hacer Barnabás, quien silencia algunos pormenores.

Mas a continuación debes escuchar lo que está relacionado con esas misivas. Él no las recibe de Klamm en persona, se las da el escribiente. Cualquier día, a cualquier hora... por dicha razón el servicio resulta ser tan fatigoso, así parezca cosa fácil, pues Barnabás se ve obligado a permanecer invariablemente atento. El escribiente lo recuerda y le dirige una señal. Al parecer eso no lo ocasiona Klamm, quien continúa con su lectura serenamente. Empero, en determinadas oportunidades, frecuentemente, limpia sus anteojos en el instante en que se aproxima Barnabás y tal vez entonces le dirige una mirada; ello, si es capaz de ver sin usar sus anteojos. Barnabás duda al respecto, dado que Klamm conserva sus ojos a medias cerrados, como si durmiese y estuviera limpiando sus anteojos en ese mismo estado. En tanto, el escribiente busca entre los tantos documentos uno adecuado para dártelo. Este parece demasiado ajado y viejo; mas si se trata de un documento tan añejo... ¿por qué razón hicieron esperar tanto a Barnabás y a ti también? Y también hacer esperar al documento, que ya es tan viejo. Entonces Barnabás se hace fama de ser un mal mensajero, muy lento. El escribiente se lo hace fácil, diciéndole: "De Klamm para K" y así se despide de Barnabás. Luego este retorna a casa, casi sin resuello, llevando la carta debajo de su blusa, pegada a la piel, y nos sentamos en este sitio, como estamos en este momento preciso, y Barnabás nos relata cuanto sucedió y examinamos cada detalle, sopesando cuanto ha logrado. Finalmente, concluimos que obtuvo muy poca cosa y hasta ello es dudoso. Barnabás deja la misiva, no desea llevarla ni tiene ganas de dormir. Comienza a trabajar con los zapatos y prosigue toda la noche haciendo esas labores. Así sucede todo, K. Tales son mis secretos y ya no te va a asombrar que Amalia renuncie a ellos.

–¿En cuanto a la carta...? –preguntó K.

–¿La carta, dices? –inquirió Olga–. Bien: pasado un tiempo, cuando ya le insistí lo conveniente a Barnabás, durante días o semanas completas, toma la misiva y se dirige a entregarla. En estas cuestiones tan baladíes depende absolutamente de mí. Cuando yo supero la inicial sensación que me generan sus narraciones del asunto, logro serenarme. Eso es algo que Barnabás no puede lograr, seguramente porque conoce más que yo sobre la cuestión. De tal modo puedo repetirle: "¿Qué deseas en verdad? ¿Qué carrera, que metas tienes? Acaso, ¿deseas llegar tan lejos que debas abandonarnos, dejarme a mí también? Observa en torno si uno solo de nuestros vecinos llegó tan lejos. Es verdad, su circunstancia difiere de la nuestra; no tienen razón para anhelar la mejora de su situación, mas hasta sin hacer comparaciones se debe entender que en tu vida todo sigue por la buena senda. Encaras obstáculos, desilusiones y dudas, mas ello solamente implica aquello que ya anticipadamente estaba en nuestro conocimiento: que nada te será obsequiado, que debes ganarte tu espacio arduamente y esa es otra causa para sentirte orgulloso de ti mismo, sin abatirte. Asimismo, tú también estás pugnando a favor de nosotros. Ello, ¿no reviste acaso importancia para ti? ¿No te brinda nuevas energías? ¿No sientes júbilo por el hecho de que yo me sienta dichosa y esté tan orgullosa de tener por hermano a alguien como tú? Dime, ¿esto no te ofrece alguna seguridad? En verdad no te desilusionas con lo que obtuviste del castillo, sino por lo que yo alcancé a lograr contigo. Tú puedes ir al castillo, visitas muy a menudo sus oficinas, te pasas jornadas completas en el mismo sitio que Klamm. Eres reconocido oficialmente en tu condición de mensajero. Puedes exigir usar un traje reglamentario. Te encargan entregar numerosos documentos. Eres todo eso, puedes hacer todo eso. Empero, desciendes del castillo y en lugar de abrazarnos sollozando de dicha, te abandona tu coraje apenas me divisas, dudas de todo, solamente te atraen los zapatos. En vez, la misiva, que es la garantía de nuestro porvenir, la dejas en cualquier sitio". De tal modo me dirijo a él y tras repetírselo día tras día, toma nuevamente la carta y parte. Mas es cosa factible que ello no se deba a mis palabras, sino a que Barnabás siente el impulso de retornar al castillo y eso nunca lo haría sin haber cumplido su encargo.

–Sin embargo, estás en lo cierto en cuanto le has dicho –dijo K–. Hiciste un resumen preciso, admirable. ¡Tú piensas con una claridad impresionante!

–No es así –repuso Olga–. Te engañas. Tal vez de igual manera yo embauque a Barnabás. ¿Qué consiguió él? Puede ingresar en una oficina, pero esta ni siquiera parece ser una, en mejor medida parece la antesala de las oficinas. Tal vez ni eso. Puede que sea un ámbito donde se debe conservar a aquellos que no tienen cómo ingresar en las verdaderas oficinas. Está en relación con Klamm; sin embargo, ¿se trata ciertamente de Klamm? ¿No será quizás alguien semejante a Klamm, un secretario parecido a Klamm, uno que se afana por parecérsele más y que se da ínfulas remedando el aire ensoñado de Klamm? Esa porción de su naturaleza es la más fácil de imitar. De hecho, varios lo intentan, pero los demás no se animan. Y alguien tan deseado y tan poco accesible como él, adquiere en la imaginación de las personas variados aspectos. Klamm, es un ejemplo, tiene en este sitio un secretario municipal de nombre Momus. Oh, ¿ya tú lo conoces? Ese también se muestra reservado, mas pude verlo repetidamente. Joven y vigoroso, ¿no lo crees? Seguramente no se asemeja en nada a Klamm. Sin embargo darás fácilmente con personas que jurarían que Momus es Klamm. Así se manejan las personas, inmersas en su confusión. ¿Deben ser diferentes las cosas en el castillo? Alguno le dijo a Barnabás que ese funcionario era Klamm. Definitivamente tienen un cierto parecido, mas eso se puede poner sobre el tapete y así lo hizo repetidamente Barnabás. Todo apoya sus dudas. Acaso, ¿Klamm tendría que sofocarse en una oficina pública con otros funcionarios, con el lápiz sobre la oreja? Es cosa muy dudosa esa. Con cierta candidez, Barnabás, y ese es un detalle que hace confiar, acostumbra repetir que: "Sí, el funcionario se parece notablemente a Klamm. En caso de que tomara asiento en su misma oficina, frente a su mismo escritorio y se leyera su nombre en la puerta... no abrigaría duda alguna". Es pueril, mas suena sensatamente. Todavía lo sería más que Barnabás, encontrándose en el castillo, se informase a través de diferentes sujetos respecto del funcionamiento de los asuntos. En definitiva, en torno de él hay un adecuado número de individuos. Si resultaran sus informaciones no más creíbles que las de aquel sujeto que le señaló a Klamm sin que ninguno haya inquirido al respecto, de sus diferencias se podría concluir que existen varios puntos en que apoyarse. No se me ocurrió a mí. Es idea de Barnabás, quien no tiene el ánimo suficiente como para concretarlo. Teme ser echado al transgredir sin quererlo alguna norma ignota. No se anima a hablar con alguno, tanta inseguridad padece. Esa odiosa falta de seguridad me señala más nítidamente su postura que cualquier descripción. Qué confuso y amenazante debe ser todo para Barnabás, que ni siquiera se anima a inquirir inocentemente sobre ese asunto... Si cavilo sobre ello, me acuso a mí misma de abandonarlo en esos ámbitos que desconozco. Allí donde rige una atmósfera en la que hasta él, que más que pecar de cobarde lo haría de atrevido, tiembla del susto que ello le genera.

–En este punto estimo que reside lo fundamental –aventuró K–. Según me narraste, me parece entenderlo correctamente. Barnabás resulta ser excesivamente joven para desempeñarse en su cargo. Ningún aspecto de lo que refiere se puede tomar con seriedad. Dado que en el castillo se aterra a tal punto, nada puede ver. Cuando se lo fuerza a que informe al respecto, apenas se obtienen de él fantasías descabelladas. Es el respeto por la administración en este sitio algo de nacimiento, que les siguen repitiendo de una forma y de otra durante toda la vida. Ustedes mismos vacilan al respecto cuanto pueden. En principio, no afirmaré cosa alguna que sea opuesta. Si una administración es la adecuada, ¿por qué no sentir respeto por ella? Mas no se puede mandar súbitamente al castillo a un jovencito tan poco educado como lo está Barnabás, uno que jamás salió de este paraje, y exigirle que brinde informes dignos de crédito; examinar sus dichos tal como si constituyesen una revelación; poner en dependencia de su punto de vista la misma dicha. No hay cosa más equivocada. En verdad, yo mismo permití que me confundiese tanto como tú. No me limité a depositar mis esperanzas en Barnabás: también padecí desilusiones, sobre la base de sus expresiones, que eran completamente infundadas.

Por su parte, Olga no abría la boca.

–No es fácil para mí –afirmó K– sacudir la confianza que tienes en él, dado que aprecio cuánto lo amas y cuánto aguardas de él. De todas maneras yo debo hacerlo, hasta por causa de todo tu amor y todas tus esperanzas. Bien, observa que repetidamente te obstaculiza reconocer aquello que no logró Barnabás, aunque le fue obsequiado. Tiene permitido ingresar en el área de las oficinas o, si así lo prefieres, en su recibidor. Mas una vez allí existen puertas que llevan a otros sectores y obstáculos que es posible sortear si se es lo adecuadamente hábil. En mi caso, como ejemplo, ese recibidor es cosa a la que me está vedado acceder, como mínimo, de momento. Ignoro con quién él habla una vez allí. Quizás ese escribiente resulte ser el servidor de más bajo rango, pero aunque así sea, lo puede llevar hasta su superior inmediato y de no ser así, como mínimo lo puede anunciar y si no, podrá indicárselo a alguien más. El que se supone que es Klamm tal vez no guarde relación alguna con el genuino; el parecido quizá solamente existe para la ceguera generada por la ansiedad de Barnabás. Es posible que se trate del más insignificante funcionario o que directamente no sea un funcionario. Mas algún cargo debe poseer en ese mostrador, alguna cosa recorren sus ojos en esos mamotretos, algo le susurra al escribiente... Piensa en alguna cosa mientras dirige sus ojos después de tanto tiempo hacia Barnabás. Inclusive, si todo esto es falso y sus acciones carecen de sentido, alguno le dio esa ubicación, con alguna clase de intención. Con la suma de todo esto deseo expresar que existe algo que le es ofrecido a Barnabás y que es su exclusiva culpa si no logra cosa alguna, excepto sentir temor, dudar y desesperarse. En todo esto tuve como punto de partida el asunto más negativo, que resulta ser asimismo el menos factible, porque tenemos las cartas en la mano. No siento confianza en ellas, pero menos todavía en los dichos de Barnabás. Es posible que se trate de cartas añejas y carentes del más mínimo valor, tomadas de un montón de otras misivas similares, reflexionando tanto como un pájaro de feria, de esos que se emplean para que extraiga un billete de lotería al azar. Tal vez se trate de algo semejante a lo anterior, mas esas cartas, como mínimo, se hallan relacionadas con mi trabajo, se encuentran palpablemente dirigidas visiblemente a mí, pese a que no pueda su destino resultarme de utilidad. De ello dieron fe el alcalde y su mujer: estaban escritas por Klamm. Resultan ser de importancia, así lo refrendó el alcalde, aunque de modo privado y escasamente nítido.

–¿Afirmó tal cosa el alcalde? –inquirió Olga.

–Así es –respondió K.

–Se lo diré a Barnabás –retrucó velozmente Olga–. Eso lo va a animar en gran medida.

–Empero no tiene Barnabás necesidad alguna de ser animado –afirmó K–. Animarlo implica confirmarle que está en lo cierto.

Es decirle que debe seguir como hasta el presente. Mas si continúa haciendo las cosas como hasta el presente, nada obtendrá a cambio. Tú no puedes animar a alguien a que vea, si tiene cubiertos los ojos. Solamente cuando los tenga descubiertos podrá ver. Barnabás precisa auxilio, no ser animado por alguien. Reflexiona sobre esto: en el castillo la administración deja ver su inexplicable grandiosidad. Yo suponía haberme hecho ya una idea relativamente aproximada antes de venir a este paraje... ¡Cuán ingenuo! Mas allí se encuentra la administración y Barnabás le hace frente, solo él. Tan solo que merece piedad. Sería un honor excesivo para Barnabás, de no mediar que siguiera toda su vida sepultado en un rincón insignificante.

–No supongas algo así, K –señaló Olga–. No vayas a creer que no le asignamos un valor a lo que Barnabás asumió. Tenemos respeto por la administración, ya tú mismo lo mencionaste.

–Pero, ese es un respeto salido de su rumbo –afirmó K–. Un respeto que degrada su objetivo. Acaso, ¿se puede hablar de respeto, mientras Barnabás se abusa del obsequio de poder ingresar en las oficinas y permanecer en ellas largamente, cuando él vuelve y disminuye o afrenta a uno ante el que tembló de miedo? ¿Cuando a causa de desesperar o fatigarse no entrega las cartas de inmediato? No es respeto eso. Mas mi reproche llega más lejos que eso. También te toca a ti. Enviaste a Barnabás al castillo, aunque dices respetar a la administración, siendo él un joven débil y abandonado. Como mínimo, nada hiciste para impedirlo.

–Aquello que tú me echas en cara –retrucó Olga– también me lo enrostro yo. Eso, desde hace mucho. Pese a todo, no se me puede recriminar que haya enviado a Barnabás al castillo. No lo mandé allí. Fue él, por las suyas. Sin embargo tendría yo que habérselo impedido como fuera posible. Tendría que haberlo convencido apelando a la astucia, a la violencia incluso. Lo tendría que haber conservado aquí, mas si ahora fuera aquel tiempo, y percibiera yo la miserable condición de mi hermano y de los míos en general, tal como la sentí entonces y ahora mismo... Si tornase Barnabás a separarse de mí sonriendo dulcemente, claramente al tanto del riesgo y de su responsabilidad, tampoco probaría de retenerlo. Tú mismo no harías nada similar a eso. Nada sabes de nuestra mísera condición, y por ello eres injusto con los míos, mas fundamentalmente con Barnabás. Antes teníamos mayores esperanzas, no demasiado grandes. Grande era exclusivamente nuestra miserable vida, y así continúa siendo. ¿Nada te relató Frieda al respecto?

–Exclusivamente aludió un poco a esto y aquello. Nada más –confirmó K–. No dijo cosa alguna que fuese concreta, mas el mero nombrarlos a ustedes alcanza para enojarla.

–¿Tampoco te dijo algo la posadera?

–Nada dijo ella.

–¿Nadie más, algún otro?

–No.

–¡Por supuesto! ¿De qué manera podrían referirte alguna cosa? Todos conocen algo acerca de nosotros, en verdad, cuanto les resulta accesible. O como mínimo, un chisme o un asunto que ellos mismos inventaron. Todos piensan en nosotros en mayor medida de la necesaria, mas ninguno lo va a contar. Ellos no desean referirse a ese asunto y están muy en lo cierto. Es cosa difícil de decir, hasta ante ti. Acaso, ¿es imposible que tú, si le prestas atención, partas y ya no desees saber nada con nosotros, pese a que, al parecer, en ningún aspecto de afecte? De ser así te hubiésemos perdido. A ti, que significas para mí, yo lo admito, más que el servicio que hasta el presente brindó Barnabás en el castillo. Empero esa paradoja me torturó durante toda la tarde, debes saberlo. De otra forma no lograrás hacerte una noción de cómo estamos, mas resultarías injusto con Barnabás. Ello me lastimaría mucho, perderíamos la imprescindible unidad y ya no estarías en condiciones de auxiliarnos ni de aceptar extraoficialmente nuestro apoyo. Mas resta aun otro interrogante: ¿en verdad deseas saberlo?

–¿Por qué me lo preguntas? –dijo K–. Si es preciso, necesito conocer eso.

–Por una superstición –dijo Olga–. Te vas a involucrar en nuestros asuntos, tan cándido como tú eres, y como mínimo tu culpa no será mayor que la de Barnabás.

–Dímelo y que sea rápido –solicitó K–. No temo. Por mera, femenina falta de ánimo, vuelves esto peor de lo que ya resulta ser.

# Capítulo 17

–Debes juzgarlo tú mismo –dijo Olga–. Asimismo es cosa que suena muy simple; no es posible entender cómo puede revestir tanta importancia. Existe un funcionario en el castillo, cuyo nombre es Sortini.

–Ya oí de él –admitió K–. Tuvo parte en mi contrato.

–Yo no creo que eso sea cierto –dijo Olga–. Ese Sortini muy de tanto en tanto se muestra en público. Acaso, ¿no te estarás confundiendo con Sordini? Sordini, que va con "d".

–Efectivamente –confirmó K–. Se trataba de Sordini.

–Así es –dijo Olga–. Sordini es persona muy notoria. Se trata de uno de los funcionarios más activos y su nombre está en boca de todos. Sortini, de modo opuesto, resulta extremadamente reservado; la mayoría de las personas nada saben de él. Hace ya más de tres años, durante la celebración de un festejo organizado por los bomberos. También había tomado parte el castillo, donando un flamante carro antiincendios. Sortini, que al parecer parcialmente tiene a su cargo lo relacionado con el cuerpo de bomberos, a pesar de que tal vez había concurrido meramente como representante de la administración, tuvo participación en el acto de entrega del vehículo. Desde luego que asimismo habían concurrido más sujetos del castillo, como funcionarios y servidores. Sortini estaba, como es de esperar según su naturaleza, invariablemente ubicado en un segundo escalón. Es bajo, débil y meditabundo. Algo que invariablemente atraía la atención de cualquiera que se fijase en él era el modo que tenía de arrugarse su frente. El conjunto de las arrugas, que eran tantas, aunque no más de cuarenta años acusaba el sujeto, se arrugaban a modo de abanico a partir de su frente y hasta el comienzo de su nariz. Nunca vi antes algo que se asemejara a aquello. Bien: que entonces se celebra aquella tertulia, que Amalia y yo habíamos estado esperando ansiosamente, reformando nuestros vestidos domingueros. En particular el atuendo de Amalia era muy lindo. Su blusa blanca se volvía cóncava en el pecho, con una pechera engalanada con encaje, una hilera sobre la otra. Nuestra madre había echado mano de toda su reserva de encajes. Yo me sentía invadida por la envidia. Lloré prácticamente durante toda la noche, previamente a la reunión. Solamente cuando, en la jornada que siguió, nos vino a visitar la posadera del puente...

–¿La de la posada del puente? –inquirió K.

–Así es –dijo Olga–. Ella era una gran amiga nuestra. De manera que llegó, se vio obligada a reconocer que Amalia se hallaba en ventaja... A fin de serenarme, ella me prestó su collar de granates bohemios. Mas cuando ya estábamos listas Amalia, ante mí y nuestro padre, manifestó: "En este día, y deben recordar muy bien lo que les digo, Amalia va a encontrar un novio". Entonces y sin saber la causa, me saqué un collar que me gustaba mucho y se lo coloqué a Amalia, sin sentir ni pizca de envidia. Reverencié su triunfo y supuse que todos los demás habrían de hacer lo mismo ante ella. Tal vez en ese instante nos causó sorpresa que su apariencia difiriese de la acostumbrada. En verdad no era bella, mas sus ojos sombríos, que ha conservado desde entonces, se alzaban sobre nosotros, que nos sentíamos inclinados, inconsciente y literalmente, frente a Amalia. Todos lo percibieron, incluyendo a Laseman y su mujer, cuando vinieron por nosotros.

–¿Lasemann, dices? –preguntó K.

–Así es, Lasemann –confirmó Olga–. Éramos gente muy estimada y la celebración, es un ejemplo, no hubiese comenzado ciertamente en nuestra ausencia, porque mi padre era el tercero de los directores de ejercitación del equipo de bomberos.

–¿Tan vigoroso era todavía tu padre? –preguntó K.

–¿Mi padre, preguntas tú? –inquirió Olga, tal como si no entendiera cabalmente aquello que le estaban preguntando–. Hace tres años resultaba ser, en alguna medida, un sujeto joven. Como ejemplo: en medio de un incendio generado en la posada señorial, él se dio a la carrera llevando un funcionario consigo, nada menos que el pesado Galater. Yo misma estuve en aquel sitio. En verdad el peligro de incendio no existía. Se trataba solamente de algo de leña seca depositada junto a una chimenea, que comenzó a soltar humo. Mas Galater se asustó, comenzó a pedir ayuda a los alaridos. Concurrió el cuerpo de bomberos y tuvo mi padre que cargarlo a cuestas, aunque el fuego ya había sido apagado. Galater... no es fácil moverlo. En ese tipo de asuntos se debe ser muy precavido; lo digo exclusivamente por mi padre. No han transcurrido todavía tres años desde aquel episodio. Míralo ahora, allí sentado.

K comprendió entonces que Amalia nuevamente estaba en la estancia, pero lejos: en la mesa de los ancianos alimentaba a su madre, quien no era capaz de emplear sus brazos a causa del reuma, y simultáneamente le hablaba Amalia a su padre, pidiéndole paciencia acerca de los alimentos. Ella lo asistiría para alimentarse. Mas no fue exitosa su prevención: el anciano, apurado por ingerir la sopa, fue más allá de su inferioridad física y probó de tomarla con la cuchara, ingerirla directamente del plato; gruñía encolerizado al no lograrlo ni por una vía ni por la otra. La cuchara se vaciaba mucho antes de tocar sus labios, al tiempo que su barba se sumía en la sopa, goteando y ensuciando todo en torno.

–¿Eso le hicieron los tres años que pasaron? –inquirió K. Sin embargo, aún no sentía piedad por los viejos ni por el rincón de la mesa familiar. Solamente rechazo.

–Fueron tres años –dijo con lentitud Olga–. Mejor expresado, algunas horas en una celebración. La velada se organizó en un llano frente al poblado, junto al arroyo. Ya se había reunido una notable cantidad de gente cuando nos hicimos presentes. Habían venido incluso desde los poblados cercanos, y el bullicio generaba una enorme confusión. Inicialmente nuestro padre nos llevó, por supuesto, hasta el coche de bomberos. Él rió de contento ante el vehículo, que era nuevo. Eso lo hacía sentir dichoso. Acarició el coche y principió a explicarnos su manejo. No consentía ser contradecido ni le agradaban las reservas. Si algo había para ver debajo del vehículo, debíamos agacharnos y aun arrastrarnos para verlo. Barnabás probó de ofrecer resistencia y recibió un puñete. Exclusivamente Amalia no se mostraba interesada en el nuevo coche de bomberos; ella seguía muy erguida ante el coche, con su bello atuendo. Ninguno se atrevía a decirle ni media palabra:

yo me acerqué a Amalia en un momento dado y aferré su brazo. Ella siguió sin hablar. Todavía no logro comprender cómo sucedió: nuestro padre se alejó del coche de bomberos y notamos que permanecía allí Sortini. Él parecía haber estado todo el tiempo en aquel sitio, apoyándose en una de las palancas. Se oía un ruido tremendo, no habitual en una celebración. El castillo le había obsequiado al cuerpo de bomberos trompetas, ciertos instrumentos muy particulares. Con apenas esfuerzo, pues incluso un niño lo podía lograr, se los hacía sonar muy estruendosamente. Oyendo aquello era posible suponer que se había producido la llegada de los turcos. Era imposible habituarse a tanto barullo y a cada nueva andanada la seguía un estremecimiento. Dado que se trataba de trompetas flamantes, los demás deseaban tocarlas. Como era aquel un festejo popular, eso estaba permitido: justamente en torno de nosotros, quizás atraídos por Amalia, se encontraban varios trompetistas. Era cosa ardua conservar el uso de los sentidos en tal instancia; asimismo, de acuerdo con lo ordenado por mi padre, debíamos concentrar nuestra atención en el coche de bomberos. Era eso lo máximo que se esperaba de nosotros, de modo que durante largo rato no nos percatamos de que Sortini se encontraba allí, a quien por otra parte no conocíamos entonces. "Ese de allí es Sortini", le susurró Lasemann a mi progenitor. Lo oí por hallarme entonces junto a él. Mi padre inclinó su cabeza y nos hizo un gesto pleno de ansiedad para que nosotros también nos inclináramos frente a él. Sin conocerlo en persona, invariablemente nuestro padre había venerado a Sortini como si se tratase de un experto en incendios; había hablado repetidamente acerca de él en nuestro hogar, de modo que para nosotros fue un hecho sorprendente e importante verlo. Mas Sortini no manifestaba ningún interés en nosotros. Aquella no era una característica especial de Sortini: la mayor parte de los funcionarios se dejan ver en público con aires de indiferencia. Asimismo Sortini se encontraba muy fatigado y apenas el deber no conservaba allí. No resultan ser los peores funcionarios los que encuentran particularmente insoportables esas tareas de representación. Otros funcionarios y servidores, dado que se encontraban allí, se mezclaron con la gente común. Sin embargo él siguió junto al coche de bomberos y a cuantos se aproximaban los rechazaba su mutismo. De tal modo aconteció que Sortini cayó en cuenta de nuestra estancia allí mucho después de que nosotros observamos la de él. Solamente cuando le hicimos una reverencia, mientras nuestro padre intentaba una disculpa, Sortini miró en dirección a donde estábamos y nos observó uno por uno, con ojos agotados. Parecía suspirar a causa de que tras mirar a uno debía mirar al siguiente, hasta el momento en que su mirada se detuvo en Amalia. Tuvo que mirarla hacia arriba, dado que ella lo aventajaba mucho en estatura. En ese instante Sortini cayó en estupor, saltó sobre la vara para acercarse a Amalia. Interpretamos erróneamente eso en un comienzo e intentamos aproximarnos a Sortini en bloque y comandados por mi padre, mas él nos hizo señal de mantenernos apartados. En eso consistió toda la escena. Hicimos muchos chistes con Amalia, insistiéndole en que ciertamente se había agenciado un festejante, y en nuestra falta de consciencia nos mostramos contentos durante toda la tarde, mas Amalia se mostraba mucho más silenciosa de lo que era habitual en ella. "Está loca por Sortini", insinuó Brunswick, siempre tan grosero y que no entiende a las personas como Amalia. Sin embargo en esa oportunidad nos pareció verídica su intervención. En esa jornada estuvimos muy entretenidos y al volver a nuestro hogar a la medianoche nos encontrábamos embriagados gracias al vino del castillo. Incluso Amalia.

–¿Y en cuanto a Sortini? –preguntó K.

–Sortini –dijo Olga–. Lo vi muy seguidamente en el curso de los festejos, sentado sobre una vara, con los brazos cruzados sobre el pecho. Siguió así hasta que vino por él un carruaje del castillo. No se dignó siquiera concurrir al desfile de los bomberos, allí donde mi padre sobresalió entre los demás de su misma edad, justamente animado por la esperanza de que Sortini lo viese hacer.

–¿No supieron nada más de Sortini? –inquirió K–. Al parecer, lo veneras.

–Sí, lo venero –dijo Olga–. Asimismo volvimos a saber de él.

A la mañana siguiente despertamos de nuestro sueño celebratorio merced un grito de Amalia; los otros retornaron al sueño, mas yo me encontraba absolutamente despierta y me lancé a la carrera hacia donde ella se hallaba, junto a una ventana, sosteniendo una carta. Se la había entregado recién un sujeto a través de la ventana, uno que aguardaba su contestación.

Amalia ya había leído ese corto mensaje y conservaba la misiva en su mano, caída y lánguida, como siempre que se hallaba fatigada.

Me acurruqué junto a ella y leí la misiva; apenas terminé de hacerlo, Amalia, tras dedicarme un veloz vistazo, la tomó y la rompió, arrojando sus restos al rostro del hombre que esperaba y cerró enseguida la ventana. Esa fue la mañana, tan decisiva. La denomino de tal forma, mas cada momento de la tarde anterior fue igualmente decisivo.

–¿Qué cosa decía ese mensaje? –se interesó K.

–¡Oh, no lo mencioné antes! –admitió Olga–. Había sido enviada por Sortini, dirigida a "la muchacha con collar de granates". Soy incapaz de repetir su contenido: era una solicitud para que ella fuera a su cuarto, en la posada señorial. Debía hacerlo en el acto, porque Sortini debía irse en treinta minutos. La misiva contenía las manifestaciones de mayor ordinariez que pueda uno imaginarse. Solamente alcancé a concluir cuál era la intención. Para aquel que desconociera a Amalia y solamente hubiese leído la carta aquella, estaría perdida la honra de la joven que la hubiese inspirado. Así ella solamente hubiese rozado ese papel... No era un mensaje amoroso, nada contenía que fuese un halago. En mayor medida, Sortini se había encolerizado a raíz de verse tan sacudido por conocer a Amalia, quien así lo había apartado de sus asuntos. Posteriormente nos dimos la siguiente explicación: era factible que Sortini deseara llegar al castillo, mas exclusivamente porque Amalia siguió en el poblado. Esa mañana, iracundo porque durante la noche no pudo sacársela de la cabeza, le había enviado ese mensaje. Al comienzo uno se enfurecía con su contenido, hasta aquel que tuviese el ánimo más flemático, mas luego, tratándose de alguien que no fuese Amalia, se habría impuesto el temor. En vez de ello, en Amalia primó la cólera. Ella no sabe qué es el miedo, ni en lo que respecta a ella ni en referencia a los otros. En tanto que yo me escondía en mi cama, repitiendo la incompleta expresión del final: "vienes ahora o si no...", Amalia siguió en su banca junto al ventanal, mirando hacia afuera, tal como si aguardara la llegada de nuevos heraldos y se hallara decidida a darles el mismo trato que al primero.

–Conque así son los funcionarios –afirmó vacilando K–. Esos ejemplares solamente se hallan entre sus filas. ¿Cuál fue la actitud que tomó tu padre? Supongo que fue a quejarse de Sortini con la mayor energía y en el sitio adecuado para hacerlo. Eso, si no tomó la senda más directa hacia la posada señorial. Lo más asqueroso de todo esto no es el vejamen sufrido por Amalia, que podía ser enmendado. Ignoro por qué causa le otorgas tanta significación... ¿Cómo podría Sortini, con tal mensaje, involucrar definitivamente a Amalia? Según lo que tú relataste, eso podría ser admitido, mas justamente resulta cosa imposible. Era mucho más fácil procurarse una compensación para Amalia. Pasados algunos días, todo hubiese caído en el olvido. Sortini no puso a Amalia en un compromiso. Fue él quien se comprometió y me causa horror que se pueda abusar de tal forma del poder. Cosa que en este asunto no tuvo lugar, pues, a fin de manifestarlo con claridad, era algo definitivamente transparente y se encontró con Amalia en la condición de un antagonista más vigoroso. En otro caso, bajo instancias un poco más desfavorables, bien podría suceder; asimismo, sin que nadie se enterase, incluso sin saberlo la afectada.

–Cállate –dijo Olga–: Amalia nos mira.

Amalia había terminado de alimentar a sus padres y entonces desnudaba a su madre: terminaba de quitarle la pollera y colocaba los brazos de la anciana en torno de su cuello, para volver a sentarla cuidadosamente. Invariablemente insatisfecho al comprobar que se cuidaba en primer término de su esposa que de él, el padre probaba de quitarse las ropas por las suyas, quizá persiguiendo el castigo de su hija en razón de su pretendida demora. De todas maneras, el anciano comenzó su intento a partir de los elementos más livianos y superfluos, como el calzado tan fuera de proporción en cuanto a la medida de sus pies. El padre fallaba en su cometido y en medio de sonoros resoplidos se vio forzado a cejar y tornar a recostarse rígidamente en su asiento.

–No comprendes en qué estriba lo fundamental –sentenció Olga–. Es posible que te asista la razón en todo, mas lo importante es que Amalia no fue a la posada señorial. El modo como trató al mensajero podría ser dejado de lado y ya sería ocultado de una manera o de otra. Sin embargo, que no acudiera a ese sitio implicó que sobre nosotros cayera una maldición; eso hizo que el trato brindado al mensajero se transformara en algo imposible de perdonar. Así hasta para la opinión más generalizada.

–¡Cómo, qué estas diciendo! –exclamó K, y bajó en seguida el tono de su voz, dado que Olga levantó su mano a modo de ruego–. ¿No dirás, siendo tú su hermana, que Amalia tuvo que allanarse a lo pretendido por Sortini, yendo a la posada?

–No digo algo así –replicó Olga–. El Cielo me libre de tal sospecha... ¿Cómo puedes suponer algo así? A ninguno conozco que actuase tan justicieramente como Amalia. Aunque es verdad que si hubiese ido a la posada señorial, asimismo le hubiese dado toda la razón. Mas que no lo haya hecho resultó algo heroico. En lo que a mí se refiere, debo admitir honestamente que de haber recibido un mensaje de ese calibre habría concurrido. Me hubiese sido imposible aguantar tanto temor a las posibles consecuencias. Exclusivamente Amalia puede aguantar algo por el estilo. Existían ciertas salidas... Por ejemplo, maquillarse Amalia, dejar transcurrir un buen rato, llegar a la posada y enterarse en ella de la partida de Sortini. Tal vez hubiese salido justamente luego de mandar al mensajero con su encargo. Eso es algo que hasta hubiese resultado extremadamente factible, debido a que los caprichos de los señores son efímeros. Mas a Amalia no se le ocurrió hacerlo y tampoco cometer algo semejante. Ella se sintió excesivamente afrentada y su contestación careció de mayor reserva. Si solamente en apariencia hubiera acatado, si solamente hubiera cruzado a tiempo el portal de la posada señorial, se hubiese evitado toda fatalidad. Poseemos por aquí abogados muy sagaces: ellos conocen cómo hacer cuanto uno quiere a partir de la nada. Mas en este asunto no se disponía ni de la imprescindible nada. Solamente se contaba con la humillante misiva de Sortini y la afrenta del mensajero.

–¿Qué tipo de fatalidad? –dijo K–, ¿qué clase de abogados? No era posible acusar ni castigar a Amalia por la actitud que tuvo Sortini hacia ella.

–Desde luego que sí –dijo Olga–. Era posible, aunque no siguiendo un procedimiento propiamente dicho ni haciéndolo de manera directa. Sin embargo, ella era castigada de otro modo. Ella y toda nuestra familia. Ya comienzas a entender tú cuán severo es ese castigo que te resulta carente de justicia, algo monstruoso. Ese criterio es uno absolutamente minoritario aquí. Resulta positivo para nosotros. Debería darnos consuelo. Sería así si no se erigiese sobre la base de notorios yerros. Soy capaz de demostrarlo con toda facilidad. Debes perdonarme si al hacerlo me veo llevada a referirme a Frieda, mas entre Frieda y Klamm, sin contemplar en qué terminó en definitiva esa relación, sucedió una cosa muy parecida a lo que aconteció entre Amalia y Sortini. Empero tú lo supones muy adecuado, pese que en un comienzo lo supusiste horrendo. Ello no se debe a la costumbre; ninguno puede estar tan influido por el hábito si el asunto consiste meramente en juzgar. En esto, la cosa pasa por una acumulación de yerros.

–De ninguna manera, Olga–dijo K–. Ignoro por qué razón incluyes a Frieda en esto. Es algo definitivamente diferente. No debes confundir tantos elementos ciertamente distintos... Prosigue.

–Te lo ruego –dijo Olga–: no tomes en mal sentido que insista comparando... Estás equivocado en cuanto a Frieda, si supones defenderla de una comparación. No precisa que la defiendan, sino que hagan su halago. Si yo parangono estas situaciones no estoy con ello afirmando que resulten ser iguales. En verdad se relacionan entre sí tanto como lo hacen el blanco y el negro. El blanco es Frieda. En el peor caso uno se puede reír de Frieda, así como yo procedí en el despacho de bebidas, tan falta de cortesía como me mostré entonces. Posteriormente sufrí de grandes remordimientos por ello. Mas a pesar de que quien ríe en este punto resulta maligno o bien devorado por la envidia, como mínimo alcanza a reír... En lo que hace a Amalia, sin embargo, si no se posee un nexo de sangre con ella, solamente es posible desdeñarla. Por esa causa se trata de un par de casos bien diferentes, tal como tú refieres, más de igual modo parecidos.

–Tampoco resultan cosa parecida –negó K, y sacudió ofuscado su cabeza–. Debes apartar de esto a Frieda. Ella no recibió ningún mensaje por el estilo del enviado a Amalia por Sortini. Frieda amó ciertamente a Klamm. Quien tenga dudas al respecto, tiene la oportunidad de preguntárselo a Frieda: ella lo continúa amando.

–¿Constituyen esas notables diferencias? –inquirió Olga– Acaso, ¿no estimas que bien pudo Klamm haberle escrito algo por el estilo a Frieda? Cuando los señores abandonan sus oficinas se comportan de ese modo, incapaces de orientarse en este mundo. En su liviandad se expresan del modo más grosero. No todos ellos, mas sí buen número de los señores lo hace. El mensaje dirigido a Amalia bien pudo ser escrito sin meditarlo, por completo sin preocupación por lo redactado. ¿Qué cosa conocemos acerca de cómo piensan los señores? Acaso, ¿no escuchaste por las tuyas o bien oíste referir qué modo tenía Klamm de dirigirse a Frieda? Se sabe que es extremadamente ordinario; parece que se queda en silencio por horas y más horas y súbitamente suelta tales barbaridades que hacen temblar. Sobre Sortini, empero, nada semejante es conocido. Tal vez, debido a que su apellido se parece muchísimo al de Sordini. De no existir tal parecido seguramente no sería conocido. Asimismo, como experto en incendios se lo confunde con Sordini. Este es el genuino experto en la materia, quien aprovecha esa similitud de sus apellidos para cargar a las espaldas de Sortini todos los deberes de representación, de modo que a él no lo perturben en sus labores. Mas si alguien tan torpe en temas mundanos como ese Sortini súbitamente se enamora de una joven pueblerina, la expresión de sus sentimientos se plasma de un modo diferente a como resulta en el caso del aprendiz de la carpintería de la esquina. Asimismo se debe sopesar que entre un funcionario y la hija de un zapatero se extiende una gran distancia, la que de una manera u otra debe ser zanjada. Sortini probó de hacerlo según su estilo, cuando los demás lo harían diferentemente. Es verdad que se rumorea que todos somos propiedad del castillo, que no hay distancia alguna y por ello nada debe ser superado. Ello quizá sea cierto en líneas generales, mas lamentablemente pudimos comprobar que, cuando justamente llega el momento de la verdad, no es tal. En definitiva, tras lo expuesto del accionar de Sortini vas a comprender mejor y te resultará menos tremendo. Ciertamente, parangonado con lo que corresponde a Klamm, resulta más fácil de comprender y hasta estando involucrado en ello, termina siendo más fácil de aguantar. Si Klamm redacta un mensaje amoroso resulta menos agradable que la más inmunda misiva de Sortini. Debes entender exactamente lo que refiero: no intento abrir un juicio sobre Klamm; me estoy ciñendo a parangonar, puesto que tú te niegas a hacerlo. Klamm resulta ser como un comandante en materia de mujeres. Él manda a una o a la otra que acudan, no soporta demoras de ningún tipo y del mismo modo que ordena que acudan, les manda retirarse. Klamm, oh, ni siquiera se tomaría el trabajo de escribir una carta y comparado con ello, continúa siendo algo espantoso que Sortini, quien vive absolutamente aislado y cuyas relaciones con el sexo femenino son, como mínimo, ignotas, escriba con su distinguida caligrafía de funcionario una asquerosa misiva. Y si de todo esto no termina produciéndose algo positivo para Klamm... Acaso, ¿debería producirlo el amor de Frieda? Las relaciones de las mujeres con los funcionarios, debes aceptarlo, resultan extremadamente arduas o, mejor dicho, muy fácilmente criticables. En esta instancia nunca está ausente el amor. No existe un amor de funcionario que sea infeliz. Sobre ello: no implica un halago cuando se afirma que una joven, y conste que no estoy refiriéndome a Frieda, se entrega a un funcionario por amor. Ella lo quería y se entregó a él, eso fue lo que sucedió. Pero en eso no hay cosa alguna que celebrar. Pero Amalia, que no se enamoró de Sortini, es objeto de tu cuestionamiento. Bien, no se enamoró de Sortini, mas tal vez sí... ¿quién puede tener la última palabra en este tipo de cuestión? Ni ella puede hacerlo. ¿Cómo podría suponer haberlo amado si lo ha rechazado con tantas energías, tantas como seguramente nunca antes se emplearon con un funcionario? Barnabás afirma que todavía está temblando por la forma en que cerró la ventana tres años atrás. Eso también es cierto y por esa causa no se le puede mencionar. Terminó con Sortini, eso es lo único que Amalia conoce. Si lo quiere o no lo quiere, eso lo ignora. Empero nosotros sabemos que las mujeres no pueden hacer más que amar a los funcionarios si ellos se fijan en ellas. Hasta aman a los funcionarios previamente, aunque ellas lo nieguen. Sortini no solamente se fijó en Amalia: saltó la vara al verla, con sus coyunturas rígidas a causa de lo sedentario de sus labores. Sí, tú te referirás a que Amalia constituye una excepción a la regla. Efectivamente, ella lo es, y dio pruebas de ello al negarse a concurrir a la cita con Sortini, lo que ya demuestra cabalmente su condición excepcional. Mas que asimismo no ame a Sortini es un exceso imposible de imaginar. Esa tarde nos quedamos absolutamente ciegos y que a pesar de la neblina supusiésemos advertir parcialmente los sentimientos de Amalia, exhibe algo de sentido. Ahora que, cuando se comparan todas estas informaciones... ¿qué diferencia existe entre Frieda y Amalia? Solamente que Frieda hizo lo que Amalia no quiso concretar.

–Es posible –dijo K–. Aunque para mi criterio la diferencia fundamental estriba en que mi novia es Frieda y Amalia la única relación que tiene conmigo es su condición de parentesco con Barnabás, el mensajero del castillo; tal vez que su sino se relaciona con su servicio. En caso de que un funcionario hubiera perpetrado contra ella un acto injusto, que ella hubiese clamado a los Cielos, tal como me pareció que se desprendía de cuanto tú me referiste, hubiese sido motivo de preocupación para mí. Mas ello mayormente como una cuestión de índole pública antes que como un padecimiento individual de Amalia. Mas actualmente, una vez escuchada toda tu narración de los hechos, se modificó en parte esa idea, de un modo que no termino de comprender. Pero siendo tú quien me lo cuenta, esa imagen se transforma de un modo adecuado como para ser admisible. Por ello deseo no tener preocupación alguna al respecto. Yo no soy un experto en incendios y en cuanto a Sortini... ¡qué podría preocuparme acerca de él! Empero Frieda sí me preocupa; me resulta muy raro que tú, Olga, en quien confío cabalmente y seguiré confiando, pruebes de atacar a Frieda valiéndote de Amalia y que intentes sembrar en mi espíritu la suspicacia. No estimo que lo haces intencionalmente, menos aún con una pésima intención, ciertamente. Son las circunstancias las que te impulsan a proceder así. Tú, por amor a tu hermana Amalia, anhelas elevarla por sobre el resto de las mujeres. Dado que tampoco tú encuentras en ella algo digno de elogio, buscas auxiliarte amenguando la condición de las demás mujeres. La actitud de Amalia resulta rara, mas conforme tú describes lo que le sucede, en menor medida es posible afirmar si ella fue grandiosa o mezquina, inteligente o boba, una heroína o una cobarde. Conserva Amalia sus razones cautivas en su alma, de donde nadie podrá sustraerlas. De modo opuesto, Frieda nada raro realizó: solamente siguió los dictados de su corazón. Para cualquiera que atienda a ello con la mejor voluntad, es evidente, y cualquiera puede confirmarlo, no existe factor alguno que dé pie a chismes y habladurías. No deseo sin embargo realizar la defensa de Frieda o la vituperación de Amalia. Apenas sí, notificarte qué pienso acerca de Frieda y de qué manera cualquier ataque en su contra implica simultáneamente uno contra mí. Concurrí a este lugar por mi exclusivo deseo y por la misma razón es que permanecí acá, mas cuanto ha tenido lugar hasta este instante y fundamentalmente, por mis expectivas sobre el porvenir, las que por negras que puedan resultar, definitivamente aún existen, todo debo agradecérselo a Frieda. Eso no es materia de discusión. En este sitio fui recibido en condición de agrimensor, mas exclusivamente en apariencia; jugaron con mi persona, me echaron de todas partes, y hasta el presente siguen divirtiéndose conmigo. Sin embargo y por muy arduo que resulte esto, de alguna manera fui ganando territorio. Ello ya implica alguna cosa. Actualmente ya poseo, por mínimo que resulte, un hogar, un cargo concreto, una novia que, si me embarga la atención de otras cuestiones, alivia mis labores. Voy a casarme con Frieda y me convertiré en un miembro más de esta comunidad. Sumada a la oficial, todavía conservo cierta relación personal con Klamm, pese a no haber hecho todavía uso de esta. Dime, ¿te parece poca cosa? Cuando visito la casa de ustedes... ¿a quién saludan? ¿A quién le confían la historia familiar? ¿De quién esperas recibir algún auxilio, así sea el menos esperable? No de mi parte, del agrimensor, alguien a quien, como ejemplo, hace solamente una semana Lasemann y Brunswick lo echaron de su casa violentamente. Tú esperas ser ayudada por un individuo que ya tiene en sus manos cierta herramienta de poder; mas eso se lo agradezco a Frieda, quien es tan humilde que si pruebas saber por boca de ella algo parecido, nada va a querer similar a eso. Pese a todo, tal parece que Frieda, siendo tan inocente, consiguió más que lo logrado por Amalia con toda su soberbia. Si no, mira: tengo la convicción de que andas en busca de auxilio para Amalia... ¿de parte de quién? De nadie más que no sea Frieda.

–¿Tan negativamente me referí a Frieda? –le preguntó Olga–. No era mi intención. De todas formas, no creo haber hecho algo así. Aunque tal vez sí. Ello, porque resulta que nos peleamos con todos y, de empezar a quejarnos, dichas quejas nos llevan consigo e ignoramos cuál es su rumbo. Nuevamente estás en lo cierto: existe una enorme diferencia entre Frieda y nosotros y es cosa buena subrayarla. Hace tres años éramos jóvenes de la clase media, mientras que Frieda era una huérfana, una sirvienta de la posada. Ni la mirábamos y con toda certeza éramos nosotras excesivamente soberbias, tal como habíamos sido educadas. Mas esa noche en que estuviste en la posada señorial tuviste la oportunidad de comprender cómo eran las cosas por aquí. Frieda empuñando un látigo y yo con los sirvientes. Mas el asunto es todavía peor: Frieda puede despreciarnos, eso es propio de su posición y las circunstancias concretas llevan a ello, mas... ¡quién hay que no nos desdeñe! Aquel que se decide a desdeñarnos, con ello meramente lo que hace es unirse a la mayoría que ya lo hace. ¿Conoces a Pepi, la sucesora de Frieda? Yo la conocí hace un par de días. Hasta ese cambio de posición, era una simple sirviente, Pepi. Ciertamente aventaja a Frieda en lo que hace a despreciarme. Vio Pepi cómo acudía a recoger la bebida, desde la ventana. Ella fue hasta la puerta a toda carrera para cerrarla y debí rogarle prolongadamente y jurar que le daría el lacito que usaba en mi cabello, con tal de que me franquease la entrada. Pero apenas se lo di, lo tiró a un costado. Bien: podrá desdeñarme. Yo parcialmente me hallo en dependencia de su buena voluntad y ella es la empleada en el despacho de bebidas de la posada señorial; aunque asimismo es verdad que solamente revista en ese puesto de momento. Carece Pepi de los méritos precisos para recibir un contrato en ese cargo y por un período no establecido. Simplemente debe prestarse oídos a lo que dice de ella el posadero y compararlo con cómo él se refería a Frieda. De todas maneras, ello no es obstáculo para que Pepi desdeñe a Amalia, cuya mirada alcanzaría para expulsar del cuarto a esa Pepi, con sus trenzas y adornos, como jamás lo lograría con sus piernas tan cortas y tan gruesas. ¡Qué habladurías debí soportar ayer mismo acerca de Amalia, hasta que la clientela se ocupó de mi persona del modo que bien pudiste observar!

–¡Eres tan miedosa! –le dijo K–. Simplemente ubiqué a Frieda donde le corresponde. No quise rebajarlos, como tú supones. Asimismo para mí tu familia era gente particular y no me lo callé. Mas no entiendo de qué modo esa "particularidad" puede dar pábilo para que los desdeñen.

–¡Ay, K! –repuso Olga–. Lamento pensarlo, pero estimo que tú también lo entenderás. Es que... acaso, ¿no entiendes que de modo alguno el comportamiento de Amalia ante Sortini fue el origen inicial de tanto desdén?

–Algo así resulta excesivamente raro –afirmó el aludido–. Por esa razón es posible ni admirar o sentenciar a Amalia... mas, ¿desdeñarla? Si alguno, sobre la base de un sentir imposible de entender en lo que a mí respecta, desdeñara cabalmente a tu hermana, ¿a santo de qué extender ese desdén hacia ustedes, sus inocentes familiares? Que, y es un ejemplo, Pepi sienta desdén por tu persona, es cosa que no se puede perdonar. Cuando vuelva por la posada señorial voy a cobrárselo de sobra.

–Si quisieras modificar la opinión de cuantos sienten desprecio por nosotros –manifestó Olga–, eso te resultaría cosa muy ardua. Ello proviene del castillo mismo. Tengo muy presentes los momentos que siguieron a esa mañana: Brunswick, que por entonces revistaba en calidad de ayudante de nosotros, había concurrido, como lo efectuaba cada día. Mi padre le había pasado encargos y después lo había enviado a su casa. Estábamos desayunando, salvo Amalia. Todos muy entusiasmados y mi padre continuaba refiriéndose a los festejos. Él abrigaba grandes planes acerca del cuerpo de bomberos. En el castillo poseen un servicio de prevención de incendios propio. Se envió una representación a las celebraciones y con sus integrantes mi padre conversó sobre muchos pormenores. Los señores del castillo habían observado el desempeño de nuestros bomberos, elogiándolo. Al compararlo con lo que tenían en el castillo salía ganando nuestra dotación. Se había tocado el punto referido a que se precisaba reestructurar el servicio contra incendios y se concluyó que eran necesarios instructores provenientes del poblado. Se señalaba ya entonces a varios de ellos, mas mi padre abrigaba esperanzas todavía de ser elegido para esas tareas. A esas cosas se refería y, tal como era su hábito, su expresión era tan juvenil y plena de ilusiones, como jamás volví a verla. En esa instancia, Amalia, con un grado de superioridad que le desconocíamos, manifestó que no debía creerse en esas declaraciones señoriales, pues los amos, sobre la base de lo sucedido, acostumbran decir gentilezas, mas estas carecen de mayor significado, pues lo dicho una vez se olvidaba definitivamente. A pesar de que es verdad que en la siguiente ocasión se tornaba a creer en esas posibilidades. Fue regañada por nuestra madre al decir eso, y nuestro padre se burló de sus aires experimentados. Mas después bajó la cabeza, como buscando alguna cosa de cuya carencia se dio cuenta en ese mismo instante. Sin embargo nada se podía echar en falta y nuestro padre dijo que Brunswick le había referido cierto asunto relacionado con un mensajero; inquirió si nos habíamos enterado de algún otro detalle, a quién involucraba y qué había sucedido. En cuanto a nosotros, guardamos silencio, pero Barnabás, quien por entonces era tan joven como un corderito, insinuó una bobería o una impertinencia, se pasó a otro tema y todo el asunto se dejó de lado.

# Capítulo 18

Poco después resultamos bombardeamos desde múltiples puntos con preguntas acerca de la historia de la carta. Así fue que se aproximaron amigos y enemigos, conocidos y desconocidos, pero no permanecían allí por mucho tiempo. Los mejores amigos fueron los que se fueron más rápidamente. Lasemann, que a veces resultaba ser lento y digno, ingresó tal como si anhelase examinar las proporciones de la estancia. Miró en torno y ya. Resultaba semejante a un espantoso juego de niños eso de observar cómo escapaba Lasemann y nuestro padre, separándose de los demás, bregaba detrás de él. Al llegar al umbral, sin embargo, dejó de seguirlo. Acudió Brunswick y le dijo muy honestamente a mi padre que deseaba volverse un trabajador independiente. Aquel sujeto era muy astuto y supo cómo hacer buen uso de su oportunidad. Se acercaron algunos clientes y buscaron sus zapatos en el taller de mi padre, los que habían dejado para arreglar. En un comienzo mi padre intentó que mudaran de opinión. Lo apoyamos enérgicamente; sin embargo pasado un tiempo renunció y se consagró a ayudar en una búsqueda silenciosa. En el libro de los encargos se sucedieron las tachaduras, fueron entregadas las reservas hechas por los clientes y todo se deslizó sin la menor querella. Los satisfacía cabalmente romper completa y definitivamente sus nexos con nosotros, así con ello se perdiese algo. Finalmente, como tan fácil era de barruntar, se dejó ver el jefe de bomberos, Seemann... Todavía puedo evocar aquello: Seemann, de alta y vigorosa figura, pese a sufrir de los pulmones y ser algo encorvado, invariablemente con su seria expresión, incapaz de reír, se hallaba frente a mi progenitor, alguien a quien antes había rendido su admiración, a quien le había hecho la promesa de convertirlo en representante de la jefatura... Seemann le informó su expulsión del cuerpo y le exigió la devolución de su diploma.

Las personas que se hallaban en torno de nosotros abandonaron sus asuntos y rodearon a los dos sujetos. Seemann nada podía referir; se reducía a palmear el hombro de mi padre como queriendo sacar de él aquello que él mismo anhelaba decir, sin dar con esas palabras. Sonreía al hacerlo, esperando así serenarse y serenar a los otros, mas imposibilitado como se hallaba de sonreír y dado que ninguno lo había escuchado reírse, a ninguno se le pasó por la cabeza que aquello constituyera una genuina sonrisa. Nuestro padre, sin embargo, ya se sentía fatigado en exceso y sin esperanzas de ser capaz de auxiliar a Seemann. Efectivamente: hasta se lo veía sobradamente exhausto como para alcanzar a meditar sobre el asunto. Nos sentíamos desesperados de igual modo, mas como éramos jóvenes, nos negábamos a admitir semejante desquicio. Invariablemente suponíamos que entre aquellos visitantes uno daría la voz de "alto" y forzaría a todo el asunto a retornar a su punto inicial. Creíamos en nuestra falta de reflexión, que Seemann era aquel más meritorio como para hacerse cargo. Tensionados, aguardamos que de ese sonreír sin final asomase en definitiva una expresión nítida. ¿De qué reírse, como no fuese de la tonta inequidad que estábamos padeciendo? "Señor jefe, refiéraselo a todos los demás", no dejábamos de decirnos para nosotros mismos, mientras nos ceñíamos contra él, lo que exclusivamente lo forzaba a concretar las vueltas más raras. Finalmente principió a decir algo, mas no para acatar nuestros anhelos: lo hizo para contestar a las expresiones de ánimo o enojo de las personas. Nosotros, todavía abrigábamos alguna esperanza. Empezó alabando grandemente a mi padre, llamándolo gala del cuerpo de bomberos, modelo imposible de alcanzar para los novicios, figura imprescindible, cuyo egreso de la dotación prácticamente acabaría con ella. Fue cosa bella escucharlo, lo hubiese sido de culminar en aquel punto, mas prosiguió: si pese a esas consideraciones el cuerpo había decidido desprenderse de mi padre, aunque sólo momentáneamente, debía admitirse cuán fundamentadas eran las causas que forzaban al cuerpo a tomar una decisión así. Quizá, sin los magníficos logros alcanzados por mi padre en los festejos de la víspera, nada hubiese llegado a tal extremo, mas justamente dichas realizaciones habían despertado en particular la atención de índole oficial. El cuerpo ocupaba el primer plano y por ende, su pureza debía ser resguardada con mayor celo que anteriormente. En esa instancia era que se había sido gravemente afrentado el mensajero y no había otro camino, para el cuerpo de bomberos, que aquel. Seemann había tomado sobre sus hombros el grave asunto de hacer su anuncio y no debía mi padre complicarlo más todavía. Cuán contento estaba Seemann de sus palabras, merced a la satisfacción que le producía eso. Abandonó su desbordada consideración anterior, señaló el diploma colgado en el muro y luego hizo una seña con el dedo. Nuestro padre asintió y fue a quitarlo de su emplazamiento, sin lograr descolgarlo a causa de sus manos temblorosas. Entonces subí a una silla y me dispuse a auxiliarlo. A partir de aquel instante todo terminó. Ni siquiera extrajo el diploma de su marco y le entregó el conjunto a Seemann. Luego tomó asiento en un rincón, no se movió de allí ni le dirigió a ninguno la palabra. Debimos relacionarnos con las gentes del mejor modo posible.

–Mas tú, ¿dónde señalas aquí la influencia del castillo? –preguntó K–. Por ahora no parece haber tenido ninguna participación. Lo que referiste sólo consistió en el temor sin meditación de los demás. El júbilo por la infelicidad de los demás, la fingida amistad, asuntos presentes en todo sitio; por el lado de tu padre, como mínimo así yo lo veo, se aprecia determinada pobreza espiritual... En definitiva, ¿qué representaba ese diploma? Confirma sus capacidades y estas las seguía teniendo, volviéndolo un elemento imprescindible. Asimismo él podría haberle complicado las cosas al jefe de bomberos en caso de que, cuando empezó a hacer sus declaraciones, le hubiese tirado el diploma a sus pies. Mas resulta crucial que no hayas hecho ninguna referencia a Amalia. Todo emanaba de ella y se hallaba seguramente muy serena, ubicada en segundo plano, atendiendo al desarrollo de todo ese desastre.

–De ninguna manera –retrucó Olga–. A ninguno se le puede echar algo en cara. Ninguno tuvo la opción de manejarse de modo diferente; todo se debió a las influencias del castillo.

–¡La influencia del castillo! –repitió Amalia, quien acababa de entrar proveniente del patio, mientras que los padres hacía mucho que se habían retirado a descansar–. ¿Están relatando historias relacionadas con el castillo? ¿Siguen allí sentados? En cuanto a ti K, deseabas despedirte cuanto antes y ya lo ves, casi dieron las diez. ¿Tienen esas historias alguna clase de importancia para ti? Aquí hay quien se alimenta de ellas. Gente que toma asiento en compañía, tal como lo hacen ustedes, para estimularse mutuamente... Mas no creo que seas una de esas gentes, K.

–Sí que lo soy–dijo K–. Justamente, uno de esos individuos que tú dices. Mas de modo opuesto a aquellos que no le dan ninguna importancia a esos relatos y permiten que se alteren los otros. A mí no me producen mucha impresión.

–Está bien –dijo Amalia–. Mas el interés de las personas es asunto bien distinto. En cierta ocasión escuché hablar de un joven obsesionado con el castillo. Ese muchacho meditaba acerca del castillo de día y también por las noches. Todo lo que no fuese el castillo lo tenía sin cuidado y se temía por su aptitud para llevar adelante las cosas cotidianas, debido a que sus pensamientos invariablemente se ocupaban del castillo. En definitiva, resultó que en verdad su mente no tenía como objeto el castillo, sino a la hija de una servidora de las oficinas. Cuando obtuvo lo que de veras buscaba, todo tornó a ser lo habitual.

–Me agradaría ese joven, supongo yo –afirmó K.

–Dudo mucho que te agradara –señaló Amalia–. Su mujer, puede ser. No los quiero seguir molestando. Iré a acostarme y tendré que apagar la luz, por mis padres. Ellos se duermen rápidamente, pero pasada una sola hora se extinguió su sueño genuino y cualquier cosa que brille los perturba. ¡Que tengan buenas noches!

Ciertamente al rato todo se sumió en la oscuridad. Amalia colocó en el piso un colchón, junto a donde reposaban sus padres, improvisando en ese sitio su lecho.

–¿Quién era ese joven que ella mencionó? –preguntó K.

–Lo ignoro –le respondió Olga–. Quizá se estaba refiriendo a Brunswick, aunque no estoy segura. Tal vez hablaba de otra persona. No resulta cosa fácil comprenderla correctamente. Nunca se sabe si dice algo en serio o está ironizando.

–¡Deja ya de lado todas esas interpretaciones! –exclamó K–. ¿Cómo te volviste en tanta medida dependiente de ella? ¿Era así antes de la catástrofe o sucedió más tarde? Es que... ¿jamás tuviste anhelos de liberarte de ella? En cuanto a esa dependencia, ¿posee alguna base de tipo racional? Es tu hermana menor y según eso, debería rendirte obediencia. Sea ella inocente o bien culpable, le acarreó un desastre a tu familia. En lugar de suplicar el perdón de ustedes día tras día, se la ve más erguida que a todos ustedes, sin preocuparse de cosa alguna, excepto de sus padres. Por mera condescendencia nada quiere conocer, según dice ella misma. Si habla con ustedes la mayor parte de las veces dice cosas en serio, aunque se escucha como sarcástico. O bien los domina merced a su hermosura, que tú refieres ocasionalmente. Mas las tres resultan ser parecidas y aquello que establece la diferencia entre ella y ustedes termina siendo positivo para Amalia. Desde que la conocí me horripiló su forma de mirar, tan ceñuda y rígida. Pero es la menor de las hermanas, aunque cosa alguna de su apariencia lo evidencie. Posee esa apariencia de edad indeterminable, tan propia de aquellas mujeres que apenas envejecen y también apenas fueron jóvenes. Cada día tú la ves, mas no percibes cuán duro es su semblante. Por esa razón, pensando en ello, de modo alguno puedo pensar seriamente en la afición de Sortini. Tal vez su deseo era propinarle un castigo mediante esa misiva y no deseaba genuinamente requerir su presencia.

–No deseo hablar de Sortini –manifestó Olga–. Todo resulta factible si se trata de los del castillo, involucre a la joven más bonita o a la de mayor fealdad. En cuanto al resto, yerras cabalmente en lo que está referido a Amalia. Ningún motivo particular poseo para acercarte a Amalia y si trato de hacerlo es solamente por ti. Amalia resultó de alguna manera el origen de nuestra infelicidad, eso está probado, mas ni nuestro mismísimo padre, el más lastimado por ello y quien jamás mordió su lengua, le dirigió un reproche. Ni en los peores momentos se le ocurrió hacer algo de ese tenor. Y eso no fue justamente por aprobar él la conducta que ella tuvo. ¿De qué manera hubiese sido capaz mi padre, que tanto admiraba a Sortini, de darle su beneplácito? Era incapaz de entenderlo. Hubiese mi padre sacrificado todo por Sortini, mas no como genuinamente sucedió, con un Sortini seguramente poseído por la furia. Lo digo así, como "seguramente poseído", pues ya no supimos cosa alguna acerca de Sortini. Si antes se había mostrado tan reservado, desde entonces fue como si no tuviese existencia. Deberías haber observado a Amalia, por esa época: conocíamos que ningún castigo expreso íbamos a sufrir. Sencillamente lo que hicieron todos fue relegarnos, apartarse de nosotros. Y eso, tanto los del poblado como los del castillo. Mas al tiempo que percibíamos de qué modo nos evitaban los pueblerinos, en cuanto a los del castillo no nos dábamos cuenta. De igual modo, anteriormente no habíamos percibido ninguna asistencia venida del castillo. Entonces, ¿como percibir eso en aquella instancia? Aquella serenidad fue lo peor, no el comportamiento distante de las gentes, porque los del poblado no lo hacían convencidos, y quizá ni siquiera albergaban algún resentimiento en nuestra contra. El presente aborrecimiento no tenía todavía lugar y si habían procedido así, fue por temor. Se limitaban a aguardar que las cosas sucedieran. Tampoco debíamos temer pasar por algún tipo de necesidad: nuestros deudores en pleno nos habían abonado sus cuentas, obtuvimos ventajas de los negocios pactados, y aquello que nos faltaba para alimentarnos nos lo daban nuestros parientes. Resultó cosa fácil: nos hallábamos en la temporada de las cosechas, y aunque ciertamente no somos dueños de campos de cultivo y ninguno nos permitió trabajar en alguna parte, por primera vez en toda nuestra vida terminamos sentenciados al ocio. En consecuencia, nos sentamos juntos con las ventanas cerradas por el calor de julio y agosto. No ocurrió ninguna cosa. Ninguna citación, noticia o visita. Nada de eso.

–Bien –dijo K–. Dado que cosa alguna sucedía ni se aguardaba recibir algún tipo de castigo... ¿a qué le tenían miedo? ¿Qué clase de gente son ustedes?

–¿Cómo explicártelo? –dijo Olga–. No temíamos lo porvenir, ya sufríamos en nuestra condición. Estábamos a mitad del castigo. Los lugareños se reducían a la espera de que nos aproximásemos a ellos. Esperaban que nuestro padre reabriera su local y a que Amalia, que sabía hacer muy lindos vestidos, volviese a aceptar encargos. Si bien aquello estaba reservado para los más prósperos, la gente se apenaba de lo que habían hecho. Si en el poblado es súbitamente aislado un grupo familiar, uno de buena fama, a causa de ello todos sufren alguna desventaja. Al momento de distanciarse de los míos, supusieron simplemente estar cumpliendo con su obligación. Nosotros hubiésemos actuado de igual manera. No habían comprendido cabalmente lo sucedido. Solamente que a el mensajero había retornado a la posada señorial con sus manos repletas de papeles. Frieda lo vio salir y retornar; ella había cruzado un breve diálogo con el mensajero y propalado velozmente lo escaso de esa información. Mas, sin embargo, no lo hizo así por antagonismo con nosotros. Exclusivamente había procedido de tal modo en su afán de cumplir con su deber, el mismo que hubiese sido el propio de cualquier otro individuo, en similares instancias. Entonces la gente habría optado en mejor medida por una feliz solución de todo el conflicto. De haber llegado de súbito con esa novedad de que todo se había solucionado, de que, como ejemplo, todo había consistido en un malentendido, por otra parte ya definitivamente aclarado, o que la ofensa ya había sido lavada; hasta eso habría brindado satisfacción a los pueblerinos. O que a través de nuestros contactos con el castillo habíamos obtenido el completo olvido del tema en cuestión; ellos nos hubiesen abierto sus brazos, besándonos y abrazándonos. Se habrían concertado festejos. Ya conocí instancias similares, con la participación de otras personas. Sin embargo, ni una noticia de aquel tipo había sido precisa, si hubiéramos concurrido por las nuestras y hubiéramos ofrecido volver a restablecer añejos vínculos, sin perder una sola palabra acerca de lo de la misiva. Ello hubiera alcanzado: jubilosamente hubieran dejado de lado lo de referirse a la carta, así como el temor, había sido fundamentalmente lo más delicado de ese tema la causa de que se distanciasen de nosotros. Meramente no deseaban escuchar ninguna cosa sobre ello. Ni hablar ni pensar al respecto ni ser afectados por ello. Cuando Frieda concretó su traición de lo ocurrido, no lo llevó a cabo para gozar con eso; lo hizo para protegerse y proteger a los otros de sus efectos. Ella deseó llamar la atención de la comunidad en cuanto a que había tenido lugar algo de lo que era indispensable correrse con el máximo cuidado. No estaban tomándonos en cuenta a nosotros sino exclusivamente en razón del problema en el que estábamos implicados. Si hubiésemos tornado a salir, si hubiésemos dejado que el pasado reposara, si hubiésemos demostrado con nuestra conducta que habíamos superado ese tema, fuera como fuese, la opinión de la gente habría llegado a persuadirse de que el asunto, cualquiera fuera, no tornaría a ser el centro de conversación. En ese caso todo el asunto hubiese terminado del mejor modo. Hubiésemos hallado en todo sitio la anterior complacencia. Incluso así apenas hubiésemos olvidado en parte el asunto, lo habrían entendido y nos habrían ayudado a olvidarlo enteramente. En lugar de eso nos sentábamos en casa; no sé qué estábamos aguardando. Esperábamos la decisión de Amalia, quien esa mañana se había quedado con el liderazgo familiar y lo retuvo enérgicamente; ello sin ninguna ceremonia particular. Sin impartir órdenes, sin rogar, prácticamente mediante su simple silencio. Los otros teníamos, es verdad, muchas cosas que consultar; era un permanente murmullo desde la mañana hasta la noche... En ocasiones me llamaba mi padre, súbitamente angustiado y yo permanecía prácticamente durante toda la noche sentada al borde de su cama. En otras ocasiones nos acurrucábamos juntos, Barnabás y yo, y él entendía escasamente lo que estaba sucediendo y no paraba de exigir apasionadamente que se lo explicaran. Él sabía ampliamente que los años despreocupados que los muchachos de su edad disfrutaban se habían esfumado; de modo que nos sentábamos el uno junto al otro, de modo semejante a como ahora mismo estamos nosotros sentados y así nos olvidábamos que era de noche y que tornaba a llegar el día. Nuestra madre era la más débil de la familia, a causa no solamente de que había sufrido como todos nosotros sino porque también había padecido por el dolor de cada uno. Fuimos capaces de percatarnos, horrorizados, de los cambios que eso originaba en nuestra madre, los que nos aguardaban también a nosotros. Su sitio preferido era el extremo de un sofá, uno que hace mucho ya no poseemos. Está ahora en la gran sala de Brunswick. Mi madre tomaba asiento en ese sitio y... no sabíamos demasiado qué cosa acontecía, si ella dormitaba o hablaba consigo misma todo ese tiempo. Resultaba algo tan común que nos refiriéramos sin tregua a lo de la misiva, que ahondásemos en aquel asunto, revisando cada detalle seguro o dudoso; que sin cesar nos superásemos recíprocamente buscando cómo dar con una adecuada resolución... Resultaba tan inevitable, tan común, pero no era cosa buena aquella. Nos precipitábamos más y más en el abismo que anhelábamos sortear. ¿Para qué servían tan ingeniosas propuestas? Ninguna se podía concretar sin la participación obligada de Amalia. Todo se reducía a simples aprontes, genuinos disparates, pues sus frutos no alcanzaban a Amalia. De haberla alcanzado, apenas el silencio hubiese sido su respuesta. Por suerte ahora conozco en mayor medida a Amalia. Ella tuvo que aguantar más que los demás y es cosa imposible de entender cómo pudo hacerlo y que todavía viva entre nosotros. Quizá nuestra madre toleró nuestro pesar debido a que ingresó con total violencia en él y no se vio obligada a aguantarlo durante mucho rato. Si todavía lo soporta es cosa que no se sabe... su mente está obnubilada. Mas Amalia no solamente pudo aguantar ese padecimiento: asimismo tenía la capacidad de atravesarlo con su mirada. Nosotros apenas nos percatábamos de sus consecuencias, mientras que ella apreciaba su motivo. Nosotros conservábamos la esperanza de dar con alguna manera, por diminuta que fuese, de sortearlo. Ella estaba al tanto de que todo estaba ya decidido. Nosotros debíamos susurrar. Amalia arrostraba la verdad. Amalia vivió y aguantó esa vida tal como continúa haciéndolo hoy mismo. ¡Qué bien nos iba, en comparación con lo que le sucedía a Amalia! Ciertamente: debimos dejar nuestro hogar y Brunswick se apoderó de la casa. Nos dieron esta choza y empleando un carrito mudamos nuestros enseres haciendo numerosas veces el mismo trayecto. Barnabás y yo tirábamos del carrito, nuestro padre y Amalia empujaban. Nuestra madre, a la que habíamos traído antes a la choza, nos recibió, sentada sobre un cajón, sin cesar de gemir en voz baja. Sin embargo, bien recuerdo que Barnabás y yo, durante esos trayectos agotadores y asimismo humillantes, porque muy seguidamente nos cruzábamos con carretas y sus ocupantes se callaban al vernos venir y miraban hacia otra parte, no lográbamos cesar de referirnos a lo que nos angustiaba y a nuestros planes para librarnos de eso. En ocasiones nos enfrascábamos tanto en lo que estábamos diciendo que deteníamos nuestra marcha; entonces nuestro padre se veía forzado a recordarnos cuál era nuestro deber. Mas nada de lo que nos decíamos alcanzaba para transformar nuestra existencia tras esa mudanza de casa. Simplemente principiamos a comprender nuestra miseria paso a paso. Las vituallas enviadas por nuestros parientes fueron consumidas y prácticamente nuestras vidas estaban terminando. Por entonces empezó a generarse el desdén por nuestra familia; tú ya estás al tanto de ello. Fue evidente que carecíamos de lo necesario para salir del asunto de la carta y ello fue muy mal recibido. Ellos no despreciaban nuestro destino, aunque no sabían con precisión cuál era. De haber superado nosotros esa instancia, nos habrían honrado, mas como habíamos fracasado en ello, implementaron lo que hasta ese lapso apenas habían hecho de momento: nos expulsaron de su medio, de todos los medios. Conocían que, con toda posibilidad, ninguno habría podido pasar por algo así de mejor modo que nosotros, mas aquello los llevó perentoriamente a distanciarse de nuestra familia. Desde entonces ya no se referían nosotros como seres humanos. Nuestro nombre no tornó a salir de sus labios. Éramos llamados por Barnabás, el más inocente de la familia. Hasta nuestra choza se volvió un sitio infame. Si lo piensas, asimismo deberás admitir que al ingresar en esta casa supusiste dar con una razón para tanto desdén. Posteriormente, cuando nos hicieron nuevamente una visita algunos de los del lugar, expresaron con sus gestos el desprecio que sentían por el motivo más baladí. Como ejemplo: a causa de que el farol pende por encima de la mesa, cosa que sintieron que era inaguantable. Pero si colgábamos la lámpara en otra parte, su aborrecimiento era el mismo. Un desdén igual recibía cuanto éramos y cuanto poseíamos.

# Capítulo 19

Prosiguió diciendo ella:

–En tanto, ¿qué hicimos nosotros? Lo peor que podíamos hacer. Una cosa que ameritaba desdeñarnos en mayor medida que antes. Traicionamos a Amalia, desoyendo su silente mandato. Nos resultaba imposible continuar con nuestras vidas de aquel modo, careciendo de mayores esperanzas. Principiamos a rogar y asediar el castillo, cada uno a su modo lo hizo. Espero que alguna vez puedan perdonarnos. Empero estábamos al tanto de que no podíamos solucionar cosa alguna. Asimismo, que el nexo exclusivo que poseíamos con el castillo era Sortini, aquel funcionario que sentía cierta afición por nuestro padre, y que se había vuelto imposible de abordar tras lo acontecido. De todas formas, nos dispusimos a actuar. Empezó con lo suyo nuestro padre y así principiaron las descabelladas excursiones buscando acceder al director, los secretarios, los abogados, los escribientes... La mayor parte de las veces no fue recibido. Cuando por astucia o bien por crueldad, mi padre logró un audiencia, lo que nos llenaba de regocijo, fue rechazado todo lo velozmente que resultó factible y no tornó a ser recibido. Asimismo era tan fácil darle una respuesta: ¡todo es tan fácil, invariablemente, para el castillo! ¿Qué deseaba, qué le había sucedido, por qué razón deseaba excusarse, cuándo y quién se había pronunciado en su contra? Era verdad que se había arruinado, perdidos todos sus clientes y demás... Mas esas son cosas que pasan, temas del oficio y de la oferta y demanda. En definitiva, ¿debía tomar parte el castillo en todos los sucesos? En verdad, ya se involucraba en todas las cosas, mas no podía hacerlo de manera tan basta en el desarrollo de los asuntos, meramente para ponerse al servicio de un ciudadano. Acaso, ¿tenía el castillo que enviar sus agentes a perseguir a los clientes de mi padre y forzarlos a concurrir nuevamente? En esas instancias señalaba mi padre cuáles eran sus objeciones, mientras nosotros nos referíamos a todo eso en un rincón, como escondiéndonos de Amalia. Ella estaba al tanto, pero no tomaba parte. Objetaba mi padre que no estaba lamentándose y que iba recuperar fácilmente lo perdido si resultaba perdonado. Sin embargo... ¿qué era lo que había que perdonarle? Recibía por respuesta que a los del castillo no les había llegado demanda alguna; no constaba en actas, al menos en aquellas a las que tenían acceso los abogados. Por ende, en cuanto podía ser corroborado, proceso alguno había sido levantado en contra de mi padre. Este, ¿estaba en condiciones de referir alguna acción legal en curso y en su contra? No, mi padre no estaba en condiciones de hacer eso. O acaso, ¿se había producido alguna clase de intervención oficial? Nada sabía mi padre sobre eso. Bien: si nada sabía y nada había tenido lugar, entonces, ¿cuál era su deseo? ¿Qué tenían que condonarle? Lo imperdonable era justamente que molestase sin causa a la administración. Nuestro padre no se rindió, pues todavía era muy enérgico y disponía de todo el tiempo libre. "Voy a recuperar la honra debida a Amalia, esto no va a prolongarse demasiado", nos refería a Barnabás y a mí repetidamente, cada día, sólo que lo hacía en voz baja, ya que no debía escucharlo Amalia. Pero solamente lo estaba diciendo por ella, puesto que en verdad no pensaba en recuperar su honra: exclusivamente, obtener su perdón. Mas previamente a obtenerlo debía señalar cuál era la culpa, que le fue negada una y otra vez. Tuvo la idea, evidentemente ya estaba su mente afectada, de que le escondían la culpa debido a que no pagaba lo suficiente; hasta entonces había abonado los impuestos establecidos y que, a causa de nuestra situación, eran muy altos. Pero en esa instancia supuso que debía pagar sumas mayores. Eso no era verdad, ya que la administración recibe sobornos, aunque exclusivamente para hacer las cosas más sencillas y sortear conversaciones prescindibles. Mas con ellos cosa alguna se puede obtener. A causa de que esa era la esperanza que abrigaba mi padre, no fue nuestra intención perturbarlo. Vendimos cuanto todavía teníamos, prácticamente lo más básico, para proporcionarle a nuestro padre lo preciso para continuar con sus tratativas. Por un largo período comprobamos contentos, cada día, que nuestro padre al despedirse de nosotros tenía unas monedas en su bolsillo. Empero, pasábamos hambre cada día, y lo que exclusivamente logramos con ese dinero fue que nuestro padre conservase un júbilo pletórico de esperanzas. De eso no se podía referir que constituyera alguna ventaja. Nuestro padre se torturaba con sus peregrinaciones y cuanto de no contar con plata hubiese culminado merecidamente, se extendió. Como mediante el dinero no podía recibir un resultado relevante, alguno que otro escribiente probaba, de tanto en tanto, aparentemente, rendir alguna cosa; en esa instancia prometía investigar, señalaba que había dado con ciertas pistas que no iban a ser investigadas a fin de cumplir con lo normado, sino por inclinación hacia mi padre. Este, en vez de descreer cada vez más, se volvía más y más ingenuo. Retornaba con alguna de esas descabelladas promesas, tal como si viniese al hogar provisto de una suerte de bendición, y era deprimente observar cómo, invariablemente lejos de Amalia, señalándola con una mueca de sonrisa y los ojos muy abiertos, deseaba darnos a entender de qué manera la salvación de Amalia, aquella que solamente la iba a asombrar a ella, se hallaba próxima merced a sus trabajos, pero que todo debía permanecer aún oculto. Todo habría durado mucho si, definitivamente, no nos quedase forma de darle más plata. Pese a que mientras tanto Barnabás, tras mucho rogar, había conseguido un puesto junto a Brunswick en calidad de ayudante: si bien tenía que recoger los pedidos en la oscuridad de la noche y devolverlos de igual modo, hay que reconocer que Brunswick tomó un riesgo para sus negocios por nuestra causa, aunque por ello le pagaba muy poco a Barnabás y la labor de Barnabás es intachable. Mas su sueldo apenas alcanzaba para que no muriésemos de hambre. Con numerosos preparativos y la mayor delicadeza le comunicamos a nuestro padre que no podíamos darle más plata, lo que aceptó con toda serenidad. Como estaba su mente, era incapaz de entender lo inútil de su accionar, mas ya estaba harto de tantas frustraciones. Pese a que aludió, ya sin tanta claridad como antaño, que apenas le hubiese bastado con un poco más de plata, y que a la jornada siguiente o hasta aquella misma podría enterarse de todo y que entonces su empeño habría sido vano, que meramente había sido derrotado por falta de dinero y otras cosas más, el modo como lo manifestó demostraba su falta de seguridad al respecto. Asimismo estableció una nueva planificación: dado que no pudo demostrar su culpabilidad y por ende nada pudo lograr por el camino de lo oficial, deseaba acercarse en persona a los funcionarios. Entre ellos había algunos de piadoso corazón, algunos que aunque no podían hacer gala de ello por sus funciones, si se los abordaba en el instante adecuado, cuando no estaban trabajando...

En esa instancia K, quien había estado escuchando muy concentrado a Olga, la interrumpió preguntando:

–¿Tú no lo estimas como un camino adecuado?

Pese a que aquello que le diría Olga le brindaría la contestación a su interrogante, deseaba saberlo en el acto.

–No lo creo así –repuso Olga–. No es factible hablar de nada que se parezca a la piedad. Éramos tan jóvenes y tan faltos de toda experiencia... Estábamos bien al tanto de ello, lo mismo que mi padre. Desde luego que lo sabía, aunque se le había olvidado, tanto como el resto de las cosas. Su plan era apostarse en el sendero principal, en las cercanías del castillo, allí por donde pasaban los carruajes de los funcionarios, siempre que pudiera presentar su pedido de perdón. Con sinceridad, era ese un plan disparatado. Hasta si hubiera sucedido algo imposible y ciertamente su ruego de perdón hubiese llegado a un funcionario, acaso, ¿podía mi padre ser absuelto por un solo funcionario? Eso tendría que ser prerrogativa del conjunto de la administración, mas inclusive la administración no está en condiciones de absolver. Apenas puede establecer un juicio. Entonces, ¿puede establecer una noción al respecto un funcionario, hasta en el caso de que se apeara de su vehículo para interesarse en lo que le iba a decir mi padre, tan mísero, agotado y envejecido? Los funcionarios poseen un alto grado de instrucción, mas asimismo una enorme parcialidad. En su área específica un funcionario deduce de una sola expresión series completas de pensamientos. Empero es factible explicarles asuntos ajenos a su competencia por horas y más horas y solamente se obtendrá de ellos que con gentileza acepten todo con un gesto, aunque no habrán entendido cosa alguna de lo referido. Ello es notorio. Trata de comprender los minúsculos asuntos de índole oficial que hacen a uno de ellos, que el funcionario resuelve encogiéndose de hombros. Trata de entenderlos en profundidad y para ello vas a precisar de toda una vida. Así y todo, nunca llegarás al final de la cuestión. Mas si nuestro padre se hubiese topado con un funcionario eficiente éste no podría solucionar aspecto alguno sin contar con las actas previas... Y desde luego, tampoco haría nada parecido en medio del camino principal. Un funcionario de esa índole no puede perdonar, sino archivar oficialmente el asunto y señalar otra vez la vía reglamentaria. Mas obtener alguna cosa por esa vía hubiese resultado impracticable para mi padre. Hasta qué punto había llegado él para poner en práctica un plan como aquel. Si hubiese existido una oportunidad, por remota que fuera, el camino principal estaría repleto de solicitantes; mas como aquí se trata de algo imposible, para cuya comprensión apenas se precisa contar con una formación de tipo elemental, se halla completamente desierto ese sendero. Tal vez ello vigorizara las esperanzas que abrigaba nuestro progenitor, las que él nutría apelando a cuanto encontraba. En este punto resultaba imprescindible, el sentido común no tenía razón alguna para perderse en abismales lucubraciones. Debía entender con toda evidencia lo imposible que era aquello hasta en lo más superficial. Cuando los funcionarios viajan hasta el poblado o retornan al castillo, su recorrida nada tiene que ver con el ocio: en un sitio y el otro les aguardan sus deberes y por esa razón hacen su trayecto a la mayor velocidad posible. Ni piensan en otear por las ventanillas por si los aguardan peticionantes, sus vehículos van repletos de documentación que ellos revisan sin cesar.

–Sin embargo yo –dijo K– observé que dentro de un trineo oficial no había actas ni otra documentación.

En lo narrado por Olga se le abría a K el panorama de un universo tan inmenso e inverosímil que no podía evitar compararlo con su reducida experiencia para así confirmar ante sí mismo más nítidamente que existía, y de igual manera convencerse de la existencia palpable de su mismo mundo.

–Puede ser –dijo Olga–. Mas en tal caso resulta ser cosa peor. Es que el funcionario se halla absorto en cuestiones de tanta importancia que la documentación de referencia es excesivamente preciosa o abultada como para poder transportarla en su mismo carruaje. Dichos funcionarios viajan a galope tendido. En todo caso, en lo que respecta a nuestro padre, ningún funcionario dispuso de tiempo adecuado para atenderlo. Asimismo: existen diversos senderos que llevan hasta el castillo. Súbitamente se torna uno de ellos el camino de moda y la mayor parte de los vehículos oficiales lo recorren. Lo mismo sucede después con otra de esas sendas... Todavía se ignora por qué razón eso acontece. Siendo las ocho de la mañana, todos siguen un sendero; diez minutos después, van por otra senda. Pasados treinta minutos optan por una tercera opción. Otra media hora transcurre y tal vez retomen la primera carretera y continúa el flujo de carruajes por ella durante el resto de la jornada. Mas en cualquier momento puede cambiar todo nuevamente.

Aunque cerca del poblado coinciden todos los caminos en uno exclusivo, por ese sendero ruedan a velocidad máxima, en tanto que es muy moderada ya cerca del castillo. Mas, tal como el tráfico en cuanto a los caminos no acata norma alguna y es imposible de anticipar, algo semejante acontece con la cantidad de carruajes. Muy seguidamente no aparece uno solo y al día siguiente un número elevadísimo recorre el sendero. A continuación, trata de imaginarte a nuestro padre en aquel sitio. Cada mañana, vistiendo sus mejores ropas, las únicas que le restaban, abandonaba nuestra casa entre nuestras bendiciones, llevando consigo un minúsculo distintivo del cuerpo de bomberos que ha conservado sin ninguna causa plausible. Una insignia que se prendía apenas abandonaba el poblado, pues en su ejido teme exhibirlo aunque sea tan chica que apenas se logra apreciarla estando a un par de pasos de distancia. Mas según cree nuestro padre, sería útil para concitar la atención de los funcionarios. No demasiado distante de la entrada al castillo se encuentra un establecimiento agrícola cuyo propietario se llama Bertuch, quien provee de verdura al castillo. Mi padre eligió un sitio en el angosto borde de la cerca del plantío. Bertuch toleró eso porque había sido amigo de mi padre y uno de sus más leales clientes. Él tiene un pie deformado y suponía que exclusivamente mi padre podía hacerle zapatos. De manera que allí estaba sentado mi padre, cada día. El otoño aquel resultó muy lluvioso pero eso lo tenía sin cuidado. A cierta hora, cada mañana, colocaba la mano en el picaporte y se despedía para volver cada noche empapado; se veía cada vez más encorvado y pasaba a hacerse un ovillo en un rincón. Al principio nos narraba cuanto le había sucedido en la jornada, como por ejemplo que aquel Bertuch, llevado por la piedad y recordando su añejo vínculo con él le había lanzado una frazada sobre la cerca, o asimismo que entre los carruajes había supuesto identificar a este o aquel funcionario o que de tanto en tanto un cochero lo reconocía y, en chiste, lo rozaba con su látigo. Posteriormente cesó de referir asuntos como aquellos, y era claro que ya no albergaba esperanzas respecto de tener éxito. Meramente creía que era su deber, su monótono oficio, dirigirse hasta aquel sitio y perder en él un día entero. Entonces principió su padecimiento a causa del reuma. Estaba próxima la temporada invernal, la nieve llegó antes de tiempo; es que por estos parajes el invierno se inicia tempranamente. Mi padre se vio obligado a sentarse sobre la roca húmeda o bien sobre la nieve. Cada noche su dolor lo hacía gemir. En ocasiones, de mañana, no estaba seguro si debía salir de la casa, mas lograba sobreponerse y dejaba nuestra choza. Mi madre se aferraba a su marido e insistía en que no saliera, mas él, tal vez angustiado por la falta de obediencia de su organismo, le permitía que fuera con él, de modo que asimismo nuestra madre principió a manifestar esos síntomas reumáticos. Muy seguidamente permanecíamos con ellos, llevándoles alimentos o meramente los visitábamos. En otras oportunidades tratábamos de persuadirlos para que volvieran a la casa. En cuántas ocasiones los pescábamos allí hechos un ovillo, abrazados en lo angosto de su asiento, apenas cubiertos por una delgada frazada, rodeados exclusivamente por la nieve y la neblina. Jornadas completas pasaban sin que se viese a nadie por allí. ¡Qué imagen aquella, K! Finalmente, cierta mañana, las piernas endurecidas de mi padre no sirvieron para levantarlo del lecho. Se lo veía sin consuelo y en su delirar suponía ver que un carruaje detenía su marcha, junto al huerto de Bertuch, se apeaba un funcionario, iba hasta la cerca de su busca y sacudiendo la cabeza y furioso, retornaba a su vehículo. Nuestro padre dejaba oír unos gritos tales, que parecía intentar con ellos reclamar la atención del funcionario desde donde se hallaba, para explicarle que se había ausentado sin tener culpa. Resultó aquella una prolongada ausencia de su sitio habitual. No volvió a él, debió seguir en cama varias semanas. Amalia se hizo cargo de él: ella conoce hierbas medicinales que aplacan el dolor. Amalia apenas precisa del sueño. Ella a nada teme. Jamás se impacienta. Ella hizo todo el trabajo referido a mis padres. Por nuestra parte, nosotros no podíamos contribuir en aspecto alguno y merodeábamos alterados en torno de ellos. Ella permanecía fría y sin decir palabra. Pasado el peor momento, con ayuda, mi padre pudo dejar su lecho. Enseguida Amalia se retiró y nos lo encargó a nosotros.

# Capítulo 20

Siguió diciendo Olga:

–Entonces el asunto consistía en encontrar alguna ocupación para nuestro padre, una que conservara su creencia de que era capaz de libertar a su familia de la culpa. No era difícil; todo podía ser tan útil como sentarse delante de los cultivos. Mas yo di con algo que hasta a mí me brindó cierto grado de esperanza. Invariablemente, si en las oficinas administrativas o entre los escribientes se mencionaba nuestra culpa, ello incluía la afrenta sufrida por el enviado de Sortini. Ninguno se animaba a ir más allá de eso. "Bien", me dije a mí misma, "si la opinión de la gente, así sea en cuanto a su apariencia, exclusivamente está enterada de la afrenta hecha al enviado de Sortini, todo podría ser solucionado si logramos amigarnos con ese mensajero. No fue presentada una denuncia, eso nos aclararon y el tema aún no ha pasado a ser de competencia administrativa. De manera que depende todo del mensajero, quien simplemente tiene que otorgarnos su perdón". Todo se reducía a mera apariencia, carecía de una importancia decisoria y podía ser que careciera de algún resultado; mas a nuestro progenitor iba a causarle júbilo y podría beneficiarse en parte de los que tanto lo habían mortificado. Lo primero era dar con aquel mensajero. Mi padre se encolerizó en gran medida al comienzo, cuando le conté lo que había planeado, porque se había vuelto sumamente antojadizo. Parcialmente suponía y ello se acrecentó con su afección, que habíamos obstaculizado que tuviese éxito en su cometido; inicialmente al dejar de darle dinero y más tarde al tenerlo en su cama. También en parte ello sucedía porque ya no era capaz de entender el criterio de los demás. Todavía no había terminado de contárselo, que ya había rechazado de plano mi postura. Él suponía que debía continuar aguardando en el plantío de Bertuch; como ya no estaba en condiciones de hacerlo día tras día, debíamos transportarlo en un carrito. Sin embargo yo no me amilané y paulatinamente se fue haciendo a esa idea. Solamente lo perturbaba encontrarse en absoluta dependencia de mi persona, porque solamente yo había visto al mensajero y él lo desconocía. Ciertamente, un servidor es muy parecido a cualquier otro de sus colegas y no tenía la plena seguridad de alcanzar a identificarlo. Dimos en visitar muy repetidamente la posada señorial y buscar a ese individuo entre los servidores que acostumbraban frecuentar aquel sitio. Fue un servidor de Sortini y este ya no volvió a visitar el poblado, mas los señores cambian muy seguido de servicio. Era dable dar con él al servicio de otro amo y, si no podíamos ubicarlo, como mínimo estábamos en condiciones de acceder a algún dato interrogando a sus pares. En función de ello, debíamos pasar cada noche en esa posada y todos se sentían incómodos con nosotros presentes en el establecimiento. En calidad de pasajeros que abonan el servicio, no era posible acudir. Sucedió que podríamos ser necesarios en la posada: ya conoces qué tortura representaba para Frieda servir allí. En verdad se trata de gente tranquila, muy mal habituada a un servicio fácil y además ociosa. "Ojalá te vaya como a un criado", es una de las frases favoritas de los funcionarios y ciertamente, en lo que hace a la vida placentera, son los criados los genuinos amos en el castillo. Ellos también lo aprecian y en el castillo, donde se manejan a su antojo, se los ve silenciosos y dignos. Lo corroboré muy repetidamente y asimismo aquí, entre los sirvientes, se pueden confirmar remanentes de eso. Pero solamente remanentes y en todo lo demás, como las normas del castillo no rigen plenamente en el poblado, parecen metamorfoseados los criados. Se transforman en un grupo silvestre y amotinado, sin que sus inclinaciones sin mengua resulten subordinadas a las normas. Su falta de vergüenza no conoce fronteras y el poblado es afortunado si solamente pueden dejar la posada para cumplir alguna orden. Sin embargo, en la posada es preciso pugnar con ellos. Para Frieda ello resulta muy arduo, de manera que le fue muy adecuado que me integrasen al servicio. Hace más de un par de años que paso dos noches completas, semanalmente, en el establo. Anteriormente, en tiempos en que nuestro padre todavía podía concurrir a la posada señorial, pernoctaba en cualquier parte, junto al despacho de bebidas. De esa manera podía aguardar por las informaciones que yo le proporcionaba a hora temprana, cada mañana. Eran muy escasas: no dimos todavía con el emisario de Sortini. Debe encontrarse aún a su servicio. Sortini lo tiene en gran estima; debió seguirlo cuando su amo se trasladó a oficinas más distantes. Durante todo ese período tampoco fue visto por los demás servidores; si uno de ellos lo asevera, está en un error. De manera que en verdad yo había fracasado, aunque no del todo. No se puede dudar de que no dimos con el mensajero y que nuestro progenitor, a causa de verse obligado a hacer el camino hasta la posada y pasar la noche en ella, sufrió mayores complicaciones de su salud. Está desde hace dos años como lo viste; tal vez su suerte fue mayor que la de nuestra madre, cuyo final aguardamos que se produzca de un momento al otro. Su final se demora merced exclusivamente a las solicitudes extraordinarias que despliega Amalia. Mas aquello que obtuve en la posada señorial fue establecer cierto nexo con el castillo. No debes desdeñarme si te manifiesto que no siento remordimientos por lo que hice. Seguramente te estarás preguntando de qué notable contacto con el castillo yo estoy hablando. Estás en lo cierto: no se trata de ningún contacto notable. Es verdad que conozco a buen número de servidores, a la mayoría de los que atienden a los señores: Si alguna vez ingresara en él, no sería vista como alguien extraño. Ciertamente solo son servidores en el poblado, ya que en el castillo su condición es muy distinta. Allí a ninguno reconocen y en menor medida a uno con el que entraron en contacto en el poblado, así juren en el establo, una y otra vez, que sentirían júbilo de toparse contigo en el castillo. En lo que hace a lo que resta, ya conocí cuán poco importan esas promesas. Sin embargo, eso no es lo fundamental: no solamente mediante los servidores tengo un nexo con el castillo; también, y espero que funcione, merced a alguien que me vigila a mí y a cuanto hago desde arriba, cuando es la organización del servicio una actividad tan importante y comprometida del trabajo administrativo. Mi vigilante tal vez se haga un juicio más benévolo acerca de mí que el que establecen otras personas. Tal vez suponga que yo, aunque lo haga de un modo deplorable, estoy bregando por los míos, continuando lo emprendido por mi padre. De verlo de esa forma, tal vez pueda disculpar que acepte plata de parte de los servidores y la use para ayudar a mis familiares. Logré una cosa más y es algo que tú también me echas en cara: me enteré gracias a los criados cómo se puede hacer para ser empleado en el servicio del castillo, evitando la selección reglamentaria, tan ardua y prolongada por años. De modo que, aunque el mío no sea un empleo público, solamente aceptado a medias, no se ve afectado por obligaciones ni otorga derechos. No hay ventajas, pero tampoco desventajas. Lo peor es no poseer ventajas... pero no, una sí posee: que invariablemente se encuentra uno cerca de todo, es posible identificar opciones positivas y hacer buen uso de ellas. Asimismo, no se es un empleado pero fortuitamente se puede obtener cierto trabajo. Si no hay ningún empleado disponible y llega una llamada y uno se da prisa... Aquello que no se era un instante atrás, entonces se es: ¡un empleado! Sin embargo... ¿cuándo es posible acceder a algo así? En ocasiones, muy rápidamente, apenas al llegar. Aparece la chance y no todos poseen la aptitud y la fuerza anímica como para, siendo un principiante, comprenderlo cabalmente. En otras ocasiones esto se retrasa más años de lo que se extiende la selección de personal y aquel que fue solamente aceptado en parte ya no está en condiciones de aspirar a un ingreso reglamentario. De modo que sí, existen suficientes obstáculos. Empero, se callan que la selección de personal de servicio actúa con la mayor rigurosidad, que aquel que es parte de una familia de mala imagen es eliminado en el acto. Si un sujeto de tales características se presenta a la selección, tiembla durante años esperando el veredicto y por todas partes le preguntan, ello a contar desde el primer día y con estupor, cómo se animó a dar un paso tan inútil. Sin embargo él abriga sus esperanzas. Cómo podría vivir de otra manera... Mas ya pasados muchísimos años y siendo el postulante un viejo, le informan que su caso está perdido, de que todo fue inútil. Empero también en este aspecto hay excepciones. Por esa causa, es muy fácil ceder a la tentación. Sucede que justamente personas de baja reputación terminan siendo aceptadas. Hay funcionarios que, en contra su voluntad, adoran el olor de esos sujetos. Durante los exámenes de ingreso huelen el aire, retraen los labios, ponen sus ojos en blanco. Un sujeto como ese al parecer actúa para ellos a modo de estímulo del apetito y deben aferrarse con sus mayores energías a fin de alcanzar a resistir la tentación.

En ocasiones ello ayuda a la persona del caso, no en cuanto a que sea admitida, sino para extender ilimitadamente el protocolo de ingreso, que ya sólo interrumpe el fallecimiento del postulante. De tal manera, el protocolo de admisión y el otro procedimiento se muestras, plenos de obstáculos, tanto de índole conocida como oculta. Previamente a arrostrar unas peripecias como estas es necesario estudiarlo minuciosamente. Bien: Barnabás y yo encaramos este asunto muy seriamente; cada vez que yo volvía de la posada señorial tomábamos asiento uno al lado del otro y le narraba las nuevas de las que me había enterado. Nuestras conversaciones duraban días y las labores de Barnabás se suspendían por un período más allá de lo conveniente. Puede que yo tenga culpa, en este aspecto, de acuerdo con lo que tú supones. Estaba al tanto de que no podía confiar demasiado en lo informado por los criados y que jamás deseaban referirme algo relacionado con el castillo. Invariablemente trataban de desviar el curso de la conversación; debía suplicarles para recibir una palabra al respecto. Mas después, ya inmersos en el asunto, daban rienda suelta a este, se daban ínfulas, competían entre sí por demostrar quién exageraba más diciendo todo tipo de dislates, de manera que el bullicio generado en aquel establo apenas albergaba algo correspondiente a la verdad. De todas maneras yo le contaba todo de nuevo a Barnabás según lo recordaba y Barnabás, que todavía no era capaz de discernir entre lo cierto y lo falso, y que por la situación familiar desfallecía de ganas por el asunto, todo lo admitía como verdadero y ansiaba conocer aún más. Ciertamente, mi nueva estrategia tenía por centro al mismo Barnabás. De los servidores ya no era posible obtener algo más; no había ninguno que pudiese dar con el mensajero de Sortini, que sería inhallable. Tanto el funcionario como su enviado, al parecer, retrocedían cada vez en mayor medida; reiteradamente su aspecto y sus nombres eran olvidados. Yo debía hacer su descripción por largo rato para que pudiesen recordarlos con el mayor trabajo para ello, mas de todas formas no sabían orientarme con algún otro mínimo dato. En lo referente a mi coexistencia con el servicio, desde luego que ninguna incidencia poseía en cuanto a cómo se juzgaba; solamente podía aguardar que fuera recibido como se lo recibió y que disminuyera parcialmente la culpa adjudicada a mi familia. Sin embargo, ninguna señal recibí acerca de ello. Sin embargo, persistí y ya no avizoraba en lo tocante a mí ninguna chance de lograr obtener algo del castillo.

En cuanto a Barnabás, sí vi otra posibilidad. De las informaciones de los servidores pude concluir, cuando tenía ganas, y estas siempre me sobraban, que alguno que fue admitido en el servicio del castillo puede obtener mucho para los suyos. Ciertamente, ¿qué resultaba creíble de todo aquello que me era referido? No resultaba posible discriminar. Solamente resultaba evidente lo escaso que era, porque cuando un criado, a quien no volvería a ver o a quien, si volvía a verlo, apenas lograría reconocerlo, me garantizaba que auxiliaría a mi hermano para hacerse de un cargo en el castillo o como mínimo, se comprometía a ayudarlo cuando Barnabás se dirigiera al castillo, esto es, algo similar a darle ánimos, de acuerdo con lo narrado por los servidores, podía suceder que los postulantes perdiesen el conocimiento a causa de lo mucho que tuvieron que aguardar o se sientan confundidos. En tal caso estarán en aprietos de no contar con amistades que los ayuden. Al tiempo que me narraba esas cosas y muchas otras, era claro que se trataba de prevenciones plenamente adecuadas, mas las promesas que las acompañaban eran palabras vanas. No en cuanto a Barnabás, pese a que le advertí que no les diera crédito; el mero asunto de hacer mención a ellas alcanzó para que adoptara mi estratagema. Mis objeciones apenas surtieron efecto en él, a quien exclusivamente afectaban los dichos de los servidores. De manera que quedé en dependencia solamente de mí misma, porque con mis padres ninguno se lograba hacer entender, como no se tratara de Amalia. Según me aferraba a los añejos planes de mi padre, bien que modificados por mí, más se distanciaba de mí Amalia. Frente a ti u otros me dirige la palabra, mas ello jamás sucede si estamos las dos a solas. Fui un juguete para los servidores en la posada señorial, unos que encolerizados bregaban por destrozar. Por un par de años ni siquiera logré cruzar con los criados una confidencia. Apenas compartí embustes, insidias o disparates, de modo que solamente contaba con Barnabás, quien era muy joven. En momentos de referirle mis informaciones sus ojos fulguraban. Ese brillo lo ha conservado desde aquel instante y yo me atemorizaba pero no cejaba: creía que era mucho lo que se estaba jugando en esa instancia. En verdad no albergaba los vastos y huecos planes de mi padre, carecía de esa voluntad tan varonil. Me quedaba en la reparación a causa de la afrenta al enviado por Sortini y deseaba que esa humildad me granjeara un reconocimiento; mas lo que yo no había logrado alcanzar, anhelaba obtenerlo mediante el concurso de Barnabás, de un modo diferente y seguro. Habíamos ofendido a un mensajero y lo habíamos desalojado de las oficinas más exteriores, ¿qué podía ser más adecuado que ofrecer un nuevo mensajero, Barnabás, para realizar el trabajo del mensajero afrentado mediante su esfuerzo, facilitando de tal forma al ofendido el permanecer distante cuanto deseara y precisara para sepultar en el olvido lo que lo ofendió? Me di cuenta cabalmente de que en toda la modestia de esta estratagema había determinado grado de soberbia de mi parte, ya que podía dar lugar a la sensación de que mi intención era dictarle alguna cosa a la administración. Como ejemplo de esto último: cómo debía encarar los asuntos del personal. También podía hacer sospechar que dudábamos de la capacidad de la administración en cuanto a poder solucionar la instancia por las suyas, del mejor modo que fuese factible; hasta de que, inclusive, no hubieran aprontado los medios indispensables previamente a que nosotros supusiésemos que era posible obrar de alguna forma. Empero nuevamente acepté que no era factible que la administración fuera a interpretarme de modo tan erróneo o que lo hiciese intencionadamente, o sea, que todas mis maniobras fueran rechazadas. De modo que no me amilané y el empeño que puso Barnabás concretó lo restante. En esa etapa previa él se tornó tan soberbio que, pensándose ya empleado de oficina, tuvo por excesivamente miserables las labores de zapatero. Hasta tuvo ánimos como para oponerse a Amalia cuando ella le dirigió expresiones al respecto, cosa muy rara en ella, enfrentándola en lo fundamental. Le di mi permiso para sentir tan efímero júbilo, porque el primer día en que concurrió al castillo se acabaron su júbilo y soberbia, como era fácil predecir. En ese instante principió a realizar esa tarea aparente, de la que ya te participé. Es asombroso el modo como ingresó al castillo mi hermano. Mejor dicho, cómo entró en las oficinas trasformadas en su medio laboral. Aquel éxito en un comienzo me enloqueció, y cuando me lo susurró Barnabás de vuelta a la casa esa noche, me dirigí hacia donde se hallaba Amalia, la estreché en mis brazos, la besé hasta llevarla a sollozar de miedo y dolor. Nada pude decirle, a causa de mi entusiasmo, y asimismo, ya llevábamos demasiado rato sin decirnos nada, de manera que lo dejé para otro momento. Pero en los días que siguieron no quedaba nada por mencionar. Quedamos bloqueados en aquello que habíamos alcanzado con tamaña celeridad. Por dos años sobrellevó Barnabás esa monotonía opresiva; los servidores fracasaron miserablemente y yo le entregué a Barnabás un mensaje de recomendación dirigido a ellos. En esa carta simultáneamente les traía a la memoria cuanto habían prometido. Cada vez que se encontraba con un servidor, Barnabás le mostraba la misiva, así se tratara de criados desconocidos para mí, y pese a que ante aquellos que sí habían tenido contacto conmigo su actitud se reducía a exhibirles la carta sin agregar una palabra, porque en el castillo no se animaba a hacerlo, fue vergonzoso que ninguno lo auxiliara y también un alivio, algo que no podíamos agenciarnos por las nuestras y desde hacía mucho, cuando uno de los servidores, uno a quien seguramente le había mostrado antes muy repetidamente mi mensaje, hizo un bollo con la carta y la arrojó al papelero. Me imagino que mientras hacía eso aquel criado pudo haber mascullado: "Así acostumbran ustedes proceder con los mensajes". Mas por carente de mayores resultados que haya sido esa etapa, tuvo una influencia positiva sobre Barnabás, si así se puede definir a que madurara antes de tiempo, transformándose en un adulto precoz, hasta en cierta medida dotado de una seriedad y astucia mayores de lo común. Muy seguidamente me produce pesar verlo y compararlo con quien era él hace solamente un par de años. Ni siquiera obtuve de su parte el bálsamo y el apoyo que tal vez alcanzara a brindarme como hombre. Sin mi concurso, nunca hubiese entrado al castillo, mas desde entonces se maneja independientemente de mí. Solo yo soy de su confianza, mas solamente me refiere parcialmente cuanto siente. Mucho me narra en relación al castillo, pero esas cuestiones baladíes no se entiende de qué forma lograron metamorfosearlo en tanta medida. No cabe comprender, en particular, por qué razón actualmente, siendo un hombre, carece del coraje que siendo tan joven Barnabás alcanzaba para desesperarnos. Ciertamente esa infructuosa espera que se prolongó día tras día, sin cambios, destruye la fuerza moral, lo torna a uno irresoluto y acaba con cuanto no se reduzca a ese aguardar infinito. Mas, ¿por qué causa no se resistió, en un comienzo? Debido a que enseguida admitió que tenía yo razón y que en ese sitio no era posible conseguir algo que compensara lo ambicionado, para mejorar la situación de los nuestros. Porque allí todo se encuentra en funcionamiento, salvo los caprichos de los servidores, humildemente, el orgullo busca satisfacerse con las labores. Como el asunto en sí mismo adquiere mayor importancia, el orgullo desaparece y ya no queda sitio para anhelos pueriles. De todas maneras, tal como me lo refirió, Barnabás suponía apreciar claramente las dimensiones del poder y los conocimientos de esos funcionarios tan cuestionables, los de aquella oficina donde le permitían ingresar. Me contó de qué modo efectuaban sus dictados, velozmente y cerrando los ojos, con cortos gestos. De qué modo despedían, empleando el índice y sin agregar más que ese gesto, a los servidores que se quejaban, los que en esa instancia sonreían de dicha al tiempo que respiraban arduamente o de qué manera daban en sus volúmenes con una cita fundamental, requerían atención dando una palmada y los otros debían apresurarse a su llamado, empujándose a causa de lo angosto del corredor, alargando el cuello para divisarlos. Cosas como aquellas nutrían la imaginación de Barnabás respecto de esos sujetos y sentía que si ellos le prestaban alguna vez su atención y alcanzara a dirigirles algunas palabras, no en la condición de un extraño sino como un par oficinesco, así fuera uno inferior en rango, lograría algo para nosotros que era imposible anticipar. Mas no llegó a algo tan remoto y no se anima a concretar alguna cosa que lo acercara a ello, aunque bien conoce que a pesar de sus pocos años ocupó entre nosotros, en razón de las desdichadas instancias de marras, un sitio tan impregnado de responsabilidades como el del jefe de familia. El colmo fue que hace ya una semana llegaste tú al poblado. Se lo escuché decir a alguno en la posada señorial, sin interesarme en absoluto. Un agrimensor se había presentado y ni siquiera conocía qué clase de profesión era esa. Pero a la noche que siguió vino Barnabás a nuestro hogar; yo acostumbraba ir a su encuentro a la hora habitual, más temprano que todos los días. Observó a Amalia, que entonces estaba en la estancia y que por ello me llevó hasta la calle, hundió su rostro en mi hombro y sollozó largamente. Tornó a ser ese muchacho que era anteriormente. Le sucedió una cosa para la que no se hallaba listo, como si un mundo novedoso súbitamente le hubiese abierto sus puertas y Barnabás no fuera capaz de aguantar la ansiedad generada por dicha novedad. Lo que exclusivamente le sucedió fue recibir una misiva destinada a ti, pero definitivamente se trata de una carta inicial, el primer encargo que recibió.

Olga cesó de hablar y se adueñó de la escena el silencio. Apenas era dable escuchar cómo respiraban los padres, con tanto esfuerzo. K, como para completar los dichos de Olga, dijo sin pensarlo:

–Ustedes disimularon ante mí. Barnabás me trajo la misiva en cuestión como si fuera un mensajero experimentado, muy ocupado; tanto tú como Amalia, que en esto se hallaba de acuerdo, hicieron ver como si el servicio de mensajería y las cartas no fuesen más que algo secundario.

–Debes tú diferenciar entre nosotros –repuso Olga–. Barnabás, merced a ambas cartas, volvió a ser un chico dichoso, por encima de cuanto duda de su cargo. Dichas dudas sólo las siente en lo que hace a él y en lo que se refiere a mí. Ante ti, sin embargo, trata por su honra de mostrarse como un genuino mensajero, de manera que, según su criterio, deben hacer su aparición los genuinos enviados. Por ello, esto es un ejemplo, y pese a que espera todavía hacerse acreedor efectivo de un atuendo reglamentario, su anhelo de eso se ha incrementado. Me vi llevada a cambiarle en un par de horas el pantalón para que se asemejara el que viste al más ceñido y propio del traje reglamentario, a fin de causar una positiva impresión. Ello porque en esas cuestiones tú resultas fácil de embaucar. Tal es la forma de ser de Barnabás. En cambio, Amalia desdeña genuinamente el servicio de mensajería. Ahora que Barnabás, al parecer, ha sido medianamente exitoso, como se aprecia en él y en mí, y es factible concluirlo a partir de nuestras citas y murmuraciones, actualmente lo desprecia en mayor medida. De modo que ella dice cosas ciertas, no te equivoques al dudar de eso. Mas si en mi caso, desprecié en alguna circunstancia ese servicio no fue para engañarte a ti, sino teniendo el temor por fundamento. Ambas cartas, las que pasaron por las manos de Barrabás, constituyen desde hace tres años la señal inicial de gracia, por cuestionable que eso resulte, que recibieron los míos. Esta modificación, si es que ciertamente existe y no es una fantasía, las que son más frecuentes que las modificaciones de algo, se relaciona con tu irrupción. Nuestro sino, de alguna forma, se volvió dependiente de ti. Existe la posibilidad de que ese par de cartas represente solamente el principio y el accionar de Barnabás se amplíe allende el servicio que te brinda. Colocaremos nuestras esperanzas tanto como podamos. Mas por ahora todo conduce a ti. Arriba nos tenemos que conformar con lo que nos ceden. Aquí abajo, en vez, quizá logremos hacer alguna cosa, o sea, garantizarnos tu apoyo o, como mínimo, evitar que nos rechaces. Tal vez y ello quizá sea de mayor importancia, resguardarte cuanto podamos para no perder el contacto con el castillo que tú estableces, ese del cual quizá logremos vivir.

¿Cómo podemos conseguirlo de la forma más adecuada? Pues tratando de que no tengas sospechas en nuestra contra si nos aproximamos a tu persona, porque eres en este paraje un forastero y por ende sospechoso en todo sitio. Genuinamente sospechoso. Asimismo, a nosotros nos desdeñan y a ti te pesa la influencia general, singularmente a través de Frieda... ¿Cómo podríamos en tal caso aproximarnos a ti sin, este es un ejemplo, y pese a que no tengamos esa intención, enfrentarnos a tu novia y, por ello mismo, sin lastimarte? En cuanto a los mensajes que yo leí en detalle previamente a que los recibieras; no lo hizo Barnabás porque siendo mensajero, lo tiene vedado, en principio nada en ellos sugería ser de alguna importancia. Todo lo opuesto: se veían pasados de fecha. Ellos mismos se restaban su importancia al enviarte con el alcalde. ¿Cómo debemos comportarnos contigo en cuanto a ello? Si incrementamos su importancia, nos tornamos sospechosos de valorar en exceso un asunto que notoriamente es insignificante; también corremos el riesgo de ufanarnos frente a ti de ser los que tenemos la información, mas si no persiguiésemos tus metas, podríamos despreciar las novedades y embaucarte sin quererlo. Empero, si no le damos suficiente valor a las misivas, asimismo nos hacemos sospechosos, ya que, ¿por qué razón nos ocuparíamos de llevar esas cartas baladíes a su destinatario? Aquí nuestro accionar refutaría nuestros dichos, ya que no solamente te estaríamos embaucando, siendo tú el destino de esas misivas. También engañaríamos así a quien las envía, alguien que definitivamente no nos pasó esas cartas a fin de que redujésemos su valor frente a quien están destinadas dando esa clase de explicaciones. Hallar el adecuado punto de equilibrio entre las exageraciones, o sea, interpretar acertadamente los mensajes, es cosa imposible. Su valor se modifica permanentemente de valor. Las reflexiones que generan son interminables y el sitio aquel donde uno detiene su marcha es establecido por lo fortuito. De manera que las opiniones obtenidas también son aleatorias. A eso se suma el temor que tú nos inspiras. Todo se torna confuso. No debes juzgar mis dichos severamente; cuando, es un ejemplo, como ya sucedió cierta vez, aparece Barnabás diciendo que estás satisfecho con su trabajo y asustado y llevado también, lamentablemente, por su sensibilidad como mensajero, sopesa la posibilidad de renunciar a su cargo, yo estoy decidida, a fin de compensar su yerro, a embaucar, mentir, estafar. A concretar cualquier tipo de infamia en caso de que contribuya en algo. Mas hago eso, lo creo así, por nosotros y por ti.

Fue entonces que se oyó que llamaban a la puerta y Olga se aproximó y la abrió. En las tinieblas se vislumbró el fulgor de una linterna sorda; el demorado visitante susurró algo, ciertas preguntas, y las respuestas que recibió también fueron susurros. Pero, no se satisfizo e ingresó en la vivienda, sin que Olga alcanzara a impedírselo. Ella llamó a Amalia, esperando que, a fin de velar por el reposo de sus padres, desalojara al intruso. Amalia se apresuró a acudir, quitó a Olga de su camino, salió fuera y cerró tras de sí. Pasó un breve rato y tornó a entrar a la casa. Con tanta celeridad había concretado lo que Olga no pudo hacer.

A través de Olga supo K que esa intrusión estaba relacionada con él: uno de sus colaboradores había ido a buscarlo, de parte de Frieda. Olga había intentado resguardarlo de esa visita. Si después deseaba admitir ante Frieda que había estado en la casa, bien podría efectuarlo, mas no debía ser visto allí por sus colaboradores. K estuvo de acuerdo con ello, pero rechazó el ofrecimiento de pernoctar allí y aguardar la llegada de Barnabás. De suyo hubiese aceptado, porque era ya tarde y suponía que, lo deseara o no, se hallaba involucrado de tal modo con ese grupo familiar que alojarse en su casa, por otras razones tal vez un sitio no grato, sería algo natural para todos, pero de todas formas rechazó el ofrecimiento. La aparición de su colaborador no lo había amedrentado y no podía entender de qué modo Frieda, quien estaba al tanto de cuál era su voluntad y sus colaboradores, quienes habían aprendido a tenerle miedo, habían tornado a reunirse de manera que Frieda no hesitaba en mandar a uno de los jóvenes a buscarlo, a uno solo de ellos, en tanto que el otro habría permanecido en su compañía. Le preguntó a Olga si poseía un látigo: ella le dijo que no, aunque sí tenía una adecuada vara de mimbre. K la tomó y luego inquirió si la vivienda tenía otra salida. Efectivamente, tenía otra puerta que daba a los patios, mas posteriormente había que subirse por la cerca del jardín del vecino y atravesar aquel espacio para acceder a la calle. Eso fue lo que deseó hacer K; al tiempo que Olga iba con él atravesando el patio hasta la cerca, K probó de serenarla lo más rápido que fuera posible, señalándole que no estaba encolerizado en su contra a causa de sus estratagemas según lo relatado. Al contrario: él la entendía a la perfección; le dio las gracias K por haber confiado en él, demostrado eso por sus palabras. Asimismo le hizo el encargo de enviar a Barnabás a la escuela apenas arribara, así fuera de noche. Pese a que los mensajes de Barnabás no eran su única esperanza; en tal instancia su porvenir sería oscuro. No deseaba renunciar a aquella gente. No quería olvidarse de Olga, que en su concepto tenía mayor importancia que los mismos mensajes: su coraje, su cautela, su perspicacia, su sacrificio por los suyos. Si tenía que optar entre ella y Amalia, no habría de demorarse demasiado. Aferró enérgicamente su mano, al tiempo que se aprontaba a subirse a la cerca del vecino. Ya en la calle observó, todo lo que se lo permitía lo oscuro de la noche, de qué modo el colaborador continuaba deambulando de un lado al otro frente a la vivienda de Barnabás. De a ratos se detenía y probaba de alumbrar el interior de la casa a través de una ventana velada por cortinas.

K lo llamó y el joven –sin dar muestras de sentirse asustado– cesó de espiar y se le aproximó.

–¿A quién estás buscando? –preguntó K, y probó en su pierna cuán flexible era la vara de mimbre.

–A ti te busco–dijo el joven, mientras se acercaba.

–¿Quién eres? –dijo súbitamente K: no creía que se tratara de su colaborador, pues le pareció de mayor edad, fatigado y con arrugas, pese a que su semblante se apreciaba como más pleno. Asimismo su manera de andar resultaba muy distinta de aquel conocido andar ágil, como si tuviesen sus colaboradores electricidad en las coyunturas. Resultaba lento, rengo, enfermo, el modo de moverse de aquel sujeto.

–Acaso, ¿no ves quién soy? –le preguntó el individuo–. Soy Jeremías, tu anterior colaborador.

–¿En verdad? –dijo K, y dejó ver otra vez la vara, que había escondido detrás de sí–. Pero luces muy diferente.

–Eso se debe que me encuentro solo –repuso Jeremías–. Estándolo, se esfuma la juventud.

–¿Dónde se encuentra Arthur? –preguntó K.

–¿Arthur? –preguntó Jeremías–. ¿El niño mimado? Dejó el servicio. Fuiste excesivamente riguroso con nosotros. Su sensible espíritu no lo aguantó y regresó al castillo, donde te va a denunciar.

–¿En cuanto a ti...? –preguntó K.

–Logré seguir en este lugar. Arthur también va a denunciarme a mí.

–¿De qué se quejan ustedes? –preguntó K.

–De que tú no puedes entender siquiera una broma –repuso Jeremías–. ¿Qué cosa hicimos nosotros? Algunas bromas, reírnos algo, molestar un poco a tu novia. Todo ello, además, según nos fue encargado. Cuando Galater nos mandó hacia ti...

–¿Quién...? ¿Galater? –preguntó K.

–Así es, Galater –dijo Jeremías–. Por entonces representaba a Klamm. Al enviarnos hacia ti, mencionó y eso lo recuerdo perfectamente porque apelamos a ello, que íbamos en calidad de colaboradores del agrimensor. Repusimos que nosotros nada sabíamos de ese tipo de labores y él replicó que no era eso lo fundamental, porque si resultaba imprescindible, tú nos adiestrarías. Pero, él dijo, lo fundamental era que te distrayésemos un poco, pues sabía que te tomas todo muy seriamente. También conocía él que acababas de arribar al poblado y que te parecía eso la gran cosa, aunque en verdad carece de sentido. Eso deseaba él que te diésemos a entender.

–Corriente –repuso K–. ¿Tuvo la razón Galater y ustedes cumplieron con lo que les asignó?

–Lo ignoro –dijo Jeremías–. Tampoco resultó posible hacerlo con tan poco tiempo disponible. Apenas sé que fuiste muy grosero. De eso nos quejamos. No se entiende cómo siendo como eres apenas un empleado y además, ni siquiera uno del castillo, no alcanzas a entender lo duro que es nuestro trabajo. Asimismo, que resulta injusto obstaculizar adrede nuestro desempeño, de un modo tan pueril. Debo traer a tu memoria cómo permitiste que nos congelásemos allá en la cerca y cómo golpeaste a Arthur cuando se hallaba en el jergón; un sujeto a quien una expresión dura lo hiere durante días... De qué manera fuiste en mi persecución a través de la nieve y en mitad de la noche. Precisé una hora para recuperarme de eso... ¡ya no soy tan joven!

–Muy apreciado Jeremías –dijo K–, tienes toda la razón, mas tendrías que contárselo todo a Galater. Fue él quien los mandó por propia voluntad. No lo solicité y por lo tanto, no había ningún impedimento para rechazarlos. Me habría gustado hacerlo pacíficamente, pero según parece ustedes no lo deseaban así. ¿Por qué causa no me hablaste con igual honestidad cuando nos vimos la primera vez?

–Debido a que me hallaba de servicio –dijo Jeremías–. Es cosa de lo más evidente.

–En el presente, ¿ya no lo estás? –preguntó K.

–Ahora no –le contestó Jeremías–. Arthur dejó su puesto en el castillo o, como mínimo, inició el protocolo que nos va a liberar para siempre de ti.

–Y sin embargo, me estás buscando tal como si continuaras de servicio –dijo K.

–No es así –dijo Jeremías–. Simplemente vine en tu busca para que Frieda se serenara. Cuando tú la dejaste por la joven de la familia de Barnabás se sintió muy desdichada, No en tanta medida por lo perdido como en razón de tu traición. Por otra parte, ya llevaba tiempo anticipándolo y había sufrido por ello. Justamente retorné a la ventana de la escuela para confirmar si te habías vuelto más razonable; mas ya no estabas allí, sólo vi a Frieda sollozando sentada en un banco. Me acerqué a ella y acordamos en un punto. Ya hice lo que me correspondía. Trabajo como camarero en la posada señorial, al menos mientras en el castillo no se haya resuelto mi asunto. En cuanto a Frieda, volvió al despacho de bebidas. Es lo más adecuado para ella: nada razonable era eso de casarse contigo. De igual modo, tampoco alcanzaste a valorar cuán sacrificado era hacerlo para Frieda. Actualmente, es tan bondadosa, duda todavía si no se fue injusto contigo; duda acerca de si ciertamente estuviste con la joven hermana de Barnabás. Pese a que por supuesto que no cabía hesitar en cuanto a dónde tú te hallabas, vine a confirmarlo. Tras tanta inquietud, Frieda se merece dormir tranquila, lo mismo que yo. No solamente te encontré en este sitio, sino que además pude corroborar que esas mujercitas prácticamente comen de tu mano, en particular la morena. Es una genuina tigresa y está de tu lado. Bien, cada uno obra como quiere. En definitiva, no vale la pena que rodees el jardín de los vecinos. Yo conozco ya el camino.

# Capítulo 21

De modo que había tenido lugar lo que era previsible, inevitable. Lo había dejado Frieda, mas no había razón para que ello fuese terminante y en definitiva no era cosa tan negativa; podría reconquistarla, era fácilmente influenciable por cualquier extraño, en particular por esos colaboradores que estimaban el cargo de Frieda parangonable con el suyo. Como habían dejado el servicio, habían impulsado a Frieda a hacer lo propio. Mas K simplemente debía presentarse ante ella, hacerle rememorar cuanto se mostraba favorable para él y Frieda tornaría a él, arrepentida. Especialmente si resultaba capaz de justificar su visita a las jóvenes mediante un logro debido a ellas. Empero y a pesar de tales meditaciones (con ellas probaba de serenarse acerca de Frieda) no alcanzaba a tranquilizarse. Hacía poco rato que se había ufanado de Frieda ante Olga, llamándola su exclusivo apoyo; bien, aquel sostén había probado no ser demasiado seguro. No se había hecho preciso un poderoso ataque para quitárselo. Alcanzó con ese insoportable colaborador, aquel pedazo de carne que en ocasiones ni siquiera parecía tener vida.

Había Jeremías comenzado a distanciarse, cuando K lo requirió diciéndole:

–Jeremías, quiero ser honesto. Debes contestarme con toda sinceridad. Ya no nos une una relación del tipo amo y servidor. Eso no te alegra solamente a ti, también a mí. De manera que no hay por qué razón engañarnos. Mira: rompo la vara que guardaba para ti, porque no tomé este camino por temor, sino para sorprenderte y darte de golpes. Bueno, no lo interpretes mal: ya es historia y si no fueras un criado que me fue otorgado reglamentariamente, apenas alguien conocido por mí, nos hubiésemos entendido muy adecuadamente, pese a que en ciertas oportunidades tu apariencia me resulte molesta. Podemos actualmente recuperar el tiempo que hemos perdido.

–¿Eso crees? –dijo el colaborador, frotándose sus ojos fatigados y bostezando–. Podría explicarte el asunto más detalladamente si tuviese el tiempo que no tengo. Debo ir a ver a Frieda. La niña me aguarda, todavía no se puso a hacer sus labores. El posadero fue persuadido por lo que yo le dije. Ella deseaba entregarse a su trabajo sin mayores dilaciones, seguramente para olvidarse de todo lo sucedido, mas el posadero le otorgó un lapso a fin de que se reponga. Queremos pasar ese tiempo en mutua compañía. En lo que hace a tu propuesta, no tengo por qué mentirte, pero tampoco motivo alguno para ser confidente contigo. Mi caso difiere del tuyo: durante el período en que te serví, eras para mí, desde luego, alguien importante. Pero no por tus cualidades sino por ese encargo oficial. Yo hubiese hecho cualquier cosa por ti, cuanto se te hubiera antojado. Empero, ahora es bien diferente todo. Que rompas esa varilla poco me importa y meramente me hace acordar del amo brutal que tuve y que nunca supo ganarse mis simpatías.

–Me hablas –dijo K– muy persuadido de que no tienes razón ya para temerme. En verdad, no es así: es factible que todavía no te hayas liberado por completo de mí. En este sitio nada se soluciona tan raudamente.

–En ocasiones, eso sucede todavía más rápido –lo corrigió Jeremías.

–En ocasiones –dijo K–. Ninguna cosa señala que así haya sido en esta oportunidad. No tenemos una disolución del vínculo escrita. El protocolo comenzó a desarrollarse y todavía no hice valer mis contactos, pero así lo haré. Si la decisión te resulta desfavorable, no habrás hecho nada todavía para ganarte mi aceptación, y tal vez obré con demasiada prisa al romper la vara. A Frieda, en verdad, te le llevaste tú, y puedes fanfarronear acerca de ello cuanto te plazca. Mas, con el mayor de los respetos por ti, aunque no me lo tengas a mí, con decirle yo cuatro cosas a ella se derrumbarían los embustes que le hiciste creer. Exclusivamente mentiras pueden separar a Frieda de mí.

–No me aterran tus amenazas –le retrucó Jeremías–. Tú no me quieres en calidad de colaborador. Por el contrario: me temes en tal condición, le tienes miedo a los colaboradores, solamente por temor fue que golpeaste al pobre Arthur.

–Quizá fue así –admitió K–. ¿Le causó eso un daño menor, acaso? Puede que te muestre mis temores más frecuentemente y de igual modo. Ya estoy confirmando que a ti eso de ayudar no te alegra, de modo que forzarte a que cumplas tu cometido me va a entretener mucho más, dejando de lado cualquier temor. Asimismo me las ingeniaré para tomarte a ti exclusivamente a mi servicio, de modo de brindarte mayor atención.

–Acaso, ¿supones que me da miedo lo que me dices? –preguntó Jeremías.

–Estoy seguro de eso –dijo K–. Algo de miedo tienes y si eres despierto tendrás mucho. ¿Por qué causa no te has ido ya con Frieda? Dime, ¿tú la amas?

–¿Que si yo la amo? Es buena y lista, una anterior amante de Klamm, de modo que respetable, en definitiva. Y si ella me pide sin pausa que la libere de ti, ¿por qué no debería hacerlo, particularmente cuando con ello no te causo ningún daño, porque encuentras consuelo entre las infames hermanas de Barnabás?

–Ahora sí que puedo apreciar cabalmente tu temor –dijo K–. Es de lamentar que trates de capturarme entre tus embustes. Frieda solamente pidió una cosa: que la libren de estos perros, estos lascivos colaboradores que se volvieron ingobernables. Desgraciadamente no tuve tiempo para hacer realidad sus anhelos de cabo a rabo. He aquí el resultado de mi desidia.

–¡Señor agrimensor! –gritó alguien, allí, en la calle. Se trataba de Barnabás. Se aproximaba jadeante, mas no olvidó hacerle una reverencia a K.

–Lo logré –afirmó.

–¿Qué cosa lograste? –preguntó K–. ¿Le acercaste mi petición a Klamm?

–No pude –dijo Barnabás–. Me esforcé por hacerlo, pero me resultó imposible. Me abrí camino, seguí allí toda la jornada sin que nadie me llamara. Estaba tan cerca del mostrador que hasta un escribiente a quien le tapaba la luz me empujó. Me anuncié, lo que está vedado, levantando mi mano cuando Klamm miró hacia arriba. Yo fui el que más tiempo se quedó en la oficina, a solas con el servidor, cuanto tuve nuevamente la chance de ver a Klamm; mas no vino por mí. Simplemente deseaba confirmar apurado cierto asunto en un volumen y partió enseguida. Finalmente el servidor me echó, casi a escobazos, porque yo no tenía la menor intención de irme. Te digo todo esto para que no vayas a sentirte enojado por mi proceder.

–¿De qué me sirve eso, Barnabás –le aclaró K–, si a nada me lleva?

–Sin embargo, yo alcancé el éxito –replicó Barnabás–. Al salir de mi oficina, esa que yo denomino como "mi oficina", observé que se acercaba cierto caballero caminando despacio por el extenso corredor. Todo el resto se hallaba ya desierto, era tarde. Tomé la decisión de aguardar por aquel caballero. Era una buena ocasión para seguir en ese sitio. En verdad me hubiera gustado más seguir allí en vez de venir con una mala noticia. Mas fue positivo aguardar a ese caballero: era el señor Erlanger. ¿Lo conoces? Él es uno de los principales secretarios de Klamm, un sujeto bajo y debilucho, algo cojo. En el acto me identificó. Es célebre su memoria y su saber acerca de la índole humana. Se reduce a ponerse ceñudo y con ello ya puede identificar a cualquiera, muy seguidamente a gente que no ha visto antes, personas de las que solamente oyó hablar o sobre las cuales leyó algo. Por ejemplo, en lo que a mí atañe, estoy seguro de que nunca antes me vio. Pero a pesar de que puede reconocer a cualquiera, invariablemente pregunta, tal como si no estuviese muy seguro. "¿No eres tú Barnabás?", me preguntó. Y luego agregó: "Conoces al agrimensor, ¿no es verdad?". Y después me dijo: "¡Qué feliz coincidencia! Ya me iba a la posada señorial. Debe ir a verme allí el agrimensor. Yo ocupo el cuarto número quince. Mas debe el agrimensor concurrir ya mismo. Debo asistir a ciertas entrevistas. Volveré como a las cinco de la mañana. Le dices al agrimensor que es importante que yo hable con él".

Súbitamente Jeremías salió a escape. Barnabás, que por su agitación apenas le había prestado alguna atención, preguntó:

–¿Qué cosa desea Jeremías?

–Ver a Erlanger antes de que lo haga yo –replicó K, antes de salir corriendo detrás de Jeremías.

Finalmente le dio alcance y lo sujetó del brazo, diciéndole:

–¿Son las ganas de volver con Frieda el origen de tu inesperada partida? Yo siento lo mismo, por lo que iremos juntos.

Frente la oscura posada señorial se hallaba un grupito de hombres, y un par de ellos tenía linternas de mano, de modo que se podía identificar ciertos semblantes. K dio apenas con uno a quien conocía. Era el cochero Gerstäcker. Gerstäcker le saludó inquiriendo:

–¿Sigues en el pueblo?

–Así es –le contestó K–. Yo vine aquí para quedarme.

–Me da lo mismo–dijo Gerstäcker, quien tosió enérgicamente y se volvió hacia donde estaban los demás.

Allí todos esperaban a Erlanger. Este ya había llegado, pero todavía conversaba con Momus, previamente a darles recepción a las partes. La conversación en general se refería que no se podía aguardar dentro de la casa y debían hacerlo allí fuera, sobre la nieve. Pese a que no hacía demasiado frío, era una falta de consideración dejar a esas personas tal vez por varias horas de pie, esperando ante la edificación. En verdad, la culpa no recaía sobre Erlanger, quien en mayor medida podía ser entendido como alguien afecto a transigir. Él apenas estaba enterado de la cuestión y seguramente se hubiese encolerizado de haberlo sabido. La culpa era de la posadera, que en su enferma ambición de la exquisitez, no aguantaba que entraran tantas personas simultáneamente en la posada señorial. Acostumbraba sentenciar: "Dado que no se puede obviar y deben acudir por amor de Dios, que lo hagan el uno detrás del otro". Finalmente había logrado que los individuos que inicialmente esperaban en el vestíbulo, luego en las escaleras, más tarde en el corredor y por último en el despacho de bebidas, fueran echados al exterior. Mas eso no alcanzó a satisfacerla: le resultaba insoportable sentirse "sitiada" en su misma morada (así decía la posadera). No lograba entender a qué se debía ese ir y venir de gente. "A fin de enroñar las escaleras", le espetó en cierta oportunidad un funcionario, tal vez muy agriado, mas para la posadera esa fue una contestación reveladora y solía emplearla como cita. Su aspiración –y con ello se amoldaba a la tendencia de los afectados– era que se levantase una edificación ante la posada señorial, una donde pudieran aguardar los visitantes. Empero su mayor anhelo estribaba en que las entrevistas con las partes, de igual modo que los interrogatorios, no se concretasen en la posada. Mas a ello se oponían los funcionarios y cuando estos se oponían concretamente a algo, la posadera no lograba imponer su opinión, aunque en las cuestiones accesorias, y a causa de su empeño, tan infatigable, tan femenino, detentara un determinado, minúsculo poder despótico. Empero ella iba a tener que seguir soportando, con toda probabilidad, la celebración de las entrevistas y los interrogatorios en el interior la posada, pues los señores del castillo, si se hallaban en el poblado, no querían dejar la posada por causa de temas oficiales.

Invariablemente estaban apurados y exclusivamente visitaban el poblado en contra de sus deseos. Prolongaban su presencia en ese sitio solamente en la medida de lo más imprescindible. Debido a ello, no podía imponérseles que en pro de la tranquilidad del establecimiento se mudaran de momento –ellos y toda su documentación– a cualquier otro sitio, perdiendo así su tiempo.

Los funcionarios preferían dar curso a los procedimientos oficiales en el despacho de bebidas o bien en sus cuartos, mejor si durante las comidas o ya en el lecho, previamente a dormirse o por la mañana, estando excesivamente cansados como para dejar la cama, a donde deseaban estirarse. En cambio, el asunto de erigir un salón de espera en otro sitio les resultaba beneficioso. Pero definitivamente representaba un castigo de peso para la posadera (ellos se reían del tema) porque haría precisas muchas entrevistas y los corredores no podrían quedar vacíos. Sobre eso conversaban asordinadamente aquellos que esperaban. A K le llamó la atención que, a pesar de que la insatisfacción era considerable, ninguno le recriminaba a Erlanger que hubiese convocado a los interesados en mitad de la noche. Preguntó sobre ello y le dijeron que por esa resolución tenía en mayor medida que sentir gratitud. En definitiva, se debía solamente a su buena voluntad y la gran consideración en que tenía su cargo su presencia en el poblado. Si fuera su antojo, él, posiblemente más a tono con lo estipulado reglamentariamente, podría comisionar a un subalterno para que completase las actas. Pero él se resiste generalmente a proceder así; desea verlo y escucharlo todo, aunque deba sacrificar para ello sus noches, dado que en su horario laboral no se estipula algún período para trasladarse hasta el poblado. Expresó como objeción K el hecho de que Klamm concurría al poblado por el día y que hasta permanecía allí por varios días... Acaso, ¿era Erlanger, quien solamente era un secretario, en mayor medida requerido arriba? Algunos se rieron con bonhomía mientras que otros prefirieron, muy confundidos, cerrar la boca. Estos últimos eran la mayoría y apenas le contestaron alguna cosa a K. Sólo uno, hesitando, refirió que por supuesto resultaba Klamm tan indispensable en el castillo como en el poblado.

En ese instante se abrió la puerta de la posada y se dejó ver Momus, entre dos criados que portaban sendos faroles.

–Los primeros a los que les otorgará audiencia el señor secretario Erlanger –dijo Momus– serán Gerstäcker y K. ¿Se hallan estos presentes?

Los aludidos se anunciaron, mas previamente Jeremías se deslizó en el interior diciendo:

–Soy camarero en este sitio.

Fue saludado por Momus, sonriente, con una palmada sobre su hombro.

*"Tendré que prestarle mayor atención a Jeremías"* –se dijo a sí mismo K, pese a que era bien consciente de que Jeremías seguramente representaba un riesgo menor que Arthur, quien trabajaba en su contra en el castillo. Quizá lo más adecuado resultara ser permitirle a los colaboradores que lo torturaran antes que dejarlos vagabundear sin freno y que así pudiesen intrigar en total libertad. Algo para lo que definivamente demostraban estar muy bien capacitados.

Cuando K pasó junto a Momus, éste hizo como si identificara en él, justamente entonces, al agrimensor.

–¡Oh, el señor agrimensor! –exclamó–. Aquel a quien le disgustan los interrogatorios, se apura ahora a llegar a uno. Con mi concurso todo hubiese sido más fácil. No obstante, en verdad es arduo elegir los más convenientes.

Cuando K intentó detenerse para replicar, Momus agregó:

–¡Caray! En esa ocasión necesité sus respuestas. En esta no.

Empero K le contestó, encolerizado por la actitud de Momus.

–Exclusivamente piensan en ustedes mismos. No voy a contestar simplemente por ser interrogado de oficio. Ni ahora ni nunca antes lo hice.

Momus le manifestó:

–¿En quién tenemos que pensar, en tal caso? ¿Quién sigue? ¡Váyase ya!

En el corredor lo recibió un sirviente que lo llevó por el sendero ya antes conocido por K: atravesando los patios, la puerta después y a continuación el pasillo bajo que descendía. En las plantas de arriba moraban, parecía, exclusivamente los funcionarios de rango más elevado. En vez, los secretarios ocupaban aquel pasillo. Asimismo Erlanger, aunque revistaba como uno de los secretarios de alto nivel. El servidor apagó su farol, dado que allí contaban con luz eléctrica. Todo en el interior era reducido, mas incluía detalles elegantes; se había hecho buen uso del escaso espacio disponible. El corredor tenía la altura apenas adecuada para atravesarlo sin tener que agacharse. En los flancos se veía una puerta después de la otra. Los muros no alcanzaban el techo, seguramente tomando en cuenta la necesidad de ventilación, puesto que las diminutas estancias carecían de ventanas. La desventaja de esas paredes sin completar era el bullicio que se escuchaba en el pasillo y las alcobas. Gran número de ellas, al parecer, estaban en uso y en su interior todavía había gente despierta. Se escuchaban voces, martillazos, tintineos, mas no parecía imperar una particular alegría. Las voces se oían asordinadas: apenas se lograba comprender sus dichos. Tampoco se colegía que fueran aquellas genuinas conversaciones. Seguramente alguno dictaba o estaba leyendo en voz alta. Justamente en la estancia desde donde llegaban sonidos de copas y platos no se percibía ninguna palabra. Los martillazos le hicieron rememorar a K algo que había oído decir: que ciertos funcionarios, a fin de recuperarse de sus tantos esfuerzos mentales, se solazaban de cuando en cuando realizando labores de carpintería, trabajos de mecánica de precisión y actividades parecidas.

Aquel pasillo se veía desierto. Solamente frente a una puerta estaba sentado un caballero de alta estatura, pálida tez y flaco, gastando un abrigo de pieles. Bajo este se delataba la presencia del pijama. Muy seguramente el sujeto había escapado de su mal ventilada alcoba, salido y sentado. Hojeaba el periódico sin mayor interés y bostezando se inclinaba y oteaba por el pasillo, quizá aguardando a alguna de las partes por él citadas a comparecer, que demoraba en aparecer.

Al pasar cerca de este sujeto, el servidor le manifestó a Gerstäcker, aludiéndolo:

–¡El Pinzgauer!

Gerstäcker expresó su asentimiento diciendo:

–Hace mucho que no bajaba.

–Sí, hace mucho –confirmó el criado.

Por fin arribaron a una puerta que no se diferenciaba en nada de las otras; detrás de ella –así lo confirmó el servidor– moraba Erlanger. El criado trepó a los hombros de K y escrutó por la parte superior en la estancia.

–Se halla tendido en el lecho –informó, descendiendo de los hombros de K–. Todavía está vestido, pero se lo ve adormilado. En ocasiones lo abruma un tremendo cansancio, estando aquí en el poblado. Eso, por culpa del cambio de su rutina. Debemos aguardar. Va a llamar en cuanto se despabile. Sin embargo, ya antes sucedió que continuó durmiendo todo el tiempo que estuvo en este poblado y, tras despertar, partió enseguida rumbo al castillo. En definitiva, es trabajo voluntario el que hace en este sitio.

–Es mejor que siga durmiendo hasta el fin –dijo Gerstäcker–. Si al despertar le resta tiempo para sus labores se enoja por haberse dormido; prueba entonces de resolver todo apurado y es imposible referirle algo por completo.

–¿Usted concurre a causa de la concesión del transporte para el nuevo edificio? –inquirió el criado.

Gerstäcker dijo que sí, asintió, condujo aparte al servidor y se dirigió a él empleando un tono bajo. Pero el servidor apenas le prestó atención y miró sobre Gerstäcker, porque le llevaba más de una cabeza de altura. Luego, lentamente, se acarició el cabello muy serio.

# Capítulo 22

En aquel momento K observó, mirando en torno, a lo lejos, en uno de los rincones del pasillo, a Frieda. Ella aparentó no conocerlo; se reducía su actitud a mirarlo con fijeza. Ella llevaba en su mano una taza y algunos platos. K le informó al servidor que retornaría en un instante, mas este no le brindó su atención. Entonces K corrió hacia Frieda y al llegar hasta ella la tomó de los hombros, tal como si tornara a recuperarla, y le preguntó tonterías y la miró a los ojos, como examinándola. Sin embargo, Frieda no cambió su aire de tensión. Finalmente, confundida, probó de dejar los platos sobre una mesa y le dijo a K:

–Y ahora, ¿qué cosa quieres de mí? Ve con esas..., ya sabes cómo se llaman. Justamente vienes de su casa, eso se lee en tu mirada.

K cambió enseguida de tema. El encuentro no debía gestarse así, tan súbitamente y principiando por la peor parte. Era demasiada desventaja para él.

–Suponía que ibas a estar en el despacho de bebidas –le dijo.

Frieda lo miró con franco asombro y pasó con suavidad su mano libre por su frente y su mejilla, tal como si se le hubiese olvidado cómo era K y quisiera volver a ser consciente de ello. Asimismo, su mirada ofrecía esa expresión empañada, la de un recuerdo recuperado arduamente.

–Me volvieron a recibir en el despacho de bebidas –musitó con lentitud, como si no tuviese importancia cuanto pudiera decir, pero llevase a una charla con K, lo fundamental. Ella agregó:

–Esto no es para mí. Son labores que cualquier persona puede llevar adelante. Cualquiera que muestre un semblante amable, que sepa cómo hacer camas... alguien que no tenga miedo de las impertinencias de los pasajeros, alguien que justamente los induzca a ello, puede servir como sirvienta. Mas, en el despacho de bebidas, la cosa es diferente. Me acaban de volver a tomar al servicio del despacho de bebidas, pese a que me fui de allí de modo tan poco honorable. Debo admitir, empero, que gocé de protección. Mas el posadero se alegra de eso y de tal modo pudo volver a recibirme. Hasta me incitó a hacerlo. Si tomas en cuenta lo que me hace recordar este despacho de bebidas, vas a entenderlo. En definitiva, que me quedé con el cargo. Solamente como ayudante. Pepi solicitó no ser abochornada, obligándola a dejar su puesto en el acto. Por ello y porque trabajó con denuedo, cumpliendo con sus deberes en las fronteras mismas de sus posibilidades, le fue otorgada una tolerancia de un día.

–Todo está muy bien –sancionó K–. Dejaste cierta vez tu empleo por mí. Mas ahora, cuando estamos a punto de contraer matrimonio, ¿vuelves al despacho de bebidas?

–No habrá boda alguna –aseveró Frieda.

–¿Porque te fui infiel? –preguntó K.

Frieda asintió con el gesto.

–Frieda –dijo K–, sobre eso ya hemos hablado excesivamente. Siempre tuviste que admitir que era injusto sospechar de mí. Nada cambió en mí desde ese momento. Sigue siendo tan inocente como antaño. No puede ser de otra manera; de modo que algo cambió de tu lado, por insinuaciones ajenas o por otras causas. Conmigo cometes una injusticia, porque.... ¿qué sucede con ese par de jóvenes? Una de ellas, la morena... Yo siento bochorno al verme obligado a ejercer mi defensa, pero ya que lo quieres así... Ella no me resulta más grata que a ti, Frieda. Si es que puedo distanciarme de ella, así lo haré. Ella lo hará más fácil, ya que más reservada no puede ser.

–¡Exactamente eso! –exclamó Frieda.

Sus expresiones semejaban surgir sin la intervención de su voluntad y K se animó al verla tan confundida, tan distinta a como quería mostrarse ante él.

–Justamente lo que a ti te agrada es su reserva. A la más sinvergüenza de las dos le dices reservada y hasta lo crees ciertamente. Por imposible de creer que eso sea, no estás simulando nada, estoy al tanto de ello. La posadera del puente dice acerca de ti: "No lo aguanto pero tampoco soy capaz de abandonarlo, una no puede conservar el control de sí misma si la mira un niño pequeño, que aún no atina a caminar correctamente pero se anima a alejarse y obliga a tomar parte en el asunto".

–Debes hacerle caso por una vez –repuso K, sonriendo–. Mas ya sea esa joven una sinvergüenza o una persona reservada, bien podemos olvidarla. Ya no quiero saber de ella nada más.

–Sin embargo, ¿por qué tú dices que es ella una persona "reservada"? –inquirió Frieda, sin dar el brazo a torcer.

K tomó ese interés como algo positivo.

–¿Acaso lo experimentaste o es tu deseo rebajar a otras mujeres? –dijo ella.

–Ni una cosa ni la otra –dijo K–. Lo hago por gratitud y me hace más fácil no darle importancia. Además, a causa de que, aunque ella me hablase más seguidamente, con ello no lograría que retornara. Eso sería una considerable pérdida para mí, pues debo ir con motivo de nuestro porvenir, eso ya lo sabes tú. Por dicha causa asimismo debo conversar con la otra muchacha, a quien estimo por su capacidad, su mesura y falta de interés, pero acerca de quien ninguno puede certificar que sea una seductora.

–La opinión de los servidores es bien diferente –dijo Frieda.

–Tanto en ese como en otros muchos asuntos, su criterio es diferente –dijo K–. ¿De los caprichos de los servidores quieres deducir mi falta de fidelidad?

Frieda no dijo palabra y soportó que K tomase la taza de su mano, la colocara en el piso, la tomara del brazo y a partir de entonces comenzaran a caminar de un punto al otro en ese escaso espacio que había disponible.

–Tú ignoras qué es la fidelidad –le dijo ella, oponiendo resistencia a su cercanía–. La forma en que te conduces con esas jóvenes no es lo fundamental. Que concurras a su casa, el olor de la estancia en tus ropas, ya implican algo muy bochornoso para mí. Además, dejas la escuela sin avisarme, permaneces con esas muchachas una parte de la noche y si alguno pregunta por ti, permites que ellas lo nieguen apasionadamente... singularmente la "reservada", que no tiene rival. Después abandonas clandestinamente la vivienda, tal vez para resguardar la honra de las mujeres de la casa... ¡su honra! ¡No diremos una palabra más acerca de esto!

–No sobre este tema –afirmó K–. Mas sí hablaremos de otro asunto. Tú bien sabes, Frieda, por qué razón yo debo ir allí. No es cosa fácil para mí, mas debo superar eso. Tú no tendrías que complicarme este asunto. Tenía decidido ir hoy un rato y averiguar si Barnabás, que tenía que traerme un mensaje de importancia, y eso desde hace mucho, había aparecido finalmente. Todavía no había llegado, mas debía hacerlo muy pronto. Eso me lo garantizó y resultaba plausible. Yo no deseaba que concurriera a la escuela, a fin de no molestarte con su presencia. Mas pasó el tiempo y lamentablemente Barnabás no apareció. Empero, sí concurrió uno a quien aborrezco. No deseaba yo ser espiado, de manera que salí atravesando el jardín de los vecinos. Tampoco deseaba andar ocultándome del visitante: salí en libertad a la calle y me dirigí hacia él, provisto de una vara. Debo confesarlo. En eso consiste todo este asunto, nada queda por mencionar. Sí se puede hablar de algo diferente: ¿qué sucede con los colaboradores? Referirme a ellos me da tanto asco como a ti hablar sobre la familia de Barnabás. Debes comparar tu relación con mis colaboradores y mi conducta respecto de esa familia. Yo entiendo, Frieda, tu aborrecimiento hacia esa familia y puedo compartirlo; exclusivamente voy a visitarlos por mi cuestión particular y en ocasiones prácticamente creo que estoy siendo injusto, que los estoy usando... Contigo sucede lo opuesto y también con mis colaboradores. No negaste que te acosan y que te sientes atraída por ellos. Yo no me enfurecí por eso contigo, pues entendí que las fuerzas actuantes en eso te superaban. Yo me sentía dichoso de que, como mínimo, te defendieses, y porque apenas te dejé sola por unas pocas horas, seguro de tu lealtad, con la esperanza de que la casa estaba bien cerrada y mis colaboradores habían escapado... Mucho me temo que en verdad seguí subestimándolos. Solamente porque te dejé sola por algunas horas y ese tal Jeremías, ese sujeto enfermo, envejecido, que se anima a espiar por la ventana... Exclusivamente por estos hechos debo perderte, Frieda, y escuchar eso de que no habrá boda alguna. Me tocaría a mí reprocharte varias cosas, pero no lo hago, sigo sin hacerlo.

Nuevamente creyó K adecuado sacar del asunto a Frieda; le solicitó algo de comer, pues seguía en ayunas desde el mediodía.

Ella, según parecía, asimismo aliviada por su pedido, consintió y fue en busca de alimentos. No tomó por aquel pasillo, por donde K creía que se llegaba a las cocinas, sino por un corredor lateral. Enseguida retornó con fiambres y algo de vino, los restos de una comida. Cuanto había sobrado fue ordenado a fin de que no se percibiera eso. Hasta restaban pedazos de piel y la botella de vino se hallaba vaciada por la mitad. Mas K nada manifestó y se dio a comer con ganas.

–¿Estuviste en las cocinas? –preguntó.

–No, en mi alcoba –dijo ella–. Aquí abajo.

–Deberías haberme llevado contigo –dijo K–, bajaré y me sentaré a comer.

–Iré una silla –dijo Frieda, poniéndose en camino.

–Te agradezco –dijo K, impidiendo que ella partiera–. No voy a bajar ni preciso de una silla.

Frieda aguantó aquello insolentemente, bajando la cabeza y mordisqueando sus labios.

–Efectivamente, se halla abajo –dijo–. ¿Que cosa tú esperabas? Está en mi cama, tiembla de frío y apenas comió algo. En definitiva es todo por tu culpa: de no haber expulsado a tus colaboradores, de no haber corrido tras esas personas, a estas horas estaríamos tranquilos en la escuela. Mas tú tenías que destruir nuestra dicha... Acaso, ¿supones que Jeremías, cuando se hallaba de servicio, se hubiese animado a secuestrarme? Siendo así, es que tú no sabes el orden que hay en este sitio. Deseaba venir conmigo, ha sufrido, me espió... Pero solamente estaba jugando, como lo hace un perro famélico que no se anima a brincar sobre la mesa. Me sucedió lo mismo a mí. Me sentí atraída por él, es mi amigo de la infancia. Jugábamos juntos en la ladera de la montaña del castillo. Era esa una época dichosa. Nunca me preguntaste por mi pasado. Mas cosa alguna revestía importancia en tanto Jeremías estuviese de servicio. Él estaba al tanto de cuanto se aguardaba de mí, siendo tu futura esposa. Mas en ese momento echaste a tus colaboradores y encima te jactas de haberlo hecho, como si algo hubieses realizado por mí. Apenas es en parte cierto. En lo que respecta a Arthur tuviste éxito, pero fue efímero. Arthur es de índole delicada, carece del apasionamiento de Jeremías. Este no tiene miedo de nada. Asimismo es cierto que casi lo destrozaste con tus golpes esa noche, con ese puñetazo con el que también destruiste nuestra dicha. Tus colaboradores escaparon rumbo al castillo a fin de presentar sus quejas y pese a que Arthur retornará muy pronto, de momento no se encuentra aquí. Empero Jeremías permaneció en este sitio. Si está de servicio tiene miedo hasta del más mínimo gesto del amo, mas si no lo está, nada lo asusta. Simplemente vino y se apoderó de mí, a quien tú habías abandonado. Sometida por mi antiguo amigo, no fui capaz de resistirme. No había cerrado la puerta de la escuela, de modo que rompió el vidrio de la ventana y me sacó de la escuela. Escapamos él y yo hasta aquí, donde el posadero siente respeto por Jeremías. Asimismo, nada le resulta más grato a los pasajeros de la posada que poder contar con un camarero como él. Fuimos inmediatamente aceptados. Jeremías no ocupa otra habitación, sino que vivimos en la misma.

–A pesar de todo lo que me has referido –le dijo K–, no siento pesar por haberme desprendido de mis colaboradores. En caso de que la relación haya sido como la describes, o sea que tu lealtad estaba dada por el nexo laboral de mis colaboradores, es correcto que todo haya terminado. La dicha matrimonial no alcanzaría a ser mucha, en medio de un par de depredadores que solamente se someten a punta de látigo. Por ende, le agradezco a esa familia que ayudó a separarnos.

Ambos callaron y comenzaron a caminar nuevamente uno junto al otro, sin que resultara posible discriminar quién dio el paso inicial. Frieda, cerca de K como se hallaba, parecía encolerizada porque él no había tornado a aferrar del brazo.

–De tal manera, todo estaría arreglado –continuó diciendo K–. Nosotros podríamos despedirnos, tú irte con tu señor Jeremías, que tal vez todavía padece por el frío propio del jardín escolar y a quien tú, por consideración en cuanto a ello, ya lo dejaste solo por tanto tiempo. En cuanto a mí, puedo retornar a la escuela. Dado que en ella nada tengo que hacer sin ti, también me puedo dirigir a donde sea que me den refugio. Si todavía tengo dudas, es por una causa valedera: dudo de cuanto tú me referiste. Pienso lo opuesto acerca de Jeremías: cuando estaba bajo servicio, se hallaba detrás de ti. No me creo eso de que el servicio fuera por mucho rato un obstáculo para abalanzarse sobre ti. Actualmente, en vez, a partir de que estima que se libró del servicio, la cosa es distinta. Debes perdonarme si es que lo razone de este modo. Desde que dejaste de ser la prometida de su amo, y no lo seduces como antaño. Serás su amiga de la infancia, mas él, a quien solamente conozco merced a una conversación que tuvimos esta noche, no creo que le otorgue una excesiva importancia a esos sentimientos. No sé por qué causa te parece la suya una naturaleza apasionada. Su forma de razonar me parece definitivamente fría. Recibió, en relación conmigo, un encargo de parte de Galater, que quizá no resulte favorable para mí. Jeremías pone su mayor empeño en cumplir con su encargo, animado por una suerte de fervor servicial. Debo admitirlo, pero en este sitio no es cosa rara... En su cometido se incluye la destrucción de nuestra relación. Tal vez Jeremías lo intentó de diferentes maneras. Una de ellas, el probar de atraerte con sus bajezas lúbricas. Otra posible, y a ello lo ayudó la posadera, esas fantasías acerca de mi lealtad. Su avance fue exitoso y cualquier recuerdo de Klamm puede haber contribuido a ello. Mas ha perdido su cargo; pese a que ello sucedió cuando ya, justamente, no tiene necesidad de él. Actualmente cosecha su siembra: te saca de la escuela y así culmina su labor. Dejando de lado el fervor servicial luce fatigado y le hubiese gustado mejor ocupar el sitio de Arthur, quien por supuesto no se lamenta, sino que más bien se aplica a elogiarse y hacerse de renovados encargos. Mas alguno debe permanecer detrás, a fin de ver cómo se van dando las cosas. Es cosa poco grata, una tarea pesada para Jeremías, el mantenerte. No hay ni trazas de amor hacia ti en él. Me lo confesó y fue honesto. En calidad de amante de Klamm, por supuesto, eres para Jeremías digna de respeto y en cuanto a vivir en tu alcoba y sentirse como un pequeño Klamm, ello le cae de maravillas. Sin embargo, a eso se reduce el asunto. Actualmente careces de toda importancia para él. Haberte conseguido refugio en este sitio es apenas un complemento de su cometido fundamental. Si Jeremías siguió aquí fue para que no te sobresaltaras, mas ello es de índole momentánea, en tanto y en cuanto no reciba nuevas indicaciones provenientes del castillo y no se haya sanado por completo...

–¡Cuánto lo injurias! –repuso Frieda, mientras golpeaba sus puñitos.

–¿Que yo lo injurio? –dijo K–. No quiero hacer eso. Quizá sea injusto con él, es posible. Cuanto referí acerca de él no tiene por base nada superficial y es dable interpretarlo de desde otro punto de vista. Mas, ¿injuriar a Jeremías? Eso solamente podría tener una meta posible: pugnar en contra de tu amor por él. De ser preciso y si la afrenta resultara una medida conveniente, no dudaría en hacerlo. Ninguno podría condenarme por algo así. Posee tanta ventaja sobre mí merced a su amo, que en mi caso, dependiendo exclusivamente de mí, algo podría injuriarlo. Se trataría de una medida defensiva inocente en proporción y, en definitiva, una cosa impotente. De manera que deja tus puños en paz.

Entonces K tomó la mano de Frieda y aunque ella probó de evitarlo, él continuó sonriendo, sin usar demasiada energía.

–Mas yo no tengo necesidad de injuriarlo–agregó K–. Ello dado que no lo amas, apenas le crees. Sentirás agradecimiento hacia mí si te quito esa fantasía. Si alguno deseara separarnos sin emplear ningún tipo de violencia, mas con una meticulosa planificación, debería hacerlo por intermediación de los colaboradores, unos jóvenes que son en apariencia bondadosos, ingenuos, alegres, carentes de toda noción de responsabilidad, venidos del castillo. A eso debes sumarle algo de recuerdos de la infancia, todo muy grato, singularmente a causa de que yo represento todo lo opuesto. Invariablemente ando detrás de cosas que no puedes comprender completamente, que te encolerizan y me conducen a alternar con personas que aborreces. Una parte de eso lo arrojas sobre mí, pese a mi inocencia. El conjunto de esta cuestión no estriba en otro asunto que en el aprovechamiento maligno, mas empero muy astuto, de los defectos de nuestra relación. Cada relación adolece de fallas, hasta la que tenemos nosotros. En definitiva, ambos venimos de mundos diferentes y, a partir de conocernos, la existencia de cada uno tomó un sendero radicalmente inaudito. Todavía estamos inseguros, el conjunto es excesivamente novedoso. No me estoy refiriendo a mí, no es tema demasiado importante. En el fondo, me sentí halagado desde el comienzo. Desde esa primera vez que te fijaste en mí. Habituarse a ser lisonjeado públicamente no es cosa ardua. Empero tú, sin tomar en cuenta lo que resta, fuiste arrancada de las garras de Klamm y no puedo valorar lo que ello implica, mas lentamente me fui forjando una noción. Uno duda, es incapaz de orientarse. Así hubiera estado dispuesto a recibirte de nuevo, no estaba presente y cuando sí lo estaba te retenían tus fantasías o algún factor más vivaz, tal como la posadera. En definitiva, hubo instancias en las que, mi pobre chica, quitaste tus ojos de mí, cuando preferiste mirar algo sin definición. En esos períodos debían presentarse en igual dirección de tu mirada las personas convenientes y fueron ellas las que te perdieron. Te rendiste a la fantasía de que aquellos que eran momentos apenas, espectros, añejas memorias, en sí existencia ya pasada, era tu existencia real y actual. Todo un yerro. Frieda, apenas la postrera dificultad y mejor apuntado, la más desdeñable. Aquella que dificulta nuestra unión definitiva. Retorna a quien tú eres: ya debes tranquilizarte. Asimismo, si supusiste que los colaboradores fueron mandados por Klamm y eso es falso, pues los envió Galater, y si además lograron encantarte apelando a esa estratagema en tal medida que creíste hallar en su mugre y lubricidad algunos residuos de Klamm, como quien ve una gema extraviada hace mucho entre el estiércol, en tanto que ciertamente no daría con ella incluso si se hallara allí, en verdad no se trata de otra cosa que de muchachos que poseen la naturaleza de los caballerizos, mas carecen de su salud, los enferma aspirar un poco de aire fresco. Terminan en la cama, destino que conocen cómo buscar con servilismo y astucia.

En tanto, Frieda había apoyado su cabeza sobre el hombro de K, y entrelazando sus brazos siguieron andando sin decir una palabra, de un lado al otro.

–Si solamente hubiésemos partido de aquí enseguida... –aventuró Frieda con lentitud, serena, prácticamente sintiéndose cómoda, tal como si conociese que solamente tenía permitido un breve período de serenidad, apoyándose en el hombro de K; como si deseara gozar de eso hasta el último momento.

Agregó Frieda:

–De habernos marchado esa noche, actualmente estaríamos a salvo en otro sitio, invariablemente juntos, con tu mano siempre próxima para tocarla. ¡Cuánto preciso yo que tú estés cerca! Desde que yo te conozco... ¡Cuán abandonada me siento, si tú no estás! Tu presencia, debes creerlo, ocupa todos mis sueños. No hay nada más.

Alguna persona soltó un grito en el pasillo del costado. Se trataba de Jeremías: estaba fuera de la habitación, de pie sobre el peldaño inferior. Vestía apenas una camisa, mas se había envuelto en un chal de Frieda. Dado que se encontraba allí, despeinado, su barba rala y desprolija, su mirada agotada, suplicante y manifestando un reproche, con las mejillas enrojecidas mas fláccidas, de modo que los largos flecos del chal temblaban al ritmo de ellas, semejaba ser uno de esos enfermos que escapan del nosocomio donde están siendo atendidos, uno ante quien no es posible pensar más que en ayudarlo a llegar a su lecho.

De tal modo fue que lo entendió Frieda, quien se desprendió de K y enseguida estuvo junto a Jeremías. Su proximidad, la manera tan cuidadosa como lo arrebujó en su chal y el apuro que puso Frieda en conducirlo a la alcoba, pareció vigorizar a Jeremías, tal como si entonces identificara a K.

–¡Ah, es el agrimensor! –dijo Jeremías, acariciando la mejilla de Frieda como para pagarle por sus atenciones, aunque ella no estaba dispuesta a que se desarrollara ninguna clase de comunicación–. Disculpe usted la molestia. No me siento bien, eso me disculpa. Creo que sufro de fiebres, debo tomar té y sudar. La maldita cerca del jardín... Me voy a arrepentir de eso. Y también más tarde, eso de andar vagabundeando de noche. Uno ofrenda su salud, sin darse cuenta, por asuntos que carecen de la menor importancia. Mas usted, señor agrimensor, no se deje obstaculizar por mí, venga usted también a nuestra alcoba. Realice una visita de enfermo y dígale a Frieda lo que le reste por decir. Cuando los que están habituados a estar juntos se separan, tienen, obviamente, tantas cosas que referirse a último momento que una tercera persona no podrá entenderlo. Hasta cuando espera en la cama el té prometido. Entre, que yo guardaré silencio.

–¡Basta ya! –dijo Frieda, y tironeó con violencia de su brazo–. Está ardiendo de fiebre y no entiende lo que dice. K, no entres, te lo ruego. Se trata de nuestra alcoba, y te estoy prohibiendo ingresar. K, ¿por qué me persigues? Nunca volveré contigo. De solo pensarlo sufro escalofríos. Anda ya con tus mujerzuelas. Ellas se sientan junto a la estufa, junto a ti, vistiendo apenas una camisa, eso ya me lo contaron. Y si viene a verte alguno, lo echan de inmediato. Te vas a sentir en casa, dado que tanto te gusta. Siempre quise apartarte de eso, con tan escaso éxito, mas como mínimo probé de hacerlo. Pero ya es muy tarde. Eres libre y tienes frente a ti una vida dichosa. En razón de la primera tal vez debas bregar algo con los servidores, mas en lo que hace a la otra, nadie hay que pueda tratar de quitártela. Una unión bendecida desde el vamos. Nada digas opuesto a ello. Puedes rechazar todo, mas finalmente no refutaste cosa alguna. Observa, Jeremías... ¡todo lo ha refutado!

Ellos se dirigieron miradas y sonrisas de inteligencia.

–Pero –continuó diciendo Frieda–, suponiendo que lo hubieses refutado todo, ¿qué habrías logrado que me importara a mí? Lo que suceda allí es cosa de ustedes. Mi asunto es cuidar de que Jeremías recupere su salud, como estaba sano antes, previamente a que K lo torturase por mi culpa.

–En tal caso, ¿no quiere entrar, señor agrimensor? –inquirió Jeremías, aunque fue apartado luego por Frieda, quien ni siquiera se volvió a fijar más en K. Abajo se podía ver una puerta pequeña, más pequeña que la del pasillo: no solamente Jeremías, asimismo Frieda se veía obligada a agacharse a fin de ingresar por ella. Dentro al parecer estaba claro y la temperatura era grata. Todavía se pudieron escuchar ciertos murmullos; seguramente se trataba de expresiones afectuosas, a fin de que Jeremías volviera al lecho. Luego, la puerta fue cerrada.

# Capítulo 23

En esa instancia K comprendió que el silencio dominaba en el pasillo, no exclusivamente allí donde estuvo con Frieda, sección que parecía corresponder a un área aneja al despacho de bebidas, sino asimismo en el prolongado pasillo acribillado de cuartos antes tan bulliciosos.

De modo que los señores se habían finalmente dormido; K se sentía él también fatigado, quizá en razón del agotamiento fue que no se defendió de Jeremías como ciertamente debía haber hecho. Seguramente hubiese sido más perspicaz modificar el procedimiento y ubicarse al mismo nivel que Jeremías. Este había exagerado notoriamente su afección: su estado miserable no era fruto del enfriamiento. Era propio de él y no lo curaba ninguna tisana. Debía haberse mostrado en la genuina dimensión de su fatiga K, inclinándose allí en el pasillo. Le hubiese venido de perillas dormir algo, permitir que lo cuidaran. Mas no le hubiese salido tan bien como a Jeremías: este seguramente habría ganado en esa pugna por la piedad ajena. Razonablemente, como en cualquier otro tipo de contienda.

Se sentía K tan agotado que pensó si lo más adecuado no sería intentar ingresar en alguna de esas alcobas, una que estuviese desierta, y así poder reposar en una buena cama. Según creía K, eso lo hubiese bonificado por buena parte de lo sucedido.

También traía consigo cierto bebedizo que le facilitaría el sueño. En la bandeja que Frieda había dejado, había un frasco con un poco de ron. K hizo el esfuerzo de regresar y vació ese envase de todo su contenido; como mínimo, ya se sentía adecuadamente recuperado como para ir en busca de Erlanger. Buscó la puerta que le correspondía a Erlanger, pero como ya no veía al servidor ni a Gerstäcker y todas las puertas le resultaban idénticas, no pudo dar con la que tanto buscaba. Pero supuso poder rememorar en qué sector del pasillo se hallaba esa puerta. Su intentona no había forma de que resultara más riesgosa: si efectivamente correspondía la puerta que creía recordar al cuarto de Erlanger, éste lo iba a recibir. Mas si cometía un yerro, lo más seguro que podía suceder, y el pasajero estaba durmiendo, no iba a apercibirse de la irrupción de K. Que se hallara sin ocupante la estancia era lo que empeoraría la situación, ya que no iba a poder oponer resistencia a la circunstancia y se iba a arrojar sobre el lecho, permaneciendo dormido quién podía decir hasta qué momento.

Atisbó de derecha a izquierda por si venía alguien que le pudiese dar alguna información y lo salvara del posible peligro, mas aquel sitio estaba vacío y silencioso. Entonces K escuchó apoyado en la puerta y tampoco oyó sonido alguno. Llamó tan quedamente a la puerta que alguien que se hallara durmiendo no se habría podido despertar y como en esa instancia tampoco sucedió algo, abrió la puerta con la mayor cautela posible. Fue recibido por un corto grito. Se trataba de un cuarto de escasas dimensiones, donde una vasta cama abarcaba prácticamente la mitad de la estancia. En la mesa de noche fulguraba una lámpara y junto a ella se encontraba un maletín. En el lecho, cubierto por una frazada, alguien se agitó nerviosamente y murmuró:

–¿Quién anda ahí?

Ya no podía K simplemente esfumarse. Sintiéndose insatisfecho, contempló la gran cama, que desgraciadamente no estaba desierta. Fue en ese momento que recordó la interrogación de hacía apenas un instante y se identificó. Ello al parecer acarreó un efecto positivo, ya que el de la cama retiró un tanto la frazada de su cara, aunque asustado, dispuesto a tornar a cubrirse si algo externo le hacía sospechar. Pero enseguida se descubrió y se irguió. Por supuesto, no era Erlanger, sino un sujeto pequeño y de buena figura, cuyo semblante resultaba algo contradictorio. Sus mejillas eran puerilmente redondas, y su mirada también infantil, mas lo elevado de su frente, su nariz en punta, la delgadez de sus labios, que no alcanzaban a cerrarse plenamente, así como la retracción de su mentón no eran en absoluto de igual naturaleza. Demostraban una mente superior. Era el contento consigo mismo aquello que había conservado en su cara una impronta de sana puerilidad.

–¿Conoce usted a Friedrich? –preguntó.

K dijo que no.

–Pero él sí lo conoce a usted –manifestó con una sonrisa el caballero.

K asintió, era conocido por mucha gente y en eso estribaba justamente la mayor dificultad que él tenía.

–Yo soy su secretario –dijo el señor–, mi nombre es Bürgel.

–Debe disculparme–dijo K, apoyando su mano sobre el picaporte–. Me confundí de puerta. Tengo cita con el secretario Erlanger.

–¡Qué pena, entonces! –replicó Bürgel–. No me refiero a que haya sido citado en otro sitio que este, sino a que se haya equivocado de cuarto. Una vez despierto, ya no puedo volver a dormir. Pero usted no debe inquietarse, ese es mi problema. ¿Por qué no es posible cerrar con llave en este lugar? Es verdad, existe una causa, ya que, como señala el refrán, "las puertas de los secretarios siempre deben permanecer abiertas". Aunque tampoco se debe interpretar esto tan literalmente...

Bürgel observó a K alegremente, sumando a ello cierto aire inquisitivo. De modo opuesto a lo que parecían evidenciar sus lamentaciones, se lo veía muy descansado, mucho más que a K.

–Dieron ya las cuatro. Deberá despertar a la persona con quien desea hablar y no todos están tan habituados como lo estoy yo a que interrumpan su reposo. No crea que todos lo aceptarán con igual paciencia. Son los secretarios gente bien nerviosa. Siga un rato aquí conmigo. A las cinco empiezan a despertarse y entonces podrá honrar su cita. Deje en paz ese picaporte y siéntese donde pueda hacerlo mejor. La disposición de este sitio es escasa. Vea, será mejor que tome asiento en el borde de la cama. ¿Le causa a usted algún asombro que no posea mesa y tampoco algunas sillas? Bien, es que debí elegir entre un cuarto amueblado con una cama angosta o este sitio con apenas un lavabo. Opté por la cama de buen tamaño. Es lo principal en una alcoba. ¡Oh, a fin de poder estirarse adecuadamente! Esta cama es magnífica si se es dormilón. También para mí, que estoy invariablemente agotado y falto de sueño. Es bueno para mí y mi día transcurre en ella en su mayor proporción. En la cama despacho mis cartas y desde ella tomo las declaraciones. No me va nada mal y aunque las partes no tienen dónde tomar asiento, se la aguantan. Para las partes es mejor seguir de pie y el secretario se halla satisfecho, en vez de estar confortablemente sentados y que los miren torvamente. De manera que apenas puedo ofrecerle el borde de la cama. Pero de todas formas este sitio no es oficial y solamente se encuentra reservado para las conversaciones en horas de la noche. Mas, usted se muestra excesivamente callado, señor agrimensor.

–Me encuentro muy agotado –explicó K, quien tras la invitación se había sentado enseguida en la cama, grosera e irrespetuosamente. Además estaba apoyándose en un poste.

–Desde luego –convino Bürgel, con una sonrisa–. En este sitio todos se encuentran así. No fue poco mi desempeño ayer y hoy. No es posible que vuelva al sueño, mas si así sucediese y me durmiese con usted aquí, le suplico que no haga ruido y tampoco abra la puerta. Sin embargo no debe abrigar temor alguno, no me dormiré. En el mejor caso, apenas unos minutos. Me sucede que tal vez porque ya estoy habituado a la relación entre las partes, me duermo con mayor facilidad si estoy acompañado.

–Le suplico que duerma, señor secretario –rogó K, alegrándose de saber eso–. Asimismo dormiré algo, con su permiso.

–No –tornó a reírse Bürgel–. Soy incapaz de dormirme meramente porque me conviden a hacerlo. Exclusivamente lo hago si se da el caso en medio de una conversación; eso es lo que me adormece mejor. Efectivamente, sufren los nervios en nuestras labores. Por ejemplo: yo soy secretario de contacto. ¿Ignora usted lo que ello significa? Yo represento el contacto más fuerte –y al decir esto, Bürgel se frotó las manos con un júbilo instantáneo– entre Friedrich y la gente. Establezco el contacto entre sus secretarios del castillo y los del poblado. En general, paso mi tiempo en el poblado, mas no constantemente. Es que inesperadamente debo estar listo para ir al castillo. Ahí está mi maleta preparada. Llevo una existencia agitada y le digo que no cualquiera puede sobrellevarla. Por otro lado, es verdad que no puedo vivir sin este tipo de responsabilidad. Cualquier otro cometido carece de sabor para mí. En cuanto a usted, ¿le sucede algo semejante, en su calidad de agrimensor?

–Actualmente no trabajo como agrimensor –aclaró K, quien no prestaba demasiada atención a lo que se decía y ardía de las ganas que tenía de que Bürgel se durmiese de una buena vez. Sin embargo, eso lo hacía por un determinado sentido del deber, y en el fondo suponía que aún pasaría bastante antes de que el funcionario cerrara sus ojos.

–Es increíble–dijo Bürgel, con un gesto vivaz de la cabeza. Luego el secretario extrajo un anotador de debajo de la frazada, para escribir algo en él.

–Usted es agrimensor y no está haciendo trabajos de agrimensura –agregó Bürgel.

K asintió automáticamente. Él había extendido su brazo izquierdo hacia arriba en el poste de la cama y descansaba su cabeza en este. K ya había probado antes de ubicarse más cómodamente, mas esa era la posición más confortable de todas las que había intentado adoptar. De ese modo alcanzaba a prestarle un poco más de atención a cuanto Bürgel le decía.

–Estoy dispuesto –continuó diciendo Bürgel– a seguir de cerca este asunto. Aquí en el poblado no estamos en condiciones de desperdiciar capacidades laborales especializadas. Este asunto, asimismo, no debe ser demasiado grato para usted...

–Desde luego que sufro esta situación –confirmó lentamente K, y sonrió para sí, pues justamente entonces no sufría por hallarse en tales circunstancias. Tampoco lo impresionó demasiado la oferta hecha por Bürgel. Era un absoluto charlatán ese funcionario: sin tener ni idea acerca de la situación que había favorecido el llamado de K, de las complicaciones que se habían originado en la comunidad y en el castillo, ni de las que habían surgido durante la permanencia de K en el poblado; ignorando todo aquello y hasta sin mostrar –como era esperable de parte de un funcionario– que ni siquiera tenía una noción respecto del asunto, se ofrecía súbitamente a arreglar todo con ayuda de su anotador.

–Al parecer, ya padeció varias desilusiones –concluyó Bürgel, quien evidenció poseer alguna experiencia mundana. Ello llevó a

K, desde su irrupción en la alcoba, a no tener a Bürgel en menos. Empero, debido a su estado, le resultaba arduo colegir adecuadamente cualquier cosa que no fuera su mismo agotamiento.

–No –dijo Bürgel, como respondiendo a un pensamiento de K y tal como si atentamente le quisiese evitar el trabajo de contestar–. No se desanime: en este sitio existe algo que parece principalmente preparado para ejercer ese efecto. Cuando se llega por primera vez, los obstáculos semejan ser infranqueables. No deseo llegar al final de este problema. Quizás aquello que parece ser sea lo que es en verdad. En mi cargo carezco de la distancia adecuada para corroborarlo. Mas tome algo muy en cuenta: en ocasiones surgen posibilidades nuevas, aunque no terminan de encajar completamente con la instancia en general. Se trata de oportunidades a través de las cuales, mediando una palabra, una mirada, un signo de confianza, se logra más que con trabajos agotadores y que abarcan toda la existencia. Efectivamente, es de tal forma. Definitivamente esas chances encastran nuevamente con la instancia general en cuanto a que jamás se hace buen uso de ellas plenamente. Mas, ¿por qué no se alcanza a hacer eso? Me interrogo a mí mismo acerca de ello repetidamente.

Klo ignoraba eso, pero percibía que aquello que le estaba refiriendo Bürgel seguramente lo afectaba a él, aunque sentía un gran rechazo por cuanto fuese de tal condición. K estiró su cabeza hacia un costado, tal como si desease franquearle el paso a las inquisiciones del funcionario y no tuviese que ver con ninguna de estas.

–Los secretarios invariablemente han elevado sus quejas –siguió diciendo Bürgel, extendiendo sus brazos entre bostezos, lo que hacía gran contraste con lo solemne de sus dichos– al ser forzados a concretar en horas de la noche la mayor parte de los interrogatorios en el poblado. Pero ¿por qué causa se quejan? ¿Es en razón de que se cansan demasiado? ¿Se debe a que les gustaría más dormir toda la noche? No, no se están quejando de eso. Hay secretarios, desde luego, laboriosos y otros que lo son en menor medida. Como sucede en cualquier otro sitio. Mas ningún secretario dejará oír sus quejas por trabajar en exceso, y mucho menos de modo público. Nosotros no somos así. Sobre ello no apreciamos diferencia alguna entre el ocio y el tiempo de trabajo. Pero, en ese caso ¿qué les pasa a los secretarios con los interrogatorios nocturnos? Tal vez... ¿Se trata de un señal consideración hacia las partes? No, tampoco. Ante las partes los secretarios se muestran muy poco considerados, aunque no lo son en menor medida que entre ellos mismos, sino justamente igual. En verdad, esa muestra de falta de consideración, o sea, su formidable prestación y ejecución de servicio, representa la máxima consideración que las partes podrían ofrendarse. En el fondo, esta instancia es aceptada por todos. No podría percatarse de ello un distraído, pero, como ejemplo, en estas circunstancias son justamente los interrogatorios realizados en horas nocturnas los más estimados por las partes. Jamás se expresan quejas de alguna importancia contra su práctica. Entonces, ¿por qué razón ese aborrecimiento de los funcionarios?

K también lo ignoraba. En verdad era tan escaso lo que sabía, que ni siquiera era capaz de discernir si Bürgel hablaba en serio o era aquello mera apariencia.

K pensó entonces: *"Si me permites tirarme sobre tu lecho, mañana te responderé lo que tú desees, al mediodía o todavía mejor, durante la tarde"*. Mas Bürgel no demostraba estar brindándole su atención; en tanta medida lo embargaba la interrogación que se había hecho.

–Según lo que puedo reconocer y de acuerdo con mi experiencia, los secretarios enfrentan, en cuanto a los interrogatorios nocturnos, estos problemas que cito a continuación. La noche resulta escasamente adecuada para tratar con las partes, debido a que por la noche es cosa ardua o prácticamente imposible el conservar la naturaleza oficial de tales acciones. Esto no proviene de las formalidades, pues desde luego las formas se pueden observar con igual rigor que en el curso de la jornada. De manera que eso no es. Sin embargo, el criterio oficial sufre durante la noche. Uno se inclina inconscientemente por evaluar los asuntos desde una óptica de índole más personal. Los alegatos de cada parte adquieren mayor importancia de la que les corresponde y en la evaluación se mixturan puntos de vista ajenos, correspondientes a la circunstancia propia de las partes. Fue de ello, de igual manera que sus sufrimientos y preocupaciones. El imprescindible límite entre las partes y el funcionario, así tenga una existencia sin manchas, se disloca, y allí donde, como efectivamente debería ser, solamente se intercambian preguntas y respuestas, parece generarse un raro y no conveniente intercambio de personas. Como mínimo, tal es lo que refieren los funcionarios, o sea, personas que, sobre la base de su profesión, están provistas de una consideración fuera de lo común en todo lo referente a estos temas. Sin embargo hasta ellas, y sobre este asunto ya se discutió repetidamente en nuestro medio, perciben escasamente dichos frutos negativos en el curso de los interrogatorios efectuados de noche. Todo lo opuesto: se afanan antes por ofrecer resistencia a ellos y en definitiva suponen haber arribado a la obtención de adecuados resultados. Mas después de examinar la documentación, uno siente sorpresa ante sus flagrantes puntos débiles. Son dichos yerros repetidos triunfos de las partes, prácticamente sin justificación, aquellos que de acuerdo con la reglamentación, no pueden ser enmendados a través del habitual camino corto. Es verdad que posteriormente serán paliados por los sistemas de control, mas ello exclusivamente será útil para el derecho, aunque ya no podrá ocasionar perjuicio a la parte más favorecida. Acaso, ¿no están plenamente justificadas las quejas de los funcionarios, según lo marcan estas circunstancias?

K, quien ya estaba a medias dormido, entonces tornó a ser perturbado... "*¿A qué todo aquello?*", se preguntó y con los párpados cayendo miró a Bürgel no en función de su condición de secretario, sino como a un obstáculo que no le permitía reposar y cuyo sentido era incapaz de comprender. Pero este, inmerso en sus alegatos, le sonreía tal como si hubiera alcanzado a desorientarlo, aunque se hallaba predispuesto a volver a llevarlo por la senda adecuada.

–Bien –le dijo–. De igual manera se puede afirmar, así como así, que tales quejas resulten definitivamente justificadas. Los interrogatorios nocturnos no fueron prescritos en ninguna parte. No se violan normas si los funcionarios procuran no realizarlos, mas las instancias, como estar superados por sus obligaciones, el modo de ejercer sus cargos en el castillo, su ardua disponibilidad, las normas que obligan a interrogar a ambas partes apenas termine el proceso investigativo, todo ello y muchas cosas más han contribuido a que los interrogatorios nocturnos se transformaran en una necesidad imprescindible. Mas si tal ha sucedido, digo, asimismo resulta ser, como mínimo de manera indirecta, un fruto de la reglamentación; criticar lo esencial de los interrogatorios nocturnos y en este aspecto, desde luego que algo estoy exagerando y justamente en condición de algo exagerado es que puedo referirlo, implica en este caso criticar simultáneamente a la reglamentación. De modo opuesto, los secretarios conservan la competencia de resguardarse tanto como pueden hacerlo contra los interrogatorios y contra sus quizás aparentes desventajas en la instancia establecida por la reglamentación. Tal es lo que hacen. Asimismo y en gran parte, solamente admiten casos en los que poco haya que temer, en todo sentido. Examinan minuciosamente cada asunto, previamente a las sesiones. Cuando lo amerita su examen y también cuando resulte necesario, así sea en el último instante, suspenden los alegatos, se vigorizan citando a una de las partes hasta en diez oportunidades, previamente a proceder a interrogarla concretamente. Prefieren permitir que sean representados por alguno de sus pares que no resulta idóneo para el asunto correspondiente, tratándolo de tal manera más ligeramente... O bien, lo que hacen es ubicar las sesiones al comienzo o al término de la noche. Evitan de tal manera las horas intermedias. No son estas la suma de las medidas. Los secretarios no se dejan abordar con facilidad y resultan prácticamente tan resistentes como vulnerables.

Mientras tanto K dormía; en verdad el suyo no era un sueño propiamente dicho, pues podía escuchar los dichos de Bürgel tal vez en una forma más nítida que cuando se encontraba en vigilia y loco de fatiga. Cada una de las expresiones del secretario reverberaba en sus oídos, mas la irritante conciencia se había esfumado. K se sentía libre; ya no era Bürgel aquel que lo retenía: era él quien andaba a tientas hacia Bürgel. Todavía no estaba profundamente dormido, mas se había hundido en el sueño y ninguno ya se lo podía arrebatar. K supuso que había obtenido un notable triunfo, tal como si súbitamente hubiera alguien en ese sitio para festejarlo, como si él o algún otro levantara una copa dando vivas al triunfador. Con el fin de que todos comprendieran de qué cosa se trataba, la pugna y el triunfo se repitieron, tal vez no, en mayor medida se generaron en esa instancia y en verdad, el triunfo fue festejado con antelación, de modo que tampoco se cesó de festejar, porque el éxito, por suerte, era asunto asegurado. K acosó en la pugna a un funcionario sin ropas, muy semejante a la estatua de una deidad griega. Era cosa muy graciosa y K, en sueños, se rió de cómo el secretario perdía su aire soberbio frente a cada ataque y se veía forzado a hacer uso de su brazo extendido y del puño cerrado para cubrir sus partes pudendas, resultando invariablemente lento.

El combate aquel no se prolongó demasiado: K fue adelantando tramo a tramo y eran estos muy extensos. ¿Era aquello una contienda? No le ofrecían ninguna resistencia de genuina consideración. Solamente por aquí y por allá se dejaba oír un sonido que era como si piara el secretario. Aquella deidad helénica piaba como una chica a la que le hacen cosquillas. Finalmente K se quedó a solas en una enorme habitación: listo para pelear giró en busca del secretario, mas allí ninguno había salvo él. Asimismo, la compañía se había esfumado y apenas quedaba la copa del brindis en el piso, rota. K terminó de destruirla pisándola. Empero los fragmentos de vidrio se clavaron en su carne y entonces fue que despertó con los sentidos alterados. Se sentía mareado, como despiertan los niños cuando son muy pequeños. Pese a ello, al apreciar el torso desnudo de Bürgel, un pensamiento onírico retornó a su mente: *"¡Aquí está tu deidad griega, ya sácala del lecho!"*.

–Sin embargo –argumentó Bürgel, elevando el semblante hacia el cielorraso con aire reflexivo, tal como buscando ejemplos en sus recuerdos sin dar con ninguno–, a pesar de la suma de las medidas precautorias, existe una posibilidad para ambas partes de aprovecharse de dicha debilidad nocturna de los funcionarios, siempre suponiendo anticipadamente que se trate de una debilidad. Aunque se trata de una posibilidad que no se presenta prácticamente jamás. Estriba en que el interesado se presente a la medianoche, sin haber sido anunciado. Quizá se sorprenda de que esto, pese a que parezca asunto tan evidente, tenga tan poco lugar. Bien, usted todavía no se ha familiarizado con nuestros hábitos. Mas asimismo debe de haber llamado su atención la carencia de lagunas que es típica de la organización administrativa. De tal carencia viene que cualquiera que deba elevar una demanda o ser interrogado enseguida reciba una citación, la mayor parte de las veces previamente a hacerse cargo del caso. Inclusive, antes de saberlo. En esa ocasión aún no se le va a tomar declaración; por lo habitual el caso no tiene todavía la imprescindible madurez mas ya acredita una citación. Ya no alcanza a concurrir por sorpresa y sin ser anunciado. Lo máximo que puede suceder es que concurra fuera de hora y en ese caso se le señalará la fecha y el horario de la audiencia. Al volver en el instante adecuado, generalmente ya no es recibido y no vuelve a producirse problema alguno. La citación en manos del interesado y la anotación en el expediente representan invariablemente para los secretarios poderosas armas de defensa, a pesar de que no siempre alcance con ellas. Esto se halla referido al secretario que exclusivamente tiene competencia en el caso. Cualquiera tiene la libertad de presentarse por sorpresa ante los demás, durante el curso de la noche, aunque muy pocos lo hacen. Eso carece de mayor sentido. Al comienzo con esa actitud se enojaría el funcionario a cargo. Nosotros, los secretarios, no sentimos celos de las labores ajenas. Cada uno de nosotros carga sobre sus hombros su alta y adecuadamente señalada labor, sin mezquindades, mas ante las partes no debemos aguantar transgresiones en el medio de competencia. Alguno ha perdido ya el caso a causa de que, al suponer que no podía adelantar hasta llegar a la fase competente, probó de inmiscuirse en una que no lo era. Esas intentonas están llamadas a fracasar porque un secretario que no resulta competente, hasta siendo asaltado sorpresivamente en horas de la noche y queriendo contribuir con su mejor buena voluntad, justamente a causa de su carencia apenas logra tomar parte en mayor medida que cualquier letrado. O en el fondo, todavía menos, porque hasta si lograse hacer algo, puesto que está al tanto de los senderos escondidos de lo jurídico en mejor forma que cualquier abogado, no posee el tiempo adecuado en las cosas donde no resulta competente y es incapaz de utilizar para ellas ni un solo instante. ¿Quién va a emplear, en tal caso, sus noches a fin de hacerles visitas a secretarios que no resultan ser competentes? También las partes se hallan muy ocupadas, particularmente si más allá de cumplir con sus profesiones, desean corresponder a las citaciones y notificaciones de las fases competentes, "ocupadas", es verdad, en el sentido de las partes, lo que no es ni en mucha menor medida igual a "ocupado" en el sentido característico de los secretarios.

K asintió a lo dicho con una sonrisa. Entonces suponía haberlo entendido todo, no porque se preocupara por ello, sino debido a que se hallaba persuadido de que en cualquier momento se iba a dormir profundamente. Esa vez se dormiría sin episodios oníricos ni molestias. Entre los secretarios competentes por una parte y los que no eran competentes por la otra, y tomando en cuenta del número de partes tan ocupada, caería en un sueño muy hondo y así escaparía de todos. Tanto se había habituado al tono bajo de la voz empleado, esa voz tan satisfecha de Bürgel, pugnando ella misma inútilmente por alcanzar el sueño, que más que impedirlo lo animaba al adormilamiento.

*"Muele, molino, muele"*, pensaba K, *"que tú solamente estás moliendo para mí"*.

–En consecuencia, ¿dónde está? –le dijo Bürgel, jugando con sus dedos en el labio inferior, con los ojos bien abiertos y el cuello extendido, tal como si, tras una vehemente caminata, se acercara a un magnífico paisaje–. ¿Dónde, esa referida y extraña chance que prácticamente jamás se da? El secreto estriba en los reglamentos acerca del reparto de competencias. Mas esto no implica, y ciertamente no puede implicarlo en una magna organización, que haya un secretario competente por cada asunto. Sucede que uno posee la competencia fundamental y muchos otros funcionarios tienen empero las parciales, así resulten muy limitadas. Porque, en definitiva, ¿quién podría solo, así resultase ser el trabajador más empeñoso, concentrar en su escritorio todas las relaciones y, sumadas a ellas, el conjunto de los asuntos, por minúsculos que fuesen? Hasta aquello que antes referí acerca de la competencia fundamental viene a ser una exageración. Acaso, ¿no se encuentra ya en la competencia más diminuta, contenida, también la general? ¿No decide la pasión con que se toma cada asunto? Y dicha pasión, ¿no es invariablemente la misma, dotada de una misma fuerza? Es posible que existan diferencias entre los secretarios, y las hay en un número incontable, pero no en lo que hace a la pasión. Ninguno de ellos puede retenerse cuando recibe el requerimiento de ocuparse de un caso acerca del cual posee competencia, por insignificante que esta competencia resulte ser. Sin embargo, respecto del exterior se tiene que habilitar la existencia de una posibilidad ordenada para el desarrollo de la causa. Por ello siempre aparece en primer plano frente a las partes cierto secretario, a quien se deben atener de manera oficial. Sin embargo, no debe ser aquel que tiene la competencia fundamental. En eso toma la decisión la organización según las prioridades de cada circunstancia. Así están las cosas, y ahora debe considerar, señor agrimensor, la probabilidad de que una de las partes, por la causa que sea y pese a los obstáculos antes referidos y habitualmente muy competentes, se aproxime en mitad de la noche a un secretario que posea determinada competencia en un caso. Acaso, ¿no imaginó esa posibilidad? Así lo creo. De todas formas no es preciso meditar sobre esa chance, porque prácticamente no se posible que surja. ¡Cuán raro, habilidoso y bien conformado granito de arena tendría que ser ese individuo para alcanzar a colarse por tan inexorable filtro. Usted, ¿supone que no le sería posible superarlo? Lo asiste la razón, no lograría hacerlo. Mas cierta noche, ¿quién está en condiciones de garantizar todas las cosas?, lo logra. Pasa. No conozco a nadie a quien le haya sucedido, mas ello nada demuestra. La gente que conozco es muy escasa comparada con cuantos en este sitio consideramos. Asimismo, no es cosa segura que un secretario a quien le haya sucedido desee manifestarlo. Es cosa muy personal y afecta de cierto modo el prurito profesional. Empero mi experiencia señala que es un asunto muy espaciado, uno que aparentemente solo existe en los chismes y no fue corroborado. Hasta si efectivamente sucediera, sería factible despojarlo de su naturaleza negativa, creo yo, demostrando y eso es fácil, que no existe para tal asunto espacio en este mundo. En definitiva, implica algo enfermizo cuando a causa del temor se oculta algo debajo de una manta y uno no se anima a mirarlo.

Inclusive, cuando la óptima falta de posibilidad se hubiera materializado, ¿todo se ha perdido? Nada de eso: que todo se haya perdido es la cosa más poco factible. En verdad, si una parte se halla en la alcoba ya es sumamente nocivo eso. Angustia. "¿Por cuanto tiempo podrás resistirte?", es la pregunta que uno se formula. Mas no se hará resistencia alguna, bien se conoce eso. La instancia en sí debe ser adecuadamente imaginada. La parte que nunca es vista y siempre es aguardada, con genuina sed y considerada lógicamente como imposible de alcanzar, toma asiento allí. Exclusivamente su presencia silente convida a irrumpir en su miserable existencia, a moverse en ella tal como si fuese algo propio, a sufrir por sus inútiles reclamos. Una invitación como esa, efectuada en el silencio nocturno, resulta cautivante. Se acepta dicho convite y se deja de ser miembro de la administración. Es una instancia en la que muy seguidamente resultará imposible rechazar un pedido. Bien estimada la situación, se está invadido por la desesperanza; todavía más ajustadamente estimado, se es mayúsculamente dichoso. Sin esperanzas, porque esa falta de capacidad para defenderse con la que tomamos asiento en ese sitio, aguardando el reclamo de la parte en cuestión, conociendo que en cuanto sea manifestada deberá acatarse, incluso cuando como mínimo en lo estimado por uno, destroce la organización de la administración, es lo más irritante que deberemos afrontar en el ejercicio de la profesión. En primerísimo lugar, y dejando de lado todo el resto, debido a que se genera una violenta y nunca antes vista elevación de la jerarquía. A causa de nuestra posición, no contamos con ningún permiso para acceder a este tipo de solicitudes, mas por la cercanía de esas partes en la noche se incrementan en determinada forma nuestra potencia administrativa y nos lleva a obligarnos a procederes ajenos a nuestro medio. Inclusive lo concretamos. Las partes, tal como los bandoleros del bosque, nos fuerzan de noche a realizar sacrificios de los que no seríamos ciertamente capaces en el curso del día. Bien, eso sucede cuando la parte se encuentra allí, nos potencia y azuza. Todo se halla en marcha, sin conciencia de ello. Mas ¿qué sucederá luego, cuando la parte se retire y nos deje, satisfecha y sin mayores preocupaciones? ¿Cuando nosotros no quedemos a solas, inermes frente a nuestro propio abuso de la autoridad? ¡Ni me animo a imaginármelo! Pese a eso, somos dichosos: ¡qué suicida alcanza a ser la dicha! Podríamos empeñarnos en conservar oculta la genuina situación a los ojos de las partes. Estas, por sí mismas, poco son capaces de apreciar y de acuerdo con su criterio con toda probabilidad ingresaron, con cualquier clase de razón fortuita, agotadas, desilusionadas... tan faltas de consideración, tan indiferentes a causa del agotamiento y la desilusión, en un cuarto equivocado. Toman asiento allí, por completo ignorantes. Y si ocupan su mente con algo, será con sus yerros o su fatiga. ¿Se podría dejar a las partes libradas a sus mismos pensamientos? No, no es cosa factible. Se les debe explicar todo con la verborragia propia de los que fueron benditos. Se les tiene que demostrar minuciosamente, sin exponerse a ningún peligro, cuanto ha sucedido y por qué razones ello ha tenido lugar, cuán fortuita y qué inconmensurablemente grandiosa es la chance. Lo que debe demostrar en qué forma ha avanzado a ciegas en ese asunto, tan plenamente impotente como exclusivamente las partes pueden serlo; también como entonces, señor agrimensor, todo lo alcanzan a poseer. Para eso simplemente deben presentar su pedido: su aceptación ya es algo que se halla dispuesto. Para ese logro ya estiran la mano. Todo eso es lo que se debe exhibir y ese es el peor momento que puede vivir un funcionario; mas en cuanto se ha efectuado, señor agrimensor, ya aconteció lo más imprescindible y llega la instancia de morigerarse y guardar.

K ya no pudo oír nada más. Estaba dormido, lejos de cuanto podía suceder allí. Su cabeza, que al comienzo había colocado sobre su brazo izquierdo en la parte alta del poste de la cama, se había deslizado en el curso del sueño y pendía libre, hundiéndose cada vez un poco más, sin que el sostén que le brindaba el brazo ya alcanzara. Mas K se adueñó de otro sostén cuando extendió la mano derecha bajo la frazada y tomó, sin quererlo, uno de los pies de Bürgel. Éste miró en esa dirección y le dejó seguir aferrando su pie, pese a la molestia que ello le originaba.

Súbitamente alguien golpeó varias veces la pared. K se amedrentó y miró hacia la pared.

–¿Está ahí el agrimensor? –preguntó una voz.

–Así es –respondió Bürgel, que se liberó de K y se estiró, de improviso animado y juguetón como un muchacho.

–En ese caso, debe acudir de una buena vez –mandó la voz.

No se consideró a Bürgel ni la posibilidad de que pudiera tener necesidad de K.

–Se trata de Erlanger –murmuró Bürgel.

No pareció sorprendido de que se encontrara en el cuarto anejo.

–Preséntese enseguida. Está furioso y debe intentar serenarlo. Su sueño es profundo, mas lo despertó el que hablásemos en voz alta. En fin, cómo controlarse si se tocan asuntos como esos. Apúrese: al parecer usted no puede salir de su adormilamiento. Usted, ¿qué busca todavía por aquí? No debe disculparse por su adormilamiento, ¿por qué tendría que hacerlo? Las energías del cuerpo tienen un límite... Usted, ¿de qué es culpable en cuanto a que dichos límites sean fundamentales en otras cuestiones? A ninguno se lo puede inculpar de algo así. De ese modo se corrige el mundo en su órbita y conserva el equilibrio. Un proceder digno de admiración, imposible de mensurar cuán admirable resulta ser, pese a que desconsuela en otros términos. Mas parta ya mismo. ¿Por qué me observa de ese modo? Si continúa perdiendo el tiempo Erlanger se las tomará conmigo y quiero rehuir esa posibilidad. Retírese, vaya uno a saber qué cosa lo aguarda. Esto está pleno de posibilidades; mas tienen estas en determinada manera un exceso de tamaño que veda aprovecharlas. Se sabe: hay asuntos que fracasan exclusivamente por ellas mismas. Oh, definitivamente, es algo asombroso y por lo que resta, ahora deseo descansar algo. Ciertamente ya dieron las cinco. Muy pronto comenzarán los ruidos. ¡Oh, si como mínimo usted deseara partir ahora mismo!

Confundido al haber sido despertado tan súbitamente, K todavía tenía una impostergable necesidad de dormir. No se decidía a moverse, sosteniéndose la frente con la mano y mirándose el pecho. Ni las interminables despedidas de Bürgel habían alcanzado a impulsarle a partir de aquel sitio. Solamente el sentir ese absoluto sinsentido de seguir en esa alcoba lo llevó a hacerlo con extrema lentitud. Ese sitio le resultaba por completo estéril. Si eso había tenido lugar entonces o había sido todo de ese modo desde un comienzo, era algo que K ignoraba. Ni siquiera lograría retorna a dormir allí.

Ese convencimiento resultó, inclusive, el factor decisivo. K, riendo por esa causa, paulatinamente se incorporó, apoyándose en los únicos sitios que era capaces de brindarle algún sostén: el lecho, el muro, la puerta. Así dejó la estancia y salió tal como si hubiese pasado mucho tiempo desde que se había despedido de Bürgel, cuando con él ni había cruzado un saludo.

# Capítulo 24

Seguramente también le hubiese resultado indiferente pasar a la alcoba de Erlanger, en caso de que este no se hallara en el umbral de la puerta ya abierta y le hubiera dirigido una señal con el dedo. Erlanger ya estaba dispuesto a partir: llevaba un abrigo de piel de color negro, abrochado hasta el cuello. Un servidor le entregaba en ese instante sus guantes, mientras que conservaba en la otra mano un gorro de piel.

–Usted debió haberse presentado hace mucho –le dijo Erlanger.

K intentó excusarse, mas Erlanger demostró, parpadeando fatigado, que dejaba de lado sus disculpas.

–Se trata de lo que sigue –manifestó Erlanger–: en el despacho de bebidas trabajaba anteriormente cierta Frieda. De ella apenas si conozco el nombre. A ella no la conozco, no me interesa tampoco conocerla. Esa Frieda le sirvió a Klamm en cierta ocasión cerveza. Actualmente, al parecer, de ello se ocupa otra joven. Bueno: esa modificación no tiene importancia alguna. Ello, al criterio de todos y seguramente también en opinión de Klamm. Pero según es una labor más grande, y el trabajo de Klamm es el mayor de todos, menor energía queda para poder defenderse del mundo exterior. Por ende, cualquier modificación, por baladí que resulte ser, alcanza para molestar destacadamente los asuntos de mayor importancia. El mínimo cambio en el servicio de mesa; limpiar una mancha que estuvo en su sitio siempre; cualquiera de esas cosas alcanza para perturbar, como perturba una sirvienta nueva. Ahora que, bueno, eso molesta, como molestaría a cualquiera en cualquier tipo de trabajo, mas no a Klamm. Eso no puede suceder. Sin embargo, es nuestra obligación custodiar la comodidad de Klamm, de manera de mantenerlo alejado de cualquier clase de molestia. Molestia que no es molestia para él; seguramente nada es una molestia para Klamm. Nos llaman la atención ciertos cambios que pueden resultar potencialmente perturbaciones. No es por Klamm que buscamos acabar con esas perturbaciones. Lo hacemos por nosotros, en pro de nuestra buena conciencia y serenidad. Por ello, esa tal Frieda debe retornar ya mismo al despacho de bebidas. Tal vez por su retorno moleste y en tal caso volveremos a despedirla. De momento, empero, debe volver a ese sitio. Resulta notorio que no se debe considerar en este tema los sentimientos individuales y por ello nada voy a someter a discusión en lo que a esto respecta. Ya alcanza con que esté haciendo más de lo preciso, al mencionar que si acata esta tontería, le podría resultar de cierta utilidad en otra instancia. A eso se reduce lo que debía yo manifestarle.

Se despidió de K inclinando de cabeza, se colocó el gorro ofrecido por su servidor y con este detrás, descendió a toda prisa por el pasillo, aunque cojeaba un poco.

En ocasiones, en ese sitio se daban órdenes fáciles a acatar, mas ello no alegró a K. No exclusivamente porque aquello que tenía que ver con Frieda se había impartido como una orden, pese a que K lo había recibido como una mofa; fundamentalmente porque en ese mandato se evidencia lo fútil de sus empeños. Sobre él pasaban las órdenes, las beneficiosas y las perjudiciales; asimismo las primeras poseían un sentido que no era favorable, mas en definitiva la suma de esas órdenes le pasaban por encima y él estaba en una situación inferior que le veda enfrentarlas o acallarlas y obtener la chance de hacerse escuchar. En caso de que Erlanger te haga señas de que te calles, tú, ¿qué cosa puedes hacer, por tu lado? En caso de que no te dirigiese ninguna seña, ¿qué alcanzarías a manifestarle? Definitivamente, K tenía consciencia de que su agotamiento lo había dañado en mayor medida que lo adverso de las circunstancias, mas ¿por qué razón alguien que había supuesto poder confiar en su organismo, que sin contar con ello jamás hubiese emprendido tamaño trayecto, no había sido capaz de pasarse una noche en vela y otras reposando de pésima forma? Asimismo, ¿por qué percibió allí esa fatiga incontrolable, donde nadie estaba fatigado o, donde, en mayor medida, todos estaban permanentemente agotados, sin que eso perjudicase su labor, si hasta parecía que lo propiciaba?

De eso se podía concluir que era un agotamiento distinto al de K. Allí se encontraba el agotamiento en mitad de un trabajo dichoso; era algo que parecía ser fatiga, pero que en verdad era una serenidad invulnerable, una invulnerable paz. Cuando uno se siente algo fatigado al mediodía, eso corresponde al dichoso transcurso de la jornada. *"Los amos en este sitio gozan de un permanente mediodía"*, se dijo K a sí mismo, y con ello se encuadraba que ya apenas llega las cinco de la mañana todo se volviera vivaz a cada flanco del pasillo. Ese barullo de los cuartos señalaba algo sumamente alegre. Por momentos se lo oía como el jubiloso momento de los niños a punto de partir para una excursión. En otras oportunidades, como el alba en un gallinero, el fervor de estar en equilibrio con el despertar de la jornada. En un momento determinado, inclusive uno de los señores hizo la imitación del cantar de un gallo. El pasillo, en cambio, seguía desierto, mas las puertas ya estaban moviéndose: repetidamente una de ellas se entreabría para tornar rápidamente a cerrarse. El pasillo estaba repleto de zumbidos a causa de ese abrir y cerrarse de puertas.

K también observó, por arriba, en el intersticio que dejaban las paredes al no alcanzar el cielorraso, cómo se dejaban ver los cráneos desprolijos, para tornar a esfumarse. Desde los fondos avanzaba con lentitud un pequeño carro, empujado por un criado, cargado de documentación. Otro servidor venía a su lado, con un listado en su poder. Este segundo servidor comparaba la numeración de las puertas con la de los documentos.

El carrito se detenía ante la mayor parte de las puertas y por lo general se abría en ese caso la puerta y los expedientes correspondientes eran entregados. A veces apenas consistían en una hoja y entonces se generaba una breve charla, seguramente cargada de recriminaciones al servidor.

En caso de que la puerta siguiera cerrada, la documentación se dejaba ante ella con el mayor esmero. En dichas ocasiones K creyó apreciar como que no cesaba el movimiento en las puertas anejas e incluso que se incrementaba.

Quizá los demás se asomaban para mirar ansiosamente los documentos acumulados de modo incomprensible ante la puerta, sin alcanzar a entender que uno que apenas debía entreabrir la puerta para hacerse de la documentación no procediera de ese modo. Posiblemente resultara factible que posteriormente se repartieran los documentos así dejados a su destino entre los demás, quienes en ese instante, asomándose sin tregua al pasillo, querían persuadirse de que los expedientes seguían ante esa puerta y si, por ende, todavía podían tener esperanzas. En cuanto al resto, aquellos expedientes abandonados en el piso acostumbraban ser prominentes mamotretos. K imaginó que habían sido abandonados allí de momento, debido a determinada presunción o por malignidad o, tal vez, por un acreditado orgullo ante los pares. Un factor vigorizó aquel supuesto y consistió en que, en ciertas ocasiones, justamente cuando K no estaba mirando, la documentación (tras estar expuesta allí por un largo período) súbitamente era recuperada con gran apuro. La puerta seguía tan quieta como anteriormente. En tal instancia, las demás puertas se serenaban, desilusionadas o tal vez satisfechas de que esa causa de enojo se hubiera esfumado, aunque a poco tornaban a moverse.

En cuanto a K, observaba todo ese ir y venir no solamente con curiosidad: también lo hacía con marcado interés. Prácticamente se sentía en mitad de aquel bullicio, observaba por aquí y por allá, y continuaba siguiendo (mas a cautelosa distancia y a fin de ver su reparto) a los servidores. Estos, ciertamente, más de una vez ya habían vuelto la cabeza, con aire torvo. Según se iba desarrollando, el trabajo de los criados se realizaba más lentamente; o bien el listado no correspondía o la documentación no era adecuadamente identificada por los servidores o los amos objetaban el asunto por otras causas. De todas maneras se repitieron determinadas entregas y en ese caso el carrito desandaba su camino y el criado regateaba sobre las devoluciones. Ello generaba inmensos problemas. Sucedía repetidamente que al tener lugar una devolución de expedientes, aquellas puertas que antes se mostraron muy animadas, entonces seguían firmemente cerradas, tal como si nada desearan conocer al respecto.

En ese caso, principiaban a generarse los reales aprietos. Si alguno se creía con derecho a esa documentación, se mostraba muy impaciente; se escuchaba un ruido muy crecido en su alcoba y el ocupante daba palmadas, pateaba y aullaba repetidamente, solicitando a voz en cuello tal o cual documento, dando su número de legajo. En tales casos, el carrito permanecía abandonado: en tanto que uno de los criados bregaba por serenar al irritado, el segundo servidor pugnaba frente a la puerta cerrada para efectuar la devolución. Ambos criados en francos problemas.

El impaciente se impacientaba en mayor medida frente a las intentonas por tranquilizarlo y ya no escuchaba lo que le decía el criado ni quería ser consolado. Lo que anhelaba era hacerse de los documentos; uno de ellos inclusive arrojó un vaso de agua a uno de los servidores. El otro criado, de mayor rango, estaba en problemas todavía peores: si el señor accedía a negociar, se producían discusiones complicadísimas, en cuyo transcurso el criado intentaba ceñirse a su listado y el señor a sus anotaciones y justamente a los documentos que teóricamente debía volver a entregar, aunque los conservaba enérgicamente en sus manos, de modo que ni una parte de del expediente se exponía a la mirada del criado, cargada de ansiedad. El servidor, en busca de nuevas pruebas, debía regresar al carrito que, invariablemente, había rodado algo más, en razón de la pendiente que ofrecía el pasillo, o bien debía dirigirse al cuarto del señor que reclamaba sus documentos a fin de poder intercambiar las objeciones del actual poseedor con las del otro señor que hacía su reclamo.

Estas negociaciones duraban mucho y solamente en ciertas ocasiones se llegaba a un pacto; el señor accedía a devolver una porción de los expedientes o recibía otra parte a modo de indemnización, dado que solamente se había producido un yerro. Mas asimismo acontecía que alguno debía renunciar a los expedientes requeridos, bien porque el servidor lo acorralaba con sus demostraciones, o porque se fatigase de tantas negociaciones. Mas en ese caso no le retornaba al criado la documentación. Lo que hacía era arrojarla con veloz intención al pasillo. Ello generaba que las cintas de sujeción se aflojaran, los folios se desparramaran y los criados se viesen forzados a intentar ordenar todo eso de nuevo.

Pero el problema resultaba más arduo cuando el servidor no recibía ningún tipo de respuesta a su pedido de reintegro. En esa instancia el criado seguía de pie ante la puerta clausurada, rogaba, apelaba a la reglamentación, y todo eso lo hacía inútilmente. Nada se dejaba escuchar del otro lado de la puerta. Según parecía ningún derecho asistía al criado para ingresar en la alcoba sin recibir un permiso expreso para ello. En ocasiones el servidor perdía los estribos, se dirigía al carrito y se sentaba sobre los documentos. Allí se quitaba de la frente el sudor y bamboleaba sus pies. El interés por esas instancias era inmenso: provenientes por todas partes se dejaban oír murmullos apenas una puerta se aquietaba. Curiosamente, seguían el desarrollo de los hechos por el resquicio de la pared con semblantes envueltos en toallas, al tiempo que no lograban estarse un momento en calma. En mitad de todo ese barullo a K le llamó la atención que la puerta de Bürgel siguiera cerrada todo el tiempo y que, pese a que los servidores habían repartido los documentos en esa porción del pasillo, a Bürgel ninguno le había tocado en suerte. Tal vez había continuado durmiendo; ello implicaba un sueño muy vigoroso, mas ¿por qué razón no había recibido alguna documentación? Sólo escasas habitaciones y, además, seguramente desiertas, habían sido evitadas de modo semejante. En vez, en la alcoba de Erlanger ya se encontraba un nuevo e intranquilo huésped; Erlanger debió de ser casi desalojado por el nuevo ocupante en mitad de la noche, aunque ello no se condecía demasiado con la naturaleza gélida y llena de experiencia de Erlanger, mas el hecho de que hubiera aguardado por K en el umbral de la alcoba estaba referido a ese asunto.

Tras esas observaciones más personales, se fijó otra vez en el servidor. En cuanto a este no corroboraba cuanto le habían dicho a K respecto de los criados: su desidia, su existencia confortable, su soberbia. También se contaban excepciones entre los servidores o, lo que era más factible, había diversos grupos de criados, pues allí existían, como lo percibió K, límites que hasta ese instante no había tomado en cuenta. En particular le agradó lo riguroso que era aquel criado. En pugna contra esas alcobas testarudas, lo que a K le resultaba una contienda contra los cuartos, dado que sus huéspedes apenas sí permitían que los viesen, el servidor no cedía un ápice. Se veía agotado, sin lugar a dudas, mas, ¿quién no se hubiera cansado en tales circunstancias? A poco ya estaba recuperado: descendió del carrito y avanzó nuevamente, apretando los dientes, a fin de recuperar la puerta. Aunque fue rechazado fácilmente en dos oportunidades, apelando al mero silencio, no daba el brazo a torcer. Dado que comprendió lo vano de realizar un ataque de frente, probó de otro modo y K lo entendió bien, con astucia.

El criado en apariencia se alejó de la puerta permitiendo que se marchitase su silencio; se dirigió hacia otros umbrales pero tras un momento retornó. Llamó a otro criado, en voz audible y llamando la atención y principió a dejar documentos frente a la puerta, tal como si hubiera cambiado de actitud y al señor ocupante del cuarto no fuera legítimo retirarle legajos, sino entregarle mayor cantidad de ellos. Entonces continuó, mas teniendo bien vigilada la puerta; cuando el señor, como repetidamente sucedía, abrió con el mayor cuidado la puerta para recoger la documentación, el criado se paró allí mismo dando un par de brincos, colocó un pie entre la pared y la puerta y forzó así al ocupante del cuarto a negociar con él frente a frente, algo que llevaba habitualmente a concertar un pacto conveniente para ambos bandos. En caso de no arribar a algo satisfactorio por esa vía o si no le resultaba el procedimiento conveniente para determinada puerta, probaba de hacerlo de otro modo. Se aplicaba, como ejemplo de su proceder, a atender al señor que exigía recibir otra documentación. Mandaba correrse de su sitio al otro servidor, que meramente trabajaba de manera maquinal y resultaba en mayor medida un simple obstáculo; a continuación trataba de persuadir al funcionario empleando murmullos, furtivamente, metiendo la cabeza en la alcoba. Seguramente formulaba promesas y daba garantías del castigo que iba a granjearse el otro funcionario en el curso del siguiente reparto. Como mínimo indicaba muy seguidamente cuál era la puerta del contrincante y se reía, todo lo que lo era posible por su fatiga. Mas también sucedía en algunas ocasiones que renunciaba a mayores intentonas, aunque suponía K que ello era una mera renuncia aparente o bajo justificadas razones, porque continuaba muy serenamente, soportando sin observar hacia atrás el barullo montado por el señor que se había perjudicado; mostraba sencillamente, parpadeando más ampliamente, que aquel bullicio lo hacía padecer. El señor, en cambio, se iba serenando por grados, tal como el prolongado lloriqueo de los niños se trasforma paulatinamente en aislados lamentos, pese a que más tarde, tras llamarse a silencio, se escuche de tanto en tanto un alarido o una abrir y cerrar de esa puerta. En definitiva, se mostraba que asimismo, en esa ocasión, el servidor había procedido con la más plena corrección. Finalmente sólo restó un señor que no deseaba serenarse: se calló durante un largo rato, pero meramente para cobrar fuerzas. A continuación reanudó su accionar y no fue menos enérgico que antes. No resultaba evidente por qué causa gritaba y dejaba oír sus quejas, tal vez no por la distribución de los legajos. En tanto, el servidor ya había terminado sus labores y apenas un documento, en verdad, una simple hoja de papel, de un anotador, restaba entregar por culpa del ayudante en el carrito. Se ignoraba quién debía recibirlo. *"Ese bien podría ser mi legajo"*, pensó K. El alcalde siempre se había referido a ese "asunto diminuto". K, por muy descabellado que le resultara aquello, probó de aproximarse al criado que entonces tenía el documento en su mano, meditando acerca de qué hacer con él. No resultaba cosa fácil, dado que el servidor no podía aguantar la cercanía de K. Hasta en medio de las labores más arduas invariablemente había hallado tiempo para observar a K con impaciencia y cólera. Solamente cuando terminó de distribuir la documentación pareció haberse olvidado de K, tal vez a causa de que se había tornado más indiferente. Era entendible en razón de su tremendo cansancio. Asimismo no hacía mayores esfuerzos en cuanto a ese escueto documento: ni siquiera lo leyó completo sino que fingió hacerlo. Aunque hubiese alegrado mucho a algún funcionario al darle ese documento decidió otra cosa, pues ya estaba hasta la coronilla de distribuir legajos. De modo que mandó callar con el gesto a su compañero y cuando todavía no había llegado junto a él K, destrozó esa hoja y se guardó los pedazos en un bolsillo. Era aquella la primera falta reglamentaria que comprobaba K en el curso del desempeño administrativo, pese a que asimismo resultaba factible que lo hubiera interpretado de modo equivocado. Incluso si fuera aquella una falta, era disculpable. En las condiciones en que se concretaba el trabajo, el servidor no podía laborar sin caer en yerros. Debía librarse de la cólera que había acumulado y era cosa francamente inocente hacerlo de esa forma.

Todavía retumbaba en el pasillo la voz del funcionario que no había modo de serenar y sus pares, que en otro tipo de cuestiones no se mostraban precisamente gentiles entre sí, al parecer eran de la misma opinión en cuanto al ruido. Resultaba ser como si el señor hubiese tomado sobre sus hombros la tarea de hacer ruido por todos los colegas que lo incitaban a ello con sus alaridos y gestos, a fin de que continuara ese bullicio. Mas el servidor ya no estaba de ningún modo preocupado por ese asunto. Había concluido sus labores y señaló la guía del pequeño carro a fin de que la tomase su ayudante. Entonces abandonaron aquel sitio tal como habían venido, más satisfechos y a tanta velocidad que el carrito brincaba frente a ellos. Sólo en una ocasión se inquietaron y miraron hacia atrás, cuando el señor, quien seguía gritando, y ante cuya puerta seguía K, dado que le hubiese agradado conocer qué cosa deseaba ciertamente, al parecer confirmó que merced a los alaridos no iba a obtener cosa alguna y dio con un timbre. Debido a ello, enfervorizado ante la ocasión de dar rienda suelta a su furia, en lugar de seguir gritando se entregó a apretar aquel botón del timbre.

Se oyó un crecido murmullo en las demás estancias, que parecían aprobar su accionar. El señor parecía estar haciendo algo que a todos les hubiese agradado concretar desde antes, algo que no habían hecho por ignotas razones. El señor, ¿estaba llamando así a los sirvientes, a Frieda tal vez? Bien podía tocar el timbre cuanto se le diese en gana: Frieda estaba muy atareada, suministrando a Jeremías trapos calientes. Así este se hallara con buena salud, ella tampoco dispondría de tiempo, pues en tal caso se encontraría en brazos de Jeremías. Mas el timbre tan insistente logró alcanzar un resultado: se apreciaba al posadero acudiendo desde lejos a toda carrera, vestido enteramente de negro y con sus ropas abotonadas hasta el cuello, como era su hábito. Mas corría tal como si estuviese olvidando cuál era su dignidad, con los brazos sin tregua extendidos, tal como si acudiera ante el suceso de una tremenda desgracia, listo para apoderarse de ella y hace que se esfumase sumiéndola en su seno. Ante cada caída en una irregularidad de aquel timbre parecía brincar el posadero y apurarse todavía en mayor medida. Su mujer se dejó ver a una amplia distancia de él y asimismo ella avanzaba a toda prisa y con los brazos extendidos. Mas sus pasos resultaban breves y cargados de afectación. K conjeturó que iba a llegar excesivamente tarde, en tanto que el posadero había ya efectuado todo lo que era conveniente. Para dejarle cierto espacio al posadero, K se apretó contra la pared, mas el posadero se detuvo ante él como si tal fuera su exclusivo objetivo. La posadera muy rápidamente le dio alcance y ambos se dirigieron recíprocas recriminaciones. K no las entendió, singularmente a causa de que el timbre del señor hacía pesar su presencia y hasta principiaron a dejarse oír otros sonidos parecidos. Ello no sucedía entonces por mera necesidad. Solamente hacían eso por juego y por estar demasiado alegres. Con motivo de tener un gran interés en entender su culpa, K se manifestó satisfecho porque el posadero lo agarrara del brazo para apartarlo de aquel bullicio que no hacía más que incrementarse, porque detrás de ellos –K no volvió su cabeza, puesto que el posadero y particularmente, en la otra parte, la posadera, no dejaban de dirigirse a él– se abrían las puertas completamente, el pasillo se animaba, pareció desarrollarse algún tipo de tránsito, tal como sucedería en una poblada callecita. Ante ellos las puertas semejaban aguardar con ansiedad a que pasara K de una buena vez, a fin de permitir la salida de los señores. En tanto no dejaban los señores de oprimir sus timbres tal como si celebrasen un triunfo. Finalmente (ya estaban en el blanco y silencioso patio) y lentamente K pudo comprender lo sucedido.

Ni el posadero ni su esposa lograban comprender que K se hubiera animado a cometer semejante acción. Mas, ¿qué cosa había hecho? Repetidamente inquirió K al respecto, mas durante largo rato no le fue posible averiguarlo, dado que su culpa era para ese matrimonio cosa tan notoria que resultaba impensable suponer que obraba de buena fe. Sólo muy paulatinamente comprendió todo K. Carecía de permiso para permanecer en el pasillo y, por lo habitual, solamente podía ingresar en el despacho de bebidas como manifestación de gracia, a menos que hubiese una orden opuesta. Si había sido citado por algún señor, por supuesto que tenía que presentarse en el sitio establecido, mas tenía que seguir siendo consciente (como mínimo, poseería el acostumbrado sentido común, ¿no es cierto?) de que se encontraba en un lugar que no era aquel que le correspondía, meramente porque un señor, en la mayor proporción de los casos en contra de su genuina voluntad, lo reclamaba y se disculpaba de algún procedimiento administrativo, lo había convocado. De manera que tenía que aparecer con rapidez, someterse a las inquisiciones que le formulasen, mas posteriormente debía desaparecer en el acto. Cuanto antes se marchara, mejor sería. Acaso, ¿no le había parecido en el pasillo que aquel no era su lugar? Pero si lo había sentido, ¿cómo había podido vagabundear por allí como si fuese un tigre en su jaula? Acaso, ¿no había sido citado para tomar parte en un interrogatorio nocturno? ¿No conocía por qué razón se habían preparado los interrogatorios nocturnos? Estos, y en este punto recibió K otra diferente explicación de su sentido, tenían por objetivo escuchar velozmente, en mitad de la noche y bajo la luz eléctrica, a las partes cuya óptica de la cuestión fuese intolerable para los señores en el curso de la jornada, con la chance de olvidar el conjunto de ese asunto tan desagradable a través del sueño. La conducta de K, empero, se había mofado de las medidas de precaución. Hasta los espectros se difuminan con el alba, mas K había permanecido allí, con sus manos metidas en los bolsillos, tal como si aguardara que, dado que él no se apartaba, todo el pasillo con la suma de las alcobas y aquellos que se hallaban en ellas debían apartarse. Ello habría tenido lugar (y podía al respecto estar muy convencido) con la mayor seguridad, si hubiera sido posible, porque los delicados sentimientos propios de los señores no reconoce fronteras. Ninguno de ellos iría a expulsar a K o diría lo más notorio: que debía dejar aquel sitio. No iba a proceder de ese modo, aunque en tanto K siguiese allí seguramente temblarían de tanta excitación y les agriara la mañana, su momento favorito. En lugar de dirigirse a K, optarán por padecer. En ello, asimismo tomaría parte la esperanza de que K, a la postre, tendría que admitir lo que resultaba evidente y debería sufrir iguales pesares de parte de los señores. Ello hasta llegar a unos límites intolerables. Tan tremendamente poco conveniente resultaba su presencia allí, en el pasillo, evidente para todos y durante la mañana, además. Pero era esa una esperanza definitivamente inútil: ignoraban o, en su gentileza y gran respeto, no deseaban conocer que existen almas no dotadas de sensibilidad, severísimas, a las que nada enternece. Acaso, ¿no va en busca la polilla nocturna, ese pobre bicho, al llegar el día, de un sitio sereno donde acurrucarse, optando por desvanecerse y siendo desdichado cuando no alcanza a obtener algo así? En lugar de ello, K se había parado allí donde su presencia era más evidente, y en caso de que así accediera a obstaculizar la llegada del alba, efectivamente eso haría. No tenía posibilidades de impedirlo, mas lamentablemente era capaz de demorarlo o complicarlo.

Acaso, ¿él no había visto de qué modo se repartían la documentación? Era algo que salvo los implicados, ningún otro estaba autorizado a presenciar. Ni el posadero ni su mujer, pese a que tenía todo lugar en su mismo establecimiento, podían contemplar algo así. Solamente les aportaban cierta información como, es un ejemplo, aquella misma jornada, a través del criado. Acaso, ¿no había apreciado las dificultades con que chocaba la distribución de documentación? Algo imposible de entender, porque cada funcionario solamente atendía un caso, jamás tomaba en consideración su conveniencia individual y, por ende, debía bregar con toda su energía a fin de que el reparto de documentos, algo de tanta importancia, se realizara con rapidez, eficiencia y sin yerros. Además de eso, ¿ni remotamente había entrevisto que el motivo central de la suma de las dificultades consistía en que la distribución se debía concretar, por culpa suya, a puertas prácticamente cerradas, sin poder contar con la chance de un contacto directo entre los señores? Estos, desde luego, eran capaces de entenderse casi en el acto mismo, en tanto que participando un criado de todo el proceso se extendía durante horas, jamás dejaría de dar origen a quejas, y ello implicaba una prolongada tortura para funcionarios y servidores. Asimismo, perjudicaba toda labor posterior. Entonces: ¿por qué causa no tratar con los señores de modo directo? Acaso, ¿K aún no lograba comprender la razón? La posadera nunca había conocido cosa semejante. El posadero lo corroboró por su lado y hay que tomar en cuenta otro factor: ya había tenido que manejarse con sujetos testarudos. Asuntos que, de ser otro el caso, no se animarían siquiera a mencionar, era preciso referirlos llanamente para que fuera comprendido lo imprescindible y más básico.

Bien: entonces era inevitable informarlo. Por su culpa y solamente por ella, los señores no habían dejado sus alcobas, ya que a esas horas, a poco del sueño, resultan excesivamente apocados y están demasiado sensibilizados como para ser vistos por extraños. Se sienten muy desnudos como para mostrarse, así estén completamente ya ataviados. Es cosa ardua referir cuál era la causa de su bochorno; quizá estribaba en que esos perennes trabajadores lo sentían así por el mero hecho de haber descansado.

Tal vez en mayor medida que mostrarse, enrojecían al ver a extraños. Aquello que habían afortunadamente sobrellevado con el auxilio de los interrogatorios nocturnos, la visión de las partes tan insoportable para ellos, no querían volver a arrostrarlo otra vez por la mañana, repentinamente, en toda su dimensión. No tenían manera de enfrentar algo como eso. ¿Qué clase de persona había que ser para no sentir respeto por ello? Bueno, había que ser una persona como K, que con su roma indiferencia y su adormecimiento dejaba pasar todo por alto. Alguien que no consideraba las normas ni ninguna otra cuestión humana y normal. Uno para quien nada significaba tornar prácticamente irrealizable el reparto de legajos y estropear la buena fama del establecimiento; alguien que logró lo hasta entonces impensable: desesperanzar en tanta medida a los señores como para que ellos trataran de defenderse, haciendo uso de los timbres. Un ir más allá de sí mismos inimaginable para la gente común que los funcionarios se viesen forzados a pedir auxilio para poder echar de aquel sitio a K, sin que restara otro medio para hacerlo vacilar. Nada menos que ellos, los señores... ¡necesitados de ayuda! Los posaderos y el resto del personal, ¿no habrían corrido apresurados, de haberse animado a presentarse de mañana ante los señores, así fuera meramente por venir a ofrecer auxilio, para después esfumarse en el acto? Temblando de rabia, sin consuelo y ganados por la impotencia, se vieron obligados a aguardar allí mismo, al comienzo del pasillo, y el bullicio de los timbrazos no resultó ser para ellos justamente el ruido de la salvación.

De todas formas... ¡Ya había pasado la peor parte y si, como mínimo, pudiese darle una ojeada al jubiloso bullicio que armaron los señores, al verse librados de K! Pero, para este, lo peor todavía no había transcurrido. Seguramente iba a tener que responder por lo sucedido. Al tiempo habían arribado al despacho de bebidas. La razón por la cual el posadero, amén de su ira, había llevado a K hasta aquel sitio, no era muy clara. Quizás había comprendido que la fatiga de K le imposibilitaría dejar el establecimiento. Sin aguardar a que le ofrecieran tomar asiento, K se dejó caer sobre un tonel. En las tinieblas se sentía mejor: en todo el lugar apenas fulguraba una debilucha lamparita aplicada sobre la canilla de un tonel. Asimismo, en el exterior, dominaba una honda oscuridad y al parecer estaba nevando fuerte. Debía dar las gracias por poder estarse allí, en ese cuarto cálido, y tratar de que no lo echaran. Los posaderos seguían frente a él, tal como si con su presencia continuara acechando algún riesgo, tal como si su carencia de corrección formal pudiese acarrear que probara de retornar al pasillo. Asimismo él y ella estaban fatigados por el susto pasado y el repentino despertar. En particular ese era el caso de la posadera, quien gastaba un vestido castaño, de amplia pollera, y que no estaba correctamente abotonado. Vaya uno a saber de dónde lo había sacado, tan apurada. La mujer mantenía la cabeza sobre el hombro de su marido, mientras se secaba los ojos con un pañuelo y lanzaba miradas iracundas a K. Para serenar al matrimonio, K mencionó que cuanto le habían contado era cosa novedosa para él. Les aseguró que pese a ser tan ignorante nunca habría seguido estando durante tanto tiempo en aquel pasillo, allí donde, cabalmente, no tenía ninguna cosa que hacer. Asimismo y con la mayor certeza, él no había querido molestar a ninguno; la culpa la tuvo su incontrolable fatiga. K agradeció que hubiesen terminado con una escena como esa y les dijo que si debía dar cuentas de su comportamiento lo haría con su mejor buena voluntad, ya que de esa manera lograría que no se interpretara equivocadamente su actitud. Exclusivamente la fatiga había sido la culpable de lo acontecido. Esa fatiga, empero, provenía de que aún no se había habituado a los interrogatorios y el esfuerzo que estos implicaban. Apenas hacía muy poco que había arribado al poblado y con algo más de experiencia, aquello tan penoso no volvería a suceder. Quizá... se estaba tomando muy a pecho eso de los interrogatorios, pero aquello no podía ser una desventaja. Había tenido que aguantar un par de interrogatorios consecutivos: uno en la alcoba de Bürgel y otro en el cuarto de Erlanger. Principalmente el de Bürgel lo había dejado exhausto; el otro en verdad no se había prolongado demasiado. Erlanger apenas le había solicitado que le hiciese un favor, mas ambas experiencias fueron juntas más allá de lo que era capaz de soportar. Quizá para otro sujeto, como ejemplo, para el posadero, algo así también hubiese sido excesivo.

Del segundo interrogatorio salió dando tumbos y prácticamente como si se hallara borracho. Por vez primera había visto a los señores y los había escuchado e, igualmente, había tenido que contestar a sus inquisiciones. Según conocía, el conjunto de esos asuntos había tenido un buen resultado, cuando repentinamente sucedió eso tan desgraciado, algo que, empero, no era achacable a una conducta culposa, tomando en cuenta lo anterior. Lamentablemente sólo Erlanger y Bürgel habían comprendido cómo se encontraba él entonces y con plena certeza, lo habrían cuidado y le habrían evitado pasar por todo lo que siguió. Sin embargo Erlanger tuvo que partir en cuanto culminó el interrogatorio, según parecía rumbo al castillo, y Bürgel seguramente estaba agotado por causa del interrogatorio (¿de qué modo, en consecuencia, habría logrado aguantarlo K sin perjudicarse?) y se había dormido. Inclusive había pasado por alto el conjunto del reparto de la documentación.

Si K hubiera contado con otra chance, la hubiera aprovechado jubiloso, renunciando a las observaciones que estaban vedadas. Eso le hubiese resultado más fácil de hacer, dado que en verdad no había estado en disposición de ver cosa alguna. Por dicha causa los señores más sensibles se habrían podido presentar ante él sin ningún tipo de bochorno. La referencia a ambos interrogatorios, particularmente el de Erlanger, y el respeto con el que K había mencionado a ambos señores, tuvo por efecto inmediato suavizar el ánimo del posadero. Pareció que deseaba acatar lo solicitado por K, en cuanto a disponer un tablón entre un par de toneles y permitirle reposar sobre él hasta que llegase la tarde; mas la posadera estaba firmemente en contra de esa posibilidad. La mujer, mientras en vano probaba de ajustarse el vestido (al parecer, de su desarreglo se había percatado recién entonces) sacudía negativamente su cabeza. Evidenciaba estar ya al borde mismo de reiterarse la añeja pugna acerca de la inmaculada pureza del establecimiento. En lo que hace a K, en razón de su agotamiento, la conversación del matrimonio poseía una importancia ilimitada: ser arrojado de allí era para K una desgracia que iba más allá de toda la infelicidad hasta entonces experimentada. Eso no podía suceder, ni siquiera si ambos integrantes del matrimonio se alineaban en su contra. K continuó vigilándolos desde el tonel, hasta que en un momento dado la mujer, hipersensibilizada a un grado tal que había llamado la atención de K desde el comienzo, se tiró a un costado súbitamente. Seguramente ha había conversado con su marido de distintos temas antes. La posadera gritó:

–Acaso tú, ¿no estás viendo de qué manera me está mirando? ¡Manda que salga de aquí ya mismo!

Pero K, haciendo buen uso de la ocasión y plenamente persuadido, prácticamente hasta la indiferencia, de que iba a poder permanecer en ese sitio, replicó:

–No te miro a ti. Estoy mirando tu vestido.

–¿Por qué razón? –preguntó enojada la posadera.

K meramente se encogió de hombros.

–Ven aquí –le dijo la posadera a su marido–. El muy animal está borracho. Permite que duerma la mona.

Luego le mandó a Pepi, quien al oír cómo se dirigía a ella emergió de la oscuridad, agotada y con un aspecto muy descuidado, que le tirase a K un almohadón.

# Capítulo 25

Cuando K se despertó, inicialmente supuso que apenas había podido dormir un rato. La estancia seguía mostrándose igual que antes: desierta y cálida. Sus muros escondidos por las tinieblas, la lamparita sobre la canilla del tonel y una ventana que denunciaba la noche.

Mas cuando K estiró sus miembros se le cayó el almohadón y tanto la tabla como los toneles soltaron un crujido. En el acto vino Pepi y K supo que era de noche y que había permanecido durmiendo más de doce horas. La posadera había preguntado por él en varios momentos aquel día; asimismo lo había hecho Gerstäcker: por la mañana, cuando K conversaba con la posadera, este había esperado allí con una cerveza. Mas tarde no se animó a perturbarlo. De igual manera se había presentado Frieda, quien estuvo un rato junto a K. Mas ella no había concurrido por su causa, sino debido a que tenía cosas que hacer en ese sitio. Esa noche debía retornar a sus antiguas labores.

–Acaso, ¿ella ya no te ama? –inquirió Pepi, mientras le proporcionaba un café y un trozo de pastel.

No preguntó con maldad como anteriormente sí lo había hecho, sino con pesadumbre, como si en tanto hubiera conocido la maldad mundana. Aquella ante la cual es derrotada cualquier malignidad individual y se vuelve descabellada.

Ella se dirigió a K como si le hablase a una camarada de desgracias. Cuando K sorbió el café y ella conjeturó que no lo había encontrado adecuadamente endulzado, se apresuró a traerle la azucarera. Su pesar, empero, no había sido obstáculo para engalanarse en mayor medida que la vez anterior: había trenzado meticulosamente sus cabellos, que en diminutos bucles se derramaban sobre sus sienes. En torno de su cuello usaba una cadenita que pendía hasta el nacimiento de su escote. Cuando K, satisfecho por haber dormido adecuadamente y luego acceder a una taza de café, tomó subrepticiamente una de las trenzas y probó de deshacerla, Pepi le mandó con fatiga:

–Ya déjame –y se sentó ante él sobre un tonel.

K no tuvo que pedirle que le narrara su dolor: ella por las suyas principió a hablar de él, sin quitar los ojos de la cafetera, tal como si tuviese necesidad de alguna distracción inclusive en el transcurso de su narración. Tal como si, inclusive atendiendo a su propio padecimiento, no fuese capaz de entregarse plenamente a ello, porque eso iba más allá de sus fuerzas.

En principio K supo que, en verdad, la culpa por la desdicha de Pepi era suya, aunque la joven no sentía rencor contra él por dicha causa. Ella asintió con entusiasmo, a fin de impedirle a K cualquier clase de contradicción. En primer término, K se había llevado a Frieda del despacho de bebidas, permitiendo de tal forma que Pepi fuese ascendida a ese cargo. Ninguna cosa se habría podido suponer capaz de algo semejante. Frieda se sentaba al mostrador, como una araña en su tela, con sus hilos tendidos en toda su extensión, una tela que exclusivamente ella conocía. Quitar esa tela sin su venia era cosa imposible. Solamente la pasión por alguien inferior, o sea, un factor que no se condecía con su rango, era capaz de desalojarla de su cargo. ¿Y en cuanto a Pepi, alguna vez había imaginado obtener ese empleo? Ella era una mera sirvienta, su cargo carecía de toda importancia y sus posibilidades eran reducidísimas. Desde luego que soñaba con un excelente porvenir, como lo hacía cualquier otra chica; ninguno podía vedarse esos sueños, mas no pensaba con seriedad en mejorar su existencia y se había resignado con lo que ya tenía.

Súbitamente se alejó del despacho de bebidas Frieda, y ello fue tan imprevisible que el posadero no tenía a mano alguien que la suplantara idóneamente. Fue en búsqueda de alguno adecuado y así tomó en cuenta a Pepi, quien definitivamente dio un paso al frente. Por aquel entonces amaba a K como a ningún otro antes. Había permanecido por meses en su habitación, oscura y reducida, preparada para pasarse años enteros en ella. En el peor caso, su vida completa, invariablemente sin ser advertida y de pronto, aparece K, un héroe libertador de muchachas, franqueándole la ruta ascendente. K, desde luego, nada sabía de Pepi, y de ninguna manera había hecho eso por su causa. Sin embargo, ello no fue obstáculo para el agradecimiento de la joven. La noche que precedió a su ascenso, cuando el contrato de sus servicios continuaba siendo no seguro, aunque sí posible, se pasó horas y más horas conversando con K, murmurándole al oído cuán agradecida le estaba. Ante sus ojos se incrementó la importancia de aquello a causa de que justamente era Frieda la carga que debían soportar sus espaldas. Un factor inentendiblemente extraído se marcaba en aquel accionar: que a fin de que Pepi subiera de condición, había K transformado a Frieda en su querida. Frieda, una mujer fea, envejecida y escuálida, de cabellera corta y rala, era asimismo maledicente, invariablemente ocultaba secretos y ello sin duda alguna estaba referido a su apariencia. Siendo lamentables tanto su cara como su cuerpo, era forzoso que guardase algún tipo de enigma incomprobable; como ejemplo: su aparente relación con Klamm. Hasta a Pepi se le había ocurrido que era factible el amor de K por Frieda, que tal vez no se engañase o bien exclusivamente embaucara a Frieda y el solo fruto de eso resultara ser el ascenso de K. Después él comprendería las dimensiones de su error o tal vez no deseara esconderlo más; en esa instancia solamente tendría ojos para Pepi en vez de para Frieda. Eso no tenía obligadamente que ser una mera fantasía de Pepi. Ella bien podía competir con Frieda, de mujer a mujer, algo que no podía ninguno refutarle. Fundamentalmente había sido el sitio de Frieda y el fulgor que ella había atinado a darle lo que había subyugado en un principio a K.

Pepi, entonces, había fantaseado con que K, cuando ella accediera al cargo, vendría en su busca y ella podría optar entre prestar oídos a K y perder su empleo o rechazarlo y continuar ascendiendo. Pepi estaba dispuesta a renunciar a cualquier cosa, inclinarse ante él y mostrarle el genuino amor que nunca hallaría en brazos de Frieda. Una pasión que era independiente de cualquier empleo honorífico. Sin embargo, el rumbo de las cosas había sido muy diferente. Entonces, ¿quién era el culpable? En particular K y, luego, también era verdad eso, la astucia de Frieda.

Pero fundamentalmente K, porque, ¿qué cosa él quería? ¿Qué clase tan rara de hombre era K? ¿Qué meta buscaba alcanzar? ¿En qué consistían esas cosas de tanta importancia, aquellas que le originaban tanta preocupación, llevándolo a olvidarse de lo más cercano, mejor y más hermoso?

Pepi resultaba ser la víctima, todo era una tontería y estaba perdido. Quien tuviera la energía necesaria como para incendiar la posada señorial hasta los cimientos, sin que quedara ni un vestigio de ella, sería entonces el elegido de Pepi. Sí, Pepi llegó al despacho de bebidas cuatro días antes, a poco de que comenzara la comida. No era un trabajo fácil, casi un homicidio, mas no era poca cosa lo que se podía lograr con él. Pepi tampoco había vivido anteriormente al día y pese a que jamás (ni en sus fantasías más atrevidas) había ambicionado ese cargo, sin embargo efectivamente había hecho innumerables observaciones. Así conocía las exigencias propias del puesto. Por supuesto que no se había hecho cargo del asunto sin interiorizarse acerca de él. No era posible hacerlo sin preparación previa, pues se perdería ya en las primeras horas, particularmente si se probaba de realizar esas labores como las habría hecho una sirvienta. En esta última condición, la criada se olvidaba de Dios y de los hombres. Se trataba de un trabajo como de minero; como mínimo en el pasillo de los señores eso era así. Durante días y días en aquel sitio no se veía, amén de las escasas personas que eran convocadas y que se desplazaban velozmente de un lugar al otro sin animarse a mirar a ningún otro, salvo por el par de sirvientas que se hallaban tan avinagradas como la misma Pepi. De mañana no se podía abandonar la habitación: en ese momento del día los secretarios deseaban estar a solas entre ellos. La comida se la proporcionaban los servidores de las cocinas. Habitualmente las sirvientas nada tenían relacionado con ello ni en las horas de la comida nos podíamos presentar en el pasillo. Sólo cuando los señores se hallaban consagrados a sus labores era posible efectuar el aseo por parte de las sirvientas, mas no en las alcobas ocupadas sino en las desiertas, por supuesto. Esas tareas debían concretarse sin decir una palabra ni hacer ningún ruido, a fin de no perturbar a los señores. Mas, ¿acaso era posible trabajar silenciosamente, mientras los señores pasaban varios días sin salir de sus alcobas? A ello se sumaba esa chusma de los servidores, que ponían todo patas para arriba sin tregua. Cuando las sirvientas lograban ingresar en los cuartos, estos se hallaban en tal estado que no los podría limpiar ni una inundación. Era verdad que se trataba de señores, pero era necesario vencer el asco para poder trabajar en sus cuartos. Las sirvientas no debían afrontar un trabajo excesivo, mas era arduo y nunca recibían una palabra de cortesía; exclusivamente recriminaciones, singularmente el reproche de que al limpiar desaparecía documentación. En verdad nada se extraviaba: hasta el más pequeño papelito le era entregado al posadero. Sin embargo, era cierta la pérdida de algunos documentos, aunque no era culpa de las sirvientas. En ese caso se conformaban comisiones, las muchachas debían desalojar los cuartos y eran los miembros de la comisión quienes examinaban esas estancias. Las sirvientas nada tenían que fuese suyo: sus escasos efectos personales bien entraban en una cesta, mas no por ello la comisión dejaba de escudriñarlo todo por horas y horas. Desde luego que nada era encontrado. ¿Cómo podrían llegar hasta ese sitio los expedientes?

Mas el resultado de ese revoltijo volvía a consistir en insultos y amenazas de la desilusionada comisión, hechos llegar a destino apelando al posadero. Jamás se llegaba a la serenidad, ni durante el día ni por la noche. En las horas nocturnas el ruido era permanente, al igual que sucedía a partir del alba. Si como mínimo no fuera preciso morar en aquel sitio, más era una obligación hacerlo, ya que había temporadas en que era el deber de las sirvientas ocuparse de menudencias, encargarse de ciertos pedidos de las cocinas, particularmente de noche. Invariablemente el golpe del puño sobre la puerta de la sirvienta, tener que bajar hasta las cocinas, sacudir al muchacho dormido que las atiende, depositar el pedido en el piso, frente a la puerta de la sirvienta, donde uno de los criados se encargaba de él. ¡Qué pesaroso, todo aquello! Mas no era eso lo peor de todo: era peor cuando no se hacía ningún encargo y en lo más hondo de la noche, cuando todos deberían estar reposando y la mayor parte ciertamente lo estaba haciendo, alguien principiaba a caminar en puntas de pie, pasando frente a las habitaciones de las sirvientas. Entonces estas se levantaban de un brinco –las camas eran en verdad literas, el espacio disponible era reducido y el cuarto asignado a las sirvientas apenas un amplio armario dotado de tres nichos–, para escuchar con atención ante la puerta. Ellas se arrodillaban y muy asustadas se abrazaban. Permanentemente se dejaba oír al furtivo intruso ante la puerta. Las mujeres se hubiesen sentido dichosas si en definitiva hubiera entrado este en el cuarto, mas ello no sucedía jamás. Era preciso admitir que en ese asunto no era obligatorio advertir algún riesgo; quizá simplemente se trataba de uno que se movía de un lado a otro pasando frente a la puerta, meditando acerca de si en verdad deseaba dejar algún encargo y que posteriormente no optaba por eso. Quizá las cosas eran así o quizá algo completamente distinto. En verdad no conocíamos a los señores, apenas los habíamos visto alguna vez. En definitiva, que las sirvientas se morían del susto y, cuando por fin ya nada se oía, se apoyaban contra la pared y no tenían más energías para trepar hasta sus camas. Ésta era la existencia que nuevamente le aguardaba a Pepi, quien esa misma noche ocuparía otra vez su litera en la alcoba de las sirvientas. ¿Por qué razón? Por K y Frieda. De retorno a esa vida de la que acababa de huir, de la que efectivamente había huido, sí, con el auxilio de K, mas también mediante un supremo esfuerzo, ya que en ese servicio las sirvientas no tenían cuidado, inclusive aquellas que resultaban ser las más meticulosas.

¿Para quién tendrían que arreglar sus apariencias? Ninguno las miraba; en el mejor caso, empleados de las cocinas. Para quien se conformara con ello, era cosa posible de arreglar. El tiempo restante lo gastábamos en nuestra habitación o en los cuartos señoriales. Ingresar en ellos con ropas limpias sería cosa disparatada y derrochona.

Invariablemente bajo la luz eléctrica y con un aire pesado, que siempre se estaba calentando, y, en verdad, siempre fatigadas. La mejor forma de disfrutar de la tarde libre era durmiendo sin temor y serenamente en algún rincón de las cocinas. ¿Qué sentido tenía en ese caso arreglarse? Así era en verdad: apenas nos vestíamos. Y de pronto Pepi fue asignada al despacho de bebidas, donde, suponiendo que se afianzara en el cargo, justamente sería imprescindible lo opuesto. A cada momento se hallaría expuesta ante los ojos de los demás, entre los que habría muchos señores muy atentos y de alta exigencia. Allí donde habría que parecer lo más agradable que fuera posible. Pepi podía bien afirmar que nada había dejado de lado. No fue su preocupación lo que iba a acontecer más tarde. Conocía con toda precisión que poseía las facultades que eran precisas para el cargo y esa misma certeza la tenía ahora, sin que ninguno pudiese sacársela, ni siquiera ese mismo día, el de su fracaso. Solamente era cosa ardua el modo en que podría mantenerse al comienzo, porque no dejaba de ser una pobre sirvienta, sin disponer de vestidos o joyas; porque los señores no tenían la paciencia adecuada como para esperar y ver cómo iba progresando, sino que en seguida, sin ninguna clase de estadio intermedio deseaban disponer de una servidora como la gente: de otra manera, la rechazaban. Se podría suponer que sus exigencias no eran excesivas, dado que Frieda podía satisfacerlas, pero eso no era correcto. Pepi había meditado al respecto y repetidamente había dado con Frieda y hasta por algún tiempo dormido en su compañía. No era cosa fácil seguir el rastro de Frieda y aquel que no se manejaba con cuidado (¿qué señores se manejaban de tal modo?) era presa de sus embustes. Ninguno conocía tanto como Frieda cuán deplorable era su apariencia. Como ejemplo, cuando se observaba por primera vez cómo soltaba su cabellera era preciso juntar ambas manos con pesar; una joven como aquella, si las cosas se hiciesen correctamente, no alcanzaría a ser siquiera una sirvienta. Asimismo ella estaba al tanto de eso y por esa razón había sollozado durante más de una noche, se había refugiado en los brazos de Pepi y cubierto su cara con sus cabellos. Mas si se hallaba de servicio todas sus dudas se esfumaban, creía ser la más hermosa de todas y sabía de qué manera persuadir adecuadamente. Embaucaba apresuradamente y cometía estafas a fin de que las personas no dispusieran del tiempo necesario para observarla adecuadamente. Desde luego que aquello no podía ser un asunto perdurable, ya que la gente poseía ojos y finalmente culminarían por tener la razón. Mas, en esa instancia en que se tornaba consciente de un riesgo similar, ya tenía a su disposición otro simulacro. Como ejemplo de ello, en el último período, su asunto con Klamm... ¡con Klamm! De no creerlo lo podía corroborar: podía visitar a Klamm y preguntarle. ¡Cuán astuta era! Si no se animaba a aparecer ante Klamm con tal interrogante y ni siquiera alcanzaba a establecer un encuentro por asuntos muchísimo más trascendentales o bien, si Klamm era absolutamente inabordable para la persona (exclusivamente para ella y para los que eran parecidos a ella, porque Frieda, es un ejemplo, se erguía ante él cada vez que así lo deseaba) si tal cosa sucedía, a pesar de ello todavía estaba en condiciones de corroborarlo; no precisaba otra cosa que aguardar. Klamm no iba a soportar por mucho rato un chisme tan engañoso; él estaba bien al tanto de cuanto se rumoreaba respecto de él en el despacho de bebidas y en las alcobas. El conjunto era importante para su criterio y, de ser falso, iba a arreglarlo. Más si no lo rectificaba, ello implicaba que no había cosa alguna que rectificar, y en consecuencia todo era genuino. Lo único que se apreciaba era que Frieda llevaba cerveza al cuarto de Klamm y volvía con lo abonado. Aquello que no era posible ver era lo que refería Frieda y era preciso creerle. Pero nada refería: no pensaba hacer público eso oculto; los secretos se difundían por sí mismos y ya que se habían hecho notorios, ya no tenía miedo de hablar acerca de ellos ella misma, mas humildemente, sin confirmar cosa alguna. Ella se remitía a lo que era conocido por todos. Empero no lo refería todo: como ejemplo de ello, que Klamm, desde que ella estaba en el despacho de bebidas, bebía menor cantidad de cerveza que anteriormente; no demasiada menos cerveza, pero mucho menos. Acerca de esa peculiaridad nada se rumoreaba. Bien podía deberse a diferentes causas. Podía tratarse de un período en que a Klamm le agradara en menor medida esa bebida o, tal vez, que dejara de lado las cervezas a causa de Frieda. En definitiva y por asombroso que resultase, Frieda resultaba ser la amante de Klamm. ¿Como los demás no podrían sentir admiración por aquello que le brindaba satisfacción a Klamm? De tal modo Frieda, en un instante, se había metamorfoseado en una hermosura, una joven hecha a medida para el despacho de bebidas, excesivamente dotada de poder, tal vez inclusive resultaba excesivamente buena para un ámbito como aquel. Efectivamente, a mucha gente le parecía raro que continuase allí. El cargo en el despacho de bebidas era mucho y desde ese punto de vista resultaba muy admisible que tuviese una relación con Klamm. Ahora que, si la muchacha del despacho de bebidas era la querida de Klamm, ¿por qué razón la dejaba tanto tiempo en aquel sitio? ¿Por qué causa no le brindaba un ascenso? Se le podía referir un millar de veces a las personas que eso no era paradojal y que Klamm podía tener numerosos motivos para actuar de esa manera. También, que quizás el ascenso de Frieda estaba próximo a producirse. Eso en su conjunto poco efecto tenía: las personas poseían ciertas nociones y no permitían que las alejaran de ellas por mucho tiempo, independientemente de lo complicado que fuera el artificio usado. Ninguno había puesto en duda que Frieda fuese la querida de Klamm. Hasta los que con toda probabilidad mejor lo sabían, se encontraban excesivamente fatigados como para poder hesitar al respecto. *"¡Demonios, debes ser la amante de Klamm!"*, supusieron. *"Mas si ya eres su querida, deseamos corroborarlo mediante el otorgamiento que te hagan de un ascenso"*. Mas ninguno logró apreciar algo ni confirmarlo. Frieda siguió en el despacho de bebidas como siempre y todavía estaba dichosa, secretamente, de que las cosas fueran de tal forma.

Mas entre la gente perdió en cuanto a fama, eso debió comprenderlo. Ella era capaz de entender la presencia efectiva de ciertos acontecimientos antes de que se evidenciaran. Una joven definitivamente hermosa y dotada de encanto, ya adaptada al despacho de bebidas, no tenía que hacer uso de estratagemas. Mientras fuese hermosa seguiría en su cargo, en tanto y en cuanto no tuviese lugar una aleatoria desgracia. Una joven como Frieda, empero, debía estar permanentemente preocupada por conservar su empleo. Resultaba notorio que no evidenciaba nada semejante. Mayormente acostumbraba quejarse de su trabajo, mas no dejaba de observar el medio, secretamente. De tal manera corroboró que las personas se volvían indiferentes y la irrupción de Frieda ya no implicaba ninguna razón para levantar los ojos. Ni los criados le prestaban atención; claramente estaban interesados en Olga y otras jóvenes como ella. Asimismo confirmó que en la conducta del posadero ella resultaba ser cada vez menos necesaria allí. De igual modo, ya no podía fabricar otras historias referidas a Klamm, ya que existen límites para todas las cosas. De tal manera, la buena de Frieda se decidió por emprender algo nuevo. ¡Todos adivinaron lo que se traía consigo! Pepi tuvo sus sospechas, mas lamentablemente no alcanzó a intuirlo. Frieda tomó la decisión de generar un escándalo: ella, la querida de Klamm, deseando caer en los brazos de un tipo cualquiera; en lo posible, en los del de más insignificante categoría. Eso iba a producir una enorme sensación y se iba a hablar del asunto prolongadamente. Recordarían lo que implicaba ser la querida de alguien como Klamm y qué significaba dejar de lado dicho honor en pro de la pasión de un amor nuevo. Lo que resultaba exclusivamente arduo era dar con el individuo idóneo para montar un artilugio de ese calibre. No se podía usar a alguien que fuese conocido de Frieda ni apelar a uno de los servidores. Seguramente uno de ellos la hubiera contemplado con los ojos extremadamente abiertos antes de seguir su derrotero. En primer lugar no habría podido conservar su seriedad y no hubiese sido posible propalar, ni siquiera apelando a la mayor elocuencia, que Frieda fue asaltada por aquel sujeto, sin atinar a defenderse y que había cedido en un instante de falta de conciencia. Aunque se tratara del sujeto de peor estofa, debía ser alguno que hiciese admisible que, pese a su naturaleza roma y basta, solamente deseaba a Frieda y no poseía más anhelo, ¡por los Cielos!, que contraer matrimonio con ella. Mas aunque se tratara del sujeto más ordinario, deseablemente todavía más bajo su rango que el de un sirviente, como mínimo debía ser alguien que no provocase la hilaridad de las jóvenes. Un sujeto en quien otra mujer pudiese identificar un factor de atracción, si tenía algo de sentido común. Sin embargo, ¿dónde dar con alguien de tales características? Cualquier otra muchacha seguramente se hubiese afanado buscándolo toda su vida, inútilmente; la fortuna de Frieda llevó al agrimensor al despacho de bebidas justamente cuando a ella su artimaña se le apareció en la mente. ¡Aquel agrimensor! Ciertamente, ¿en qué asuntos pensaba K? ¿Qué cosas tan particulares lo ocupaban? Acaso, ¿él deseaba alcanzar algo singular? ¿Un conveniente empleo, cierto reconocimiento?

¿Algo parecido? Bien, entonces debería haberse manejado de una manera bien distinta y ello, desde el comienzo mismo. Se trataba de un sujeto insignificante y era pesaroso observar su estado.

Era un agrimensor, eso tal vez significara alguna cosa. Como mínimo, tenía una profesión, pero cuando no se sabe qué hacer con eso, nada significa. Y además elevaba exigencias; sin tener respaldo alguno, las presentaba no de manera directa, mas evidenciaba que tenía sus pretensiones y eso era enojoso. ¿Estaría al tanto de que hasta una sirvienta le hacía un favor dirigiéndole la palabra? Con la suma de sus pretensiones la primera noche cayó en la trampa más grosera. Acaso, ¿aquello no lo llenaba de bochorno? ¿Qué lo cautivó tanto de Frieda? Ahora estaba en condiciones de admitirlo. ¿Le había gustado, ciertamente, aquella cosa amarillenta y raquítica? ¡Oh!, ni la había mirado, ella sólo le dijo que era la querida de Klamm, a él le pareció una novedad y ya se hallaba perdido. Mas para entonces ella debía mudarse: no había lugar para ella en la posada señorial. Pepi la vio la mañana previa a la mudanza; el personal en su conjunto se había reunido allí, con gran curiosidad. Tan grande seguía siendo su poder que se apiadaban de ella hasta sus enemigos. Así de exitoso resultó su cálculo al comienzo. Que ella hubiese caído en brazos de un sujeto como ese resultaba para todos imposible de entender. Lo veían como un golpe del destino. Las criadas de las cocinas, quienes por supuesto sentían admiración por las servidoras del despacho de bebidas, no tenían consuelo. Hasta Pepi se sentía tocada por aquello y no pudo controlarse. Ello, aunque trataba de concentrarse en algo distinto. Llamó su atención que Frieda no se mostrara tan apenada como era de suponer. Era una tremenda desgracia la que le había sobrevenido y ella simulaba ser muy infeliz, aunque no lo adecuadamente infeliz. Aquello no embaucaba a Pepi. ¿Por qué razón se mantenía tan armada? Acaso, ¿era eso la dicha de un flamante amor? Ese argumento se desmoronaba por su propio peso. Entonces, ¿qué era? ¿Qué factor le proporcionaba a Frieda la energía necesaria inclusive para vérselas con Pepi, ya su sucesora, con la misma helada gentileza de costumbre? Pepi no disponía del tiempo necesario para meditar a ese respecto, puesto que era mucho lo que debía hacer en razón de su nuevo cargo. Seguramente iba a tener que hacerse cargo en apenas algunas horas y todavía no tenía un lindo peinado, un vestido bello y fino ni zapatos adecuados. Todas esas cosas debía agenciárselas enseguida. Si no podía presentarse a su nuevo trabajo en forma idónea, lo mejor iba a ser renunciar; caso contrario, iba a perderlo en breve. Bien, parcialmente ella lo logró. Tenía un talento singular para peinarse. Cierta vez hasta la mandó llamar la posadera a fin de que la peinase. Tenía unas manos muy dotadas, aunque hay que tomar también en cuenta que poseía una cabellera muy abundante, adecuada para sus deseos. Asimismo fue auxiliada para hacerse de un vestido decente. Sus dos compañeras le fueron leales y era también un honor para ambas que una de su clase ascendiera a camarera. Además Pepi, posteriormente, ya poderosa en su nuevo cargo, podría constituir una ventaja para ellas.

Una de esas muchachas tenía desde tiempo atrás una tela muy valiosa que constituía su mayor tesoro. Muy seguidamente permitía que las otras jóvenes la admiraran. La criada soñaba con darle uso alguna vez. Terminó entregándosela a Pepi. Y las otras dos criadas la ayudaron con todo gusto a coser, tal como si lo hubiesen hecho para ellas mismas, mas no: no habrían puesto tanto celo en tal caso. Hasta resultó ser una labor feliz y muy alegre. Sentadas cada una en su cama, una sobre la otra, cosían y canturreaban, pasándose las porciones ya terminadas y los elementos de costura. Cuando Pepi pensaba en eso llegaba hasta su corazón que todo hubiese sido inútil y que tuviese que volver con sus camaradas llevando las manos vacías. Qué gran desgracia, cuánta falta de prudencia... en particular, en lo referido a K. ¡Cuánto se alegraron todas con ese vestido! Les pareció la cumbre del éxito, y cuando mas tarde todavía se evidenció que restaba espacio para otro lacito, se esfumó la última duda. Acaso, ¿no era lindo el vestido? Ya se encontraba algo arrugado y también se lo veía sucio. Pepi carecía de otro vestido, de manera que había tenido que llevar ese atuendo de día y de noche, aunque todavía se evidenciaba lo bonito que había sido antes. Ni la maldita de la familia de Barnabás hubiese podido lucir uno que lo superara. Asimismo, era posible ajustarlo y aflojarlo, arriba y abajo, a gusto de quien se lo pusiera. Que ella contara con ese único atuendo, tan fácil de transformar, implicó una considerable ventaja para Pepi, ciertamente una de sus creaciones. En verdad, el arte de la costura no era algo difícil para esas chicas. No se ufanaba Pepi a causa de ello y a las jóvenes de buena figura todo vestido les iba de maravillas. Más complejo fue agenciarse de ropa interior y de calzado. En ese punto principió el fracaso. También en esta tarea contribuyeron sus amistades, aunque no lograron obtener demasiado: solamente prendas ordinarias, a las que pudieron remendar, y en lugar de zapatos con elevados tacos, se tuvo Pepi que resignar a usar calzado de entrecasa, que mejor era ocultar que exhibir. Las otras jóvenes se prodigaron para darle consuelo a Pepi. De todas maneras, Frieda no iba mejor vestida y en ocasiones se presentaba a servir con tanto desarreglo que la clientela optaba por hacerse atender por los muchachos. Así estaban las cosas, ciertamente, mas Frieda estaba en condiciones de hacer eso, teniendo de su lado el favor de los demás; si una dama descuida su arreglo, seduce en mayor medida, mas ¿una bisoña, Pepi...? Asimismo, para Frieda era imposible vestirse adecuadamente, su gusto era pésimo. Si alguien tiene la piel amarillenta no le queda otra alternativa que resignarse a ello, mas no debe, como Frieda, elegir para vestirse una blusa muy escotada y de color crema, que lastimaba los ojos. Y hasta si no hubiese sido así, era excesivamente avarienta como para vestirse bien, ya que cuanto ganaba lo guardaba, nadie sabía con qué fin. Mientras estaba sirviendo no precisaba plata: se las ingeniaba para salir de cualquier atolladero apelando a tretas y engaños. No deseaba Pepi seguir su ejemplo y así estaba muy justificado que se arreglase tanto para hacerlo notorio y desde el comienzo mismo. Si hubiese logrado aplicar otros medios más, podría haber triunfado a pesar de la perspicacia de Frieda y de la estupidez de K. Todo principió del mejor modo. Ya desde antes sabía todo lo que necesitaba saber y apenas llegó al despacho de bebidas ya estaba adaptada a su nuevo cargo. Ninguno extrañaba a Frieda. Solamente pasados ya dos días un par de parroquianos inquirieron por Frieda. No se produjeron errores y el posadero se hallaba muy satisfecho: el primer día permaneció todo el tiempo en el despacho de bebidas a causa del temor que sentía.

Después ya hacía pausas en su vigilancia, hasta que confió la atención plenamente a Pepi. La caja estaba de acuerdo y la recaudación hasta se había incrementado en cuanto al período anterior. Pepi sumó algunas novedades. Frieda había cedido varios de sus derechos, no por aplicación laboral, sino por mezquindad y deseo de dominar, así como por temor. De modo similar controlaba a los servidores, al menos de tanto en tanto, y en particular si alguno estaba observando. Pero Pepi le entregó esa labor a los muchachos, que eran mejores para hacerla. Merced a ello, había más tiempo disponible para las alcobas señoriales; los pasajeros fueron atendidos más raudamente y de todos modos, pudo comunicarse con ellos. No lo hizo como Frieda, quien según parecía se reservaba exclusivamente para Klamm y estimaba que lo ofendía con cada cada palabra y cada vez que se acercaba a algún otro. Empero esa estrategia era asimismo algo astuto: permitía que alguno se le aproximara y ello era entendido como todo un privilegio. En vez Pepi aborrecía esos trucos que, además, en el principio no resultaban de utilidad. Ella se mostraba gentil sin hacer distingos con ninguno y el conjunto la recompensaba con cordialidad, muy contento por el cambio de camarera. Cuando finalmente los fatigados señores lograban sentarse para tomar cerveza un rato, era posible intercambiar con ellos unas palabras, miradas, gestos. En tantas ocasiones los bucles de Pepi recibían caricias, que debía peinarse diariamente una decena de veces. Ninguno era capaz de no dejarse tentar por esos bucles, ni siquiera K, que era tan poco reflexivo en tantos otros asuntos. Tantas jornadas triunfales, plenas de excitación y labores... ¡Ah, si no hubiesen pasado tan velozmente! ¡Si su número hubiera sido más crecido! Eran muy pocos cuatro días, así se hiciera un esfuerzo agotador; tal vez hubiese alcanzado un quinto día, mas cuatro... muy pocos. Ciertamente Pepi ya había hecho en tan escasos días amistades y conseguido benefactores; de haber logrado depositar su confianza en cuantos la miraban... Se podía afirmar que nadaba al servir la cerveza en un océano de amigabilidad. Cierto empleado de apellido Bratmeier estaba loco por ella, le había regalado esa cadenita y un colgante y en el colgante se encontraba su imagen, todo un atrevimiento de su parte. Efectivamente, tuvieron lugar numerosas cosas, mas se trató solamente de cuatro días. En ese tiempo tan exiguo, de haberlo querido, Pepi podía arrojar a Frieda al mayor de los olvidos, pero no completamente. En verdad la hubiesen olvidado antes si no hubiese permanecido en boca de todos, con tanta cautela, merced a ese escándalo. Gracias a ello resultaba como algo nuevo para todos y, por simple curiosidad, les hubiese gustado volver a verla. Aquello que antes era aburrido hasta el hartazgo se había transformado en un estímulo novedoso debido a K. Por esa causa no habrían dejado de lado a Pepi, en tanto y en cuanto siguiera en el despacho de bebidas y se hiciese notoria su presencia, mas la mayoría de los parroquianos eran hombres ya de edad y apegados a sus hábitos. Antes de acostumbrarse a una muchacha nueva, debía pasar el tiempo, por mejor que fuese tal cambio. En contra de lo querido por los señores invariablemente perduraba algunos días, tal vez solamente cinco días, mas cuatro no eran suficientes. Pese a todo, Pepi seguía representando para ellos algo momentáneo; después, tal vez la mayor de las infelicidades: en esos cuatro días Klamm, aunque las dos primeras jornadas permaneció en el poblado, no dejó su cuarto. De haber bajado Klamm al salón, ese hubiese sido el ensayo decisivo, uno que a ella al menos no la asustaba. Por lo contrario, ya que él se alegraba.

No se hubiese transformado –esos asuntos eran de tal índole, que mejor resultaba no referirse a ellos– en la querida de Klamm, ni habría mentido para pasar por ser una, mas hubiese sabido dejar la cerveza en la mesa con el mismo carisma que Frieda. Lo habría saludado gentilmente, sin la impertinencia propia de Frieda. Se habría despedido con igual cordialidad y si Klamm hubiese buscado encontrar algo en los ojos de cierta muchacha, lo habría hallado en los de Pepi hasta hartarse. Mas ¿por qué no bajó al salón Klamm? ¿Por mera casualidad? Eso fue lo que supuso Pepi y por dos días esperó verlo. *"Ahora va a venir Klamm"* –pensaba sin cesar y corría hacia un lado y a otro sin más motivo que el desasosiego de la espera y el deseo de ser la primera en verlo aparecer por allí. Esa permanente desilusión la dejó exhausta y tal vez por esa razón su rendimiento fue menor de aquello de lo que era Pepi capaz. Se deslizaba, cuando tenía tiempo, hasta el pasillo, cuyo acceso le estaba vedado al personal, escondiéndose en un rincón a esperar. *"Si viniera Klamm en este preciso instante"*, meditaba, *"si lo pudiese pasar a buscar por su alcoba y conducirlo al despacho de bebidas en mis brazos... Aguantaría eso sin desplomarme, hasta si fuese una carga demasiado pesada"*. Mas nada de eso tuvo lugar. En esos pasillos superiores el silencio era tanto, que no resultaba factible siquiera imaginárselo de no estar en ese sitio. Ese silencio no se podía soportar mucho tiempo y terminaba por expulsarte. Una decena de veces fue Pepi expulsada de aquel sitio y otras tantas tornó a volver. Era algo completamente descabellado: Klamm bajaría cuando se le antojara hacerlo, pero si no deseaba eso, Pepi no podría sacarlo de su cuarto así se estuviese asfixiando en un rincón, padeciendo de poderosas palpitaciones. No tenía pies ni cabeza aquello, mas si no descendía al salón, todo tenía igual condición. Mas Klamm no se dignó bajar. Hoy sabía Pepi por qué causa Klamm no lo había hecho. Y mucho hubiese divertido a Frieda ver a Pepi en la planta superior, en el pasillo, oculta en un rincón y con las manos sobre el pecho. Klamm no bajó porque Frieda no lo quiso así. No obtuvieron ese resultado sus ruegos, que no llegaban hasta Klamm, pero esa alimaña poseía contactos desconocidos por todos los demás. Si Pepi le refería algo a un parroquiano lo hacía directamente y podían escucharla perfectamente los de las mesas anejas. Empero Frieda nada tenía para decir: dejaba la bebida sobre la mesa y se alejaba. Solamente murmuraban algo sus enaguas de seda, la única inversión que ella efectuaba era esa. Mas si en cierta ocasión alguna cosa manifestaba, ello no era en forma directa. Frieda murmuraba en los oídos del parroquiano, inclinándose tanto que en la mesa de al lado tenían que parar bien las orejas. Aquello que refería seguramente era baladí, pero no invariablemente era así. Frieda poseía contactos, apoyaba unos en otros y pese a que la mayor parte de ellos fracasaban (¿quién iba a preocuparse de ella por mucho tiempo?) de vez en vez algo permanecía. De manera que principió a hacer buen uso de esos contactos. La ocasión se la dio K: en lugar de tomar asiento a su lado para vigilarla, K apenas permaneció en la casa, vagabundeó, concretó encuentros por aquí y por allá y le brindó atención a todo menos a ella. Para brindarle todavía mayor libertad de acción se trasladó desde la posada del puente a la escuela. El inicio de la luna de miel había sido propicio. Seguramente Pepi era la última persona que le podría echar en cara a K que no había logrado aguantar a Frieda; con ella era imposible hacerlo por mucho tiempo, mas, ¿por qué causa no la había dejado? En vez había retornado a su lado repetidamente... ¿Por qué había dado la impresión en sus periplos de que estaba bregando por ella?

Resultaba como si, mediante su trato con Frieda, hubiera comprendido su insignificancia, como si quisiera volverse digno de Frieda, como si deseara trepar y con ese objetivo renunciara a la convivencia para posteriormente lograr resarcirse de lo sacrificado. En tanto, Frieda no había perdido mucho su tiempo: había seguido sentada en la escuela, adonde seguramente había llevado a K, y observaba la posada señorial y a K. Estaban a su disposición mensajeros extraordinarios: los colaboradores de K, quien se los pasaba a ella (algo imposible de comprender y que hasta teniendo conocimiento de cómo era K, resultaba inentendible). Ella se los mandaba a sus antiguas amistades, lograba ser recordada, se quejaba de que uno como K le tenía bajo llave, azuzaba a Pepi, anticipaba que volvería por allí, solicitaba auxilio, juraba no haberle sido desleal a Klamm. También daba a entender que debía protegérselo y no permitir que bajara al salón.

Aquello que ella promocionaba entre algunos como el favor de Klamm, frente al posadero lo mostraba como su triunfo individual y llamaba la atención respecto de que Klamm ya no concurría al despacho de bebidas. ¿De qué modo podría concurrir, si era Pepi la camarera? Pese a que era verdad que no tenía ninguna culpa de ello el posadero, en definitiva era Pepi la reemplazante más idónea, pero ello no era suficiente. No lo era ni siquiera temporalmente. K ignoraba por completo todo esto impulsado por Frieda y cuando no andaba vagabundeando por aquí y por allá, yacía sin saberlo a sus pies, en tanto que Frieda ya contaba el tiempo para volver al despacho de bebidas.

Mas los colaboradores no solamente le daban ese servicio como mensajeros: asimismo ayudaban a darle celos a K, conservándolo bien excitado. Frieda conocía a los colaboradores desde que eran niños y no tenía secretos aquel dúo, mas en honor a K principiaron a desearse recíprocamente y apareció el riesgo de que aquello se metamorfoseara en pasión. En cuanto a K, lo intentó todo en pro de la satisfacción de Frieda, hasta lo más paradójico: cesó de sentir celos por causa de los colaboradores y soportaba que los tres estuviesen a solas mientras él vagabundeaba. Pasaba por ser el tercer colaborador de Frieda. Entonces ella, sobre la base de lo observado, tomó la decisión de dar el golpe definitivo: retornar. Era el instante más adecuado; era de admirar de qué manera Frieda, la increíblemente astuta, lo admitió e hizo buen uso de ello. Esa energía en la observación y la decisión era el arte sin parangón posible de Frieda. Si Pepi poseyera algo semejante, cuán distinta hubiese sido su existencia. De haber Frieda seguido un par de días más en la escuela, no hubiesen echado a Pepi y sería para siempre una camarera idolatrada por la clientela. Pepi hubiese tenido dinero como para ampliar su vestuario. Unos días más y no hubiese habido forma de que Klamm no descendiera al salón. Klamm hubiera bajado, habría bebido, se habría sentido confortable y, en caso de percibir la ausencia de Frieda, estaría encantado con ello. Unos días más y todo habría sido sepultado en el mayor olvido: el escándalo de Frieda, sus contactos, sus colaboradores. Tal vez, en ese caso, ¿podría agarrarse en mejor forma de K? Y de ser así... ¿hubiese Frieda aprendido a amarlo? No. Eso no hubiera sucedido. Todo porque K no precisaba más que una sola jornada para estar hasta la coronilla de ella, para comprender en qué medida lo engañaba miserablemente en todo: con su aparente hermosura, su aparente lealtad y, en particular, con el fingido amor de Klamm. Solamente una jornada precisaba para echar de la casa a esa roñosa dupla de colaboradores. Ni K, siendo como él era, tenía necesidad de más tiempo. Sin embargo, entre ambos riesgos, cuando la lápida empezaba a cerrarse sobre ella, la bobería de K todavía le dejaba franca la postrera y angosta senda y ella la aprovechaba para huir.

Súbitamente, pues ninguno lo esperaba e iba en contra de la naturaleza, ella misma era quien espantaba a K, quien la continuaba amando y buscando y merced a la adecuada presión de amistades y colaboradores surgía Frieda frente al posadero como si fuera una salvadora, dotada de mayor seducción que antes gracias al escándalo, evidentemente deseada tanto por jefes como subordinados, pese a haber caído momentáneamente en poder del sujeto más bajo, a quien actualmente rechazaba como mejor resultaba a fin de ser imposible de alcanzar tal como anteriormente lo había sido. Solamente que en el pretérito de todo eso se dudaba muy razonablemente, más ahora dominaba la escena el convencimiento. De modo que retornaba y el posadero hesitaba mirando al sesgo a Pepi (¿era que debía tirarla por la borda, cuando tan buen desempeño había tenido?), pero que enseguida se había dejado persuadir. Tanto era lo que avalaba a Frieda y, primeramente, que deseaba volver a contar con Klamm en el despacho de bebidas.

Y de tal modo se llegaba a esa misma noche: Pepi no iba a aguardar la llegada de Frieda y a que hiciese una triunfal ocupación del cargo. Ya le había entregado al posadero la caja; estaba en condiciones de irse de allí. La cama en la alcoba de las sirvientas ya estaba lista para recibirla. Iba a ser saludada por sus sollozantes compañeras. Se iba a despojar de su vestido, los arreglos de su cabello y tiraría todo eso en un sitio donde permaneciera bien oculto, donde no la llevase a rememorar lo que tenía que ser olvidado definitivamente. Después agarraría el lampazo y el balde y se dispondría a hacer sus tareas, apretando los dientes. Mas previamente le debía referir todo aquello a K, a fin de que este, que nada sabía al respecto, comprendiese qué erróneamente se había conducido con ella y cuán desdichada la había hecho sentir. Pero, en definitiva, asimismo se había abusado de K.

Pepi terminó de hablar y entonces se limpió, suspirando, algunas lágrimas que habían corrido de sus ojos y por las mejillas. Luego miró a K asintiendo con el gesto, como si deseara manifestar que en el fondo aquello no se trataba de su desgracia y que ella la soportaría. Para eso no iba a precisar el auxilio ni los consuelos de ninguno. Menos todavía de parte de K. Ella, aunque era tan joven, bien sabía de la vida y sus desgracias. Apenas eran confirmaciones de cuanto conocía. En verdad, eso representaba la desgracia de K: había querido presentarle su misma imagen. Tras la destrucción de sus esperanzas, ella había estimado hacerlo de esa manera.

–Qué imaginación más alocada la tuya, Pepi –le dijo K–. No es cierto que hayas descubierto ahora tales asuntos. No son otra cosa que fantasías, fruto de la tenebrosa y angosta alcoba de las sirvientas, las que allí encuentran su razón de ser. Pero aquí, en el salón, son cosa bien rara. Con tales rarezas no era posible que te consolidaras en este sitio, ¡qué cuestión más evidente es esa! Hasta tu vestido y tu peinado, cuando tanto alarde haces acerca de ellos, apenas son el producto de las tinieblas y los lechos de la alcoba de ustedes. Es verdad que pueden ser lindos en ese ámbito, mas en este sitio, en secreto o públicamente, todos se ríen de ellos. ¿Qué más quieres manifestarme? ¿Que se abusaron de mí y me estafaron? No, mi querida Pepi, tan poco abusaron de mí como de ti y en igual proporción lograron estafarme. Es verdad que Frieda me dejó, o, como tú dices, huyó con mis colaboradores. Apenas ves un brillo de verdad y es muy poco probable que sea mi mujer, mas es mentira que yo me haya cansado de Frieda, que me haya desembarazo de ella pasado un solo día o que me haya embaucado tal como una mujer lo hace con un hombre. Ustedes, las sirvientas, ya están habituadas a espiar por las cerraduras y de ese hábito les viene esa forma de pensar, que consiste en derivar todo de un detalle insignificante. Lo hacen muy bien, pero es falso. Como consecuencia, en este asunto, yo sé menos cosas que tú. De igual manera es que no puedo explicar tan pormenorizadamente como tú lo haces la causa por la que me dejó Frieda. Lo más factible es aquello que insinuaste, mas sin extraer de ello el beneficio necesario. Esto es, que no la cuidé lo suficiente. Lamentablemente eso es la pura verdad. Lo hice, pero por ciertas razones que ahora no vienen al caso, aunque tornaría inmediatamente a cuidarla. Es así como lo digo yo. Cuando Frieda estaba conmigo, me encontraba todo el tiempo yendo de aquí para allá, eso que tanta gracia te causa. Ahora que ella se fue, no tengo nada que hacer y me siento agotado. Deseo no hacerme cargo de ninguna cosa. ¿Tienes algo que aconsejarme, acaso?

–Así es –refirió Pepi súbitamente, recomponiéndose y tomando a K de los hombros–. Fuimos nosotros los embaucados; entonces sigamos juntos. Ven conmigo abajo, con los otros.

–En tanto y en cuanto insistas con eso de haber sido estafada –repuso K–, no puedo acordar cosa alguna contigo. Deseas seguir siendo estafada, ya que eso te adula y te conmueve, mas lo cierto es que no sirves para este trabajo. Qué evidente es tu incapacidad. Tanto que inclusive yo, que en tu concepto resulto ser el mayor ignorante de todos, lo percibo claramente. Tú eres una buena chica, Pepi, mas no es fácil aceptar lo que te digo. Como ejemplo, yo, al comienzo, supuse que eras alguien cruel y soberbio. Sin embargo tú no eres así, se trata exclusivamente de que este cargo te llena de confusión porque no es para ti. No estoy refiriendo que resulte demasiado elevado para alguien como tú. En definitiva, tampoco se trata de un trabajo tan fuera de lo común. Tal vez resulte ser, mirando más profundamente, algo más honorable que tu ocupación de antaño, mas desde un punto de vista general la diferencia no es tan grande. Ambos empleos se parecen en tanta medida que hasta pueden ser confundidos. Efectivamente: sería posible decir que es mejor ser sirvienta que camarera, ya que en la planta baja siempre se encuentra uno entre secretarios. En este sitio, empero, se debe tener por compañía a las personas ordinarias. Como ejemplo: yo mismo, aunque asimismo es posible servir a los más encumbrados secretarios en sus mismos cuartos. Está reglamentado que yo no tenga permitido estar en ningún otro lugar que no sea este, el despacho de bebidas. En cuanto a la oportunidad de estar en mi compañía... ¿resultaría algo honroso? Te parece eso pero solamente a ti y hasta tal vez tengas tus razones para eso. Mas justamente por esa causa no posees la cualidad que se precisa. Se trata de un cargo como cualquier otro, mas para tu concepto equivale a morar en los mismísimos Cielos. Por ende, en todo procedes con un cuidado desbordante: te engalanas como mejor puedes y como estás segura de que lo hacen los ángeles. Eso, aunque ellos seguramente proceden de otro modo. Tiemblas a causa de tu empleo, te sientes invariablemente acosada y siempre estás buscando granjearte, merced a una inconcebible gentileza a todos los que puedan servirte como sostén. Mas con esa conducta los molestas y alejas de ti. Ellos lo que buscan es la serenidad en el despacho de bebidas, no sumar a sus preocupaciones las inquietudes propias de una camarera. Es factible que tras la partida de Frieda nadie, entre la clientela, percibiera lo que había acontecido. Pero sí están al tanto de ello y ciertamente desean el retorno de Frieda, dado que ella llevó la cosa de manera muy diferente. Fuera cual fuera su naturaleza y el modo en que estimara su empleo, tenía una notable experiencia en su trabajo. Ella era fría y sabía cómo dominarse. Tú misma lo señalaste, aunque sin haber sabido cómo sacar partido de eso. ¿Notaste en alguna ocasión cómo miraba? Sus ojos ya no eran los propios de una camarera. Prácticamente miraba como lo hace una posadera. Ella veía cuanto sucedía y simultáneamente percibía cómo era cada uno de los clientes. Les dedicaba una mirada todo lo adecuadamente poderosa como para dominarlos. ¿Qué importancia tenía que tal vez resultara ser algo flaca, envejecida, que bien podía uno imaginarse una cabellera más espesa? Son detalles baladíes, en comparación con lo que concretamente poseía. Aquellos a quienes hubiesen perturbado esos defectos solamente habrían puesto en evidencia que les faltaba el sentido suficiente como para percibir aquello que reviste la mayor importancia. Esto no se le puede echar en cara a Klamm y solamente consiste en la óptica falsa de una joven inexperta, la que te veda creer en el amor que siente Klamm por Frieda. Klamm te parece, y en cuanto a ello tienes tú toda la razón del mundo, alguien imposible de alcanzar. Por esa causa supones que de igual modo, tampoco Frieda debería haber llegado hasta él. Estás completamente equivocada. Yo depositaría mi confianza enteramente en lo manifestado por Frieda. Inclusive sin tener pruebas que no pudieran ser rechazadas. Así te parezca imposible de creer y te resulte incompatible con tus nociones de las cosas y de la administración, de lo distinguido y el efecto que causa la hermosura femenina, resulta ser tan cierto como que estamos aquí sentados y que tengo tus manos en las mías, que de tal manera se sentaban, como la cosa más común de este mundo, Klamm y Frieda. Él bajaba por su propia voluntad y hasta se apuraba a hacerlo. Ninguno espiaba en el pasillo, dejando de lado sus labores. El mismísimo Klamm debía esforzarse por bajar y los defectos del atuendo de Frieda, esos que tanto te horripilan, no lo molestaban en lo más mínimo. Y tú... ¡te niegas a aceptarlo!

Ignoras de qué modo así te pones en evidencia, cuán notoria resulta tu falta de experiencia. Ni alguno que lo ignorase todo acerca de la relación que mantenía con Klamm debería admitir que en su carácter se conformó un factor que va más allá de ti y de mí y que todos los lugareños y sus conversaciones iban allende los chistes que son una costumbre entre la clientela y las camareras, esos que parecen ser el objetivo de tu existencia. Mas soy injusto contigo: reconoces bien las cualidades de Frieda y has comprendido cuán grande es su capacidad de observación, así como su energía para tomar decisiones, la influencia que es capaz de desplegar sobre los demás. Lo único es que lo interpretas todo mal. Supones que lo hace todo por egoísmo, a fin de granjearse ventajas, malignamente, exclusivamente para emplearlo contra ti. No es así, Pepi. Incluso si pudiese ella arrojar esos dardos ponzoñosos, jamás podría hacerlo desde tan breve distancia. En cuanto a que sea egoísta... Mejor se podría afirmar que, ofrendando lo que poseía y aun lo que le era dable esperar, nos brindó la ocasión de conservarnos en un nivel más elevado. Sin embargo, la defraudamos ambos y la forzamos a retornar aquí. Ignoro si es de este modo y de igual forma mi culpabilidad no me resulta cosa evidente. Solamente cuando me comparo contigo aparece en mi pensamiento algo semejante. Tal como si nosotros nos hubiéramos esforzado de una manera excesivamente bulliciosa, pueril y falta de experiencia, con la meta de ganarnos algo que con toda facilidad se alcanzaría contando con la serenidad y el grado de objetividad que posee Frieda. Algo que, con lloriqueos, arañazos y forcejeos, como lo hace un chico con el mantel, es imposible de alcanzar. En mayor medida, lo que se logra por esa vía es tornarlo inalcanzable. Ignoro si esto es como lo digo, mas es factible que sea así, no como tú lo ves. Estoy seguro de esto.

–De acuerdo –repuso Pepi–. Tú estás enamorado de ella a causa de que te dejó. Es fácil sentirse perdido por Frieda si está ausente. Tal vez las cosas son como tú las pintas y hasta que estés en lo cierto al ponerme en ridículo. Pero ahora, ¿qué vas a hacer tú? Frieda te dejó y ni con tus explicaciones ni con las mías puedes abrigar la esperanza de que retorne a tus brazos. Y si llega a hacerlo en alguna ocasión, en alguna parte deberás alojarte durante dicho período. Hace frío. Careces de empleo. No tienes dónde dormir. Ven con nosotras, que te van a agradar mis amistades y podremos acomodarte perfectamente. Vas a ayudarnos en nuestras labores, ciertamente muy arduas para unas chicas como nosotras. Contigo vamos a depender solamente de nosotras y por la noche no sentiríamos temor. ¡Vente con nosotras, K! También mis compañeras conocen a Frieda; podemos referirte cosas sobre ella hasta que estés harto. Mas K, ¡ya ven con nosotras! Tenemos fotografías de Frieda, fotografías que te podemos mostrar. Antes era ella más humilde. A gatas vas a poder reconocerla... A lo sumo, merced a sus ojos, los que ya entonces poseían esa expresión tan inquisitiva. ¿Quieres tú venir con nosotras, K?

–¿Hacerlo no está vedado? Ayer mismo se armó un enorme escándalo simplemente porque me encontraron en el pasillo.

–Eso pasó porque fuiste descubierto. Si estás en nuestra alcoba eso nunca va a repetirse. Ninguno sabrá de tu presencia, exclusivamente nosotras... ¡Oh, cuán divertido va a ser eso! Ya vivir en este sitio me parece más fácil de aguantar que antes. Quizá no pierda tanto si tengo que dejar mi cargo. Tampoco nos hastiamos nosotras tres allá abajo. Se debe endulzar lo amarga que es la vida. De por sí, ya se nos amarga lo suficiente durante la juventud como para que la lengua no se vaya a empalagar. Sin embargo las tres seguimos juntas y tratamos de vivir lo mejor que sea posible. En particular te agradará Henriette, pero asimismo Emilie. Yo les hablé de ti. Esos relatos se escuchan con aire incrédulo, tal como si afuera del cuarto nada pudiese acontecer. En la alcoba se está caliente y es un sitio angosto. Nos apretamos bien juntas, mas pese a que dependemos de nuestra compañía recíproca, no nos hemos aburrido de nosotras. Al contrario: cuando pienso en mis compañeras, prácticamente me parece cosa justa volver con ellas. ¿Por qué causa debería ir más lejos que ellas mismas? Justamente era ese el factor que nos mantenía juntas: el hecho de que las tres teníamos un porvenir clausurado de modo similar. Ahora yo practiqué un agujero en la pared y me distancié de mis amigas. Es verdad, no me olvidé de ellas y mi fundamental preocupación consistía en pensar de qué modo podía hacer alguna cosa a favor de ellas. Mi mismo cargo todavía no era algo asegurado. De hecho, ignoraba yo cuán inseguro resultaba ser. Empero, ya conversé con el posadero acerca de ellas dos, Henriette y Emilie. En cuanto a Henriette, el posadero no se mostró del todo rígido, mas en lo que hace a Emilie, que es bastante mayor que nosotras, ella tiene más o menos la edad de Frieda, no me permitió conservar alguna esperanza. Sin embargo, te lo puedes imaginar, ellas no desean dejar ese sitio en que están; conocen que es miserable el modo en el que viven, pero ya se resignaron, ¡pobrecitas! Supongo que el llanto que derramaron se debió en mayor medida a que tenía yo que dejar nuestra alcoba y salir al frío exterior... Nos parece frío cuanto se encuentra fuera de nuestro cuarto. También porque me veía obligada a trabar contacto con grandes extraños en grandes sitios y nada más que para poder ganarme la vida, lo que asimismo había podido hacer en nuestro hogar. Seguramente no se van a extrañar si vuelvo; exclusivamente van a sollozar y lamentarse, a causa de mi destino. Mas en ese momento te verán y comprenderán que fue bueno que yo partiera. Que dispongamos de un hombre en calidad de colaborador y protector las hará sentir dichosas. Van a estar encantadas de que el asunto deba ser ocultado. Mediante ese secreto nos vamos a sentir más unidas que otrora. ¡Ah, te lo ruego! ¡Ven con nosotras! No te será impuesto ningún deber ni vas a quedar relacionado eternamente con nuestra alcoba, tal como sucede con nosotras... Si a la llegada de la primavera alcanzas a conseguir dónde alojarte y no te agrada seguir con nosotras, serás libre de marcharte. Solamente deberás callar el secreto, no traicionarnos, porque eso marcará nuestro postrer momento en la posada señorial. Inclusive así, estando con nosotras, deberás cuidarte de no ser visto en sitio alguno que estimemos como riesgoso. Deberás guiarte por nuestros consejos, lo único que te vinculará. Deberás respetar eso, como nos sucede a nosotras. En todo lo demás eres absolutamente libre. Las labores que te asignaremos no van a ser duras. Nada debes temer al respecto... De manera que... ¿Vienes con nosotras?

–¿Cuánto falta para que llegue la primavera? –le preguntó K.

–¿La primavera, dices? –repitió Pepi–. En esta comarca el invierno es prolongado y siempre igual. Mas no nos quejamos por ello aquí abajo. En contra del invierno estamos aseguradas. Bien: en su momento preciso llegan la primavera y el verano, mas en la memoria la una y el otro parecen tan efímeros que prácticamente podría afirmarse que duran apenas un par de días. Inclusive durante esos días y en el más lindo, se deja caer un poco de nieve.

En ese instante se abrió la puerta: Pepi tembló, sus pensamientos se habían alejado excesivamente del despacho de bebidas. Pero no se trataba de Frieda: era la posadera, quien mucho se asombró de que K siguiera allí. Este intentó excusarse alegando que estaba aguardando por ella y, simultáneamente, le expresó su gratitud por haberle permitido pasar la noche en el establecimiento. La posadera no alcanzó a entender por qué razón K la aguardaba. K le dijo que le había parecido que la posadera todavía deseaba hablar con él y presentaba sus disculpas si había sido un error. Además agregó que ya debía partir, pues había dejado hacía tiempo la escuela, de la que era el conserje, y también refirió que la culpa de todo había que atribuírsela a la citación del día anterior; él todavía carecía de experiencia en esos asuntos. No iba a ocasionar mayores problemas, tal como había acaecido la jornada anterior.

Entonces K se inclinó y se dispuso a marcharse. La posadera lo observó tal como si se hallara soñando. A causa de esa expresión que la mujer tenía, K permaneció allí más tiempo del que deseaba permanecer. La posadera sonrió algo y solamente gracias al asombro de K retornó, de algún modo, a ser ella misma. Aquello resultaba ser como si hubiera estado aguardando que respondiera a su sonrisa. Al no obtener ninguna contestación, se había despertado.

–Ayer, tú te atreviste a murmurar algo acerca de mi vestido –dijo la posadera.

K no alcanzaba a recordar lo señalado.

–¿No lo recuerdas? Primero te atreves, luego te acobardas.

K apeló a su agotamiento del día anterior a fin de excusarse; si bien era cosa posible que hubiese manifestado algo descabellado, en definitiva, ya nada recordaba. ¿Qué habría podido decir acerca del atuendo de la posadera? ¿Que era tan bonito como no lo había visto antes...? Como mínimo, todavía no se había encontrado con una posadera que trabajara con un vestido como aquel.

–¡Basta de comentarios! –replicó velozmente la posadera–. No quiero que digas nada más sobre mi ropa. No te importa. ¡Te prohibo hacerlo!

K se inclinó otra vez y avanzó hacia la puerta.

–¿Qué significa eso? –bramó la posadera detrás de K– ¿Dices que nunca viste a una posadera así vestida durante su trabajo? ¿Qué quieres decir empleando esos disparatados comentarios? No tienen pies ni cabeza... ¿Qué cosa quieres tú decir?

K dio la vuelta y le pidió a la posadera que se calmara. Desde luego que el comentario era descabellado; asimismo, ¿qué sabía él sobre atuendos? En su situación, cualquier ropaje que no estuviese manchado era todo un lujo. Simplemente se había asombrado de ver a la posadera en la planta inferior, en el pasillo, usando con un vestido de noche tan bonito, entre tantos hombres que apenas estaban vestidos. Solamente eso.

–¡Oh, de acuerdo! –exclamó la posadera–. Pareces estar recordando lo que dijiste ayer. ¡Y encima, le sumas otra tontería! Es verdad: nada sabes sobre ropa. De manera que ya termina de hacer juicios, lo digo en serio, acerca de lujo o falta de oportunidad y cosas como esas.

En ese punto, la posadera pareció sentir un escalofrío. Luego prosiguió:

–Ni una palabra más sobre mi ropa. ¿Entendiste?

Cuando K quería volver a darse vuelta sin decir nada más, ella le preguntó:

–¿Cómo es que sabes algo acerca de vestidos?

K se encogió de hombros: nada sabía sobre ellos.

–Nada tú conoces –le dijo la posadera–. En ese caso, tampoco debes pretender que sí sabes sobre vestidos. Ven conmigo hasta el despacho. Te voy a mostrar una cosa que acabará definitivamente con todas tus impertinencias.

La posadera cruzó la puerta, Pepi se acercó a K de un brinco; con la excusa de cobrar la cuenta de K, alcanzaron velozmente a establecer un trato; era cosa fácil, ya que K conocía el patio. La puerta de este llevaba a la calle del costado. Junto a la puerta se encontraba otra puerta mucho más chica. Detrás de ella se apostaría Pepi en una hora y la abriría después de que K diera tres golpes.

El escritorio se hallaba ante el despacho de bebidas y para llegar a él, era suficiente con cruzar el pasillo. La posadera ya había ingresado en la estancia iluminada y aguardaba impaciente por K.

Hubo otra molestia: Gerstäcker había estado esperando en el pasillo y deseó charlar con K. No era cosa fácil sacárselo de encima. La posadera aportó lo suyo y le echó en cara a Gerstäcker su falta de oportunidad.

–¿Adónde, en todo caso? ¿Adónde? –todavía se pudo escuchar a Gerstäcker cuando se cerró la puerta y las palabras se mezclaron de manera desagradable con lloriqueos y toses.

Era una estancia reducida, demasiado calefaccionada; un pupitre y una caja de seguridad estaban adosados a las paredes más cortas. Mientras, en las más largas se veía un armario y una cama otomana. Prácticamente todo el ámbito estaba ocupado por el armario, no solamente a causa de que abarcaba la totalidad de la pared más extensa. También porque su ancho tornaba más angosto aquel cuarto. Eran necesarias dos puertas corredizas para abrirlo plenamente. La posadera hizo una seña acerca de la otomana, indicándole que K se sentara. Ella hizo lo propio en una silla giratoria, ubicada juto al pupitre.

–¿Ni siquiera pudiste aprender a ser sastre? –le preguntó la posadera.

–No –dijo K.

–¿Qué cosa eres tú, realmente?

–Soy un agrimensor.

–¿Qué cosa es esa?

K le explicó, mas sus precisiones la indujeron a bostezar.

–Mientes. ¿Por qué no me dices la verdad?

–Tú tampoco me estás diciendo la verdad –retrucó K.

–¿Que yo no? ¡Otra vez con tu impertinencia! En caso de que yo no te dijese la verdad, ¿tendría que rendirte cuentas por ello? ¿Y qué... si no te digo la verdad?

–No solamente eres una posadera, como pretendes ser.

–¡Vamos! Estás haciendo muchos descubrimientos. Entonces ¿qué cosa soy yo? ¡Tu impertinencia no tiene ya límites!

–Ciertamente, yo no sé lo que eres. Además, apenas sé que eres una posadera y que llevas ropas que no son propias de una. Ropas que nadie usa en este sitio.

–¡Bien! En ese caso, nos acercamos a la médula de la cuestión. No lo puedes callar. Quizá no seas un atrevido. Eres como un chico que conoce cualquier clase de bobería, uno a quien no es posible hacerle cerrar la boca. Dime, entonces, ¿qué ofrecen de particular mis ropas?

–Te vas a enojar si lo menciono.

–No. Me voy a reír mucho. Se trata solamente de puerilidades. Vamos, ¿cómo son mis vestidos?

–Tú eres la que desea saberlo. Bueno: están hechos con buenas telas, son lujosos, pero pasados de moda. Se ven recargados. En algunos casos fueron rehechos. Se ven gastados. No se corresponden con tu edad, tu figura ni tu rango. Llamaron mi atención la primera vez que te vi, hace ya una semana, aquí en el corredor.

–¡Ahí está! Pasados de moda, recargados y ¿qué cosa más, dijiste? ¿Cómo es que pretendes saber todo sobre el asunto?

–Meramente así yo lo veo. Para eso no se necesita tener educación.

–Eso lo ves tú, así nomás. No tienes necesidad de preguntar en ningún lado y conoces qué está de moda. Me vas a resultar indispensable, porque tengo una gran inclinación por los lindos vestidos. ¿Qué opinarías si yo te digo que ese armario está repleto de vestidos?

Corrió la posadera una de las puertas y se pudo apreciar una buena cantidad de vestidos apretadamente dispuestos en el interior del armario. En su mayor proporción eran ropas oscuras: azules, castañas y negras. Se hallaban sin excepción minuciosamente dispuestas y bien extendidas.

–Éstos son los vestidos para los que no tengo mas espacio en mi alcoba. En ella tengo además un par de armarios repletos y cada uno del tamaño de este que ves aquí. Acaso, ¿te causa algún asombro?

–No, había esperado encontrarme con algo semejante. Antes lo dije: tú eres apenas una posadera, mas tu ambición es otra.

–Sólo anhelo vestirme bien. Tú eres un demente, un niño o un tipo muy malo y peligroso. ¡Vete ahora mismo de este lugar!

K ya se encontraba en el pasillo y Gerstäcker lo volvía a tomar del brazo, cuando la posadera le gritó:

–¡Mañana recibiré un vestido nuevo! ¡Tal vez te mande llamar!

# Principales obras de Franz Kafka

- *Contemplación* (1913)
- *La condena* (1913)
- *El fogonero* (1913)
- *La metamorfosis* (1915)
- *La muralla china* (1917)
- *Carta al padre* (1919)
- *En la penitenciaría* (1919)
- *Un médico rural* (1919)
- *Cartas a Milena* (1922-1923)
- *La obra* (1923)
- *Un artista del hambre* (1924)
- *El proceso* (1925)
- *El castillo* (1926)
- *América* (1927)
- *Cartas a Felicia* (1967)

# Índice